하쿠다 사진관

허태연 장편소설

대왕
물꾸럭
마을

풍력발전기

웨딩 촬영지
물꾸럭 석상 + 현수막

하쿠다 사진관

목포 할망 + 제비네

이장네

보건소

우편취급국

대문리
마을회관

해녀 회장네

해녀 탈의실

양희네

등대 + 방파제

유나브레드

해안도로
(사이드카 라이딩)

해녀 조업구간 + 해안사구
(프리다이빙/물꾸럭맞이축제)

목차

여행의 끝

고운 모래밭 위에 코발트빛 바다가 펼쳐져 있었다. 수평선 너머 하늘엔 뭉게구름이 몽클몽클. 한낮의 태양 아래, 바다는 하얗고 푸른 비늘을 뒤집으며 쉼 없이 반짝거렸다.

"아, 돌아가기 싫다!"

무거운 배낭을 메고 제비는 툴툴댔다. 화려한 차림의 피서객들은 저마다 멋진 포즈로 사진을 찍고 있었다. 하나같이 설레는 표정이었다. 한 달 전, 제주에 막 도착한 때를 제비는 떠올렸다. 그때는 제비도 그렇게 즐거웠다. 바로 엊그제 일 같은데……. 이토록 아름다운 제주 여름과 이별이라니, 제비는 속이 상했다.

"뭘 그렇게 꾸물대? 나 먼저 간다!"

형광색 서핑보드를 안은 여자가 소리치고는 제비를 스쳐갔다.

"금방 갈게!" 여자의 일행이 대꾸했다. 검은 웨트슈트 차림의 여자는 활짝 웃으며 모래밭을 가로질렀다. 코발트빛 바다에 보드를 던지고 횡하니 올라탔다. 낮은 파도가 철썩일 때는 느긋이 헤엄치다 수면이 부풀자 재빨리 일어섰다. 여자는 팔을 벌려 중심을 낮게 잡았다. 해수욕하던 이들이 고개를 돌려 여자를 봤다. 누군가가 거칠게 휘파람을 불었다. 그것이 신호인 양, 파도가 치솟았다. 여자는 형광색 보드를 힘차게 밟고 반동을 일으켰다. 신나게 바람을 타며 파도 위를 미끄러졌다. 그러더니 한순간 우아하게 허리를 틀고 다리를 하늘로 던져 물구나무를 섰다! 까치발 든 파도가 수백 개의 흰 팔로 여자를 와락 덮쳤다. 사람들이 내뿜는 감탄의 함성이 제비의 귀에 마구 꽂혔다.

"쩐다. 나도 꼭 저런 걸 하려 했는데……!"

고개를 숙이고 제비는 아래를 봤다. 하얀 두 발이 모래밭에 잠겨 있었다. 투명한 물이 발목을 스치며 오르락내리락했다. 손에 든 운동화가 거추장스럽기 짝이 없었다. 문득 카톡 알림이 울려 제비는 주머니에서 휴대폰을 꺼냈다.

[언니, 미안 ㅋ 우리 집에서 지내기로 한 거…… 아무래도 안 될 것 같아 :()

사진관 동료 보라의 문자였다. 놀란 마음이 말미잘처럼 오그라들었다.

'왜? 이유는 말해줘야지!'

제비의 몸이 더워졌다. 두 번째 카톡이 곧 도착했다.

[아무 때나 찾아오기 곤란하다고, 남자 친구가 불편해하네 >_<]

"뭐? 남자 친구? 네가 남자 친구가 어딨어?"

제비는 중얼댔다.

'아아, 그 허세 덩어리?'

제비의 머리에 뭔가가 떠올랐다. 여행을 떠나기 전, 보라는 사진관에 갓 입사한 풋내기 사진사와 썸을 타고 있었다. 실속 없이 겉멋 든 남자 같아 가까이하지 말랬는데 그새 사귀기로 한 모양이었다.

"하여간 금사빠."

어이가 없어 제비는 웃고 말았다. 전화를 걸어 어떻게 된 건가 알아보려는데 엄청 단단한 뭔가가 나타나 제비의 눈을 때렸다.

"악!"

비명을 지르며 제비는 넘어졌다. 중심을 잃는 바람에 무거운 배낭이 당기는 대로 얕은 바다에 동그라졌다.

"아아악!"

미친 듯 몸을 굴려 제비는 모래밭을 기어올랐다. 일곱 살 무렵, 제비는 유치원에서 물놀이를 갔다 죽을 뻔한 적이 있었다. 바다를 좋아하는 제비였지만 그 후 한 번도 해수욕을 하지 못했다. 몇 날 며칠 용기를 내야 겨우 두 발을 물에 담그는 정도였다.

"아이 씨, 재수 없게!"

수영복 차림의 남자가 이마를 문지르며 제비를 노려보았다. 남자의 모습이 흑백으로 보이는 바람에 제비는 깜짝 놀랐다.

"내 눈! 내 눈!" 제비는 웅크린 채 눈을 비볐다. "뭐예요, 지금! 사람을 때려놓고!"

"참나. 먼저 미안하다고 말을 해야지!"

남자가 윽박질렀다. 20대 초반, 제비 또래의 남자였다.

"누가 할 소리! 아, 어떡해!"

제비는 한 손으로 눈을 비비고 다른 손은 주머니에 넣어 휴대폰을 꺼냈다. 완전히 먹통이었다.

"망했다! 신용카드랑 비행기표, 이 안에 다 있는데!"

울상이 되어 제비는 휴대폰을 흔들었다. 소용없는 짓이었다.

"이거 어쩔 거예요?"

제비가 소리쳤다.

"뭘 어떡해!" 주먹으로 허공을 치며 남자가 다가왔다. "서 있다 갑자기 방향을 틀었잖아. 깜빡이라도 켜던가!"

"이 남자 이마 빨개진 거 안 보여요? 치료비를 받아야 할 판인데!"

웬 여자가 끼어들어 제비를 흘겨보았다. 핑크색 포니테일이 어깨 위에서 찰랑거렸다.

'핑크색? 핑크?'

잿빛 세상에 색이 번지는 걸 느끼며 제비는 약간의 안정을 되찾았다.

"그, 그쪽은 눈 없어요? 앞을 잘 봤어야죠!"

"그래. 내가 앞을 못 봤다 쳐. 근데, 그러면 자기는 책임이 없나?

내가 앞을 못 본 책임만 있고, 자기가 옆을 안 본 책임은 없어?"

말문이 막혀 제비는 입을 닫았다.

"자기야, 관둬. 우리 여행 잡치지 말자."

핑크색 머리를 한 여자가 남자의 팔을 끌었다.

"씨이발."

욕설과 함께 남자가 침을 뱉었다. 그러고는 못 이긴 척 어슬렁 대며 바다로 갔다.

파라솔 아래 있던 피서객들이 호기심 어린 눈으로 제비를 흘깃거렸다. 얼굴이 화끈거려 제비는 일어섰다. 젖은 배낭에서 흐른 바닷물이 제비의 다리를 미지근하게 적시고 있었다.

고개를 숙이고 제비는 빨리 걸었다. 아니 뛰었다. 호흡이 거칠어지고 심장이 쿵쾅거렸다. 고운 모래밭을 지나 해초가 지저분하게 널린 모퉁이를 제비는 돌아섰다. 돌아보지 않고 오래 달리다, 제비는 마침내 인적 없는 곳에 닿았다. 보드라운 모래밭 대신 울퉁불퉁한 현무암만 늘비한 곳이었다. 주위에 사람이 없는 걸 확인하고 제비는 주저앉았다. 바닷물을 머금어 더 무거워진 배낭도 비로소 내려놨다. 서러운 울음이 그제야 터져 나왔다.

벼랑 위의 사진관

"아, 배고파."

제비는 습관처럼 휴대폰을 켰다. 지도 앱을 열어 식당 검색을 하려던 건데, 여전히 먹통이었다. 수리를 받지 않는다면, 아니 받아도 기능을 할지 알 수 없었다.

"잘 싸웠어야 했는데. 물어내게끔 했어야 해."

까맣게 죽어버린 휴대폰을 제비는 어루만졌다.

"그나저나 지금 몇 시지?"제비는 고개를 두리번거렸다. 휴대폰은 먹통인데 주위에는 시간을 확인할 만한 게 아무것도 없었다.

한숨을 쉬고 제비는 일어섰다. 머리카락과 셔츠는 제법 말랐지만, 배낭을 메자 잔등이 축축해졌다. 펜션 앞 정류장을 떠올리며 왔던 길로 돌아가다 제비는 멈칫했다. 모래밭의 피서객 모두 아까 일을 기억하고 있을 듯했다. 부딪혀 싸운 남자를 또다시 만나게 될 것 같았다.

몸을 홱 돌려 제비는 길을 바꿨다. 젖은 배낭을 열고 손지갑을 찾았다. 휴대폰이 고장 나, 버스비를 내려면 현금이 필요했다. 제비는 젖은 지폐를 조심스레 헤아렸다.

"에계, 겨우 칠천 원?"

그래도 공항에 도착만 하면 해결 방법이 있을 거였다. 휴대폰을 고치면 내장된 신용카드로 수리비를 낼 수 있고, 비행기 티켓도 살릴 수 있다. 썰렁한 해안을 벗어나 제비는 아스팔트 도로에 올라섰다. 젖은 운동화에서 찌걱찌걱 소리가 났다. 제비의 걸음이 조금씩 느려졌다.

'하지만…… 어디로 가지? 서울에 도착해 봤자 갈 데라곤 없어.'

제비의 눈앞에 보라의 얼굴이 떠올랐다. 풋내기 사진사와 신나게 웃고 있었다.

"얄미워. 그렇게 간단히 약속을 깨버리냐."

제비는 투덜댔다. 그러나 어찌 보면 잘된 일이었다. 제비야말로 보라와 한 약속을 어기게 됐으니까.

'남의 행복을 지켜보는 건 정말 지루해.'

어느 날, 일기장에 그렇게 쓰고 제비는 사진관을 그만뒀다. 귀여운 아기를 안고 오는 젊은 부부를 볼 때마다 제비는 우울했다.

상급자나 되는 양 이것저것 지시하는 사진사도 기분 나빴다.

'난 언제쯤 내 삶의 주인공이 될까?'

매일 전철을 타고 퇴근하면서 제비는 그런 생각을 했다. 우연히 본 광고판에 화려한 제주 사진이 눈에 띄었다. 그때, 제비는 결심했다. 비행기를 타기로. 그는 사회생활로 지친 자신의 청춘에 제주 여름을 선물하기로 했다. '한 달 살이'를 할 거여서 지내던 원룸은 계약을 해지했다. 풀옵션 원룸이라 정리할 짐이 많진 않았다. 여행을 하며, 제비는 찬란한 미래를 계획할 생각이었다. 그런 뒤 서울에 가 이력서를 내면 취업이 될 테고, 첫 월급을 받을 때까지만 보라의 원룸에서 신세를 지려 했다. 부탁을 받고 보라는 당황했지만 제주에서 여러 가지 선물을 사 가기로 했고, 방세와 생활비를 넉넉히 준다고 하자 그러라고 했다. 그렇게 시작된 여행이었다.

구불구불한 해안도로를 따라 걸으며, 제비는 한 달간의 생활을 되돌아봤다.

6월의 마지막 주, 여행은 우아하게 시작되었다. 제비는 도서관을 순례하며 책을 읽었다. 아름다운 정원이나 바다가 보이는 열람실에 앉아 『어서 와, 20대는 처음이지?』나 『20대 여성이 꼭 알아야 할 재테크』, 『자존감을 높이는 101가지 습관』 같은 책을 읽었다. 인상적인 문구는 필사를 하며 앞으로 어떻게 살지 궁리를 했다. 문제는 그것이 꾸준하지 못하다는 데 있었다. 왜냐면 제주가 너무 아름다워서. 제비는 책 읽는 자신의 모습과 도서관 풍경을 인스타그램에 자주 올렸다.

제주에 가면 수영을 배우고 서핑도 하려 했는데, 막상 하려니 용기가 나지 않았다. 씩씩하고 당당하게 무엇이든 하는 자신의 모습을 제비는 상상했지만, 현실 속에서는 언제나 남들의 노는 모습을 구경하고만 있었다. 한라산 백록담에 오르려던 계획도 어그러졌다. 가장 어려운 관음사 코스를 욕심낸 것이 화근이었다. 제비는 한라산 삼분의 일 지점에서 등산을 포기했다. 네 발로 기다시피 하여 어렵게 하산했다. 손발이 달달 떨렸다.

올레길을 걸어 제주 일주를 하려던 것도 미완에 그치고 말았다. 등산 후유증으로 스니커즈 앞코가 터진 것이다. 제비는 시내로 가서 운동화를 새로 샀다. 그리고 제주 시내를 구경했는데 그게 또 문제였다. 시내엔 예쁜 카페가 많았고 먹음직스러운 음식을 파는 식당들도 많았다. 제비는 유명 식당에서 밥을 먹고 유명 카페에서 차를 마셨다. 그 안에 있는 자신의 모습을 인스타그램에 자주 올렸다. 그러자 수백 명의 사람들이 '좋아요'를 눌러줬다. 관심받는 여행에 재미가 들어 당초 여행비로 어림한 돈을 다 써버렸다. 심지어는 보라에게 주려고 떼어둔 생활비까지. 그러니 이제 보라의 집에 간다 해도 둘러댈 말을 찾아야 할 처지였다.

'이렇게 된 이상 신용카드를 쓸 수밖에 없어. 월급 받아 빚잔치하는 패턴을 갖게 된다고 재테크 책에서 경고했지만, 사정이 이러니 어쩔 수 없지. 일단 고시원에 들어가 취직을 하자. 그리고 몇

달 열심히 아껴 빚을 다 갚는 거야. 하지만…… 대체 어디에 취직을 하지?'

제비의 등에 식은땀이 났다. 제비는 자신이 한 달 전에 비해 하나도 나아지지 않았단 걸 알았다. 한 달이라는 시간 동안 토익 공부를 한 것도, 자격증을 딴 것도 아니니까.

'대책 없는 환상에 빠져 있었구나.'

제비는 깨달았다. 여행 경력을 바탕으로 취직할 곳이 있을 리 없었다. 결국은 어린이집밖에 갈 데가 없을 터였다. 아니면 아기 전문 사진관. 제비는 전문대학에서 유아교육을 전공했고, 아기를 돌보는 것밖에 아는 것이 없었다. 학점 관리를 못한 게 뒤늦게 후회됐다. 그러나 문제는 그뿐이 아니었다. 서울에 도착해서는 고시원부터 찾아야 했다. 의지할 곳은 전혀 없었다. 부모님은 어려서 이혼한 뒤 소식이 끊겼고, 키워준 할머니는 지난겨울 세상을 떴다. 냉혹하기 짝이 없는 할머니였지만 그래도 임대아파트가 있었다. 거기 계속 살았음 좋았을 텐데, 영구임대아파트의 거주 자격은 할머니에게 있었다. 성인인 데다 돈을 벌고 있었으므로 제비는 원룸으로 이사를 했다. 뭐, 이제는 그마저도 계약을 해지했지만.

'숙식을 제공하는 일터가 있지 않을까?'

제비는 그런 직장이 어딘가 있길 바랐다. 그러면 주거비용을 아낄 수 있을 테니까. 하지만 그것도 취직할 가능성이 있을 때나 꿈꿔볼 일이었다.

얼마나 걸었을까? 아스팔트 도로가 시멘트 도로로 바뀌는 곳에 현수막이 보였다.

〈놀당갑써! 대왕물꾸럭마을!〉

손차양으로 해를 가리고 제비는 눈살을 찌푸렸다. 현수막 글자는 색이 바랬고 모래바람을 맞아 여기저기가 찢겨 있었다. 시커멓게 놓인 석상이 제비의 눈을 사로잡았다. 그것은 현무암을 깎아 만든 일종의 장승이었다.

동그란 머리에 음흉한 눈. 풍성한 머리카락이 성게처럼 삐죽삐죽했다. 굵은 목은 기린처럼 긴데 갈치 지느러미 같은 게 달려 있고, 아래로는 통통한 다리가 여덟 가닥으로 뻗어 뿌리처럼 땅에 박혔다. 제비는 곁에 놓인 안내판을 들여다봤다.

물꾸럭은 제주방언으로 문어를 뜻합니다. 이곳은 제주에서 문어가 가장 많이 잡히는 지역으로, 조선시대부터 질 좋은 진상품을 올렸습니다. 『규합총서閨閤叢書』에는 문어의 알이 귀한 약으로 쓰였음이 기록돼 있습니다. 또한 문어는 지혜로운 동물로, 대왕물꾸럭마을에 전해오는 설화에 의하면 조난당한 해녀를 구한 일이 있다고 합니다. 마을 사람들은 해안사구의 구멍이 그때 해녀를 구해준 문어의 흔적이라고 믿습니다. 대왕물꾸럭마을에서는 해마다 문어 금어기를 지정하며 풍어를 기원하고 물꾸럭 맞이 축제를……

"대왕…… 문어마을?"

안내판 끝줄에 있는 문장을 읽고 제비는 고개를 갸웃했다.

물구럭 입에 손을 넣고 소원을 빌어보세요. 이루어집니다.

"입? 여기 입이 어딨어?"

대충 살펴보다 제비는 돌아섰다. 몇 걸음 걷다 되돌아와 석상 여기저기를 살뜰히 더듬었다. 과연! 석상 뒤쪽에 좁다란 틈이 있었다. 그것은 굵은 다리 사이에 있어 눈에 잘 띄지 않았다. 한 팔로 석상을 안고 한 손은 문어 입에 넣은 채 제비는 눈을 감았다. 햇볕에 달구어진 석상이 제비의 몸을 뜨겁게 했다. 순간, 공중으로 붕 솟는 느낌이 들어 제비는 눈을 떴다.

"뭐야? 엄청 이상한 기분!"

석상을 자꾸 돌아보면서 제비는 길을 걸었다. 급커브를 돌자 멀지 않은 곳에 깎아지른 벼랑이 보였다. 그 위에 이층집처럼 생긴 하얀색 건물이 눈에 띄었다. 너무나 반가워, 제비는 활짝 웃었다.

"하쿠다 사진관? 뭐야. 카페가 아니네⋯⋯."

언덕에 올라 제비는 숨을 헐떡거렸다. 허리를 굽히고 이마의 땀을 닦으며 돌담에 싸인 건물을 기웃거렸다. 마당에는 두 그루의 야자나무가 있고, 하늘색 수국이 덩어리져 돌담 위로 흐드러졌다. 그 너머에 코발트빛 바다가 탁 트여 펼쳐졌다. 제비는 땀에 젖은 셔츠를 손으로 들썩거렸다. 제주의 여름 햇살은 대단히 강렬해 젖은 옷이 금세 말랐다. 주춤거리며 제비는 출입구 쪽으로 다가섰다. 간판에는 〈하쿠다 사진관〉이라 적혀 있지만 창 안 풍경은 카페 같았다. 벽에 걸린 시계가 2시 반을 가리켰다.

'지금 출발하면 4시 비행기를 충분히 탈 수 있겠어.'

유리문에 멋스럽게 그려진 커피, 수제 맥주, 청귤에이드 따위의 단어들을 보자 제비의 입이 더욱 말랐다. 참기 힘든 갈증을 아까부터 느낀 터였다. 문고리를 잡고 제비는 힘껏 밀었다. 그러나 황당하게도 가게 안에는 사람이 없었다.

'침착하자. 음악이 흐르고 있잖아. 그래, 커피 향도 나. 정확히 커피 향이라고 할 순 없지만, 아무튼 기분 좋은 냄새가 난다고.'

제비는 바다가 보이는 창가에 앉아 주인을 기다리기로 했다.

'근처 어디 잠깐 갔겠지. 일단 물을 마시자.'

젖은 배낭을 바닥에 놓는 순간, 등 뒤에서 난데없이 아기 우는 소리가 났다. 제비는 소스라쳐 일어섰다. 그는 등을 꼿꼿이 하고 주위를 둘러봤다. 가게 안에는 여전히 사람의 모습이 보이지 않았다. 제비는 얼른 배낭을 멨다.

"아가야, 올롤롤로로! 까꿍!"

소리 나는 곳으로 제비는 고개를 휙 돌렸다. 가게 한쪽에 계단이 있는 것을 그제야 알아챘다. 소리는 거기서 들려왔다. 배낭을 멘 채 제비는 홀린 듯 계단을 올라갔다.

한 남자. 땀에 젖은 하늘색 셔츠를 입은 남자가 등을 굽힌 채 서 있었다. 어깨가 넓고 키가 큰 남자였다. 얼룩무늬 강아지가 앙앙 짖으며 주위를 깡충거렸다. 어색하게 웃으며, 남자는 아기를 달래고 있었다. 백일쯤 된 아주 작은 아기였다. 젊은 부부가 쩔쩔매며 품속의 아기를 들여다봤다.

불청객의 존재를 눈치챘는지 강아지가 제비를 보고 짖었다. 땀에 젖은 사내가 의아한 눈으로 뒤를 보았다.

'뭐야. 엄청난 훈남이잖아? 완전 내 스타일……. 아, 안 돼!'

제비는 자기도 모르게 뒷걸음질 쳤다.

"아, 손님! 죄송해요. 지금 촬영 중이라. 잠시 기다려주시겠어요? 아니, 아니다. 우선 아래층 냉장고에서 시원한 것을 꺼내 드세요. 무엇이든 드셔도 됩니다. 직원을 구해야 하는데 일손이 달려서. 정말 죄송해요. 아기 촬영만 끝나면 가겠습니다."

"저, 그게……."

제비는 말을 흐렸다. 그리고 슬며시 돌아서 아래층으로 갔다.

'무엇이든 먹어도 된다고?'

제비는 카페 내부를 천천히 둘러봤다. 귀퉁이 탁자에 레몬을 띄운 얼음물이 놓여 있었다. 일단 그것으로 급한 갈증을 달랜 후, 제비는 냉장고 앞에서 가격표를 죽 살폈다. 수제 청귤에이드가 가장 비쌌다. 제비는 그쪽으로 손을 뻗다가 주춤했다. 입술을 삐죽이고 콜라를 집어 들었다.

캔을 들고 제비는 가게 내부를 천천히 구경했다. 사진관인지 카페인지의 정면에는 바다를 향해 난 창이 있었다. 오른편에는 야자수와 수국이 보이는 작은 창이 있는데, 크기는 훨씬 작았다. 그래도 가게가 답답하게 느껴지지 않는 건 전시된 사진들 덕분이었다. 제비는 가까이 가서 사진을 봤다. 11개월간 사진관에서 일하며 나름의 안목이 생겼다고 자부하는 제비였다. 물론 아기 사진에 관해서 그렇다는 거지만.

출입문 왼쪽에 걸린 첫 번째 사진엔 마을 입구에서 본 문어 석상이 찍혀 있었다. 그 옆에는 흰옷을 입고 선 여자들의 사진이 걸려 있었다. 그들은 검은 해안에 크림처럼 끼얹어진 사구를 밟고 등을 보인 채 서 있었다. 마치 뭔가를 배웅하는 듯 성스럽고 고요한 느낌이었다. 다음 액자에는 붉은 밭에서 막 뽑힌 듯 싱싱한 땅콩 사진이 들어 있었다. 검은 흙에선 물기가 번질 듯하고 뜨거운 지열이 희미하게 일렁거렸다. 그 옆에는 바다에서 막 건진 듯한 성게가 있고, 커다란 당근을 한 아름 껴안은 사내가 보였다. 마지막 액자엔 2층에서 본 강아지 사진이 들어 있었다. 갓 태어난 때였는지 어미의 품에 안겨 있었다. 어미는 강아지와 달리 얼룩무늬가 없는 검은색이었다. 목을 길게 늘이고 어미는 주둥이로 새끼를 끌어안았다. 편집 프로그램을 쓰지 않은 사진인 것을 제비는 대번에 알아챘다.

'나쁘지 않네.'

제비는 나름의 평가를 하며 콜라를 홀짝거렸다. 아기 울음소리는 그사이에도 계속 들렸다. 제비의 마음이 헝클어지기 시작했다. 그때, 2층에 있던 강아지가 계단을 내려왔다. 제비를 보고 "앙!" 짖었다.

"왜, 너도 목마르니?"

제비는 쪼그려 앉아 강아지를 향해 콜라 캔을 기울였다. 순간,

개한테 탄산음료를 줘도 되는지 의문이 들었다.

"확실치 않은 일은 하지 마라. 그게 사회생활의 기본이야."

제비는 처음 함께 일한 사진사의 말투를 따라 하며 진저리 쳤다. 툭하면 소리를 지르고 훈계하던 왕코. 입술을 삐죽이면서 제비는 종이컵에 물을 따랐다. 그리고 강아지를 향해 기울여줬다. 강아지는 제비를 쏘아보며 "앙!" 짖더니 천천히 다가와 물을 핥았다. 저에게 위협을 가할 사람으로는 보이지 않는 모양이었다.

"씩씩하네. 엄마랑 헤어졌는데도."

제비는 작은 손으로 강아지를 쓰다듬었다. 그러는 사이에도 아기 울음소리는 그치지 않았다. 아니 더욱 커지고 있었다.

"에휴."

참지 못하고 제비는 일어났다. 강아지가 촐랑대면서 제비를 따라 계단을 올라왔다. 아기는 얼굴이 파랗게 변해 경기를 일으키기 직전이었다. 젊은 부부는 어쩔 줄 모르고 사진사와 아기의 눈치를 살피고 있었다.

"저, 손님. 바쁜 일 있으시면 다음에……."

돌아본 사진사의 셔츠는 이제 앞가슴까지 젖어 있었다. 이마에서부터 비 오듯 땀이 흘러 턱을 타고 떨어졌다. 철없는 강아지만이 그들 곁에서 신나게 깡충거렸다.

"혹시 거즈 수건 있으세요?"

제비가 입을 열었다.

"냅킨이라면 카운터에."

사진사가 말했다. 부드러운 어투였지만 귀찮음이 배어 있다는 걸 제비는 알아챘다. 제비는 그런 것을 언제나 잘 알았다.

"아뇨. 거즈 수건이요. 엄마, 있지요?"

제비가 말하자 아기 엄마가 당황한 눈으로 사진사를 봤다. 그러고는 가방을 뒤져 수건을 꺼냈다. 제비가 그것을 받아 들었다.

"잠시?"

제비의 손짓을 보고 부부가 망설이다 아기를 내어줬다. 활짝 웃으며 제비는 아기를 안고 러그 위에 뉘었다. 아기가 더욱 성을 내며 사지에 빳빳이 힘을 주었다. 제비는 재빨리 기저귀를 살피고 젖지 않은 것을 확인한 뒤 다시 안았다.

"먹은 지 얼마나 됐어요?"

"한 시간요. 오기 전에 젖을 먹었어요."

"그렇구나."

제비는 아기를 안고 옷을 살폈다. 예쁜 니트지만 여름것이라 올이 성겼다. 겨드랑이 부분이 벌게져 있었다. 제비가 거즈 수건을 접어 그 안에 댔다.

"하나 더 있지요? 수건."

제비의 말에 아기 엄마가 두 번째 수건을 줬다. 그것을 받아 들고 제비는 스튜디오를 천천히 거닐었다. 에어컨 가까이 가서 온도를 낮추고 바람을 쐤다. 제비는 아기를 조심스레 흔들며 "아유, 더웠어. 겨드랑이도 아프고. 기분이 안 좋았어." 달래는 말을 했다. 그러자 아기가 차츰 울음을 그쳤다. 그래도 아직은 몸을 떨며 홀쩍이는 아기를 제비는 안고 달랬다. 그러고 나서 웃는 눈으로 젊은 부부를 향해 고개를 끄덕였다. 젊은 부부도 얼른 웃으며 제비를 향해 고개를 끄덕였다. 사진사는 잠시 앉아 손수건으로 땀을 닦았다. 제비를 보는 눈에 고마운 기색이 역력했다.

진정된 아기를 데리고 제비가 다시 부부에게로 갔다. 아기는 엄마 품에 옮겨 가서도 울지 않았다. 그러나 역시 웃을 기분은 아닌지 뾰로통한 얼굴이었다.

"작가님, 이제 오세요." 제비가 말했다. "아기 지금 피곤해요. 빨리 끝낼게요. 자, 갑니다!"

젊은 부부가 아기를 당겨 안았다. 사진사도 재빨리 자기 위치에 섰다.

"아기 이름이 뭐예요?"

제비가 물었다.

"유나예요."

아기 엄마가 말했다.

"그렇구나. 유나야, 아유 예뻐!"

제비는 간드러지는 소리를 내며 활짝 웃었다. 그리고 거즈 수건 귀퉁이로 아기의 입가를 쓱 간질였다. 그러자 거짓말처럼 아기가 활짝 웃었다. 천진하게 까르르 소리를 내며. 젊은 부부의 얼굴에도 미소가 환히 번졌다. 타각타각. 사진사가 카메라 셔터를 빨리 눌렀다.

"액자는 빵집으로 보내드릴게요."

젊은 부부를 향해 사진사가 말했다. 미안해 어쩔 줄 모르는 기색으로 몇 번이나 고개 숙였다.

"예. 그러세요."

젊은 부부 중 아내가 말했다. 아빠의 품에 안겨 아기는 자고 있었다.

사진사는 문밖으로 나가 손님들을 배웅하고, 돌아와서는 제비를 향해 고개 숙였다.

"정말 감사합니다. 이 은혜를 어떻게 갚아야 할지."

"그 은혜는 말이죠," 기다렸다는 듯 제비는 입을 열었다. "공항 가는 버스를 타려면 어디로 가야 하나요?"

"아…… 사진 손님이 아니셨군요."

활기 넘치던 사진사의 미소가 시무룩 졸아들었다.

"저, 그게요, 휴대폰이 바다에 빠지는 바람에……."

제비는 둘러댔다.

"근데 비행기 시간이 언제예요?"

"아, 비행기는……."

"잠깐. 지금 몇 시지?"

사진사가 황급히 시계를 봤다.

"손님. 어쩌죠? 저, 잠시 가게 문을 닫아야 하는데!"

"아, 전 그냥 버스 정류장까지……."

"일단 가시죠!"

사진사가 박차고 일어나 가게 문을 활짝 열었다.

"같이요? 아니, 저는 지금 비행기를……."

"티켓은 제가 다시 끊어 드릴게요!"

사진사가 다가와 제비의 손목을 잡아끌었다. 얼룩무늬 강아지
가 꼬리를 흔들며 따라 나왔다.

"안 돼, 벨. 오빠 금방 올게."

머리를 들이밀며 낑낑대는 강아지를 가게 안에 두고 사진사는
문을 잠갔다. 야자나무 뒤에 오토바이가 서 있었다. 사진사는 제
비 머리에 헬멧을 씌우고 단단히 끈을 조였다. 졸지에 오토바이
에 올라 제비는 사진사의 등을 안았다. 생전 처음 타보는 오토바
이였다. 태풍처럼 몰아치는 바닷바람을 맞으며 제비는 비명을 질
렀다. 낮은 돌담과 형형색색 지붕과 이름 모를 꽃나무들이 순식
간에 사라지고 시퍼런 바다가 쏟아지듯 눈앞에 다가왔다. 밭과
마당에서 일하던 사람들이 소리치는 제비를 돌아보았다.

방파제 입구에 오토바이를 세우고 사진사는 달려갔다. 제비는
이제 막 걸음마를 뗀 아이처럼 한 발 한 발 땅을 밟았다. 먼 곳에
서 해녀들이 검은 해안을 오르고 있었다. 사진사가 그중 한 해녀
에게 다가가 그물을 들어주었다.

'부인인가? 그럼 그렇지. 저런 훈남이 싱글일 리 있어?'

잠시나마 가슴 설렌 스스로가 제비는 부끄러웠다.

"양희 씨. 폭삭 속았수다게. 무거운 거 이리 줍써. 들어드리
쿠다."

26

(양희 씨. 고생 많으셨어요. 무거운 거 이리 주세요. 들어드리겠습니다.)

순간, 여자가 사진사를 거칠게 떠밀었다.

"사투리 쓰지 마세요!"

해녀는 매몰차게 그물을 뺏어 어깨에 걸머졌다.

"양희야, 경허지 말라. 소나이가 좀 도와주민 어떵허여?"

(양희야, 그러지 마라. 남자가 좀 도와주면 어때?)

"기여! 육지 소나라고 막 무시하지 말라."

(그래! 육지 사내라고 막 무시하지 마라.)

늙은 해녀들이 왁왁 웃었다.

"삼촌들 일 아니라고 막 고르지 맙써!"

(삼촌들 일 아니라고 막말하지 마세요!)

여자가 쏘아붙였다. 그러고는 성큼성큼 걸어 제비를 향해 왔다. 고무 모자를 벗어 머리를 흔들자 탐스러운 머리카락이 출렁거렸다. 풍성한 가슴과 엉덩이가 고무옷 위로 드러났다.

"비켜요."

제비의 코앞에서 해녀가 말했다.

"예?"

"문을 못 열잖아."

그제야 제비는 돌아봤다. 아닌 게 아니라, 자신이 해녀 탈의실 문을 가리고 있었다. 제비는 얼른 비켜섰다.

"아이고게, 고마워 어떵헐거."

27

사진사가 할머니들의 그물을 양어깨에 매고 와 살포시 내려놓았다. 성게며 전복, 문어가 햇살을 받아 반짝거렸다. 해안에서 해녀 탈의실까지 100미터쯤 걷는 동안 사진사의 하늘색 셔츠는 흠뻑 젖어 바다색으로 변했다.

"게메. 요거 가져강 쪄 먹으라."

해녀 할망들이 그물 속에서 떡조개 몇 개를 꺼내주었다. 활짝 웃으며, 사진사는 그것들을 오토바이 짐칸에 얼른 넣었다.

"이제 가요." 사진사가 말했다.

오토바이 뒷좌석에 앉아 제비는 조심스레 그의 허리를 잡았다. 탈탈거리며 천천히 달리는 오토바이를 타고 제비는 마을 풍경을 구경했다. 알로록달로록한 꽃나무와 청귤나무, 노랗고 파란 지붕들, 돌담 사이로 팔을 뻗은 잡초들이 아름다웠다. 길가와 마당에 나온 주민들을 보고 사진사가 고개를 주억거렸다. 어떤 사람은 인사를 받아주었고 어떤 사람은 모른 체했다. 사진사의 젖은 어깨에서 짙고 푸른 바다 냄새가 났다.

'잠깐. 근데 그 해녀 나한테 반말하지 않았나?'

제비는 슬며시 미간을 찌푸렸다.

"삘, 미안해. 잘 있었니?" 가게 문을 열자마자 뛰어오른 강아지를 사진사가 안아주었다. "죄송해요. 비행기는 이미 떠났나요?"

제비는 정신을 차리고 시계를 봤다.

"그렇진 않지만…… 지금 가면 놓칠 거예요."

"여기, 제 노트북으로 다시 예약하세요. 공항까지 바래다드릴게요."

사진사는 말하고 바다가 보이는 탁자에 노트북을 내려놓았다.

제비는 항공사 홈페이지를 열고 로그인했다. 그리고 몇 시 비행기를 타면 좋을까 고민하다 한숨 쉬었다. 정말로 여행의 끝인 것이다.

그러는 사이, 사진사는 2층으로 올라가 하늘색 셔츠 대신 흰색 라운드 셔츠로 갈아입고 돌아왔다. 티셔츠에는 주름진 눈가에 라이카 사진기를 댄 서양인의 얼굴이 커다랗게 박혀 있었다. 사진사는 빈 종이에 뭐라고 써서 출입문에 붙여두었다. 일어나 물을 마시는 체하며 제비는 그것을 들여다봤다.

〈직원 구합니다. 촬영 및 카페 운영 보조.〉

'그러고 보니까 아까 그랬어. 직원을 구해야 한다고.'

제비의 심장이 두근거렸다.

'안 돼. 다시는 사진관에서 일하지 않기로 했잖아!'

제비는 종이컵에 물을 따른 뒤 탁자로 가져왔다. 드넓은 바다가 창밖에 펼쳐져 있었다.

"저…… 여기서 아기 사진을 자주 찍나요?"

조심스럽게 제비는 물어보았다. 가슴이 울렁거렸다.

"아뇨, 별로."

사진사가 말했다. 그는 냉장고에서 청귤에이드를 꺼내 얼음 컵에 따랐다. 그리고 박하 잎을 띄운 뒤 투명한 빨대를 꽂아 제비에게 주었다.

"드셔보세요. 이 동네에서 재배한 걸로 만든 거예요. 아까 손님들도 실은 동네 분들이에요. 이주한 지 얼마 되지 않은 부부인데, 빵집을 열려고 준비 중이죠. 지금은 아기가 태어나 아주 바빠요. 여기 동네엔 저 부부를 제외하고 아기를 키우는 사람이 없어요."

"그럼…… 저, 직원을 구하신다 들었는데."

사진사의 두 눈이 번쩍 뜨였다.

"여행 중이신 거 아니에요?"

"맞아요. 맞는데, 이미 끝났죠."

제비는 시무룩 고개 숙였다.

"단기 직원을 구하는 건 아니에요. 오래 같이 일할 사람을 구하고 있어요."

사진사가 말했다.

제비는 고개를 주억였다. 제주를 좋아하지만 여기서 얼마나 더 머무르게 될지 알 수 없었다. 제비는 어디에서도 1년 이상 일해본 적이 없었다.

"하지만…… 여기선 사람 구하는 게 정말로 어려워요. 그러니까 당분간이라도 도와준다면 고마울 거예요. 얼마나 일할 수 있어요?"

"정해진 건 없어요. 일단 3개월 정도?"

제비가 고개를 들었다. 슬며시 입꼬리가 올라가려는 걸 간신히 잡아당겼다.

"그럼 그걸로 이력서를 작성해 줄래요?"

노트북을 가리키면서 사진사가 말했다.

'이력서라면 진즉 써뒀지.'

제비는 포털에 접속해 메일함을 열었다. '수신확인' 목록에 늘어선 취업 지원서 중 하나를 열어 첨부파일을 인쇄했다.

"이름이…… 제비?"

사진사가 물었다. 뜨악한 표정이었다.

"그렇더라고요, 태어나보니까."

제비는 손가락으로 뺨을 긁었다.

"97년…… 생이고요?"

"네. 스물다섯이요."

심각한 낯으로 사진사는 말이 없었다.

'내 나이가 너무 많은가?'

어느새 알바 시장에서 밀릴 나이가 됐다니 제비는 울적해졌다.

"고향이 어디예요?"

사진사가 물었다.

"서울인데요."

"혹시, 제주 산 적 없어요?"

제비는 고개를 흔들었다.

"부모님 중 한 분이라도?"

"전혀요."

"그렇구나."

사진사는 말이 없었다.

'아무래도 티켓을 끊어야겠다.'

제비는 항공사 홈페이지를 들여다봤다.

"내 이름은 이석영입니다. 88년생이고요. 잘 부탁해요." 사진사가 말했다. "그나저나 이제는 묵을 곳이 필요하겠군요?"

"아……."

키보드에서 손을 떼고 제비는 고개 숙였다.

"저…… 정말 죄송하지만. 가불…… 가능할까요? 부끄럽지만 제가 지금 가진 돈이 없거든요. 여행하며 다 써버렸고, 유일한 신용카드는 휴대폰 안에 있는데 아까 바다에서 넘어져 침수되는 바람에……."

장황하게 늘어놓으며 제비는 손으로 얼굴을 가렸다.

'언제까지 이렇게 살 생각이야? 이 멍청아!'

제비는 스스로를 나무랐다. 사진사가 자신을 한심하게 여길까 겁이 나고 창피했다.

"첫 달 숙박비는…… 내가 낼게요. 단, 조건이 있어요. 두 가지."

사진사가 말했다.

'두 개나?'

제비는 가만히 뒷말을 기다렸다.

"첫째. 이제 내가 숙소를 소개할 텐데, 가능하면 거기 오래 묵어줘요. 그 집 할머니가 괴팍한 것 같아도 속정은 깊거든요. 할머니 민박이 옛집 그대로라 손님이 잘 들지 않아서. 부탁해요."

제비는 고개를 끄덕였다. 하지만 '괴팍하나 속정 깊은 사람'이라니 영 불안했다. 예전에 일하던 어린이집 원장도 스스로를 '성격은 불같아도 속정 깊은 사람'이라 칭했다. 깊은 속정은 경험하기 어려웠고 불같은 성격은 일상이었다. 민박집 할머니는 얼마나 괴팍할까? 겁이 더럭 났다. 돌아가신 할머니의 싸늘한 눈이 떠올라 오금이 저려왔다. 하지만 이제 와 뭘 따지기도 어려운 처지였다.

"두 번째 조건은요?"

"그건 저……." 사진사의 얼굴이 발그레 물들었다. "편하게 불러도 될까요? 그러니까 '제비야' 하고."

'지금 당장 도망쳐라.'

제비는 스스로에게 명령했다. 하지만 선뜻 두 발이 떨어지지 않았다.

'야, 오버하지 마. 저 남자가 같이 자자고 하기라도 했냐?'

벨이 꼬리를 흔들며 제비의 발치에서 몸을 말았다. 그러곤 가만히 제비를 올려다봤다.

"그러세요."

두 손을 뻗어 제비가 벨을 안아 들었다. 제비의 무릎에 순순히 앉아, 두 귀를 쫑긋 세우고 강아지는 창밖을 봤다. 코발트빛 바다에 핑크빛 노을이 하늘하늘 내려앉았다.

마을 주민은 30% 할인

고용계약서를 작성한 뒤, 석영은 사진관을 구경시켜 주었다. 제비는 벨을 품에 안고 석영의 뒤를 따라다녔다. 1층은 전시관 겸 카페, 2층은 스튜디오로 구분되어 있었다. 2층에는 네 개의 방이 있는데 세 개는 스튜디오로 쓰고 나머지 하나는 석영이 썼다. 복도 끝 문을 열자 샤워실 겸 화장실이 나왔다. 건조하고 깨끗하게 관리가 돼 있었다.

"여기, 원래는 펜션이었어요. 운영난을 겪는 바람에 경매물이 됐죠. 내가 샀어요."

석영이 말했다.

"우아! 사장님 금수저예요?"

제비가 놀라 호들갑을 떨었다.

"아뇨. 그게 아니라." 석영이 손으로 머리를 긁적였다. "경매로 나와 싸게 샀어요. 운이 좋았죠. 2층은 아직 은행 거예요."

두 사람은 탁 트인 옥상까지 둘러본 뒤 계단을 내려왔다. 제비가 새삼스레 1층 내부를 두리번거렸다.

"펜션이었다면서, 여기 어쩜 이리 넓어요?"

"기둥만 남기고 벽을 다 부쉈거든요, 내가. 열 달 동안."

석영이 깍지 낀 손을 휘두르며 크게 망치질하는 시늉을 했다.

"우아아. 금손!"

제비는 감탄했다. 그때, 배 속에서 엄청 크게 꼬르륵 소리가 났다.

멋쩍은 듯 섰다가 석영이 풋 웃었다. 창피해서 제비는 고개 숙였다. 품 안에 있던 벨이 제비의 턱을 할짝거렸다.

해녀 할망에게 받은 떡조개 세 개를 넣고, 석영은 라면을 끓여 주었다. 오감을 자극하는 수프 냄새가 사진관에 가득 찼다. 석영이 라면을 그릇에 덜어 줄 때까지 기다리는 게, 제비는 고문을 참는 듯 힘들었다. 벨도 같은 심정인지 바닥에 앉아 꼬리를 막 흔들었다.

사료가 담긴 접시에 얇게 썬 떡조개를 얹어주자 벨은 대번에 일어나 얼굴을 박았다. 석영이 젓가락 들기를 기다렸다가 제비도 득달같이 달려들었다. 한 달 동안 여행하며 맛본 그 어떤 음식보다 훨씬 더 맛있었다. 두툼하게 썰린 떡조개를 꼭꼭 씹으며 제비는 출입문을 흘깃거렸다.

"그런데…… 사진관에서 요리해도 돼요? 손님들이 싫어할 텐데."

리모컨으로 1층 중앙 조명을 끄고, 석영은 바다가 보이는 창가의 보조등을 켰다. 어두운 창밖에 보름달이 떠 있었다. 창 아래 달린 작고 동그란 스위치를 석영은 꾹 눌렀다. 커다란 창이 들썩이더니 지잉 소리를 내며 뒤로 밀렸다. 바닷바람이 그 틈으로 살랑살랑 들어왔다. 보랏빛 파도가 은은히 밀려오고 밀려가는 것을 보며 두 사람은 라면을 호로록 먹었다.

"난 여기를 복합문화공간으로 만들 거예요."

석영이 말했다.

"네? 복합 뭐요?"

석영이 떡조개와 면을 입에 넣고 두 손으로 사발을 들어 국물을 꿀꺽 삼켰다.

"요사이엔 뭐든 하나만 해선 먹고살기 힘들잖아요. 서점도 이젠 다들 카페를 겸하고, 카페에선 간단한 식사를 곁들여 팔죠. 굿즈 같은 걸 만들어 팔기도 하고요."

그러고 보니 제비도 스타벅스에서 에코백 굿즈를 받기 위해 줄을 선 적이 있었다.

"난 사진을 찍어서 먹고살 거예요. 하지만 사진만 찍어서는 먹고살기 힘들죠. 오래 궁리한 끝에 결심했어요. 난 여기를 사진 전시관이자 카페이자 파티장으로 만들 거예요."

"파티장요?"

제비는 탱글탱글한 떡조개 조각을 입에 넣었다. 고소한 감칠맛이 입 안에 가득 찼다.

"네. 손님들이 여기 전시된 사진을 구경하고, 멋진 사진을 찍고, 그걸 보며 대화를 하는 거죠. 맛있는 음식을 먹고 달콤한 술을 마시며 흥미로운 대화를 하는 거예요. 그 파티를 또 사진으로 찍어 서비스로 드리면 손님들이 좋아하지 않을까요."

마지막 말의 억양이 올라가지 않고 내려간 것이 제비는 신경 쓰였다. 확신 없는 말투였다. 하긴. 사진으로 먹고살기 힘들단 건 제비도 잘 알았다. 11개월 근무한 사진관은 아주 큰 곳이었지만 매달 말이면 운영난을 겪었다. 수백만 원짜리 성장 앨범 패키지를 팔거나 고급 액자를 팔지 않으면 좀처럼 이윤이 남지 않았다. 그러나 그런 사실을 고객들은 몰랐다. 어쩌면 모든 게 마케팅의 문제였는지도 몰랐다.

아기 전문 사진관을 찾는 고객 대부분은 산부인과나 산후조리원을 통해서 왔다. 미끼상품으로 뿌려진 열두 컷짜리 '무료 앨범'을 받으러 오는 건데, 사진관은 이런 고객에게 멋진 사진을 찍어주고 수백만 원짜리 앨범을 홍보했다. 만약 그걸 거절하면 십수만 원에 '원본 필름'이라도 팔아야 했다. 이때 문제는 고객들이 강매당하는 기분을 느낀다는 거였다.

"애당초 무료라고 했잖아요?"

제비는 수백 명의 부부가 화내는 걸 봤다. 사랑스러운 아기와 좋은 추억을 남기러 와서 사진관 매니저와 얼굴을 붉히고 악몽 같은 추억을 남기고 가는 사람들. 모든 게 시작부터 잘못됐다고 제비는 생각했다.

"'무료 앨범' 같은 걸로 고객을 끌어들이는 사진관이 잘못이 야. 사진 찍는 데 얼마나 많은 돈이 드는지 어째서 알리지 않지?"

보라를 향해 투덜대면 그 애는 어깨를 으쓱일 뿐이었다.

"글쎄. 그걸 언제 다 알리고 있어?"

하긴 그랬다. 제비는 국물만 남은 사기그릇을 들여다봤다. 어쩌면 사진이란 음식과 비슷한 것이 아닐까? 떡조개를 넣은 라면이 한 그릇에 칠천 원일지라도, 그것은 단지 라면과 떡조개의 가격만은 아니다. 라면을 끓이려면 주방이 있어야 하고, 식탁을 놓을 매장도 있어야 한다. 전기세나 수도세도 물론 내야 한다. 신선한 식재료가 필요하고, 솜씨 좋은 요리사도 임금을 받아야 한다. 사진도 마찬가지다. 사진 한 장의 가격이 칠천 원일지라도 그것은 단지 종이 한 장의 가격은 아닌 것이다. 사진관이라는 건물의 임대료가 그 안에 들어 있다. 비싼 사진기와 조명들의 유지 관리 비용도 들어 있고, 유행에 민감한 배경 세트의 인테리어 비용도 들어 있다. 실력 있는 사진사가 받아야 할 임금과 고객을 응대하는 직원 임금도 포함돼 있다. 하지만 사람들은 그런 것까지 생각 못 한다. 자신들이 휴대폰 카메라로 찍어도 사진사처럼 찍을 수 있다고 생각한다. 그런 걸 돈 받고 판다며 억울해한다. 대개의 경우 그건 큰 착각이다. 이토록 싱싱한 떡조개 라면을 집에선 끓이기 힘든 것처럼.

"그럼 여기…… 문 연 지 얼마나 됐어요? 장사는 잘되나요?"

제비가 물었다.

석영은 일어나 빈 그릇을 개수대로 옮겼다. 허둥지둥 일어나
제비가 앞치마를 집어 들었다. 석영이 막아섰다.

"내가 할게요. 근무는 내일부터니까, 그때부터 번갈아 해요."

고개를 끄덕이며 제비는 물러났다. 석영이 고무장갑을 끼고 개
수대에서 물을 틀었다.

"한 달 됐어요. 아직은 동네 손님들만 드문드문 있고요."

제비는 깜짝 놀랐다. 그런 상황에서 제비의 월급을 어떻게 준
다는 걸까? 매달 이백만 원씩 은행 빚이 쌓일 텐데.

"그럼 저 사진들이?"

제비가 손가락으로 전시된 사진들을 가리켰다. 석영이 고개를
끄덕였다.

"몇 개는 내가 좋아서 찍은 거예요. 저 물꾸럭 석상 같은 거. 물
꾸럭 맞이 축제 사진도 그렇고요. 나머지는 인터넷 상품 판매를
위해 찍은 거예요."

"물꾸럭 맞이 축제요?"

제비가 말끝을 말아 올렸다.

"네. 여기서는 매년 봄마다 물꾸럭, 아니 문어 맞이 축제를 해
요. 아주 흥미로워요. 만일 내년 봄까지 근무한다면 제비도 볼 수
있을 거예요."

'뭐지?' 제비는 고개를 갸웃했다. 이름을 편하게 부르면서도, 석영은 말을 놓지 않았다. 기묘한 어법이었다.

"하지만 당근이랑 땅콩…… 그런 상품 촬영은 비싸잖아요. 제값을 받았어요?"

그릇들을 헹구면서 석영이 어깨를 으쓱였다.

"그렇게 일일이 따질 순 없죠. 내가 필요해 구한 일이니까. 맡겨달라고 사정해서 얻은 일이거든요."

"하지만 그런 식으로 하면 안 돼요!" 자기도 모르게 제비는 소리쳤다. "그렇게 사진이 공짜라는 인식을 주면…… 안 된다고요."

석영이 고개를 끄덕였다.

"그렇죠. 하지만 어떤 분야든 착수비라는 게 있잖아요? 왜, 유튜브 같은 것도 처음엔 공짜였어요. 다 그렇게 시작하는 거죠. 나같은 외지인한테 일을 맡겨준 게 고맙잖아요. 앞으로도 마을 주민에게는 30% 할인해 받으려 해요."

제비는 가만히 두 눈을 깜빡였다.

"사장님 제주 출신 아니에요?"

씻은 그릇을 건조대에 얹으며 석영이 고개 저었다.

"사투리 잘하시던데……."

"배운 거죠. 아주 예전에 부모님하고 잠깐 살기도 했고……."

석영이 묘하게 말을 흐렸다. 이상한 분위기를 눈치채고 제비가 주제를 얼른 바꿨다.

"저, 처음부터 궁금했는데요. 사진관 이름, 무슨 뜻이에요? 일본어인가요?"

"아!" 석영이 웃으며 앞치마를 벗었다. "'하쿠다'는 제주방언이에요. 뭔가를 하겠다, 할 것입니다, 그런 뜻이죠. 영어로 표현하자면 'will do.'"

'하겠다 사진관?'

제비는 살짝 미간을 찌푸렸다. 그 표정의 뜻을 안다는 듯 석영이 웃었다. 그는 바른 자세로 서서 제비를 향해 머리 숙였다.

"어떤 사진이든 열심히 찍겠습니다. 뭐, 그런 각오라고 이해해 줘요."

가게 문을 닫고, 석영은 제비를 민박집까지 데려다줬다. 가까운 곳이어서 오토바이는 타지 않고 걸어서 갔다. 산책도 할 겸 벨도 함께 나왔다. 보름달 뜬 밤이라 골목과 마을이 훤히 보였다. 검은 바다의 물결까지도 눈에 띌 정도였다. 바닷바람을 맞으며 제비의 가슴은 두근거렸다. 괴팍한 할머니를 만날 일이 걱정됐지만, 정 싫으면 한 달 뒤에 다른 곳으로 옮길 수 있다. 어찌 됐건 거처를 구했고, 생계를 해결할 직장도 구했다. 무엇보다 아름다운 제주를 떠나지 않아도 된다. 적어도 당분간은. 게다가 지금 이토록 아름다운 시골길을 훈남과 함께 걷고 있지 않은가! 제비는 둘이서 오토바이 탔던 일을 슬며시 떠올렸다. 끌어안았던 석영의 허리는 단단하고 따뜻했다. 헛물켜지 말라는 듯, 벨이 제비의 다리 사이를 껑충거렸다.

"얌전히 굴어, 벨."

석영이 가슴 끈을 툭툭 당겼다.

"그런데 사장님. 벨…… 무슨 종이에요?"

제비의 말을 듣고 석영이 픽 웃었다. 벨이 듣지 못하게 하려는 듯 손으로 입을 가리고 가만히 속삭였다.

"시고르 혼이요."

"시고르 혼?"

"네. 시골 혼종이란 뜻이죠." 석영이 웃었다. "세인트버나드하고 제주개 사이에서 태어났어요."

"제주개요?"

"네. 진돗개 같은 거죠. 제주 고유의 토종개. 멸종위기예요. 마을 이장님이 제주견 애호가시거든요. 족보까지 관리하며 제주견 복원에 힘쓰시는데, 그중 순덕이라고, 애지중지 키운 딸 같은 애 있어요. 그런데 아무리 애를 써도 수태를 못 하더래요. 병원에서는 아무 이상 없다는데. 그래도 사랑스러운 개니까 매일같이 바다로 나가 산책시켰죠. 어느 날 정말 딱 몇 분, 전화 통화 하느라 눈을 뗐는데 그때 어떻게 짝짓기를 했다나 봐요. 아니, 그것도 나중 말이고. 실은 이전에 짝짓기했던 제주개 새끼를 밴 줄로 알았대요. 근데 막상 출산일이 되고 보니 이렇게 아롱이다롱이들이 태어난 거죠. 그때 어렴풋이 기억나더래요. 그날 바다에서 세인트버나드 종을 봤던 거. 처음에 말이죠, 이장님은 아주 낙심했어요."

"순종이 아니라서요?"

42

"그렇죠. 배신감이 들어 순덕이가 밉더래요. 그래도 딸이나 매한가지니 미역국 끓여주며 돌보았겠죠? 그러니 젖 먹고 새끼들이 막 크는 거예요."

"그래서요?"

"네?"

"새끼들은 어떻게 됐어요?"

"어딘가에 나눠 줬어요, 다. 순혈 제주개가 아니니까, 이장님한 테는 의미가 없어서."

"벨은요?"

"당근 사진 찍어드리고 받았죠."

"당근요? 아, 그 사진관의……."

"네. 그분이 마을 이장님이에요."

석영이 말하고 멈춰 섰다. 파란색 지붕이 낮게 앉은 집 앞이었다. 돌담 사이에 대문은 없고 귤나무 몇 그루가 심어져 있었다.

"목포 삼촌, 계시우꽈?"

마당으로 들어서며 석영이 조심스레 물었다.

"누게라?"

"석영이우다. 사진관 소나말씀."

(석영입니다. 사진관에서 일하는 남자요.)

"너가 웬일이라? 이 시간에."

돌담집 새시 문을 열고 할머니가 걸어 나왔다. 어깨가 넓고 목 청이 큰 할머니였다. 석영 옆에 선 제비를 할머니가 천천히 훑어보았다. 석영은 제비를 소개하고 사정을 설명했다. 그가 내민 신용카드를 받아, 할머니가 능숙하게 결제를 했다.

"오늘부터 두 번 보름, 저 방이 집이 방이라."

별채를 가리키며 할머니가 말했다.

"제비요? 할머니가 제 이름을 어떻게 아세요?"

"제비는 무신. 집이!"

할머니는 말하고 자기 집으로 갔다.

"당신, 너, 그쪽. 뭐 그런 뜻이래요. '집이'라는 거."

석영이 말했다.

"제주도 말, 어렵네요."

제비는 침울한 낯으로 고개를 끄덕였다.

"아니, 이건 전라도 말이에요. 할머니는 목포에서 시집오셨거든요."

석영이 말하고 문고리에 열쇠를 집어넣었다. 제비는 방 안에 배낭을 내려놓았다. 제주 사투리만도 알아듣기 힘든데 전라도 사투리를 섞어 쓰는 할머니라니, 머리가 핑핑 도는 느낌이었다. 석영이 할머니 대신 민박집 구조를 알려주었다.

"초라한 방이지만, 깨끗해요. 샤워도 할 수 있어요. 여기 이 샤워기, 내가 직접 단 거예요."

해바라기 샤워기를 가리키면서 석영이 씩 웃었다. 돌담이 그대로 노출된 샤워실이 제비는 싫었지만 받아들였다. 그 샤워기에서는 어쩐지 따뜻한 물만 나올 듯해서.

"잘 자요. 그리고 내일 아침 9시에 만나요."

"안녕히 가세요." 제비는 인사를 하다 궁금한 것이 생겨 고개를 들었다. "그런데요, 왜 할머니한테 삼촌이라고 해요?"

"아. 제주에서는 어른을 친근하게 부를 때 그렇게 해요. 성별 구분 없이 삼촌이라고 합니다."

"네에……."

제비는 고개를 끄덕였다.

"그럼, 들어가요."

석영이 손을 흔들었다. 제비가 들어가는 걸 본 뒤에라야 그는 사진관으로 간다고 했다. 벨이 마당을 깡충대면서 "앙!" 하고 짧게 짖었다.

다음 날, 제비는 일찍 일어났다. 왜냐하면 천장에서 뭔가 이마로 툭 떨어졌기 때문에. 잠결에 손으로 이마를 비비다 물컹한 촉감에 소스라쳤다. 뭔가가 제비의 이마 위에서 몸부림치고 있었다. 비명을 지르며 제비는 몸서리쳤다. 몸을 굴려 일어나니 굵직한 지네 한 마리가 베개맡에 동강 난 채 수십 개의 다리를 흔들고 있었다. 민박집이 무너져라 소리 지르며 제비는 두 발을 쾅쾅 굴렀다.

"워메! 메께라!" (어머! 어머나!)

목포 할망이 마스터키로 문을 열고 들어왔다.

"지, 지, 지……!"

제비는 말을 잇지 못하고 간신히 손을 뻗어 베개 쪽을 가리켰다.

지네를 보고, 할망은 한숨 쉬었다. 그것은 분명 안도의 한숨이었다. 할망은 방구석에 놓인 빗자루와 쓰레받기로 그것을 집어 텃밭에 버렸다. 그러곤 돌아와 서랍에서 청 테이프를 꺼내 들고 사면 벽을 살폈다.

"염병. 또 뚫려부런."

청 테이프를 쫙 찢어서 할망은 벽 구멍에 착착 붙였다. 벌써 여러 번 여러 방향으로 테이프가 붙은 데였다.

"그란디, 이거 무신 냄새라?"

미안하다는 말이나 놀랐냐는 걱정 없이, 할망이 제비를 훑어보았다. 아닌 게 아니라 바닷물 젖은 옷과 배낭에서 고약한 냄새가 났다. 그러고 보니 어젯밤 너무 피곤해 양치만 하고 누워서 잠이 들었다.

"할머니, 지금 몇 시예요?"

제비가 놀라 물었다.

목포 할망은 말없이 텔레비전 위에 놓인 탁상시계를 가리켰다. 7시 반이었다.

"다행이다. 샤워 싹 할 수 있겠어. 그래, 빨래도 할 수 있겠다. 저, 할머니 혹시 건조기 있어요?"

제비가 물었다. 어제 샤워실에서 세탁기를 본 기억이 났다.

"말린 조기는 어서. 말린 물꾸럭은 있주."

목포 할망이 말했다.

"그게 그 건조기가 아니라요, 빨래를……."

절망적인 기분으로 제비는 바닥에 무릎 꿇었다. 그리고 처량한 눈으로 할망을 올려다봤다.

"저, 할머니. 죄송하지만…… 옷 좀 빌릴 수 있을까요?"

그렇게 해서, 제비는 목포 할망의 흰 블라우스와 감색 롱 치마를 입고 집을 나섰다. 거울을 보니 두 눈이 시퍼렇게 멍들어 있었다.

"그러고 보니 어제 꽤 세게 부딪혔지……."

하는 수 없이, 제비는 밭일할 때 쓰는 차양 모자도 빌려서 썼다. 화려한 꽃무늬 모자였다. 밤에는 어둡던 골목이 눈부실 만큼 환히 밝았다. 하필이면 비도 오지 않고 구름 한 점 없는 화창한 날씨였다. 제비는 돌담에 몸을 숨기다시피 하며 사진관으로 갔다. 어쩌다 사람을 만나면 송충이처럼 등을 굽혔다. 그런 제비를 마을 사람들이 수상한 듯 쳐다보았다.

사진관 문을 열자마자 석영과 마주쳤다. 석영은 다이어리에 뭔가를 끼적거리다 제비를 보고 펜을 놓았다. 두 눈을 껌뻑이다가 한순간 왁 하고 웃음을 터뜨렸다.

"왓하하하하하하! 아 미안! 아하하하하! 미안해요……."

배를 잡고 웃으며 석영은 계단을 올라갔다. 뭔가를 들고 와서는 제비 앞에 쓱 내밀었다. 그때까지도 석영은 웃고 있었다.

"모자 벗고 이거 써요. 훨 멋질 거야."

커다란 선글라스를 끼고 제비는 우선 청소기를 돌렸다. 카메라들이 진열된 선반도 조심스레 닦고, 카페의 탁자도 깨끗이 닦았다. 청소할 때 문을 활짝 열어둔 덕에 바닷바람이 상쾌하게 드나들었다. 그러는 동안 석영은 심각한 얼굴로 노트북을 보고 있었다.

"뭘 그렇게 보세요?"

제비가 물었다.

"예약 현황요. 오늘도 없어요."

"봐도 돼요?"

앞치마를 벗고 제비가 다가갔다.

"그럼요."

석영이 노트북을 제비 쪽으로 돌렸다. 제비는 빠르게 손을 놀려 홈페이지와 블로그, 인스타그램을 봤다. 석영의 말대로 예약은 없었다. 그도 그럴 게 홍보 사진이 몇 장 없었다. 사진관에 전시된 것들이 전부였다.

"하." 제비가 한숨 쉬었다. "왜 이렇게 사진이 적어요?"

"그게. 만족스러운 사진들만 고르다 보니까요."

석영이 머리를 긁적였다.

"안 돼요, 이런 식으론. 매일 올려야죠. 하루에도 몇 장씩."

강경하게 내뱉고 제비는 깜짝 놀랐다. 석영이 불쾌해하진 않을까 슬며시 걱정됐다.

"그런가요."

석영은 말했다. 질문인지 체념인지 알 수 없었다.

주머니를 더듬다가 제비는 휴대폰이 없는 걸 깨달았다. 수리점에 맡겨야 하는데, 사진관 휴무일인 수요일에나 가능할 것 같았다. 로그아웃을 한 뒤 제비는 자신의 아이디로 인스타그램에 로그인했다.

"우아. 팔로워가 천 명이나!"

석영이 깜짝 놀랐다.

목포 할망의 블라우스를 입은 채, 제비는 우쭐거렸다. 인스타계에서 팔로워 천 명이 많은 건 아니지만, 하쿠다 사진관의 서른 명에 비할 바는 결코 아녔다.

"이거, 저한테 맡기세요. 사장님은 예술 하고요, 저는 상술을 하는 거예요."

동그랗게 눈을 뜨고 석영이 제비를 봤다. 그래도 될지 모르겠다는 듯 혼란스러운 눈빛이었다. 제비는 강경하게 나가기로 했다.

"사장님, 이런 식으론 제 월급 못 주세요. 은행에 빚이나 더 지죠. 안 그래요?"

석영의 얼굴이 새빨개졌다.

"저 말이죠, 부끄럽지 않게 돈 벌고 싶어요. 맡겨주세요, 홍보!"

마침내, 석영이 고개를 끄덕였다. 순간, 제비의 가슴이 두근거렸다. 여태껏 한 번도 세일즈라곤 한 적 없었지만, 그 생각은 잠깐이었다. 뭐든 할 수 있을 것 같은 기분, 어깨가 넓어지는 당당한 기분이 온몸을 뜨겁게 했다.

'자신감이란 거, 책에서 보기만 했는데…… 이런 느낌이었어?'

제비는 히쭉 웃었다.

"그런데 이 사진…… 제비가 찍은 거예요?"

석영이 물었다.

"네? 아, 네." 제비는 손사래 쳤다. "형편없죠? 그냥 막 찍은 거라서요. 애초에 저는 똥손이고, 또……."

"아냐. 느낌이 좋아 물어본 거예요." 석영이 말했다. "사진 찍는 거, 좋아해요?"

제비는 가만히 고개를 끄덕였다.

"그럼 계속 찍어봐요. 잘 찍으면 여기 전시해 줄게."

제비는 놀라서 석영을 마주 보았다. 가슴이 쿵쾅거렸다. 상대가 훈남이라서 그런 것만은 분명 아니었다.

석영의 꿈

"바닷물에 빠졌던 휴대폰은 고친다 해도 오래 쓰기 어렵습니다." 휴대폰 수리 기사가 조심스레 말했다. "이 제품 4년 넘게 사용하셨는데, 수리보다는 새로 구입하시는 게 어떨까요?"

제안을 받고 제비는 고개를 끄덕였다. 저가형 휴대폰을 할부로 구입하고 민박집에 돌아왔다. 석영이 오토바이에 태워 수리점까지 가고 오는 걸 도와주었다. 하쿠다 사진관에서 첫 번째로 맞은 휴일이었다.

이장님 댁에 맡겨둔 벨은 제 어미 몸을 타고 오르며 놀고 있었다. 당근밭에서 모종 심던 사람들이 그늘 속에서 이른 점심을 먹고 있었다. 두 사람은 벨을 데리고 민박집으로 돌아갔다.

"그 검은 개가 순덕이지요?"

오토바이에서 내리자마자 제비가 물어보았다.

"맞아요."

석영은 이동용 배낭을 열고 벨을 마당에 내려주었다.

"새끼들하고 떨어졌을 때 한동안 산후우울증 같은 걸 앓았어요. 벨 데리고 자주 갔죠. 이제는 괜찮아요."

제비는 벨을 보았다. 벨은 목포 할망의 텃밭에서 상추를 뜯으며 앙앙 짖었다. 기척을 느낀 목포 할망이 문을 열고 나와 "이놈의 강생이! 훠이!" 하고 혼을 냈다. 그래도 벨은 기죽지 않고 텃밭을 뛰어다녔다.

목포 할망과 셋이서 보말 얹은 해초비빔밥을 점심으로 먹은 뒤, 석영은 지네 구멍을 막아주었다. 할망이 덕지덕지 붙여둔 청테이프를 떼어낸 순간 시멘트 가루와 함께 지네 한 마리가 툭 떨어졌다. 제비는 문가에 섰다 비명을 지르며 마당으로 도망쳤다. 장갑 낀 손으로 지네를 잡아 석영이 텃밭에 풀어주었다. 앞발을 뻗고 경계하면서 벨이 으르렁댔다.

"여기는 주변에 기름진 밭이 많아서……. 그래도요, 지네 있는 집에 바퀴벌레는 없어요. 전부 다 잡아먹거든."

"히익! 그럼 이제부터 바퀴벌레 나와요?"

나무토막처럼 뻣뻣이 서서 제비가 진저리 쳤다.

"아니, 꼭 그렇다기보다……."

멋쩍게 웃으며 석영이 방으로 갔다. 갈라진 벽에 실리콘 코팅제를 바르고 다 마른 뒤에는 벽지를 붙였다. 그런 일을 대비해 할망이 아껴둔 조각 벽지였다.

"지네는 습한 걸 좋아해요. 이거 방습제야. 물 차면 버리고 새
로 놔줘요."

석영이 오토바이 짐칸에서 물건을 가지고 왔다.

울상인 채로 제비는 고개를 끄덕였다.

"혹시 지네가 또 와도 놀라지 마요. 사람을 무는 일은 거의 없
어."

석영이 씩 웃었다.

'하지만 그 생김새를 보면 안 놀랄 수가 없다고요!'

제비는 속으로 소리쳤다.

석영이 돌아간 뒤, 제비는 구글 드라이브에 접속해 사진을 다
운받았다. 작년 봄, 휴대폰을 보며 길을 걷다 보도블록에 떨어뜨
린 적이 있었다. 먹통 된 휴대폰을 들고 엉엉 울면서 제비는 수리
점으로 갔었다. 아주 중요한 사진이 그 속에 들어 있었다. 다시 볼
수 없다고 생각하니 미칠 것만 같았다.

"액정이 나갔을 뿐이에요. 메모리는 무사합니다." 수리 기사의
말이 다정한 신의 은총 같았다. "혹시 모르니까, 이제부터 중요한
사진은 백업을 해두세요."

휴대폰을 꼭 쥐고, 제비는 여러 번 고개를 끄덕였다.

깔깔한 이부자리에 누워 제비는 휴대폰 속 사진을 멍하니 봤
다. 눈물이 흘러 귓바퀴에 고여 들었다. 소리 없이 울다가, 제비는

갤러리 앱을 끄고 인스타그램을 열었다. 나흘 동안, 제비는 하쿠다 사진관 팔로워를 열 배 늘렸다. 깜짝 놀라며 기뻐하던 석영의 표정을 제비는 사진처럼 기억했다.

"대단하다! 축하 파티 해요, 우리!"

석영이 소리쳤다.

제비는 빠르게 머리를 흔들었다.

"인스타를 통해 첫 손님 오신 날요. 파티는 그날 해요."

석영이 웃으며 고개를 끄덕였다.

'대체 어떻게 하면 손님을 끌 수 있을까?'

제비는 틈만 나면 궁리를 했다. 손님이 없었으므로 하루 종일 그 생각만 했다 해도 과언이 아니었다. 어서 빨리 손님을 끌어 사진관에 돈을 벌어주고 싶었다. 사진관이 잘돼야 자기도 제주에서 오래 살 수 있을 테니까. 제비는 소중한 직장을 지키고 싶었다. 근무처도 근무 여건도 심지어는 오너까지 마음에 드는 직장을 찾은 건 대단한 행운이었다. 물론 석영에게 불만이 전혀 없는 건 아니었다. 해녀들이 물질하는 날마다 열 일 제쳐두고 바다로 나가 휘파람 불며 돌아오는 게 꼴사나웠다. 분명 그 양희라는 해녀의 짐을 들어주고 오는 거겠지.

제비는 벤치마킹을 하려고 유명 사진관 홈페이지를 들락거렸다. 석영이 1층을 전시장으로 쓴다고 한 걸 떠올려 사진전에 관한 뉴스도 찾아보았다. 그러다 무심코 석영의 이름을 검색했는데, 그 결과물이 실로 놀라웠다. 다음 날 아침 출근을 하자마자 제비는 물어보았다.

"사장님! 혹시 상 받은 적 있어요?"

탁자를 닦던 석영이 놀라서 제비를 봤다.

"그…… 걸 어떻게."

"우아, 사장님 정말 예술가네요! 사진대전 대상이라니!"

"아니, 그, 예술가라기보다……."

"우리 그거 걸어놔요! SNS에 홍보도 하고요!"

활짝 웃으며 제비가 콩콩 뛰었다.

"뭘요?"

석영이 허리를 폈다. 손에는 아직 행주를 쥔 채였다.

"사장님 상장 말예요! 그리고 시상식 사진! 아, 작품 사진도 걸어놓으면 좋겠다."

"그건 좀."

석영이 머뭇거렸다.

"왜요?"

"손님들이 좋아할까요? 그 사진 너무 관념적이고……."

제비는 코웃음 쳤다.

"손님들은 말이죠, 자기 사진 찍어줄 사람의 실력을 궁금해해요. 돈을 내도 아깝지 않은 프로인지 확인하고 싶어 하죠. 우린 그걸 해주는 거예요."

제법 논리적인 말을 했다 여기며 제비는 우쭐댔다. 그리고 손가락으로 전시된 사진들을 쓱 가리켰다.

"게다가, 이장님의 모습이라든가 벨과 순덕이의 모습이라든가, 손님들이 매력을 느낄 만한 사진들도 있잖아요? 괜찮아요, 그러니까."

"그럴까요."

당황한 석영이 행주로 이마를 문질렀다.

"그렇다니까요!"

제비는 카운터에 놓인 노트북을 열고 석영의 당선 기사와 작품 사진을 캡처해 SNS에 올렸다.

"사진전 수상 작가니까 촬영 가격도 이렇게 올리고……."

"아아, 그래도 될까요. 손님들이……!"

석영이 행주를 입에 물었다. 제비가 그것을 재빨리 잡아챘다.

"시장 가격은 사장님도 잘 아시잖아요?"

"그렇긴 해도 손님들은 그냥 기념사진을 찍으러 오는 건데."

"처음이 어렵죠. 사장님 사진 멋져요. 손님들도 분명 돈 아깝지 않다 여길걸요? 상장도 갖고 오세요. 지금, 2층에 있죠?"

제비가 자리를 박차고 일어났다.

"왜요?"

석영이 엉거주춤 물러났다.

"아까도 말씀드렸잖아요. 여기 전시해야죠!"

"아, 그건 정말이지……. 벨, 벨 어디 있니?"

석영이 난데없이 강아지를 찾아 가게를 돌아다녔다. 제비가 그 앞을 막아섰다.

"사장님. 저 월급 주셔야죠. 은행이 주게 하실 거예요?"

석영은 가만히 한숨 쉬었다. 그리고 느릿느릿 계단을 올라가 상장이 든 액자를 가지고 왔다.

"이렇게 큰 상을 받았는데 왜 여기서 이러고 있어요?"

강아지를 찾으며 제비가 물어보았다. 벨은 사진관 구석에 웅크린 채 꾸벅꾸벅 졸고 있었다.

"여기서, 이러고?"

석영이 받아쳤다. 뻣뻣하고 차가운 말투였다.

"아, 그러니까 제 말은……."

강아지를 안고 제비가 돌아섰다. 등골이 서늘했다.

"그런 상 따위, 별거 아녜요." 석영이 쏘아붙였다. "어리석게 집착한 적도 있지만…… 자신감 부족한 바보의 일일 뿐이죠."

'자신감 부족한 바보.'

제비는 속으로 되뇌었다.

"지금 나는 여기 물꾸럭마을에 살고 있어요. 가정을 꾸려서 뿌리내리는 거, 그게 내 꿈이에요."

석영은 그렇게 말하고 계단을 올라갔다. 벨이 몸부림을 쳐 제비의 품을 벗어났다. 주인을 따라서 깡충깡충 계단을 올라갔다.

와일드 라이더스

석영의 상장과 작품 사진 그리고 시상식 사진을 어디에 걸 것 인가를 두고 실랑이가 벌어졌다.

"출입문 쪽에 걸면 안 된다니까요. 너무 노골적이잖아."

액자를 들고 석영이 몸을 틀었다. 제비가 맞은편에서 액자를 쥐고 당겼다.

"글쎄 여기 걸어도 된다니까요? 어차피 잘 안 보여요. 출입문 에 '당기세요' 표지 붙여놔도 당기는 사람 봤어요?"

"그럼 더더욱 여기 놓을 필요 없잖아요. 어차피 안 보이는데!"

석영이 액자를 번쩍 들었다.

"혹시 찾았을 때 보기 쉽게끔 놓는 거예요. 여기가 좋다고요!"

두 팔을 뻗어 흔들며 제비가 깡충거렸다. 벨이 구석 자리에 앉아 하품을 했다. 뒷다리로 목덜미를 벅벅 긁었다.

출입문 옆 카운터에 기대 제비는 노트북을 들여다봤다. 열흘 남짓한 시간 동안 하쿠다 사진관의 인스타그램 팔로워는 백 명 더 늘어났다. 제주에 가면 꼭 들러 사진을 찍고 싶다는 댓글도 여럿 있었다. 하지만 그것은 댓글일 뿐, 촬영 예약은 아직 없었다. 석영은 먼지 앉은 카메라를 극세사 천으로 닦고 있었다. 그는 제비 쪽으로 눈길도 주지 않았다. 출입문 옆 카운터 뒤에 그의 상장과 작품 사진이 걸려 있었다.

제비가 출입문에 달아놓은 문어 모양 풍경이 때때로 흔들렸다. 두 사람은 그때마다 소스라쳐 일어섰다. 그러나 기다리는 손님은 오지 않고, 모두가 짓궂은 바람의 장난이었다. 사진관에 취직한 지 보름이 지나도록 이렇다 할 손님이 없자 제비는 초조했다. 여차하면 공항에 나가 돌리려고 홍보용 전단을 디자인하기 시작했다. 휴대폰으로 찍은 하쿠다 사진관 전경에 석영의 화려한 이력을 얹어볼 요량이었다. 물론, 석영에게는 비밀이었다.

"안녕하세요!"

벌컥 문을 열고 누군가가 들어섰다. 석영과 제비는 누가 먼저랄 것 없이 일어나 활짝 웃었다.

"아이고, 이런. 손님이 아니라 죄송합니다."

유나 아빠가 말했다. 그는 출입문 앞에서 종이 가방을 흔들었다.

"새 메뉴를 개발했어요. 손님들에게 담아줄 작은 상자와 종이 가방도 제작했고요. 한번 봐주세요."

유나 아빠는 넉살 좋게 물건들을 끄집어냈다. 아침부터 마을을 돌며 시식 테스트를 진행한 모양이었다.

"여기 노란 건 금귤빵이고, 거무스름한 건 문어빵이에요. 오징어 먹물로 색을 냈고 문어 슬라이스를 안에 넣었죠."

제비는 먼저 금귤빵을 집어 들었다.

"오옷, 맛있어요! 껍질과 씨앗의 아린 맛이 하나도 안 나네요? 부드럽고 달콤해요."

제비는 엄지를 번쩍 들었다.

"잼을 만들 때 과육만 다져서 넣었거든요. 색깔은 치자로 냈고."

유나 아빠가 말했다.

"이건 타코야키랑 비슷하네요. 변별력이 없어요."

한 입 베어 문 문어빵을 석영은 내려놓았다.

인정사정없는 평가에 놀라 제비가 유나 아빠를 봤다. 아니나 다를까. 그의 얼굴이 창백해졌다.

"하하. 그래?"

"네. 좀 더 납작하고 바삭하게 만들면 어떨까요? 문어 디자인의 틀로 굽는다든지, 디자인 변화도 생각해 보세요."

"그래야겠네. 하하."

유나 아빠가 웃었다. 제비가 말을 받았다.

"저기, 이건 뭐예요? 과자 같은데."

"아, 그건 문어깡이에요. 문어 분말로 만들었는데……" 유나 아빠가 석영의 눈치를 봤다. "뭐, 표절이지, 표절."

과자를 먹고 석영이 고개를 끄덕였다.

"그러네요. 자갈치 맛이 나요."

"하지만 금귤빵은 정말로 맛있어요. 아이디어 최고예요!"

제비가 웃으며 엄지 두 개를 번쩍 들었다.

"고마워요." 유나 아빠가 쑥스러운 듯 손가락으로 귀를 만졌다. "여기서 일하게 됐다는 거, 이 사장한테 들었어요. 심심할 때 우리 집에 놀러 오라고, 유나 엄마가 전해달래요."

"아, 네에……"

어깨를 움츠리고 제비가 눈을 굴렸다.

"어쩌면 아기를 그렇게 잘 달래냐고, 유나 엄마 칭찬이 대단해요."

"유아교육과를 나와서 그래요. 아기 전문 사진관에서도 일했고."

석영이 끼어들었다.

"그렇구나. 역시!"

유나 아빠가 제비를 향해 엄지를 척 들었다.

손님이 돌아가고 나서 제비는 남은 빵을 냉장고에 넣었다. 유나 아빠는 손이 큰 모양이었다. 마을 여기저기에 돌리고도 시식용 빵이 두 상자나 남았다.

촬영이 없어 기능하지 못하는 사진기들을 석영은 하나씩 테스트했다. 제비는 그런 석영을 슬며시 흘겨보았다. 양희에게도 벨에게도, 심지어는 자기에게도 상냥한 석영인데 유나 아빠에게 그토록 빡빡한 것이 이해가 되지 않았다.

"기껏 용기 내 찾아왔는데, 그렇게 해야 해요?"

제비가 물었다. 석영은 어벙한 낯으로 제비를 보았다. 한참 뒤에야 "아." 하고 답답한 소리를 냈다.

"형진이 형은 아버지니까. 게다가 그건 상품이잖아요."

석영이 갑자기 제비를 찰칵 찍었다.

"뭐, 뭐예요?"

제비는 뒤늦게 손으로 낯을 가렸다. 부끄럽고 기분 나빴다.

"사진기가 잘 작동해야 우리가 먹고살죠. 그런 것처럼, 유나 아빠의 빵도 훌륭해야 해요. 그래야 예쁜 유나가 잘 자라죠. 늘 즐겁게, 하고 싶은 건 모두 다 해보고……. 안 그래요?"

"그건 그런데요, 제 사진은 지우세요!"

제비가 소리쳤다. 석영이 굼뜨게 두 눈을 깜빡였다.

"지워요? 이거, 필름 카메란데?"

그때 또다시 풍경이 흔들렸다. 두 사람은 동시에 출입문을 보았다. 수국이 탐스럽게 핀 정원 밖에는 아무것도 보이지 않았다. 그러나 희미하게 소리가 났다. 천지가 우르르 흔들리는 소리였다. 석영과 제비는 두 눈을 마주쳤다.

"라이더다!"

사진기를 든 채 석영이 뛰어나갔다. 제비도 곧바로 따라갔다.

두 사람의 눈앞에 놀라운 광경이 펼쳐지고 있었다. 열 대 넘는 오토바이가 해안도로를 따라 달리고 있었다. 눈 깜짝할 새, 그 행렬은 사진관으로 난 언덕길을 올라 마당에 열 맞춰 섰다. 검은 할리데이비슨부터 BMW, 베넬리, 스즈키 하야부사까지 종류가 다양했다. 정확히 열두 대였다. 사진기를 눈에 대고 석영이 얼른 셔터를 눌렀다.

"뭐여, 사진관이잖여?"

은빛 고글과 헬멧을 벗고 한 여자가 말했다. 체구가 자그만 중년의 여자였다.

"사진관이라도 시원한 거 판대서 오기로 했잖여. 아, 까마귀 고길 먹었남?"

또 다른 여자가 헬멧을 벗어 들었다. 키가 크고 어깨가 넓은 중년이었다. 빨간 바이크 슈즈로 킥스탠드를 차 내렸다.

"아, 맞다. 지도 검색했지?"

맨 처음 말한 여자가 민망한 듯 웃었다.

"아이고 목말러."

"출출햐 죽겄네."

이런 얘기를 하며, 총천연색 바이크 슈트를 입은 여자들이 사진관에 들어섰다. 개중에는 등에 호랑이 자수가 놓인 점퍼를 입은 사람도 있고, 프릴 장식이 있는 점퍼를 입은 사람도 있었다. 온갖 징이 박힌 점퍼도 눈에 띄었다. 잠시 후, 무리에서 뒤처진 노란색 혼다 슈퍼커브가 언덕을 힘겹게 올라왔다. 수수한 바람막이 점퍼에 싸구려 등산화를 신은 여자가 헬멧을 벗고 가게로 들어갔다.

석영과 제비는 멍하니 섰다 가게 안으로 뛰어갔다. 손님들 몇은 카운터에 기대, 또 몇은 냉장고를 들여다보며 마실 것을 찾고 있었다. 아침나절 유리잔을 몇 개나 냉동실에 넣었던가를 제비는 생각했다. 부족할 것 같았다. 하지만 얼음은 충분히 얼려두었다.

"청귤에이드! 요것이 맛있겠는디? 혜연아, 이것 먹어도 되냐?"

한 여자가 물었다. 다른 사람들도 간절한 표정으로 혜연이라는 여자를 봤다.

"먹어, 먹어. 이따 저녁에 식당 컨헌티 갈치 대가리만 구워달라고 하믄 되니께."

혜연이 말했다.

"아, 까짓 음료수 좀 마신다고 워째서 갈치에 대가리만 남는겨?"

"그려. 갈치가 고등어로 변했으면 변했지, 워째서 대가리만 남어?"

다른 여자들이 반발했다.

"아이고 점잖게들 굴어."

할리데이비슨의 주인이 의자에 앉아 검은색 선글라스를 벗었다. 무리를 이끌고 가장 먼저 주차장에 들어선 여자였다. 눈빛이며 말하는 투가 우두머리 같았다.

"예정 밖으로다가 들른 곳이니께 여기서는 뿜빠이로 혀. 그라믄 될 거 아녀?"

"뿜빠이는 일본말이라고 몇 번을 말혀. 노느매기라고 허라니 깨."

우두머리 옆에 앉은 여자가 고상한 말투로 끼어들었다.

"그랴. 김윤자 국문학과 교수님 말씀 모두 새겨들어. 각자 원하는 거 골라 노느매기 하자 이거여."

그렇게 해서 청귤에이드와 당근슬러시, 제주 아이스커피 등이 순식간에 팔려나갔다. 제비가 기지를 발휘해 유나 아빠의 금귤빵과 문어빵을 오븐에 넣고 데웠다. 오후 3시. 손님들은 고소한 냄새에 끌려 빵들을 주문했고, 눈 깜짝할 새 먹어치웠다. 갈증과 허기를 달랜 손님들은 자유롭게 가게를 들락거렸다. 야자나무와 수국을 배경으로 사진 찍는 사람이 있는가 하면, 두엇은 벨을 귀여워하며 따라다녔다. 나머지는 갤러리에 남아 전시된 사진을 구경했다. 그중 인기 있는 것은 벨과 순덕이의 사진 그리고 물꾸럭 맞이 축제 때 찍은 해녀들 사진이었다.

"여봐요, 사장님. 이 사람들이 누굴까?"

우두머리가 물었다.

"여기 마을 주민들입니다. 모두 현직 해녀세요."

석영이 답했다.

"해녀들은 고무옷을 입는 거 아닌감?"

"맞어. 티비서 보니깨 검은 옷을 입고 있던디."

손님들이 말했다.

"그분들도 평소에는 그런 옷을 입으세요. 다만 물꾸럭 맞이 축제라고, 육지에 올라온 문어를 바다로 보내는 특별한 행사가 있거든요. 그때는 모두 전통 복장을 입습니다. 면으로 된 흰옷이지요."

"그렇구먼."

"엄청이 우아허네."

"참말."

손님들이 저마다 고개를 끄덕였다. 그리고 말이 없었다. 열린 창밖에서 파도 소리가 차분히 들려왔다.

'어쩌면 사진을 찍을지 몰라!'

제비는 토끼 눈을 뜨고 석영을 봤다. 석영도 긴장한 표정을 숨기지 못하고 입술을 앙다물었다.

"우덜도 사진 찍을까?"

우두머리가 말했다.

제비는 너무 기뻐 소리를 지를 뻔했다. 석영은 아랫입술을 질끈 물었다.

"아 줄창 찍었잖여. 어제 오늘 찍은 거는 사진이 아니고 뭐여. 삼진이여, 오진이여?"

혜연이라는 여자가 끼어들었다. 모임에서 돈 관리를 맡고 있는 사람이었다.

"아 그거는 멈춰서 찍은 거잖여. 달리믄서 찍은 적은 없잖여. 안 그려?"

우두머리가 말했다.

"그려, 그려."

동창들이 입을 모았다. 저마다 불만이 가득 쌓인 표정이었다.

"매년 여고 동창 모임으로다가 바이크를 타는디, 달리는 사진은 하나도 읎어."

"몇 년 전에 미란인가? 달리는 것 찍다가 골로 갈 뻔했잖여."

"그래도 그렇지! 우리 남편은 오토바이를 탄 게 아니라 끌고 댕기다 온 거냐고 야지를 논단 말여!"

"야지도 일본말이여. 놀린다고 혀."

윤자가 고상하게 훈계를 했다. 그러나 흥분한 일행은 들은 체도 하지 않았다.

"그러면 그것도 노느매기로 혀!"

혜연이 입술을 삐죽였다.

"그러지 뭐. 여봐요, 사진작가 양반. 우덜도 찍어줄 수 있슈?"

우두머리가 물었다.

"그럼요!"

제비가 반색했다. 그러나 우두머리는 제비를 보지 않았다. 석영을 보고 있었다. 레이저 같은 눈빛을 쏘며 짝다리를 딱 짚었다.

"우덜 말은…… 달리는 거를 찍어줄 수 있냐, 이 말유. 우덜하고 같이 달리믄서, 찍어줄 수 있냐고."

제비는 마른침을 애써 삼켰다.

"네. 가능합니다."

석영이 말했다.

"확실히 해유. 젊은 사람 다치게 하긴 싫으니깨."

우두머리가 거만한 말투로 다짐을 뒀다.

제비는 놀라서 석영을 봤다.

"에이, 아까 못 봤어? 야자나무 뒤에 오토바이 있더먼. 이 양반도 라이더여."

누군가가 말했다. 싸구려 등산화를 신은 여자가 그 뒤에 서 있었다. 그는 자그마한 콜라 캔을 들고 바다를 내려다봤다.

"그려?"

"그렇다니깨."

"그러믄 뭐. 대략적으루다가 맛은 알겠네."

일행을 돌아보며 우두머리가 웃었다.

"맛이요?"

제비가 물었다.

"아, 바람의 맛 말이여. 스피드으!"

우두머리가 짧은 머리를 쓸어 넘겼다.

손님들이 언덕 밑 바닷가를 산책하는 동안, 석영은 촬영 준비를 서둘렀다. 라이더들과 달리며 촬영을 한다니 제비는 가슴이 콩닥거렸다. 사진관에서 일하기는 했지만 스튜디오를 벗어나 본 적 없는 제비였다.

"사장님, 정말 괜찮으시겠어요?"

보조 배터리와 노출계를 챙겨 가방에 담는 석영을 제비가 근심스레 쳐다보았다.

"응? 으응. 제비야, 혹시 오토바이 탈 줄 알아요?"

소니 디지털카메라에 광각렌즈를 조립하며 석영이 돌아보았다. 짐벌과 삼각대를 들고 있다가 제비는 뜨악한 표정을 지어 보였다.

"사장님, 이런 때 이런 말씀 죄송한데요. 그런 식으로 말하는 거 이상하지 않아요?"

"그런 식?"

"제비야, 하고는 존댓말 쓰는 거요."

"이상하죠. 엄청 이상해요."

석영이 고개를 끄덕였다.

"그런데요?"

"기다렸어요. 말 놓으라고 해주기를."

석영이 콧등을 찡긋했다.

실눈을 뜨고, 제비는 어깨를 으쓱였다.

"휴. 그럼 이제 말 놓으세요. 그리고요, 저 오토바이 못 타요. 여기 처음 온 날 기억 안 나세요? 막 비명 질렀는데."

"맞다, 그랬지! 그럼 혹 운전면허는?"

간절한 눈망울로 석영이 제비를 봤다. 고개를 홱 돌리며 제비는 눈을 깔았다.

"있어요. 근데 장롱이라……."

"됐어, 그럼!"

바람처럼 나가서 오토바이를 타고 석영은 사라졌다.

'말 놓으랬다고 어쩜 단번에 놓냐? 사양도 없이.'

제비는 투덜댔다.

잠시 후 검은색 픽업트럭이 언덕을 올라왔다.

"제비야, 이거 운전해 줘. 그럼 내가 짐칸에 앉아 사진 찍을게."

석영이 자동차 키를 쓱 내밀었다.

제비는 놀라서 손으로 입을 가렸다.

"사장님 그거 완전 도로교통법 위반……."

검지를 들어 석영이 입을 가렸다.

"돈 벌어 월급 달라고 하지 않았어?"

라이더들이 슬금슬금 언덕을 오르는 걸 보고, 석영은 2층으로 갔다. 흰색 드레스셔츠를 벗고 검은색 라운드티로 갈아입었다. 라이카 사진기를 쥐고 먼 곳을 보는 서양인의 얼굴이 인쇄된 티셔츠였다. 출입문 앞에서 석영은 눈을 감았다. 셔츠에 손을 얹고 수 초간 말이 없었다.

"뭐 하시는 거예요?"

손님들의 눈치를 보며 제비가 물었다.

"기도. 위대한 사진가 스테판 거츠에게."

"죽은 사람이에요?"

제비가 묻자 석영은 화들짝 놀라 두 눈을 떴다.

"끔찍한 소리! 그분은 지금 아프리카에 계셔. 내전의 참상을 고발 중이지. 오늘은 그분의 촬영 기법을 써볼 거야. 오토바이를 타고 게릴라 진지 주변을 돌며 찍은 사진이 아주 유명해. 거칠게 보

초를 서는 병사들 틈으로 작전회의를 하는 지휘부의 모습이 인상
적이지."

"아아, 그렇게까지……."

제비는 위험을 직감하고 말리려 했다. 하지만 정신을 차려보니
어느새 자동차 운전석에 앉아 있었다. 다행히도 수동이 아닌 오토
매틱 자동차였다. 석영은 라이더들과 촬영 코스를 확인하고 짐칸
에 올라탔다. 차체가 조금 낮아지는 것을 느끼며 제비는 책임감을
느꼈다. 자신의 어깨에 석영의 미래를 걸머진 것 같았다.

시동을 켜고 제비가 언덕을 내려가자 라이더들이 따라왔다. 검
은 할리데이비슨이 맨 앞에 있고, BMW, 베넬리, 스즈키 등이 늘
어서 달렸다. 위태롭게 짐칸에 쪼그려 앉아, 석영이 촬영을 시작
했다. 제비는 오랜만에 운전대를 잡아 떨리는 손으로 차를 몰았
다. 오후 4시가 막 지난 시간이었다. 태양이 서쪽으로 기울며 강
렬한 빛을 뿜었다.

좁고 구불구불한 이차선도로를 제비는 천천히 달렸다. 순전히
석영을 위해서였다. 그러나 얼마 지나지 않아 라이더들이 클랙슨
을 울리기 시작했다. 사이드미러로 보니 우두머리가 속도를 내라
며 손짓을 하고 있었다. 한 손만으로 라이딩하는 우두머리를 보
자 제비는 오금이 저려 속력을 냈다. 짙푸른 바다에서 강풍이 불
어 라이더들의 슈트가 펄럭거렸다. 가파른 커브에서 치솟은 파도
가 우두머리의 어깨를 쳤다. 순간, 석영은 셔터를 눌러댔다. 파도
를 맞고 놀란 우두머리가 위험하게 비칠거렸다. 늘어선 일행도

덩달아 비칠댔다. 제비는 수시로 사이드미러를 보며 운전을 했다. 심장이 오그라드는 것 같았다. 다행히 아무도 미끄러지지 않았다. 제비는 계속 달렸다. 해안에 늘어선 풍력발전기가 무서운 소리를 내며 돌았다. 석영은 그것을 배경으로 라이더들을 찍었다. 느지막이 해안을 올라오는 해녀들을 배경으로도 사진을 찍었다. 빨주노초파남보 방호벽이 나타나자 그것을 배경으로 또다시 셔터를 꾹꾹 눌렀다.

갓길에 오토바이를 세운 채, 모두가 사진을 점검했다. 선글라스를 벗은 우두머리는 만족스러운 듯 미소 지었다. 하지만 다른 라이더들의 표정은 그렇지 않았다.

"제우 이렇게 찍는 거여?"

BMW R9T에 앉아 혜연이 허벅지를 툭툭 쳤다.

"맞어. 개갈 안 나게 뭐 하는 거여? 이런 식이면 우리는 사진비 노느매기 못 혀."

베넬리 레온치노의 고급스러운 안장에 앉아, 윤자가 헬멧을 벗었다.

"아니 왜 못 헌다는 겨?"

우두머리가 물었다.

"시방 정순이 너 독사진 찍는 거 아녀? 우덜은 꼬두발로 나올랑 말랑 하고."

윤자가 구시렁댔다. 결국 모두 한 번씩 앞으로 나와 사진을 찍기로 했다. 코스를 역행해 촬영하느라 두 시간이 금세 지났다. 커다란 해가 벌겋게 익어 바다로 기울어졌다.

두 번째 점검 시간. 개별 인물을 주인공으로 한 사진에 대해서는 모두들 만족해했다. 하지만 단체 사진에 대해서는 여전히 불만스러운 기색이었다.

"좋긴 좋은디……."

"그려, 좋긴 좋아."

라이더들이 말했다.

"아쉬운 점이 있으면 말씀하세요."

석영이 말했다. 제비도 차에서 내려 초조하게 눈치를 봤다.

"저그. 작가 양반, 우덜 말 오해 말고 들어."

우두머리가 말했다.

"그려, 오해하지 말어. 요즘은 사람들이 오해를 참 잘혀."

누군가가 끼어들었다. 앞 유리가 멋지게 휜 스즈키 하야부사의 주인이었다.

"아, 자꾸 도돌이표로 재창 삼창할 거여?"

우두머리가 쏘아붙였다.

"아녀. 끝이여."

한숨을 푹 쉬고 우두머리가 석영의 어깨에 손을 얹었다.

"작가 양반. 우덜이 좋긴 좋아. 근디 좀 션찮하다 이 말이여."

"그려!"

라이더들이 입을 모았다.

"그러면 원하시는 게……."

우두머리가 석영의 반대쪽 어깨에 나머지 손을 얹었다.

"작가 양반. 내 뒤에 타면 워뗘?"

해안도로에 정적이 흘렀다. 거친 파도가 바위를 거칠게 내려쳤다.

"그라니께 이것이 시점 문제여. 시점."

우두머리가 검지를 들어 석영과 자신의 눈을 번갈아 가리켰다.

"이렇게 앞에서만 찍어대믄 개갈이 영 안 난다 이거여. 우덜 사이사이서 찍어줘야……."

"저, 아까부터 개갈 개갈 하시는데, 그게 뭔지……."

답답한 나머지 제비가 끼어들었다.

"시원스럽지 않다, 뭐 그런 뜻이에요, 아가씨."

윤자가 말하고 손으로 입을 가렸다.

"윤자 너! 시방 표준말 한 겨?"

우두머리의 지적과 동시에 라이더들이 폭소를 터뜨렸다. 손뼉을 치거나 옆 사람의 어깨를 치며 너나없이 윤자를 마구 놀렸다.

"아이참!"

발을 구르며 윤자가 짜증을 냈다.

"걸렸으니께 한턱내야 혀. 계산은 이따 허자!"

우두머리가 말하곤 석영을 봤다. 얼굴에서 웃음기가 싹 사라졌다.

"워뗘. 할 수 있겄어, 없겄어?"

"아유, 그건 안 뒈야. 너무 위험혀."

남아 있는 웃음기를 거두며 누군가가 만류했다.

"그려, 위험혀! 넘의 아들을 그렇게 하면 쓰남?"

혜연도 소리쳤다. 고개를 끄덕이며 라이더들이 수런거렸다.

"아, 답답하니께 한 소리여. 누구는 아들 없남?"

우두머리가 뜻을 굽히고 석영의 몸에서 손을 뗐다. 그 손을, 석영이 얼른 잡았다.

"하겠습니다. 해보겠어요."

"사, 사장님…… 그러다 크게 다치기라도 하면!"

제비가 속닥거렸다.

"저그……."

조심스럽게, 누군가가 말을 얹었다. 제비는 그가 사진관에 가장 늦게 도착한 혼다 슈퍼커브의 주인인 걸 기억했다. 그는 한 번도 무리의 앞에서 사진을 찍지 않았다.

"회장. 괜찮으면 내 뒤에 태우는 게 워떠? 회장 바이크는 뒤에 가 좁잖여."

석영과 제비는 말하는 사람의 오토바이를 봤다. 그러고 보니 뒷좌석에 자잘한 스크래치가 나 있었다. 붙어 있던 뭔가를 떼어 낸 모양이었다.

"그랴, 거기 타는 게 좋겄어. 짐칸이 넓으니께."

"그랴. 작가 양반이 정 하겠다믄……."

라이더들이 말했다.

우두머리는 어쩐지 못마땅한 표정이었다.

"되겄어? 이짝저짝서 개갈나게 달려야 허는디."

"꼬불꼬불 언덕 동네서 봉제 배달만 20년이여."

노란색 혼다의 주인이 말했다.

라이더들이 두 사람의 눈치를 보다 슬며시 끼어들었다.

"그려. 정미가 여태 잘 따라왔는디. 워떠?"

"맞어. 우덜 다 한 번씩 앞에서 달렸는디 정미는 못 혔잖여."

"그려. 정미가 이번엔 젤루다 앞에서 달려."

"그려, 그려."

의견이 모이는 찰나, 석영이 손을 들었다.

"하지만…… 그렇게 되면 사진에는 안 나올 텐데요. 저를 태워 주시는 분은."

일행이 멈칫하며 서로서로 눈치를 봤다.

"괜찮아유." 배달 오토바이의 주인이 헬멧을 쓰며 웃었다. "내 머릿속 사진기에는 찍히니깨."

그 말이 석영의 심장을 뜨겁게 만들었다.

배달 오토바이 뒷좌석에 거꾸로 앉아, 석영은 왼손을 뒤로 뻗었다. 안장 뒤의 손잡이를 시험 삼아 당기니 흔들림이 없었다. 그는 픽업트럭 짐칸에서 사진기가 든 가방을 꺼내 조수석으로 옮겼다. 그리고 앞주머니에서 비스킷처럼 자그만 카메라를 꺼냈다. 석영이 혼다 슈퍼커브의 짐칸에 거꾸로 앉자 라이더들이 슬금슬금 모여들었다.

"이거 아무래도 안 될 것 같어."

윤자가 안절부절못하며 석영을 봤다.

"그려. 이 자세 너무 위험혀. 이렇게까지 찍을 건 없어."

혜연이 말했다.

"괜찮습니다. 위험하다 싶으면 소리칠게요."

석영이 씩 웃었다.

"모두들 걱정 말어. 갓난아기 태운 듯 흔천히 달릴 테니."

정미가 돌아보았다.

"네. 믿습니다."

석영이 가볍게 고개를 끄덕였다.

"아, 얼른들 올라타! 사진관 사장님 시간 낭비시키지 말고!"

우두머리가 선글라스를 끼고 검은색 할리데이비슨에 탔다. 내키지 않는다는 듯 라이더들이 헬멧을 쓰고 오토바이에 탔다. 제비는 말없이 석영의 앞에 섰다. 그의 눈을 피하며 제비가 헬멧 끈을 단단히 조여주었다. 노란색 혼다 슈퍼커브가 천천히 움직였고, 할리데이비슨, BMW, 베넬리 등이 뒤를 따랐다. 석영이 차분히 촬영을 시작했다. 픽업트럭을 몰고 제비도 뒤를 따랐다. 슬며시 액셀러레이터를 밟으며, 제비는 라이더들이 속도를 내고 있음을 깨달았다. 시간이 지나자 라이더들은 여유를 찾은 듯했다. 정미를 사이에 두고 앞서거니 뒤서거니 하며 바람을 탔다. 누군가가 휘파람을 세게 불었다. 벌겋게 노을 지는 해안도로에서, 석영의 한쪽 눈은 감겨 있었다. 촬영에 몰입한 나머지 그의 상체가 조금씩 좌우로 기울어졌다.

"미쳤어! 처음 본 사람한테 목숨을 맡기다니!"

제비는 클랙슨을 울렸다. 손에서 땀이 솟았다.

"이것이 그들의 마지막일 수 있으니까."

왜 그토록 위험한 촬영을 했느냐는 제비의 물음에 석영은 그렇게 답했다. 어처구니가 없어 제비는 눈살을 찌푸렸다.

"그게 무슨 말이에요? 그 아줌마들 겨우 50대 초반 같던데, 뭐가 마지막이라는 거예요?"

제비는 조금 화가 났다. 그리고 혼란스러웠다.

"내가 한 말이 아냐. 스테판 거츠가 한 말이지."

석영은 사진기가 든 가방을 카운터에 내려놓았다. 그는 실눈을 뜨고 목소리를 굵게 만들어 누군가를 흉내 냈다.

"'이 피난, 이 총격, 이 경계 행위가 그들의 마지막이군.' 어떤 때, 그런 직감이 듭니다. 그러면 나는 사진기를 들고 그들을 따라가요. 슬프게도 그런 예감은 대체로 들어맞죠."

흉내 내기를 끝내고 석영은 어딘가에 전화를 했다. 그는 전복과 보말 같은 해산물을 주문했다. 문어는 8월 1일, 즉 지난주부터 금어기가 시작됐기 때문에 냉동 상품으로 주문을 했다. 라이더들은 예약해 둔 갈치 전문점에서 저녁을 먹기로 되어 있었다. 식사를 마친 후 사진관으로 돌아와 사진을 보며 파티를 하기로 했다. 모두가 제비의 기지 덕분이었다. 촬영을 마치고 갈증과 허기를 호소하는 라이더들에게 제비는 이렇게 말했다.

"저희 사진관에서 밤마다 '포토 뷰 파티'를 해요. 엄청 신선한 전복이랑 쫄깃한 문어랑 시원한 술을 드리는데, 이따 오실래요?"

우두머리를 비롯한 라이더들은 너무 배가 고팠던 탓에 잠시 뒤 먹게 될 갈치 정식보다 상상 속 음식에 더욱 끌렸다.

"이대로 집에 가심 이메일이나 우편으로 사진을 받아볼 텐데, 함께 보며 기뻐할 기회는 없을 거예요. 저희 사진관에선 고급 프로젝터로 사진을 상영하는데 같이 보면서……."

"그것 참 잼겠네!"

우두머리가 소리치고 라이더들을 돌아봤다. 일행이 모두 고개를 끄덕였다.

석영이 사진을 고르고 인화하는 사이, 제비가 트럭을 몰고 가 해녀회장의 집에서 해산물을 받아 왔다.

"근데 이 픽업트럭 어디서 났어요? 승차감 짱 좋다."

해산물을 개수대에 놓으며 제비가 말했다.

"빌렸어. 이장님한테."

작업실에서 컴퓨터로 인쇄 명령을 내린 뒤 석영은 앞치마를 집어 들었다.

"우아, 시골 인심 좋네요! 차를 그냥 빌려주고."

"그냥 아니야. 다음번에 제주견 사진 찍어드리기로 했어. 협회에 보낼 거."

석영이 공들여 손을 씻었다.

제비는 벽에 걸린 액자들을 뗐다. 그 속에 든 사진을 빼고 새롭게 인화된 사진들을 넣었다. 요리하는 틈틈이 석영이 배치 순서를 정해주었다. 진열을 마치고 제비는 가만히 서서 사진을 봤다. 노을 지는 해안도로의 라이더들은 끝내주게 멋졌다. 코발트빛 파도가 라이더들의 직렬을 무너뜨릴 듯 솟구친 장면, 풍력발전의 힘으로 달리는 듯한 라이더들, 해녀들이 물에서 나와 라이더로 변신한 듯한 흐름이 인상적이었다. 바이크 로고와 함께 찍힌 인물 사진도 각자의 개성을 드러내며 빛났다. 석영이 보말과 문어를 삶고 전복을 회 치는 사이, 언덕 아래에서 클랙슨 소리가 들려왔다. 재빨리 손을 씻고, 석영은 리모컨을 들어 중앙 등을 껐다. 그는 액자 위로 은은한 빛이 떨어지게끔 갤러리용 전등을 켰다. 석영의 지시를 받아 제비가 음악을 틀었다. 옥텟 밴드의 활기찬 재즈였다. 두 사람은 서둘러 출입문을 열고 나갔다. 벨도 꼬리를 흔들며 따라나섰다.

점보택시 두 대가 언덕 아래에 서 있었다. 우아한 드레스에 구두를 신은 라이더들이 콧노래를 부르며 언덕을 올라왔다. 갈치구이 정식을 먹으며 약주를 걸쳤는지 걸음걸이가 비틀거렸다.

"사장님, 오늘 마련한 음식…… 손님들이 다 드실까요? 촬영해 어렵게 돈 벌었는데 안주로 손해 보면……."

걱정스러운 눈길로 제비가 석영을 봤다.

"나 말이야, 횟집 주방에서 일한 적 있거든."

석영이 손을 비볐다.

"사장님이 횟집에서요?"

"응. 언젠가 이런 가게 하려고 관련 업종에 몸을 담았지. 어쨌건! 진정한 알코올중독자만이 안주를 거부해. 그리고 그런 사람들은 술 마시는 것 말고 다른 일은 않지. 제비야, 봐. 저 건강한 사람들을. 대식가라는 느낌이 딱 오지 않니? 이 안주 다 팔린다, 두고 봐. 아마 모자랄걸."

"설마요. 아무리 그래도 저녁을 먹었는데."

"글쎄 두고 보라니까. 아 참! 파티 사진은 제비가 찍어. 난 요리를 해야 하니까. 알겠지? 틈틈이 서빙하고 사진을 찍는 거야."

석영이 돌아서 제비의 어깨를 토닥거렸다.

"제가요? 손님들이 싫어할걸요? 형편없는 사진이라고!"

석영은 싱긋 웃었다. 상냥한 미소였다.

"형편없지 않던데, 인스타 보니까. 그리고 이건 어디까지나 서비스야. 받기만 해도 좋아하실걸? 부탁해."

셔츠 앞주머니에서 카메라를 꺼내 석영이 제비의 손에 쥐여주었다. 그것은 아까 석영이 사용한 것이었다. 자그만 몸체에 소니 RX0라 적혀 있었다.

'세상에, 나한테 사진기를 줬어. 진짜 사진기를!'

제비는 지금 일어난 일을 믿을 수 없었다. 작가의 사진기를 받다니. 전에 일하던 사진관에선 꿈도 못 꿀 일이었다. 근무 초, 호기심을 못 이겨 사진기를 만졌다가 불벼락을 맞은 적이 있다. 얼마나 비싼 건 줄 아느냐고 모두가 듣는 데서 소리치는 바람에 눈물이 찔끔 났었다.

"자, 그럼 시작하자!"

마당으로 나서 석영이 손님들을 맞았다. 제비는 작은 손으로 사진기를 쥐었다. 갓 태어난 병아리처럼 따뜻하고 가벼웠다.

라이더들은 호텔에 들러 샤워를 하고 식사를 마친 듯했다. 전시된 사진을 구경하며 들뜬 환성을 내질렀다. 더러는 감격해 손뼉을 치기도 했다. 손님들은 사진을 배경으로 너나없이 셀카를 찍었다.

석영과 제비는 그릇에 예쁘게 담은 음식을 탁자에 차려놓았다. 귤조림을 곁들인 전복회, 재래김에 고추냉이를 얹은 문어숙회, 양푼에 수북이 삶은 보말과 꼬치가 그것이었다. 제주 화산 암반수로 만든 탁주가 꽃처럼 곁에 놓였다. 일차로 사진 구경을 마친 손님들이 우르르 모여 앉았다.

"아니 사장님, 사진만 찍는 줄 알았더니 요리도 맹글어유?"

우두머리가 젓가락을 들고 전복 두 점을 입에 넣었다. 오독오독 씹는가 싶더니 콧소리를 내면서 고개를 막 흔들었다.

"윤자야, 빨랑 이거 따깡 좀 따봐!"

우두머리가 우악스럽게 술병을 집어 들었다.

"지지배야. 윤자가 시방 이거 딸 기분이겠냐?"

혜연이 나서 술병 뚜껑을 땄다. 우두머리의 빈 잔에 술을 채우며 혜연이 윤자를 슬쩍 보았다. 애써 웃는 윤자의 입 끝이 발발 떨렸다. 다른 일행도 그런 윤자를 보며 짓궂게 웃고 있었다.

"아이고, 윤자 덕에 잘 먹는다!"

우두머리가 말하고 깔깔 웃었다. 나머지 일행도 소리 내 웃어버렸다.

"사장님, 음악 꺼유! 파도 소리 안 들리누먼!"

윤자가 석영을 향해 소리쳤다. 그러고는 꼬치를 들어 애꿎은 보말을 쿡 찔러 뺐다. 잘근잘근 보말을 씹던 윤자의 눈이 번쩍 뜨였다.

"워쩌, 지지배야. 너도 이거 딸꿔줄까?"

우두머리 정순이 슬그머니 술병을 들었다. 윤자가 못 이긴 체 잔을 받았다.

"키야!"

술맛을 본 윤자가 어깨를 부르르 떨었다. 모두 한바탕 웃음을 터뜨렸다.

손님들이 즐거운 시간을 보내는 사이, 제비와 석영은 식탁과 식탁 사이를 바쁘게 오갔다. 빈 그릇을 채우고 더러워진 식기를 바꾸며 손님들의 안색을 살피느라 정신이 없었다. 제비는 그 와중에 파티 사진까지 찍느라 바빠, 누군가가 그들을 돕고 있단 걸 뒤늦게 알아차렸다.

"아아, 손님! 이렇게 안 하셔도 돼요!"

정미의 손에 든 접시를 제비가 얼른 잡았다. 정미는 몇 번이나 빈 접시를 싱크대에 가져오고 새 안주를 받아 갔다. 제비는 그가 노란색 혼다 슈퍼커브의 주인임을 기억했다. 석영을 태우고 사진을 찍도록 도와준 라이더였다.

"괜찮아유. 나는 원체 승질머리가 일 많은 걸 보덜 못 혀."

정미가 말했다.

사진을 찍고 서빙하는 틈틈이 대화를 하며, 석영과 제비는 정미에 대해 몇 가지 사실을 알게 되었다. 첫째, 정미의 아들은 올해 명문 대학에 입학했다. 둘째, 정미는 반평생을 공장에서 일했다. 그곳은 청바지와 셔츠 등을 만드는 곳이었고, 정미는 재봉사였다. 그녀의 남편은 재단사라고 했다.

"애들 어릴 때 우덜 일이 참말 잘됐슈. 얼매나 시절이 좋았는지 독립혀서 공장을 냈지. 한 2년쯤 잘나갔나…… 어느 날 쫄딱 망혔어. 애들은 어리지 차압 딱지는 붙지, 우리 남편은 충격으루 쓰러져서 말도 못 하지……. 하늘이 노랗더라구."

껍질이 수북이 쌓인 보말 양푼을 옮기며 정미가 털어놓았다.

"급한 빚이며 애들 학비며…… 도와줬어, 내동. 저 지지배들이."

소매로 눈가를 훔치는 정미를 석영과 제비는 묵묵히 봤다. 티슈를 뽑아 씩씩하게 코를 풀고, 정미가 씩 웃었다.

"우덜이 여고 동창이유. 취직하고 결혼하고 정신없이 살다 십수 년 전 라이딩 시작혔지. 나는 소식만 듣고 엄두도 못 냈어유. 근디 하도 나오라고들 혀서……. 빚 갚으러 나온 거여."

"빚이요?"

"응. 사흘 내동 웃는 낯만 하랴. 그걸루 빚진 거 다 까준다고."

고개를 숙이고 석영은 솜씨 좋게 문어회를 썰었다. 자신이 나오지 않는데도 정미가 촬영을 도운 이유를 그제야 알 것 같았다.

"그래서 이렇게 표정이 밝으시구나. 친구들 덕분에."

제비가 사진기 모니터로 정미의 얼굴을 봤다. 정미가 고개를 가볍게 끄덕였다.

"그렇쥬. 근데 말유, 그게 다가 아뉴. 난 말이쥬. 사랑니가 있거든."

호기심을 느낀 석영이 고개를 들었다. 저민 문어가 담긴 접시를 제비가 탁자에 놓고 왔다.

"나는 말예유, 사랑니 네 개가 똑바로 다 났어유." 정미가 소곤거렸다. "치과 선생 말이, 그거 아주 행운이라데."

석영과 제비는 동시에 어금니 뒤쪽을 핥다 눈이 마주쳐 웃었다.

"저는 두 개 뽑았어요. 두 개는 묻혀 있고."

제비가 말했다.

"저는 네 개 다 뽑았어요. 모두 밖으로 누워 있어서."

석영의 말에 제비가 진저리 쳤다. 정미가 거 보란 듯 고개를 끄덕였다.

"사랑니가 똑바로 나는 거, 것두 네 개 다 나는 게 흔칠 않다니께. 의사 선생 말이, 사랑니가 있으면 어금니를 지지해 준대유. 그래서 어금니가 넘들보다 덜 상한다는 규. 갈비를 씹어두 넘들두 개로 씹을 때 세 개로 씹으니께."

"아아."

석영과 제비가 고개를 끄덕였다.

정미가 슬며시 카운터에 몸을 기댔다.

"공장 망했을 때, 남편 쓰러졌을 때, 우리 애들 학원 끊겨 단칸 방서 숙제할 때…… 나는 요 혓바닥으루다가 사랑니를 더듬었슈. '겁 먹지 말자, 나는 행운아여' 하믄서."

"대단한 사랑니네요."

제비의 말에 정미가 활짝 웃었다.

"그렇쥬? 요 사랑니의 힘으루다가 오늘까지 온 규."

석영이 비누로 손을 씻었다. 그는 키친타월로 물기를 싹싹 닦았다.

"괜찮으시면, 찍어드릴까요? 서비스로."

"뭘유?"

모를 말이라는 듯, 정미가 두 눈을 동그랗게 떴다.

"그거요. 행운의 사랑니."

석영이 말했다.

왁자지껄 파티를 즐기는 일행을 제비에게 맡기고, 정미와 석영은 조용히 계단을 올라 2층으로 갔다. 의자 하나가 놓인 소박한 세트에서 석영이 배경지를 고르고 조명을 챙기는 동안, 정미는 늘 챙겨 다닌다는 세 종류 칫솔로 이를 닦았다.

"좀 힘드실 거예요."

검은색 배경지로 벽을 덮으며 석영이 말했다.

"힘들어봤자. 더 힘든 세상도 살았어요."

갑자기 들린 단조로운 어조에 석영은 꽤나 놀랐다. 정미가 석영을 보고 싱긋 웃었다. 그는 슬며시 계단을 봤다. 누군가가 듣진 않는지 살피는 것이었다.

"우리 약속이에요. 만날 때마다 고향 사투리 쓰는 거." 정미가 말했다. "사실 우리, 전국 각지에 흩어져 살아요. 1년 중 362일은 누군가의 엄마로, 딸로, 직장인으로 살죠. 나만 빼고 다들 성공해 번듯해요. 윤자는 대학교수고, 혜연이는 자기 동네서 제일 큰 마트 사장이고, 우리 대장 정순이는 왕년에 경륜 스타였어요, 올림픽에도 나간. 메달 실패하고는 오토바이에 재미 붙여 지금 자기 지역에서 바이크 매장 운영해요. 이 모임도 정순이가 하자고 제안한 거고. 그 덕에 우리…… 1년에 딱 3일만 사춘기 소녀로 사는 거예요. 이렇게 만나면 그 시절로 돌아가자 약속했어요. 사투리는 그때 우리 언어였으니까 꼭 쓰자 한 거고요."

정미는 또다시 계단을 힐끔 보았다. 그리고 사춘기 소녀처럼 콧등을 찡긋했다.

"다른 지역 말 쓰다 걸리면, 벌금 있어요. 엄청 세요."

"얼마나요?"

"그냥 통째로 턱을 내야 돼요. 그러니까 여기 사진관 파티 비용, 윤자가 내는 거예요."

하하, 소리 내 석영은 웃고 말았다. 그에 호응이라도 하듯 1층에서 라이더들의 웃음소리가 들려왔다. 석영은 뷰파인더를 보며 조리개를 만지작거렸다.

"준비됐습니다. '아' 하세요."

"아이참. 아무래도 못 할 것 같아."

정미가 토라진 듯 돌아앉았다. 얼굴이 발그레 달아올랐다.

"혀로 톡톡 건드려보세요. 행운의 사랑니도 못 하겠다고 하는지."

석영이 말했다. 정미가 픽 하고 웃음을 흘렸다.

"아래쪽부터 찍을게요. 그다음 위쪽을 찍고, 나중에 편집해 합치겠습니다. '아' 하세요. 치과에서 하듯이, 아주 크게."

눈을 내리깐 채 정미가 조용히 입을 벌렸다.

석영은 뷰파인더로 정미의 입 속을 봤다. 과연 뭐가 많긴 많았다. 치석이 하나도 없고, 혀가 새빨간 입 안이었다. 만일 자신이 치과의사라면 칭찬해 주고픈 입 안이라고 석영은 생각했다. 50대 중년의 것이라 믿기지 않을 만큼 공들여 가꾼 입이었다. 치아 중간중간 금으로 때운 곳이 별처럼 빛났다. 사랑니 네 개 중 두 개도 금으로 치료가 되어 있었다. 석영은 정성을 다해 정미의 입을 찍었다. 행운의 사랑니들을.

시간이 흐르자 힘에 부친 정미가 조금씩 앓는 소리를 냈다. 부자연스러운 자세로 사진기를 쥔 석영의 손에서도 축축이 땀이 솟았다.

"힘드시죠? 조금만 견디세요."

그리하여 촬영을 마쳤을 때는 두 사람 모두 녹초가 되어 있었다. 턱이 아팠는지, 정미가 두 손으로 마사지를 했다. 빛바랜 입술이 쪼글쪼글했다.

"남사시러워, 나 그 사진 못 볼 거 가텨."

홍조 띤 얼굴로 정미가 말했다.

"근사한 사진이 될 거예요, 분명." 석영이 말했다. "인화해서, 여기 전시할게요. 아까 저 오토바이 사진들하고."

"아유, 안 되아!"

벌떡 일어나 정미가 손사래 쳤다. 얼굴이 새빨개졌다.

장난꾸러기 소년처럼 석영은 막 웃었다. 그는 모니터로 자신이 찍은 사진을 보고 있었다.

"멋지고 튼튼한 사랑니예요. 사람들이 감탄할걸요. 두고 보세요."

"글쎄. 내가 그걸 알 턱이 있남. 여기 또 올 일 있을는지."

정미가 한숨 쉬었다.

"또 오실 수 있어요. 행운의 사랑니가 있잖아요."

석영이 씩 웃었다. 그때, 1층에서 제비가 올라왔다.

"다 되셨으면 이제부터 상영회를 할까 해요. 실은 벌써 틀어두었는데……."

"다 됐어."

석영이 말했다.

"아까 찍은 거 보여주는 규?"

대답도 듣지 않고 정미가 계단을 내려갔다. 석영과 제비도 따라서 내려갔다.

"야, 정미 너 어디 갔었냐?"

말끝을 늘이며, 우두머리가 손짓했다. 미소로 얼버무리며 정미가 슬며시 끼어 앉았다. 탁자와 의자가 스크린을 향해 가로로 놓여 있었다. 석영과 제비 그리고 열세 명의 라이더들은 말없이 앉아 수백 장의 사진을 봤다. 흥분과 감탄이 시끌벅적 쏟아졌다. 서로서로 추켜세우며 즐겁게 웃기도 했다.

"아니, 이거 정미 아녀?"

"정미 사진이 다 있네?"

마지막 사진을 보고 라이더들은 놀랐다. 그것은 노을 지는 해안도로에서 헬멧을 벗는 옆얼굴이었다. 땀 젖은 곱슬머리가 이마에 붙어 이색적인 느낌을 줬다. 노을을 향해 슬쩍 든 턱이 강인한 인상을, 내리깐 눈에 축 처진 속눈썹이 애잔한 느낌을 줬다. 오묘하고 아름다운 사진이었다. 석영이 놀라서 제비를 봤다.

"혼자만 사진 없으면 그렇잖아요. 휴대폰 카메라로 찍었어요. 마지막, 갓길 정차했을 때."

제비가 수줍게 어깨를 으쓱였다.

"이야, 우리 정미 사진발 끝내주누만! 기분이다! 우리 노래 부르자! 정미 십팔번!"

우두머리가 일어나 젓가락을 감아쥐었다.

"거친 세상을, 나 혼자 걷는다. 해가 지는 거리에 차가운 비바람!"

우두머리가 힘주어 노래를 했다. 파도 소리가 반주처럼 창 너머로 쏟아졌다. 서로의 얼굴을 보며 여자들이 활짝 웃었다. 누가 제안한 것도 아닌데 서로의 어깨에 팔을 얹고 리듬에 맞춰 몸을 기댔다.

"아 인생아 어디로 가느냐? 아 무정한 청춘아!"

우두머리의 서두를 듣고, 여고 동창들은 후렴구를 따라 불렀다. 손등으로 슬쩍 눈가를 훔치고 정미도 노래를 힘껏 불렀다.

"불어라 바람아, 거친 파도처럼! 내 두려움 사라지도록!

시련을 이기면 밝은 날이 오겠지. 저 태양은 떠오를 테니."

손님들이 흥청대며 언덕길을 내려갔다. 점보택시를 타고 돌아가는 손님들을 석영과 제비는 다정히 배웅했다. 사진은 각자 주소로 보내주기로 되어 있었다. 아쉬운 듯 라이더들이 차창 밖으로 손을 흔들었다. 활짝 웃는 정미의 얼굴이 얼핏 보였다. 점잖게 출발하던 점보택시가 얼마 못 가서 멈춰 섰다. 무슨 일인가 놀라 석영과 제비는 돌아서 기웃거렸다. 차에서 내린 우두머리가 석영을 향해 휘적휘적 걸어왔다.

"뭐 두고 간 거 있으세요?"

석영이 물었다.

"이거. 내가 주는 규. 위험수당!"

반으로 접힌 봉투를 우두머리가 석영의 손에 쥐여주었다. 호탕하게 돌아선 우두머리를 보고 석영이 봉투를 꺼내 열었다. 오만 원짜리 지폐가 두툼하게 들어 있었다. 제비는 놀라 입을 벌렸다. 떠나는 점보택시를 향해 석영은 자기도 모르게 허리를 굽혔다. 구십 도로 굽혔다.

어지럽혀진 사진관 내부를 보며 제비와 석영은 한숨 쉬었다. 그러나 그것은 행복한 한숨이었다.

"사장님, 우리 이거 해요."

두 손을 허리에 얹고 제비가 말했다. 뭔가 선언하듯 말투가 거침없었다.

"이거?"

"네. 이거. 전문적으로 해요."

"이게 뭔데?"

석영이 되물었다.

"여행 사진요. 여행 스냅사진!"

제비가 콩콩 뛰었다. 그러고는 석영의 허락도 없이 노트북을 열었다. 포토숍으로 메뉴판의 문구를 수정하기 시작했다.

힙한 웨딩 스냅

마당에서 덜그럭대는 소리가 들려 제비는 눈을 떴다. 슬그머니 커튼을 들추니 어스름 새벽이었다. 화려한 몸뻬에 체크무늬 셔츠를 입은 목포 할망이 커다란 물통을 끌고 있었다. 무더위가 시작되기 전 텃밭에 물을 주려는 모양이었다. 한숨을 쉬며 제비는 이부자리에 웅크렸다. 늦은 밤까지 사진관을 치우고, 손님 동의를 얻은 라이딩 사진과 파티 사진을 SNS에 올린 뒤 기절하듯 잠들었다. 휴대폰을 보니 자정 무렵 도착한 카톡 메시지가 여섯 개 쌓여 있었다. 모두 보라가 보낸 거였다.

[언니, 나 차였어 ㅋ]

[언니가 별로랬는데 말 들을걸 ㅋㅋ]

[그나저나 이제 사진관 어떻게 나감?]

[이래서 사내 연애는 하는 게 아닌데 :( ]

[아 짜증 ㅋㅋㅋㅋㅋㅋㅋㅋ]

[언니 자? b.b]

대꾸가 없는데도 구구절절 이어진 카톡을 보고 제비는 또 한 번 한숨 쉬었다. 풋내기 사진사가 보라에게 무슨 짓을 했을지, 듣지 않아도 알 것 같았다.

[그러기에 내가 뭐랬나?]

전송 버튼을 누르려다가 제비는 멈칫했다. 일이 다 벌어진 마당에 그런 말을 해봤자 무슨 소용인가 싶었다.

[속상하겠네]

[그래도 씩씩하게 사진관 다녀 ㅋ]

[앞으로 더 좋은 남자 만날 거야]

전송 버튼을 누르고 제비는 응원의 스티커도 하나 보냈다.

[언니가 웬일? ㅋㅋ]

[엄청 화낼 줄 알았는데 ㅋ]

보라에게서 즉각 답문이 왔다.

[언니, 근데 우리 다시 사귀기로 했어 ㅋ]

[좀 전에 찾아와 잘못했다 함 ㅋ]

[혼 좀 내고 받아줌 ㅋ 암튼 잘 지내! ㅋㅋㅋㅋㅋㅋㅋㅋㅋㅋㅋ]

황당한 마음에 휴대폰을 놓고 제비는 이불을 걷어찼다. 완전히 농락당한 기분이었다.

'대체 나를 뭐로 생각하는 거야?'

벌떡 일어나 제비는 휴대폰을 다시 잡았다. '사랑이 장난이 니?' '그렇게 쉽게 용서해 주면 어떡해?' 빠르게 자판을 치며 제 비는 씩씩댔다. 그래도 대뜸 전송 버튼을 누르지는 못했다. 침울 한 보라의 눈빛이 떠오른 탓이었다. 카톡 창을 닫고, 제비는 전화 번호부를 열었다. 몇 번 스크롤 하지 않았는데 저장 목록이 끝나 버렸다. 대부분 직장과 관련된 사람의 연락처였다. 순간, 제비는 보라의 존재가 소중하게 느껴졌다. 그들 사이의 관계란 얄팍한 우정이랄까 연대랄까 하는 것이었지만, 그 정도의 관계조차 제비 에겐 흔치 않았다.

'보라는 내 동료일까 친구일까?'

제비는 궁금했다. 어쩌면 둘 다이고 어쩌면 둘 다가 아닐 터 였다.

'특별히 애쓰지 않는다면 이 얄팍한 인연은 얼마 못 가 끊어질 거야.'

지난밤 헤어진 라이더들을 제비는 생각했다. 멋진 오토바이를 끌고 아름다운 해안도로를 달리던 중년의 여자들. 그들은 고등학 생 때부터 친구였다고 했다. 30년 남짓 긴 인연을 이어온 것이다.

'30년 후에 나도 그렇게 살 수 있을까?'

제비는 고교 시절을 돌아보았다. 몇 명의 앳된 얼굴이 눈앞에 떠올랐다. 그 친구들이 지금 어디서 어떻게 지내는지 제비는 알 지 못했다. 그쪽에서도 딱히 제비의 소식을 찾지 않았다. 대학 시 절 인연도 눈앞에 아른댔다. 단박에 몸을 틀어 제비는 베개에 얼굴을 묻었다. 대학 시절이라니, 생각도 하기 싫었다. 제비의 인생에서 가장 어두운 시기, 가장 잘못된 시기가 바로 그때였다.

'지금부터라도 친구를 사귈 수 있을까? 믿을 수 있는 많은 친구를?'

베개를 끌어안고 제비는 버둥거렸다. 그것은 불가능한 일 같았다. 순수한 마음으로 사람을 믿고 사귈 나이는 지나가 버렸으니까. 그때, 바깥에서 싸악싸악 긁어대는 소리가 났다. 무릎으로 기어가 제비는 또다시 커튼을 들춰보았다. 텃밭 물주기를 마친 목포 할망이 싸리 빗자루로 마당을 쓸고 있었다. 지난겨울 세상을 뜬 할머니의 모습이 그 위에 겹쳐졌다.

"할머니들은 왜 그렇게 열심인 거야?" 제비는 투덜댔다. "어쩌면, 친구가 없어 그런가?"

휴대폰을 그러쥐고 제비는 이부자리로 돌아왔다. 갤러리 앱을 열자 석영의 잘생긴 얼굴이 눈에 띄었다. 라이딩 마지막 순간 정미의 사진을 찍고, 제비는 석영의 얼굴도 몰래 찍었다. 정미의 오토바이에서 내려 안도의 한숨을 내쉬던 순간이었다.

"너는 그 사람들을 움직였어. 앉아 있던 사람들을 일어나 노래하게 했지."

늦은 밤, 목포 할망의 민박집까지 바래다주고 석영은 말했다. 제비가 찍은 정미 사진에 대한 평가였다. 가로등 아래서 얼굴이 빨개졌을까, 제비는 고개를 푹 숙였다.

"아니에요. 사장님이 찍은 것에 비하면 엉망진창……."

수줍게 말을 흐렸다.

"자기 실력을 평가하는 것은 좋아. 하지만 비교하는 것은 나쁘다." 석영이 말했다. "사진은 단지 보는 것에 그쳐선 안 된다고 스테판 거츠는 말했어. 보는 사람으로 하여금 상상하게 하고 탐구하게 하는 거, 그런 게 좋은 사진이라고 나도 생각해. 스테판 거츠같이 훌륭한 작가는 관람자들을 행동하게 하지. 오늘, 네 사진도 그랬어."

제비의 전 생애에서, 그것은 얼마나 바랐던 격려였는지 몰랐다. 심장이 너무 뛰어 제비는 구토를 할 것 같았다.

"아, 안녕히 가세요!"

손으로 입을 가리고 제비는 도망치듯 방으로 갔다.

'저런 남자와 가정을 꾸리면 얼마나 좋을까!'

이불을 뭉쳐 안고 제비는 좌우로 뒹굴었다. 양희의 얼굴이 눈앞에 아른댔다. 질투와 슬픔 때문에 가슴이 미어졌다.

'나 같은 여자는 안 될 거야. 이미 늦었어⋯⋯.'

두 눈을 질끈 감았다. 스르르 잠이 들었다.

점심을 먹고, 제비는 느지막이 출근했다. 전날 늦게까지 일했으니 그렇게 하자고 석영이 제안한 덕분이었다. 언덕을 올라가니 사진관 문이 열려 있었다. 맞은편 창문도 슬쩍 열려 바닷바람이 갤러리를 드나들었다. 문어 모양 풍경이 방정맞게 짤랑거렸다. 석영은 창가 자리에 앉아 다이어리를 펼치고 뭔가를 쓰고 있었다. 바닥에 누워 앞발을 핥던 벨이 제비를 보고 뛰어나왔다. 쪼그려 앉아 벨의 이마에 뽀뽀를 하고 쓰다듬은 뒤, 제비는 일어났다. 풍경에 달린 종을 떼자 주변이 조용해졌다.

"고마워. 안 그래도 슬슬 거슬렸는데."

웃으면서 석영이 머리를 쓸어 넘겼다.

사진관 갤러리에는 아직도 라이딩 사진이 걸려 있었다. 하쿠다 사진관 로고가 인쇄된 앞치마를 입고 제비는 그것을 느긋이 봤다. 어제는 모두가 활기차고 멋져 보였는데, 오늘은 조금 달리 보였다. 여행을 마치고 일상으로 돌아간 라이더들의 모습을 떠올렸기에 그랬는지도 몰랐다. 구수한 사투리를 쓰지 않는 그들의 표정을 제비는 상상했다. 우울하고 쓸쓸한 기분을 느끼며 제비는 어깨를 움츠렸다.

"잠깐 화장실 다녀올게."

석영이 일어나 자리를 떴다. 벨이 그 뒤를 따라갔다.

햇살에 바싹 마른 행주를 적셔 제비는 탁자를 닦기 시작했다. 석영이 마시던 아이스커피 잔에서 물방울이 흘러나왔다. 제비는 그것을 싹싹 닦았다. 석영은 다이어리에 촬영과 파티 비용 및 수익을 계산해 두고 있었다. 뜻밖의 자잘한 글씨체를 보고 제비는 웃었다. 페이지 모서리에 '위험수당 100만 원. 20%는 제비에게 줄 것'이란 메모가 적혀 있었다.

"아 진짜?"

제비는 놀라서 주위를 봤다. 심장이 마구 뛰었다. 제비의 마음은 그 돈을 벌써 받은 것도 같고, 그 돈을 언제 어떻게 받게 될까 궁금하기도 했다. 2층에서 석영이 누군가와 통화하는 소리가 났다. 창밖에서 바람이 불어 다이어리가 스르르 앞으로 넘어갔다.

"어머, 어머."

제비는 당황한 나머지 뒷걸음질 쳤다. 남은 탁자를 행주로 닦으며 제비는 계단을 쳐다봤다. 석영은 아직 통화를 하고 있었다. 분위기로 보아 꽤 길어질 것 같았다. 호기심을 이기지 못하고 제비는 다시 석영의 탁자로 갔다. 자신에 대한 내용이 또 있지는 않을까 못 견디게 궁금했다.

2022. 6. 7.

아내에게 휴가를 주자. 친구들과 즐거운 여행. 그동안 아이와 둘이서 여행 사진을 찍자.

메모를 보고 제비는 깜짝 놀랐다.

'뭐야, 아내가 있어?'

제비는 다이어리를 앞으로 넘겼다.

2022. 5. 19.

인테리어를 모두 끝냈다. 아이의 방을 만들어줄 것. 아이가 원하는 대로. 멋진 인테리어는 자신 있어.

'세상에. 아이도 있다는 거야?'

제비는 다이어리를 앞으로 좀 더 넘겼다.

2021. 7. 25.

난생처음 마련한 내 집. 가족의 집으로 만들자. 뿌리를 내리고, 좋은 아빠, 좋은 남편이 될 것. 3년 이내에.

앞치마 주머니에 행주를 꽂고, 제비는 다이어리를 훔쳐보느라 정신이 없었다. 작정을 하고 맨 앞부터 읽으려는데 2층에서 벨이 앙앙 짖었다. 제비는 화들짝 놀라 행주를 쥐고 주방으로 갔다. 석영이 휴대폰을 쥔 채 계단을 뛰어 내려왔다. 제비는 개수대에서 행주를 빡빡 빨았다.

"제비야, 이것 봐! 예약 잡혔어!" 석영이 소리쳤다. "방금 고객님이랑 통화했는데, 웨딩 스냅을 찍고 싶대! 네가 올린 라이딩 사진 봤나 봐! 그 느낌으로 해달라는데?"

눈을 동그랗게 뜨고 제비는 돌아섰다. 젖은 행주에서 떨어진 물이 제비의 스니커즈를 적시고 있었다. 석영이 주방으로 와 쏟아지는 수돗물을 얼른 잠갔다. 그 바람에 석영의 입술이 제비의 이마 위로 다가와 제비는 숨이 멎을 듯했다. 벨이 뛰어와 제비의 종아리에 앞발을 얹고 허리를 폈다. 행주를 짜 널고 제비는 벨을 안았다. 부드러운 털이 피부에 닿자 제비의 마음도 안정을 되찾았다.

"근데요 사장님. 웨딩 스냅 찍어봤어요?"

한 팔로 벨을 안고 제비는 노트북을 켰다. 하쿠다 사진관 계정으로 온 이메일에는 촬영을 의뢰하니 통화를 원한다는 내용이 간략히 적혀 있었다.

"예식장에서 결혼식 사진 찍어본 적 있어."

여전히 들뜬 채로 석영이 말했다.

'그게…… 비슷할까요? 그건 실내촬영이고……'

그렇게 말하려다가 제비는 입을 닫았다.

"근데요, 어떤 콘셉트로 찍고 싶대요?"

"알아서 하래, 그런 건."

석영이 말했다.

제비는 실눈을 뜨고 석영을 봤다. 예감이 좋지 않았다.

"알아서 하라고요? 예비 신부가요?"

"응. '그건 그쪽에서 알아서 해주셔야죠.'라고 하던데. '크리에이티브하고 힙하게 해주세요.'라고 말했어."

여전히 싱글벙글하는 석영을 보며 제비는 암담한 기분을 느꼈다.

"장소는요? 원하는 곳이 있대요?"

석영은 어깨를 으쓱였다.

"그것도 알아서 하래. '흔한 데는 싫어요.'라고 했어. '뭔가 독특한 데서, 그냥 무조건 힙하면 돼요.'라던데. 촌스럽거나 오글거리지 않게 해달래. 그런 건 딱 질색이라고."

"아……."

제비는 오랜만에 공포를 느꼈다. 그러나 석영은 지금 자기에게 어떤 일이 닥치고 있는지 모르는 눈치였다. 품 안에서 몸부림치는 벨을 제비는 바닥에 놓아주었다.

"올데이 촬영이에요?"

"응."

벨이 사진관 구석에 놓인 바구니에서 작은 공을 물고 왔다. 석영이 그것을 잡아 벽으로 던졌다. 벨이 앙앙 짖으며 작은 공을 잡으러 갔다.

"그러면…… 벨은 어떡할까요?"

제비가 물었다.

"엄마한테 맡겨야지."

달려오는 벨을 향해 석영이 손을 뻗었다.

"사장님 어머니요?"

"아니, 벨 엄마. 우리 엄마는 개 싫어해."

석영이 말하고 또다시 공을 던졌다. 이번에는 정원을 향해서였다. 환한 햇살 속으로 벨이 뛰어가고 그 뒤를 석영이 따라갔다. 노트북 앞에 앉아, 제비는 웨딩 스냅에 관한 모든 것을 검색하기 시작했다.

8월 15일 아침 7시. 석영과 제비는 렌트한 SUV를 몰고 제주 시내로 갔다. 메이크업 숍에서 예비부부를 만나 촬영을 시작하기로 되어 있었다. 석영은 카메라를, 제비는 촬영 소품이 든 가방을 메고 승강기에 탔다. 그들은 말이 없었다. 라이딩 촬영은 갑자기 진행된 탓에 어찌어찌 해냈는데, 예약된 일을 하자니 준비할 것이 많았다. 촬영을 기획하고 부족한 것을 챙기느라 두 사람은 한 주간 정신없이 일했다.

메이크업 숍 문을 열자 유니폼 입은 직원이 상냥하게 인사를 했다.

"이주현 님 스냅 촬영 왔습니다."

석영의 말에 직원은 즉각 자리에서 일어났다.

"지정석까지 안내해 드릴게요."

"아, 잠시만요."

석영과 제비는 서둘러 가방을 열고 카메라와 반사판 등을 꺼냈다. 화장하고 머리 만지는 것부터 촬영을 하기로 되어 있었다. 그렇다고 해도 맨얼굴을 찍자는 것은 아니어서 화장이 끝날 즈음 도착하기로 약속을 했다. 메이크업 숍의 세련된 화장대 앞에서 예비 신부의 설렘을 포착해 추억으로 남기는 것이 그들의 목표였다.

"아이라인이 짝짝이잖아? 눈 밑에 파데 엉긴 것 좀 봐!"

한 여자가 말했다. 홀터넥 스타일 미니드레스를 입고, 거울 앞에 바투 서 있었다.

"저분이세요."

안내 직원이 말하고 돌아갔다. 뷰파인더를 눈에 댄 채 석영은 멈춰 섰다. 제비는 반사판을 들고 주위를 둘러봤다. 다른 고객들이 슬그머니 여자를 흘깃거렸다. 모두가 결혼식이나 스냅 촬영을 앞둔 예비 신부들이었다.

"말도 안 돼. 이게 백만 원 짜리예요?"

존대와 하대를 섞어가며 여자가 메이크업 숍 직원을 봤다. 예비 신랑인 듯한 남자가 곁에서 난감한 표정을 짓고 있었다.

"촬영은 이따 하시죠."

석영을 보고 예비 신랑이 쓰게 웃었다.

"신부님 지금 예쁘셔요. 화장 괜찮은데."

메이크업 숍 직원이 말했다. 두 손을 모아 쥐고, 직원은 꼿꼿이 서 있었다.

"괜찮아요? 이게 괜찮아?"

고개를 돌려 여자가 메이크업 숍 직원을 노려보았다. 화장한 두 뺨이 벌겋게 달아올랐다.

"최악이다, 진짜. 잘못했음 잘못했다 하고 수정을 해줘야지, 괜찮아? 당신 지금 눈가에 파데 떡진 게 안 보여? 나 이거 돈 못 내."

여자가 팔짱을 끼고 의자에 털썩 앉았다. 그때 어딘가에서 검은 슈트 차림의 사람이 나타났다. 여자의 얼굴을 보며 상냥하게 웃었다.

"고객님, 어차피 웨딩 스냅 찍으실 거 아니에요?"

차분한 말투로 검은 슈트가 물었다. 가슴의 명찰에 '실장 정진심'이라 적혀 있었다.

"그런데요?"

여자가 턱을 들고 실장을 봤다.

"포토숍 처리하면 안 보여요. 그쵸?"

검은 슈트가 돌아서 석영과 제비를 봤다.

"아니, 화장 잘하면 될 걸 왜 사진에 손을 대요? 웃기는 사람 아냐?"

여자가 삿대질하며 자리에서 일어났다. 석영과 제비는 당황해 주춤거렸다. 각자의 자리에서 메이크업을 하던 직원과 예비 신부들이 불안한 눈으로 그들을 흘깃거렸다.

"고객님, 이러시면 영업 방해가 돼요."

손나팔을 만들어 실장이 소곤거렸다.

"영업 방해? 영업 방해애? 당신은 내 인생 방해야!" 예비 신부가 화장대에 엎어둔 휴대폰을 들고 영상을 찍기 시작했다. "다시 말해봐요. 오늘 웨딩 스냅 찍어야 하는데 신부 화장 이렇게 하고, 예쁘다고요?" 여자가 카메라를 돌려 자기 눈가를 클로즈업으로 찍고 다시 실장을 향해 돌렸다. "말해보세요, 영업 방해요? 여기 메이크업 숍, 당신 이름 뭐야? 실장 정진심? 진심 좋아하네!"

"고객님, 여기서 이러시면 안 되세요."

보다 못한 직원들이 양쪽에서 여자를 안고 로비로 데려갔다.

"놔! 내 몸에서 손 못 떼? 자기야!"

직원들에게서 벗어나려는 여자와 그 여자를 도우려는 남자, 그들을 몰아내려는 메이크업 숍 직원들의 몸싸움에 밀려, 석영과 제비는 얼결에 쫓겨났다.

"어휴 빡쳐!"

지하 주차장 SUV에 앉아 예비 신부가 소리쳤다. 신경질적인 손길로 치솟는 눈물을 눌러 닦았다.

"망했어. 다 망했다고! 아이라인 녹아서 지워진 거 봐! 속눈썹도 다 떨어졌어!"

미니드레스를 입은 채 예비 신부는 손거울을 집어 던졌다.

"괜찮아. 화장이 어떻든 넌 예뻐." 예비 신랑이 말했다. "그리고 50% 환불받았으니까……."

"예쁘다고? 지금 이게 예뻐?" 아이라인 번진 눈으로 예비 신부가 연인을 봤다. "자기야. 나 진짜 이런 게 싫다는 거야. 어째서 뻔히 보이는 거짓말을 해?"

예비 신부가 발버둥 치며 울었다.

"그래, 그래. 지금 너 엄청 별로야. 근데…… 난 네가 어떤 모습이든 좋다는 거야."

예비 신랑이 연인의 어깨를 수없이 토닥거렸다. 왁스와 스프레이로 고정한 머리에서 굵은 땀이 흘러 예비 신랑의 셔츠 깃을 적시고 있었다.

'정신 똑바로 차려!'

'우리도 여차하다간 촬영비 떼이겠어요!'

석영과 제비는 눈짓으로 그러한 얘기를 했다. 석영이 슬며시 사진기를 들어 SUV 속 실루엣을 찍었다. 제비는 숨이 막혔다. 낡은 에어컨 탓에 지하 주차장은 더웠고 드나드는 차량이 뿜는 매연도 지독했다. 수건으로 코를 가린 채 제비는 미간을 찌푸렸다. 문득 새벽녘의 일이 떠올랐다. 그때도 이렇게 기분이 좋지 않았다.

오전 4시. 제비는 알람도 울리기 전에 잠에서 깼다. 머리가 멍하고 몸도 무거워 이불을 안고 미적거렸다.

'도망갈까?'

그러한 생각을 하며 제비는 눈을 비볐다. 제 손으로 업로드한 사진 덕에 들어왔다는 촬영 의뢰가 처음엔 반가웠다. 석영 앞에서 밥값을 한 것 같아 으쓱하기도 했다. 하지만 그것이 하필 웨딩 스냅인 것이 마음에 걸렸다. 결혼할 만큼 사랑하는 남자를 만나, 그 남자로부터 청혼받은 여자를 만나야 하다니. 그런 여자를 따라다니며 하루 종일 수발들 것을 상상하니 제비는 굴욕스러웠다.

"난 그저 내 인생의 주인공이 되고 싶을 뿐인데."

제비는 이리저리 몸을 뒤척였다. 어린이집에서 일할 때도 그랬다. 제비는 남의 아이 말고 자기 아이를 돌보고 싶었다. 삶의 귀중한 시간을 남의 아이 보는 데 써야 하는 것이 슬펐고, 과중한 업무에 비해 적은 급여가 아쉬웠다. 사진관에서 일할 때도 마찬가지였다. 제비는 남의 아이가 아니라 자기 아이 사진을 찍고 싶었다. 남의 아이를 귀하게 대할 때마다 마음이 스산해져 결국은 일을 관뒀다. 그런데 오늘 다른 여자의 웨딩 스냅을 찍기 위해 인생의 소중한 시간을 허비해야만 하는 것이다.

'도망가자!'

이불을 걷어차고 제비는 일어났다. 하지만 어디로 도망을 간단

말인가. 세상천지에 제비를 기다리는 곳은 없었다. 울리기 시작한 알람을 끄고 제비는 양치를 했다. 치통을 앓듯 끙끙대면서 억지로 짐을 챙겼다. 그렇게 만난 예비 신부가 지금 서럽게 울고 있었다. 인생에 한 번뿐일 웨딩 촬영이 엉망이 돼서. 그 때문일까? 제비의 숨통이 조금 트였다.

"저, 신부님."

SUV로 다가가 제비는 차창을 두드렸다. 석영은 뷰파인더로 그 모습을 보고 깜짝 놀랐다. 창문이 스륵 열렸다.

"뭐죠?"

예비 신랑이 진땀을 흘리며 돌아봤다. 예비 신부는 훌쩍이며 정면을 보고 있었다. 제비가 정중히 고개를 수그렸다.

"실례가 안 된다면, 화장을…… 제가 좀 고쳐드릴까요?"

"예에?"

반색하며 예비 신랑이 연인을 돌아보았다. 못 이긴 체, 예비 신부가 제비를 힐끔거렸다.

"자격증…… 있어요?"

콧물을 훌쩍이며 예비 신부가 물었다.

"그건 없지만." 제비가 숨을 삼켰다. "사진관에서 화장 수정을 종종 해드렸어요. 여성 고객님들께."

석영은 차를 몰고 지하 주차장을 빠져나갔다. 그들은 도로를 달려 한적한 공원에 들어섰다. 인공 폭포에서 시원한 물이 쏟아졌고 하늘에서는 눈부신 햇살이 뜨겁게 쏟아졌다. 예비 신랑과 석영은 산책로를 걸어 편의점에 다녀왔다. 음료를 사서 두 여자에게 주고 자신들도 마셨다.

제비는 에어컨 온도를 낮추고 예비 신부의 화장을 지우기 시작했다. 웨딩 스냅을 찍을 때 무엇을 준비해야 하는지 인터넷으로 검색한 덕에 화장 도구를 챙길 수 있었다.

"좋은 것 좀 들고 다니지."

제비가 준비한 화장품들을 보고 예비 신부가 툴툴거렸다. 장난 감처럼 자그맣고 알록달록한 저가의 브랜드 제품들을 보고 하는 말이었다.

"죄송합니다."

제비가 고개 숙였다.

"됐어요. 아가씨가 무슨 잘못이겠어. 사장이 이런 식으로 원가 절감하는 거겠죠." 예비 신부가 창밖의 석영을 흘깃거렸다. "그 래도 퍼프는 새거네. 아까 그 숍에선 지저분한 라텍스 폼 쓰더라 고요. 분명 빨아서 재활용하는 거지. 심지어 나는 봤어. 옆자리에 서 화장하던 직원이 그걸 실수로 떨어뜨리더라? 예비 신부는 눈을 감고 졸았는데, 그 직원이 그걸 아무렇지도 않게 다시 주워 쓰는 거예요. 얼굴에 막 두드리는 거야. 그때부터 열받았는데 꾹 참 았거든. 나중에 거울 봤더니 진짜 어이가 없어서."

"아아, 그러셨구나."

차분한 말투로 제비는 추임새를 넣었다. 화장 솜과 면봉에 리

무버를 바르고 눈가에 떡진 것을 조심스레 닦았다. 그다음 기초 화장을 하고 새 퍼프를 꺼내 파운데이션을 얇게 올렸다. 그러고 보니 아까 메이크업 숍에서 예비 신부가 화낸 이유를 알 것 같았다. 제비는 고객이 30대 중반에 들어섰다는 걸 알아챘다. 그녀의 눈가에는 실주름이 생겼고 주근깨가 약간 있었다. 메이크업 숍 직원은 아마 그것을 가리려다 두꺼운 화장을 한 것 같았다. 제비는 파운데이션을 공들여 펴 발랐다. 짝짝이라고 분통을 터뜨린 아이라인도 실은 예비 신부의 눈이 짝짝이라 그렇게 된 것 같았다. 제비는 작은 쪽 눈의 라인을 더 크게 그렸다. 속눈썹을 붙이는 것만은 아무래도 어려웠는데, 긴장한 탓인지 예비 신부의 예민한 점막을 찌르고 말았다. 불같이 화를 낼까 제비는 소스라쳤다. 하지만 예비 신부는 움찔했을 뿐 원망을 하지 않았다.

"죄송합니다, 놀라셨죠!"

"괜찮아요." 눈을 감은 채 예비 신부가 말했다. "잘못한 거 잘못했다고 인정하면 얼마나 좋아?"

제비는 속으로 가슴을 쓸어내렸다.

"자기 센스 좋네." 화장 수정을 끝낸 뒤, 거울을 본 예비 신부가 말했다. "여기서 정확히 롤이 뭐예요?"

"네?"

제비가 되물었다.

"어느 쪽이냐고. 촬영 보조예요, 메이크업 전담이에요?"

말을 못 하고 제비는 우물거렸다. 그 점에 대해서는 한 번도 생각한 적이 없었다.

"저 사람이 자기 오너?"

예비 신부가 석영을 턱으로 가리켰다.

제비는 고개를 끄덕였다.

"이것저것 시키면서 막 부리는구나?"

실눈을 뜨고 예비 신부가 제비를 흘깃 보았다.

"그렇다기보다……."

"목표를 분명히 해요. 사회생활 초짜 땐 이용당하다 끝나기 쉬워." 예비 신부가 눈썹을 으쓱였다. "뻔해. 매끈한 얼굴로 웃으면서 막 뭐 부탁하죠?"

"아뇨, 딱히……."

무릎 위에 널브러진 화장 도구를 제비는 주워 담았다.

"남자 얼굴 다 헛거야. 열심히 해 독립해요. 동생 같아서 하는 말이야."

예비 신부가 말하고 차에서 내렸다. 예비 신랑이 얼른 뛰어와 연인의 어깨를 어루만졌다.

석영은 차를 몰아 첫 번째 촬영 장소로 갔다. 이동하는 사이 예비부부는 말이 없었다. 그들은 쉼 없이 휴대폰을 만지작거리며 카톡과 이메일을 확인했다. 석영이 시계를 보니 9시가 막 넘은 시각이었다. 예비 신부는 이따금 통화를 했는데 화장이 망가질까봐 스피커폰으로 대화를 했다. 유창한 영어 발음에 제비는 감탄했다. 어프루브니 임폴턴트니 하는 단어 몇 개를 제비는 이해했다. 스스로를 '이 과장'이라 칭하는 걸 보니 꽤 유능한 모양이었다. 상대에게 소속을 밝힐 때 언뜻 들린 사명은 유명 대기업의 것이었다. 예비 신랑은 스스로를 '김 대리'라 칭하고 있었다.

"아…… 프리카 박물관?"

차에서 내려, 예비 신랑은 한 팔을 허리춤에 얹었다. 어이없다는 표정이었다.

"흔한 관광지는 싫다고 하셔서요." 석영이 예비 신부의 눈치를 봤다. "아프리카 말리의 젠네 대사원을 고증한 건물입니다. 실제로는 진흙만 이용해 건축했다고 해요. 웅장하면서 소박하고, 강건하면서 부드럽죠. 오늘같이 하늘 파란 날에는 황토색 벽이 더 예쁘게 나와요."

"좋아요!" 예비 신부가 하얀색 힐을 신고 깡충거렸다. "완전 삭막하면서 안 어울리는 느낌. 힙해!"

예비 신랑은 턱을 비틀고 혀끝으로 아랫니를 쭈욱 핥았다.

활력을 찾은 예비 신부를 중심으로 석영은 열심히 촬영을 했다. 개장 전이라 사람이 없어 작업이 용이했다. 제비가 여자를 따라다니며 흐트러진 머리칼을 모아주었다. 건물을 배경으로 한 촬영을 끝내고, 석영은 자리를 옮겼다. 박물관 정원에 두 마리 표범 모형이 있었다. 석영은 그사이에 연인을 배치하고 여자는 쫓는 표범, 남자는 쫓기는 표범 콘셉트로 촬영을 했다. 예비 신부가 즐거워하며 깔깔 웃었다.

다음 촬영지는 스타벅스 제주중문점 앞이었다. 기괴한 커피 괴물을 연상시키는 건물 아래 색색의 계단이 펼쳐져 있었다. 예비 신부가 그 위를 뛰어올랐다.

"아까 도로표지판 봤는데, 여기 관광단지야. 오가는 사람 많잖아. 여기서 어떻게……."

예비 신랑이 얼른 달려가 연인을 향해 말했다. 계단 밑 육차선 도로에 차들이 쌩쌩 달렸다. 웨딩드레스를 입은 채 부케를 든 여자를 보고 지나가던 차들이 클랙슨을 빵빵 울렸다.

"아냐, 좋아! 완전 키치해!"

예비 신부의 어깨가 솟아올랐다.

"난 그냥 평범한 웨딩 스냅을 찍고 싶어. 여기는 사람이 너무 많잖아."

예비 신랑이 속닥거렸다.

"거슬리면 포토숍으로 지워달래자. 가능하죠?"

예비 신부가 흥분해 부케를 높이 들었다.

"네, 그럼요!"

석영이 소리쳤다.

"그게 아니라, 사진 찍을 때 사람들이 우릴 본다고……."

"뭐 어때? 내일 다시 볼 사람들도 아니고!"

허리를 뒤로 젖히며 예비 신부가 과감한 포즈를 취했다. 당황한 얼굴로 어쩔 줄 모르는 예비 신랑에게, 석영은 미소를 주문했다. 얼굴이 빨개진 채 제비는 반사판을 들고 따라다녔다.

 본격적으로 시작된 무더위를 피해, 네 사람은 스타벅스에 들어가 아이스커피를 마셨다. 석영과 제비는 다른 테이블에 앉아 커피 마시는 예비부부의 모습을 자연스레 찍었다. 석영이 모니터를 보며 사진을 점검하는데 제비가 갑자기 얼굴을 들이밀었다.

 "사장님! 사진이 왜 이래요?"

 깜짝 놀라 제비가 손으로 입을 가렸다. 그것은 일반적인 웨딩 스냅이 아니었다. 사랑스럽고 다정한 장면은 거의 없고, 시니컬한 예술사진만 즐비했다. 건너편 좌석을 힐끔 보니 예비부부는 휴대폰을 들여다보며 뭔가를 열심히 하고 있었다.

 "침착해. 주문대로 하는 거야." 석영이 말했다. "제비야. 스냅사진의 시초가 뭔지 아니? 그건 바로 법정 사진이야. 1920년경, 독일의 사진가 에리히 잘로몬은 모자 속에 라이카를 숨겨서 법정에 들어갔어. 그 안의 일을 몰래 찍었지. 즉, 스냅사진의 시초는 몰카인 거야."

 미간을 찌푸리고 제비가 입술을 삐죽였다.

 "그래서요? 지금 웨딩 스냅을 몰카로 찍는 거예요? 애정이라곤 하나도 안 느껴지고…… 분명 클레임 걸 거예요. 아침에 메이크업 숍 일 잊었어요?"

 "하지만 창의적으로 찍어달라고 했잖아. 힙하게."

 석영이 빨대로 커피를 쪽쪽 빨았다. 어이가 없어 제비는 웃고 말았다.

"힙하면서도 애정이 느껴져야죠."

"저 사람들은 느낄 거야. 결혼할 만큼 사랑하잖아?"

석영이 대꾸했다. 어이가 없어, 제비는 고개를 흔들었다.

"사장님. 혹시…… 모태 솔로예요?"

돌발적인 질문에 석영이 커피 잔을 탁 내려놨다. 붉어진 낯으로 그는 입술을 꾹 다물었다.

'다이어리에 쓴 것들은 그냥 다 꿈인 거야. 일종의 희망 사항 같은 거지.'

얼음 잔을 들고, 제비는 자기 몫의 커피를 쭉 들이켰다. 예비 신부가 사진들을 보면 뭐라고 할지 벌써부터 겁이 났다.

무더위 속에 운전대를 잡고, 석영은 예비부부를 물꾸럭마을로 데려갔다. 그곳이 세 번째 촬영지였다. 예비 신부는 SUV 안에서 화려한 머메이드드레스로 갈아입었다. 굴곡진 드레스 라인이 생동감을 더해줬다. 예비 신랑도 반팔 셔츠에 오렌지색 보타이로 포인트를 주었다.

"근데 여기…… 너무 시골이다."

차에서 내려 예비 신부가 눈살을 찌푸렸다. 강한 햇발을 피하기 위해 손차양을 들어 올렸다.

"흔한 관광지는 싫다고 하셔서요."

석영이 싱긋 웃었다.

"저는 좋아요. 마음에 듭니다. 요새 이런 시골 보기 힘들잖아."

예비 신랑의 표정이 모처럼 밝아졌다.

색색의 지붕을 얹은 돌담집들을 배경으로 석영은 촬영을 이어 갔다. 청귤이 영근 나무와 흙길, 멀리 보이는 바다를 배경으로 사진을 찍고, 당근밭과 땅콩밭 앞에서도 사진을 찍었다.

"소박하고 참 좋다. 나 진짜 이런 사진 원했어."

예비 신랑이 말했다.

예비 신부는 더워서 치마를 쥐고 펄럭거렸다.

"이건 소박한 정도가 아냐. 구질구질하다고. 이게 뭐야? 우리가 돈 없는 것도 아니고."

"그렇다고 우리가 엄청 부자도 아니잖아?"

예비 신랑이 받아쳤다.

"내 말은, 떳떳하지 못한 느낌이 든다는 거야. 꼭 가난을 돈으로 사서 장신구로 두른 것 같잖아!"

"여기가 그렇게 가난한 마을은 아닌데……."

석영의 목소리는 너무 작아 예비부부의 귀에 들리지 않았다.

"그럼 우리가 오전에 찍은 사진은 뭐야? 대사원이나 대형 프랜차이즈를 장신구처럼 두르고 사진 찍은 건 괜찮아?"

말다툼하는 커플을 보며 제비는 불안에 휩싸였다. 석영이 그런 제비의 어깨를 가만히 토닥거렸다.

"기다려. 사진가는 인내심이 있어야 하는 거야. 에리히 잘로몬이 그렇게 말했지."

반사판을 들고 제비가 석영의 귀에 소곤거렸다.

"사장님, 아까부터 그 사람 얘기하시는데요. 엄청난 유명인이죠? 사진으로 성공한 백만장자?"

"글쎄." 석영은 고개를 갸웃했다. "그런 건 몰라. 제2차 세계 대전 때 유대인 수용소에 끌려가 죽었단 것밖에."

제비는 놀라 반사판을 떨어뜨렸다.

네 번째 촬영지는 아름다운 해안사구였다. 검은 현무암 위에 크림처럼 끼얹어진 모래언덕을 보며 네 사람은 서 있었다.

"잘됐네요. 안 그래도 바다 촬영 기다렸어요. 너무 더워서."

예비 신랑이 손으로 셔츠를 들썩거렸다.

"바람이 세서, 바다 촬영 후에는 머리가 망가지거든요. 마지막 촬영지로 할 수밖에 없었습니다."

경사진 데다 여기저기 구멍 뚫린 해안사구 위에서 예비부부는 포즈를 취했다. 촬영을 마친 뒤에 석영은 또다시 차를 몰았다. 그는 물꾸럭 석상 앞으로 예비부부를 데리고 갔다.

"어머! 이거 힙하다."

기세 좋게 서 있는 석상을 보고 예비 신부가 반색을 했다. 원하던 풍경을 보고 온 터라 마음이 편해졌는지, 예비 신랑은 별다른 이의 제기를 하지 않았다. 두 사람은 물꾸럭 석상에 손을 넣고 소원 비는 콘셉트로 촬영을 했다. 그때, 마른하늘에서 소나기가 쏟아졌다. 허둥지둥하며 제비는 반사판으로 예비 신부의 머리를 가려주었다. 그러나 드레스 자락이 젖는 것까지 어쩔 수는 없었다. 석영은 비로부터 사진기를 보호하느라 예비 신랑을 지키지 못했다. 하얀색 반팔 셔츠가 쫄딱 젖어 상체에 들러붙었다. 셔츠 위로 솟은 젖꼭지를 보고 예비 신부가 깔깔 웃었다.

"재밌다! 이것도 찍어줘요!"

석영은 민망해하는 예비 신랑을 사진기로 얼른 찍었다. 그러나 즐거움도 잠시. 그런 꼴로 촬영을 계속하기는 어려웠다.

"예비 촬영 기획해 둔 거 있죠?"

비가 그치자, 예비 신부가 매서운 눈으로 석영을 봤다. 즐겁게 웃다 돌변한 태도에 석영과 제비는 깜짝 놀랐다.

"아, 저희가 준비한 촬영은……."

얼굴이 빨개진 채 석영은 이마를 긁적거렸다. 제비가 불쑥 끼어들었다.

"있어요. 전통복 촬영입니다."

"한복? 그건 좀 덥잖아요? 힙하지도 않고 세상 흔한데."

예비 신부가 툴툴거렸다.

"아뇨, 여기 전통복요. 해녀복."

제비의 말에 예비 신부가 눈을 빛냈다.

트렁크에서 꺼낸 하얀색 해녀복을 보고 예비 신부가 활짝 웃었다.

"어머 이런 부케가 있어?"

휘둥그레 눈을 뜨고 예비 신부가 손뼉을 쳤다.

"제가 만들었어요. 저희 집 할머니가 마당에 말린 해초를 모아서요. 세상에 하나밖에 없는 거예요, 신부님."

간드러지는 말투로 제비가 알랑거렸다.

"대박! 완전 힙 그 자체네."

예비 신부는 SUV 안에서 열심히 환복을 했다. 예비 신랑도 전통적인 해남 의상으로 갈아입었다. 그러는 사이 석영과 제비는 해변에 앉아 잠시 쉬었다.

"너 없었으면 어쩔 뻔했니." 석영은 주머니에서 손수건을 꺼내 제비의 젖은 머리를 닦아주었다. "사진관 개업 때 사두고 깜빡했는데. 언제 챙겼어?"

"저도 어제 겨우 생각한 거예요. 정신없이 이것저것 하다 보니까 말씀드릴 기회가 없었어요."

제비가 말했다. 석영이 한숨 쉬었다.

"어젯밤에도 생각했는데…… 너 없었으면 나, 대출 갚다 망했을 거야. 이전에 여기 펜션 주인처럼."

"사장님이 미리 준비한 덕이죠. 하늘은 스스로를 돕는 자를 돕는다잖아요?"

제비가 어깨로 석영의 팔을 툭 쳤다. 그러자 석영도 팔뚝으로 제비를 쳤다.

"야, 우리 웃긴다. 막 서로 칭찬하고."

눈을 맞추며 키들대다가 두 사람은 일어났다. 환복을 마친 예비부부가 들뜬 얼굴로 차 문을 열었다. 해녀 복장을 하고 두 사람은 석영이 시키는 대로 포즈를 취했다. 예비 신랑이 무릎 꿇고 해초 부케를 바치자 예비 신부가 활짝 웃었다. 그녀는 오렌지색 테왁이 달린 그물을 면사포처럼 어깨에 지고 있었다. 멀지 않은 곳에서 해녀들이 물질을 마치고 육지로 왔다. 양희의 모습을 보고 제비의 표정이 차게 굳었다.

"삼촌!"

문득 들린 아이 소리에 제비는 눈을 돌렸다. 울퉁불퉁한 해안가에서 웬 사내아이가 그들을 향해 뛰어왔다. 아이와 놀던 할머니가 양산을 들고 일어나 허리를 폈다. 촬영을 하다 말고, 석영은 사진기를 제비의 품에 맡겼다.

"잠시만요, 죄송합니다."

고개를 숙이며 석영이 예비부부에게 양해를 구했다. 순간, 아이가 두 발을 굴러 석영의 품에 뛰어들었다.

"누, 누구예요?"

제비가 물었다.

"아들."

"네? 사장님 아들요?"

"그러면 좋을 텐데, 양희 씨 아들이야."

석영이 아이를 높이 들어 올렸다. 아이가 깔깔 웃었다.

"삼촌 요샌 무사 안 왐수꽈? 우리 어멍 아팠신디."

아이가 말했다.

"어멍이 아파?"

석영의 목소리가 어두워졌다. 촬영을 준비하느라 그는 며칠 동안 해녀들을 마중하지 못했던 것이다.

"효재야!"

멀리서 발을 구르며 양희가 소리쳤다. 석영을 향해 윙크를 하고 아이가 제 엄마를 향해 뛰어갔다.

"이 마을에 아기는 유나뿐이라고, 사장님이 말했잖아요?"

제비가 힐난했다.

"아기는 그렇지. 효재는 어린이잖아."

다시 사진기를 들고 석영은 열심히 촬영을 했다. 심란한 마음을 누르고 제비도 촬영에 몰두하는데 뒤에서 익숙한 목소리가 귀를 때렸다.

"시방 뭐 하는 거라?"

일행이 돌아본 곳에 목포 할망이 서 있었다. 고무옷을 입은 채 험악한 표정이었다.

"아, 할머니 물질 이제 끝났어요?"

제비가 밝게 웃었다.

"시방 뭐 더냐고! 고르는 거 못 들언?"

(지금 뭐 하냐고! 말하는 거 안 들려?)

할망의 얼굴은 보랏빛이었다. 주름진 눈가에 물안경 자국이 깊게 패었다.

"아, 할머니 저희 지금 웨딩 촬영……."

"집이 눈에는 물질이 장난이라? 해녀들 목숨 걸엉 호는 일이

121

라!"

어깨에 진 그물을 던지고 할망이 사납게 달려들었다.

"할머니 왜 그래요!"

예비부부에게 달려드는 할망을 제비가 놀라 가로막았다. 멀리서 해녀들이 그런 할망을 보며 멀뚱히 서 있었다. 왜 와서 말리지 않는지 제비는 서운했다. 중요한 촬영은 끝난 터라 석영이 예비부부를 데리고 SUV에 올라탔다. 시동을 켠 석영이 창문을 열고 외쳤다.

"제비야, 얼른 타!"

"할머니 죄송해요!"

목포 할망을 바닥에 앉히고, 제비는 뛰어가 조수석에 탔다. 그리고 뒷좌석에 앉은 예비부부를 향해 연신 사과를 했다. 사이드 미러 속에서 목포 할망이 쫓아오다 주저앉았다.

하쿠다 사진관의 갤러리는 예비부부를 위해 꾸며져 있었다. 금빛 알파벳 풍선으로 'HAPPY WEDDING' 장식을 했고, 흰 장미가 풍성히 꽂힌 화병을 곳곳에 놓아두었다. 다양한 디자인의 하트 이미지를 액자에 담아 벽면도 장식했다. 사진관 문이 열리자마자 예비부부는 감탄했다. 정면으로 보이는 창에 코발트빛 바다가 빛나고 있었다.

"지난번 안내드린 대로 이제부터 두 시간은 자유롭게 쓰세요. 저희는 그동안 사진을 인화하고 상영회 준비를 하겠습니다. 맛있는 요리도 하고요."

석영이 말했다.

"얼마나 힙한 메뉴일지 기대해도 되죠?"

새침한 표정을 지으면서 예비 신부가 채근했다.

"그때까지 참을 수 있을지 모르겠어요. 벌써부터 출출한데."

예비 신랑이 납작한 배를 손으로 문질렀다.

제비가 주방으로 가 문어빵을 오븐에 데웠다. 어제 유나네 빵집에서 받아 온 새 디자인의 빵이었다.

"우아, 이런 것 처음 봐요! 너무 귀엽다!"

예비 신부가 휴대폰 사진기로 문어빵을 찍었다. 유나 아빠가 둥글게 만든 몸통에 짧은 다리 네 개가 붙어 있었다. 먹물로 그린 눈, 코, 입과 빨판이 앙증맞았다.

"겉은 바삭하고 속은 쫄깃하네요. 마늘 향이랑 고추소스가 독특한데요?"

예비부부가 문어빵 여덟 개를 순식간에 먹어치웠다. 꼭 세트로 내놓으라고 유나 아빠가 부탁한 코코넛주스도 단숨에 해치웠다.

"여기, 씻을 수 있는 곳 없어요?"

포만감에 느긋해진 목소리로 예비 신부가 물었다. 제비는 2층의 욕실로 손님을 안내했다.

"아, 개운해!"

속눈썹을 떼고 화장을 지운 예비 신부의 얼굴은 순박하기 그지없었다. 계단을 내려오면서 홀가분한 몸짓으로 기지개를 켰다. 예비 신랑도 욕실로 들어가 빠르게 샤워를 했다.

"죄송하지만, 누워서 쉴 만한 곳 없을까요?"

예비 신부가 창가에 앉아 졸린 듯 눈을 비볐다. 화장실 곁에 있는 작은 부스를 석영은 작업실로 쓰고 있었다. 제비가 그곳으로 가 고객의 의견을 전했다.

"2층에 스튜디오가 있습니다. 침대는 없지만 그곳이라도 괜찮으시면 깨끗한 러그를 깔아드릴게요."

석영이 갤러리로 나와 말했다.

"좋아요."

예비부부가 웃는 걸 보고 석영은 제비에게 뒷일을 부탁했다. 제비는 고객들을 데리고 2층으로 갔다. 예전에 펜션 객실이었던 방들을 예비부부는 신기한 듯 둘러보았다. 첫 번째 방은 어떤 사진이든 찍을 수 있게 배경지와 의자 하나만 놓여 있었다. 두 번째 방은 흰 꽃과 노란 열매가 달린 귤나무로 장식돼 있고, 세 번째 방에는 앤티크 의자 두 개가 나란히 놓여 있었다. 그 너머에 바다를 향해 난 창이 있었다.

"저것, 열어봐도 돼요?"

예비 신부의 손가락이 가리킨 곳을 제비는 보았다. 앤티크한 수납장이 놓여 있었다. 사진 배경으로 쓰기 위해 창 밑에 놓아둔 소품이었다.

"괜찮지 않을까요? 열어보셔도."

제비가 말했다.

"소품이잖아. 비어 있겠지."

예비 신랑이 부끄러운 듯 제비를 힐끔거렸다.

"혹시 알아? 엄청 오래된 사진이나 비밀스러운 보물이 들어 있을지! 어릴 때부터 사진관에 오면 궁금했는데 한 번도 열어보자고 말을 못 했어."

천진하게 눈을 빛내며 예비 신부가 서랍을 잡아당겼다.

"어머, 이게 뭐야?"

서랍 속 상자를 예비 신부가 번쩍 들었다.

"아, 함부로 만지지 마!"

예비 신랑이 난처해하며 제비의 눈치를 봤다.

"하지만 이거 우리 것 같은데?"

연인을 향해, 예비 신부가 상자를 보여주었다. '결혼을 축하합니다!'라고 적힌 포장지를 예비 신부가 얼른 뜯었다. 접착식 앨범이 그 안에 들어 있었다. 하쿠다 사진관의 로고가 박힌 앨범이었다.

"사장님이 깜짝 선물로 넣어두셨나 봐요."

제비가 싱긋 웃었다.

"촌스럽게. 요즘 누가 사진 인화해 꽂아둔다고."

예비 신부가 투덜거렸다. 웃는 두 뺨에 홍조가 어려 있었다. 제비는 석영의 방으로 가 캐비닛을 열고 러그와 얇은 이불을 꺼냈다. 앤티크 스튜디오에 러그를 깔자 예비부부가 맨발로 그 위에

125

올라섰다.

"뽀송뽀송해. 기분 좋다!"

"여름이지만 좀 썰렁할 거예요. 여기는 바닷가라서."

제비가 얇은 이불을 예비 신랑에게 주었다.

"고마워요."

예비 신랑이 웃었다.

제비가 1층으로 내려갔을 때 석영은 사진 고르기를 마친 상태였다.

"이대로 상영하면 돼."

외장하드를 내밀고 석영이 앞치마를 둘러맸다. 인화기 작동하는 소리가 정답게 들려왔다.

"사장님. 오늘 요리요, 진짜로 자신 있어요?"

"당연하지!" 석영이 주먹을 들어 보였다. "횟집 주방에서 일했을 때, 주방장 형님한테 배운 게 있어. '만약 네가 초짜라면 아무 것도 하지 마라.'"

"뭐예요, 그게? 그럼 어떻게 요리를 해요?"

제비가 덩달아 앞치마를 입었다.

"만일 좋은 재료가 있다면 가능한 한 그대로 내라는 거지. 그러면 최고의 요리가 된다는 거야. 다행히 우리는 최고의 식재료가 넘치는 마을에 살아. 이건 이장님 댁 축사에서 그저께 잡은 돼지!"

검은 털 숭숭 붙은 고기 한 덩이를 석영이 도마에 철썩 얹었다.

제비는 신음을 흘리며 뒷걸음질 쳤다. 석영이 커다란 중식도로 깨끗이 털을 깎고 물로 씻었다. 찜기에 야자나무 잎을 겹겹이 깔고 그 위에 고기를 얹어 후추알을 듬뿍 뿌렸다. 고기가 익는 사이 냉동 문어를 전자레인지에 돌려 어슷썰고 기름에 달달 볶았다. 접시에 담아 깨소금을 뿌린 것이 요리의 전부였다. 흙 묻은 감자는 껍질을 벗겨 찌고 마요네즈 소스를 가볍게 끼얹었다.

저녁 6시. 잠에서 깬 예비부부는 개운한 표정으로 계단을 내려왔다. 감미로운 피아노 연주곡이 그들을 맞이했다. 천장에 설치된 핀 조명 빛이 테이블로 떨어져 도기에 담긴 흑돼지 수육을 맛깔나게 빛내주었다. 석영은 고급 호텔의 요리사처럼 집게를 들고 야들야들한 고기를 집었다. 그리고 날선 칼로 두툼하게 고기를 썰어냈다. 예비 신부는 왼손으로 젓가락을 쥐고 오른손으로는 휴대폰 사진을 열심히 찍었다.

"드시기만 하세요. 사진은 저희가 찍어드립니다."

석영이 말하고 제비를 돌아보았다. 제비가 수줍은 몸짓으로 소니 RX0를 고객에게 들어 보였다. 활짝 웃으며 예비 신부는 젓가락 쥔 손을 바꿨다. 예비부부의 식욕은 참으로 대단했다. 그도 그럴 것이 멋진 몸매를 유지하느라 하루 종일 비스킷 정도밖에 먹지를 못했으니까. 낮잠에 들기 전 문어빵을 먹었다고는 하나 허기를 달랜 정도였다.

"귤로 만든 이 와인, 오늘 요리랑 잘 어울려요."

음식을 씹으면서 예비 신부가 말했다.

"맞아. 기름지다 싶을 때 한 모금씩 마시니까 개운하고 좋네요."

예비 신랑이 웃었다. 두툼한 입술이 번들거렸다.

"그럼 오늘 찍은 사진들 감상하시겠습니다."

앞치마를 벗고 석영이 스크린 옆에 섰다. 좁다랗게 열린 창밖에서 신선한 바람이 불어왔다. 보라빛 노을이 지고 있었다. 석영은 스크린 위에 프로젝터 영상을 쐈다. 느긋하고 행복한 표정으로 예비부부는 나란히 앉아 있었다. 사진 상영이 시작되자 얼굴이 대번에 일그러졌다. 메이크업 숍에서 찍힌 사진이 첫째로 튀어나왔다.

"이거 찍지 말아 달라고 부탁했는데요."

예비 신랑이 불쾌한 듯 쏘아붙였다.

"아니야, 잠깐. 생각보다 괜찮은데?" 예비 신부가 갸름한 턱을 어루만졌다. "전문가 솜씨 대단하다. 아침에 겪은 그 난리가 별것 아닌 것 같아."

흥미롭다는 듯 반응하는 예비 신부를 보고 제비는 한숨 돌렸다. 석영이 그런 제비를 향해 눈치를 줬다. 열심히 사진을 찍으라는 뜻이었다. 하지만 제비는 나설 수가 없었다. 라이더들을 찍을 때는 인원이 많아 괜찮았는데, 고객이 둘뿐이라 신경이 쓰였다. 맞은편에서 표정을 잡는 게 거슬릴까 겁이 났다.

"괜찮아. 내 사진에 집중하고 있잖아."

제비의 귀에 석영이 속닥거렸다.

사진은 이어졌다. 메이크업 숍 직원들에 둘러싸인 예비 신부, 그런 연인을 온몸으로 감싸는 예비 신랑, 손바닥으로 렌즈를 가리며 촬영을 막는 검은 슈트의 실장 등이 화면에 나오자 예비부부는 웃고 말았다.

"어머, 나 표정 봐. 어쩜 저렇게 무서운 표정을 짓지?" 예비 신부가 연인을 돌아보았다. "자기야, 나 자주 저래?"

"자주…… 는 아니고."

예비 신랑이 설핏 웃었다.

"말을 해주지."

"그게, 말을 했는데……."

"했다고? 언제?"

"가끔 했지 왜. 지난번 예물 문제로 다퉜을 때도……."

"아 그땐!" 예비 신부가 성난 표정을 짓다가 눈을 감았다. "알았어. 계속 보자."

SUV에 앉아 우는 예비 신부와 달래는 예비 신랑의 모습이 스크린에 나타났다. 암청색으로 선팅된 유리 속에 두 사람의 실루엣이 고스란히 드러났다.

"이것도 찍었어요?"

예비 신부가 소리쳤다.

"아니, 상식적으로 우리가 이런 걸 앨범에 넣을 것도 아니고. 대체 왜 찍은 겁니까?"

예비 신랑이 험궂은 눈으로 석영을 봤다.

"힙하게 해달라고 하셔서요. 이런 것까지 넣어 앨범을 꾸미면 재밌는 추억이 될 겁니다."

석영의 말에 신부가 움찔했다. 예비 신랑은 고개를 흔들며 눈살을 찌푸렸다.

SUV에서 화장을 수정하고 밝은 표정으로 공원에 나온 예비 신부, 그런 연인의 어깨를 어루만지는 예비 신랑의 모습이 화면에 나타났다. 두 사람은 행복에 겨워 웃고 있었다. 아프리카 박물관에서 찍은 사진은 무척 멋졌다. 새파란 하늘과 황토색 흙벽 위에서 흰 드레스가 성스럽게 빛났다. 검은 턱시도도 근사하게 어울렸다. 구도며 색상이 흠잡을 데 없는 전문가의 솜씨였다. 예비 부부가 감탄하며 석영을 향해 손뼉을 쳤다. 스타벅스 중문점에서 모니터링한 사진들은 일부에 지나지 않았다는 걸 제비는 깨달았다. 엉뚱한 사진들만 찍은 줄 알았는데 아름답고 멋진 사진도 무척 많았다. 석영은 벽에 기대서 찬사를 즐겼다. 사진관 운영에 관한 대화를 할 때와는 전혀 다른 표정이었다.

표범 사이에서 찍은 코믹한 사진을 보고 예비부부가 크게 웃었다. 스타벅스 제주중문점 계단에서 찍은 사진들을 보고도 그랬다. 과하게 허리를 꺾은 예비 신부를 보고 엄지를 치켜든 낯선 일행이 사진에 잡혀 있었다. 그 뒤로 예비 신랑의 어색한 얼굴이 클로즈업됐다. 굵은 땀방울이 구레나룻과 목덜미를 타고 흘러 셔츠에 얼룩을 만들었다.

"어머, 자기 저 때 저랬어?"

예비 신부가 눈을 치뜨고 연인의 팔을 어루만졌다.

"사람들 많아 힘들다고 했잖아."

예비 신랑이 투덜거렸다.

"그냥 하는 말인 줄 알았지."

"그냥 하는 말? 넌 내가 그렇게 실없는 사람으로 보여?"

갑자기 언성을 높인 연인을 예비 신부가 의아한 듯 보았다.

"그게 아니라. 남이잖아. 그렇게 신경 쓸 필요가 있어?"

"필요해서 신경 쓰는 게 아니라, 그냥 신경이 쓰이는 거잖아!"

예비 신랑의 얼굴이 벌겋게 달아올랐다.

"이해가 안 돼. 신경 안 쓰려고 노력을 해봐!"

"노력?"

두 눈을 감고, 예비 신랑은 한숨을 푹 쉬었다.

아름다운 피아노 연주 속에서 상영은 계속됐다. 물꾸럭마을에 도착해 드레스를 갈아입은 예비 신부의 모습이 보였다. 미간을 찌푸리고 입술을 삐죽인 게 무척이나 짜증스러운 표정이었다.

"어머, 나 왜 저래? 자주 저러나?"

예비 신부가 손으로 자기 허벅지를 쳤다.

예비 신랑이 또 한 번 한숨 쉬었다. 스크린 위로 다음 사진이 흘러나왔다. 알록달록한 지붕과 기름진 밭이 있는 마을을 보며 활짝 웃는 예비 신랑의 얼굴이 화면에 가득 찼다.

"어머, 자기 사진 잘 나왔다!" 칭찬과 달리, 예비 신부의 표정이 침울해졌다. "자기 저렇게 웃는 거 오랜만이야. 몇 년은 된 거 같아."

"뭘. 나 자주 웃어."

예비 신랑이 말했다.

"저렇게는 아냐."

예비 신부가 중얼거렸다.

코발트빛 바다와 커피색 해안사구가 스크린 위에 펼쳐졌다. 사구에 난 구멍들을 피해 두 사람은 손을 잡고 걸었다. 그 사진을 보며 예비부부는 말이 없었다. 그들은 조용히 서로의 손을 더듬어 잡았다. 제비가 그런 모습을 사진으로 찍었다. 셔츠 위로 젖꼭지가 솟은 예비 신랑의 사진을 보고 예비 신부가 벌떡 일어났다. 배를 잡고 깔깔 웃으며 예비 신랑을 놀려댔다. 예비 신랑은 손으로 낯을 가리며 사진을 봤다. 손으로 가슴을 가리는 자신의 모습을 보고 웃음을 참으려 애를 썼다.

흰 저고리에 검은 바지를 입고 해남과 해녀로 분장한 두 사람의 사진이 이어졌다. 오렌지색 테왁을 명품 가방처럼 두르고 예비 신부가 뽐내며 걷고 있었다. 예비 신랑이 해초 부케를 들고 그 뒤를 쫓아갔다. 한쪽 무릎을 꿇고 해초 부케를 바치는 예비 신랑의 모습을 보고 예비 신부가 콧대를 높이 세웠다. 그 사진을 보며 예비부부는 낄낄거렸다. 잔뜩 분노한 목포 할망이 손을 들고 달려드는 사진이 그 뒤로 이어졌다. 엉덩이를 빼고 말리는 제비의 뒷모습이 우스꽝스레 찍혀 있었다. 예비부부는 사진을 보고 손뼉을 치며 웃었다. 얼마나 웃었는지 예비 신부가 손가락으로 눈가를 쓱 훔쳤다. 사진을 찍다 말고 제비가 석영을 흘겨보았다. 벽에 기댄 채 석영이 킥킥 웃었다.

"고마워요. 사진들 완전 힙하고. 진짜 좋은 추억 될 것 같아."
예비 신부가 말했다. 석영과 제비는 처음 듣는 다정한 어투였다.
"괜찮으시면 여기 오셔서 같이하시죠."
예비 신랑의 제안에 석영과 제비는 머뭇거렸다.
"그래요. 오세요. 오늘 수고 많이 하셨는데 같이 건배해야죠."
예비 신부가 와인 잔을 번쩍 들었다.

여태껏 본 사진들을 무작위로 다시 틀고 네 사람은 마주 앉았다. 감귤와인으로 건배를 한 뒤 예비 신랑이 막 무슨 말을 하려는데 전화벨이 울렸다.
"거래처야. 이 시간에 불길한데."
예비 신랑이 심각한 낯으로 사진관을 빠져나갔다.
"별일 아니어야 할 텐데."
연인의 뒷모습을 보며 예비 신부가 한숨 쉬었다. 석영과 제비는 멋쩍게 앉아 있었다. 예비 신부가 노란색 와인을 한 번에 들이켰다.
"사실은 말이죠, 결혼하기 싫었어요."

뜻밖의 고백에 석영과 제비는 깜짝 놀랐다. 예비 신부의 사진이 스크린에 나타났다. 촬영 중 업무 관련 통화를 하던 장면이었다. 행복한 미소 대신 엄격한 눈빛이 구도를 장악했다.

"저 사진 좀 봐요. 자신만만해 보이지 않아요?" 예비 신부가 말했다. "대학 4년 내내 딴짓 한번 않고 공부해 취직했어요. 취직한 다음엔 죽도록 일해 지금까지 왔죠. 나 있잖아요, 10년 동안 위경련에 방광염에 별걸 다 앓았지만 병가 한번 안 냈어요. 그리고 저 남자는……."

예비 신부가 고개를 돌려 출입문을 봤다. 손짓 발짓을 하며 예비 신랑이 통화를 하고 있었다.

"저 사람은 대학 4년 동안 그리고 회사에서 함께 일하는 10년 동안, 그 많은 조별 과제와 프로젝트에서 단 한 번도 나를 이용해 먹지 않은 사람이에요. 단 한 번도 나를 뒤통수치지 않은 유일한 사람이죠. 그것 때문에 나는 결혼을 결심했어요. 그런데……."

예비 신부의 빈 잔을 제비가 채워주었다.

"이제 결혼하기로 하니까 너무 무서운 거예요." 예비 신부가 어깨를 떨었다. "결혼한 뒤에 경력 끊긴 선배들, 나 많이 알아요. 출산한 와이프 두고 육아 외면하는 남자들 많이 봤고요. 이러다 믿는 도끼에 발등 찍히는 거 아닌가, 한 번도 뒤통수친 적 없는 남자가 내 뒤통수 거하게 치지 않을까, 말도 못하게 겁이 났어요. 사실은 여기 와서도 갈등했어요. 촬영지가 좋네 싫네 갈등할 때도 그렇고, 우린 너무 안 맞는다 생각했죠. 오늘 밤 호텔에서……

파혼하자 하려 했어요."

석영과 제비는 놀라서 마주 보았다. 무슨 말을 해야 할지 난감하기 짝이 없었다. 스크린 위로 사진이 이어졌다. 통화하는 예비 신부를 보는 예비 신랑의 눈빛이 클로즈업됐다. 그것은 사랑하는 사람을 본다기보다 동경하는 사람을 보는 눈빛에 가까웠다.

"근데…… 방금 여기서 사진들 보고 그러지 않기로 했어요. 결혼 프로젝트 킵 고잉 하기로요."

석영과 제비는 놀란 가슴을 쓸어내렸다. 메이크업 숍에서 찍힌 예비 신랑의 사진이 스크린에 나타났다. 예비 신부를 끌어안고 지키려는 몸짓이 우스꽝스러웠다.

"나 말이죠. 올해 과장 승진했어요." 예비 신부가 말했다. "아까 문어 석상 입에 손 넣고 소원 빌 때, 20년 안에 임원 되게 해달라 빌었고요. 그런데 방금 사진들 보면서 이런 생각 들데요. '임원은, 노력하면 될 거야. 하지만 어떤 사람의 마음을 얻는 것도 노력으로 될까?'"

"어려운 일이죠."

제비가 와인을 단번에 들이켰다. 석영이 그런 제비를 물끄러미 보았다.

"제비 씨, 아는구나? 그런 건 행운의 영역에 속한다는 걸."

예비 신부가 말하는 사이 통화를 마친 예비 신랑이 사진관으로 돌아왔다.

"뭐가 행운이야?"

"아무것도 아냐. 잠깐 화장실 다녀올게요."

예비 신부가 일어나자 제비도 빈 접시를 정리한다며 자리에서 일어났다. 예비 신랑이 문어깡을 먹으며 흘러나오는 사진을 봤다. 메이크업 숍에서 삿대질하는 예비 신부의 얼굴이 클로즈업되어 있었다.

"진짜 다 때려치우려고 했어요, 오늘 아침에."

예비 신랑이 픽 웃었다. 석영은 놀라서 남자를 흘깃거렸다.

"이렇게까지 결혼을 해야 되나 싶더라고요. 저런 여자랑 어떻게 평생을 사나 싶고."

목소리를 낮춰 예비 신랑이 털어놓았다. 그는 와인을 스스로 따라 마셨다.

"근데 사진 보다 감동했어요. 그게 어떤 사진인가 하면…… 아, 저기 나온다. 해안사구에서 구멍에 안 빠지려고 손잡고 걸어가잖아요, 저기."

예비 신랑이 손가락으로 코끝을 문질렀다.

"우리 주현이요. 대단해요. 뭐에 빠지면 앞뒤 안 보고 달려들죠. 나는 안 그래요. 사실 나는…… 무엇에도 최선을 다한 적 없어요. 물론 성실하게야 하죠. 그건 자신해요. 하지만 그뿐이랄까? 남들은 내가 좋은 대학 가고 좋은 직장에 입사하니까 대단하다고들 하데요. 하지만 그게…… 내가 원한 일은 아니에요. 목표한 일일 뿐이지."

예비 신랑은 뚫어질 듯한 시선으로 사진들을 보았다. 차분히 말을 이었다.

"오늘 알았어요. 저 사진 보고. 글쎄 내가 최선을 다하고 있더라고요. 저 여자하고. 구멍에 안 빠지려고요."

석영은 잔을 들고 노란 와인을 빙빙 돌렸다. 그는 말없이 창밖을 봤다. 어둡고 차가운 바다가 거기 있었다.

예비 신부가 손을 닦고 자리로 돌아왔다. 제비도 안주 접시를 가득 채워서 왔다. 네 사람은 와인 잔을 들고 건배를 했다. 스크린 위로 사진이 물결처럼 흐르고 은은한 피아노 연주가 갤러리를 가득 채웠다.

예비부부는 밴 택시를 불러 호텔로 갔다. 석영과 제비는 말없이 사진관을 치우기 시작했다. 일을 마친 뒤 석영이 제비를 집까지 바래다주었다. 밤 10시가 넘은 시각이었다.

"아까 그 사람들…… 행복할까요?"

목포 할망의 집 앞에서 제비가 물어보았다.

"글쎄. 안 맞으면 헤어지겠지." 석영이 어깨를 들썩였다. "하지만 두 사람, 서로 무척 신뢰하는 것 같아. 만일 헤어지더라도 사이 좋게 헤어질 거야."

제비는 어두운 마당을 가로질러 방으로 갔다. 목포 할망의 집은 벌써 불이 꺼져 있었다. 제비는 지친 몸을 방에 뉘었다.

'사이좋게 헤어진다.'

석영의 말이 제비의 마음을 아프게 했다.

대왕물꾸럭마을의 축제 준비

제비의 첫 월급날 아침, 석영은 약속한 금액을 계좌에 넣어주었다. 일을 마치고 퇴근할 무렵 그는 봉투 하나를 쓱 내밀었다. 하쿠다 사진관 로고가 박힌 자그만 봉투였다. 집으로 돌아와 열어보니 상품권 같은 게 들어 있었다.

약속 어음. 근무 1주년 기념일에 제공. 금 이백만 원 정.

제비는 기쁜 마음에 어음을 안고 뒹굴었다. 청 테이프를 꺼내 출입문 위에 떡하니 어음을 붙여놨다. 놀랍게도, 제비는 신용카드 없이 한 달을 살아냈다. 근처에 편의점이 없던 게 성공의 원인이었다. 군것질을 하지 않아서인지 체중도 2킬로그램 줄었다. 통신

요금과 보험비 등을 내고, 제비는 목포 할망에게 가 둘째 달 민박비를 선결제했다. 지네 나오는 집에서 도망칠 생각으로 하루하루 버텼음에도 그렇게 한 건 석영의 부탁이 있었기 때문이었다.

"웨딩 촬영 때 그런 일이 있었는데, 사장님은 화도 안 나요?"

제비의 말에 석영은 고개를 휙휙 저었다.

"나를 외지인으로 대하지 않은 유일한 분이야." 해 질 무렵, 석영은 갤러리 창가에 앉아 사진기 렌즈를 쓱쓱 닦았다. "처음 여기 왔을 때, 목포 삼촌 집에서 밥 사 먹었어. 알다시피 이 동네엔 식당이 없잖아. 펜션 고치며 한 달쯤 지나니까 컵라면도 지겹더라. 집 집마다 돌면서 집밥이 먹고 싶다고, 파시면 안 되느냐 물었지. 낯선 사람이니까 모두 거절했어. 목포 삼촌만 유일하게 밥을 팔았지. 어느 날 같이 저녁 먹는데, 내가 좀 힘들어 보였나 봐. 마을 사람들이랑 친해지려 노력하는 게 가엾었는지, 이런 말씀하시데."

"뭐라고요?"

"괸당이라고 들어봤?"

목포 할망의 표정과 목소리를 석영이 흉내 냈다.

"괸당이요?"

제비가 물었다.

"응. 서로 사랑하는 사이, 혈연으로 맺어진 친족, 그런 걸 제주에선 괸당이라고 해. 어려운 일이 있으면 서로 돕고 살아가지. 근데 목포 삼촌이 그러는 거야. '괸당 되려면 괸당하고 혼인하는 게 제일이라.' 그래서 내가 물었지. '삼촌도 그렇게 괸당 되셨어요?'

그랬더니 고개를 끄덕끄덕하시더라고. '양희라고 이서. 머시마 데리고 이혼해 친정 와 살주. 요 마을에 하나 있는 젊은 가시내라. 명일 나 물질 갈 거. 끝날 때쯤 와서 보라.'"

짝사랑이 그렇게 시작됐다니, 제비는 목포 할망이 원망스러웠다. 그럼에도 불구하고 계약은 갱신했다. 석영의 부탁도 있었거니와 할망의 요리 솜씨가 좋았던 탓이었다. 제비는 가끔 석영의 제안으로 사진관에서 저녁을 먹었는데, 따지고 들면 그건 사장님이 차려준 밥이었다. 제비로서는 설거지 같은 뒷정리를 해야 하기도 했고 메뉴에 대해 이러쿵저러쿵할 수도 없었다. 그러나 목포 할망에게 밥을 사 먹으면 뒷정리를 하지 않아도 됐다. 할망이 텃밭에서 직접 가꾼 상추나 부추로 겉절이를 하고 그날그날 바다에서 잡은 보말이나 거북손 같은 걸 쪄주면 눈 깜짝할 새 먹어치웠다. 물꾸럭마을에 오기 전엔 저녁을 먹고도 과자나 아이스크림 같은 걸 반드시 사 먹었다. 하지만 목포 할망의 집밥을 먹은 뒤로는 군것질 생각이 나지 않았다.

"그라고 호끔 먹어 어떵 힘을 쓸 거? 가시내는 잘 먹어야 되매."
(그렇게 조금 먹어서 어떻게 힘을 써? 여자애는 잘 먹어야 돼.)

이따금 밥상머리에서 목포 할망이 잔소리하면 제비는 기분 좋았다. 성격이 차갑던 할머니와 살며 제비는 어른의 정에 몹시도 굶주렸다.

얼마 되지 않는 돈이지만 남은 것은 저금했다. 원래는 재테크 책을 참고해 주식 투자를 하려 했는데 미뤄두었다. 잘 아는 분야에 투자해야 한다고 그 책에 적혀 있었기 때문이었다. 제비는 그런 분야가 없었다. 자기만의 전문 분야를 갖게 될 때까지, 제비는 적금 이자에 만족하기로 했다. 쥐꼬리만 한 용돈 중 얼마를 떼어 최고급 강아지 사료를 샀다.

"겨우 장사 좀 되나 싶은데, 8월 말이네요."

벨의 동그란 밥그릇에 제비는 연어 맛 사료를 덜어놓았다. 혓바닥을 휘두르고 눈을 홉뜨며 벨이 힘차게 달려들었다.

"괜찮아. 제주도는 9월까지 여름이야. 성수기를 피해 느지막이 움직이는 사람들이 생각보다 많아."

석영은 갤러리의 사진들을 바꾸고 있었다.

"와서 좀 봐. 괜찮은지."

벨의 물그릇에 물을 따라주고 제비는 일어났다. 맨 처음 보인 사진엔 물꾸럭 석상이 찍혀 있었다. 그다음엔 해안도로에서 찍은 라이딩 사진과 얼마 전 찍은 웨딩 스냅이 차례로 놓여 있었다. 여러 장의 사진 중에서도 검은 배경에 빨간 혀, 반짝이는 사랑니가 제비의 시선을 끌었다. 정미의 입 속 사진은 마술적이었다. 보는 사람의 욕망을 묘하게 자극했다. 그 옆에 라이더 정미의 옆얼굴 사진이 걸려 있었다. 제비가 휴대폰으로 찍은 사진이었다.

"이런 것, 걸어봐도 돼요? 사장님 것하고 수준 차이가……."

제비는 놀라서 돌아보았다.

"괜찮아. 네 이름 붙여놨어."

장난스럽게 웃고 석영은 손가락으로 뭔가를 가리켰다. 액자 옆에 하얗고 자그만 딱지가 붙어 있었다. 촬영 날짜와 찍은 사람의 이름이 그 위에 적혀 있었다. 제비는 손으로 입을 가렸다.

"우아! 사진작가로 데뷔한 것 같아요!"

고개를 숙이고 웃으면서 석영이 머리를 흔들었다.

"나는 기회를 준 거야. 이제 손님들이 오면 '참 좋은 사진이네요.' 감탄하겠지. 그럴 만한 사진이라 걸어뒀어. 하지만 말이야, 그걸로는 부족해. 누군가가 돈을 주고 네 사진을 사 가야 그게 데뷔야."

"사장님이 돈 얘기를 하니까 이상하네요. 사장님 같은 예술가가."

제비가 콧등을 찡긋했다.

"나 돈에 관심 많아. 이 건물도 내가 경매로 샀다고 얘기 안 했니?" 마른행주로 석영이 액자를 쓱쓱 닦았다. "고객 응대는 서툴지만, 운 좋게도 너를 만났지. 제비야, 어떤 사람들은 돈과 예술이 별개라고 생각해. 하지만 어떤 사람들은 돈과 바꿀 수 있는 것만 진짜 예술이라고 생각하지. 왜냐하면 이 세상에서 사람의 생명 다음으로 중요한 게 돈이니까. 그런 돈하고 바꿀 가치가 있어야만 예술이 되는 거야. 비쌀수록 더 가치가 있는 거고."

석영의 말을 들으며 제비는 전에 일했던 사진관의 사진사들을 생각했다. 못마땅한 구석도 많고 속으로 무시한 사람도 있었지만, 모두가 돈을 받고 사진을 팔았다. 제비는 새삼 그들이 존경스러웠다.

"얼마든지 네 사진을 걸어줄게. 좋은 사진을 찍으면."

석영이 웃었다.

"열심히…… 해볼게요."

제비가 수줍게 입술을 깨물었다.

"그래야지. 하지만 말이야, 잘 안될 거야. 지금 이건 초심자의 행운이니까." 석영이 손가락으로 정미의 얼굴을 가리켰다. "알아 둬. 좋은 사진을 찍겠다 결심한 순간부터 나쁜 사진을 찍게 돼. 그래도 계속해야 해. 그러다 보면 언젠가 그런 날이 와. 좋은 사진을 찍겠다는 다짐 따위 잊어버리는 날이. 그때, 너는 진짜 작가가 되는 거야."

우두커니 서서, 제비는 신발코로 바닥을 찼다.

"이상해요. 저 같은 사람이 작가가 된다니."

"작가가 누구냐는 중요하지 않아. 좋은 사진을 찍었느냐가 중요하지. 작가가 누구건, 좋은 사진은 언제나 정당한 인정을 받는다."

"그건 누가 한 말이에요? 스테판인가 하는 그 사람요?"

"아니. 이석영."

말하는 표정이 어두운 게 제비는 신경 쓰였다. 그러고 보니 석영의 낯은 아침부터 어두웠다.

"사장님, 근데 무슨 일 있으세요?"

"일은 무슨."

마른행주로 석영이 액자를 계속 닦았다. 그러더니 갑자기 주머니에서 휴대폰을 꺼내 귀에 붙였다. 답하는 소리가 커지는가 싶더니 통화를 마치고 주먹을 꽉 쥐었다.

"제비야, 우리도 오래!"

"누가요? 어딜요?"

어리둥절한 제비의 머리에 헬멧을 씌우고 석영이 오토바이를 몰았다. 짙은 안개가 자욱이 마을을 덮고 있었다.

희고 길쭉한 건물 앞에서 오토바이는 멈춰 섰다. 나무 현판에 〈대문리 회관〉이라고 적혀 있었다. 넓은 거실에 빽빽한 사람들을 보고 제비는 주춤댔다. 삼삼오오 대화하던 사람들이 석영과 제비를 보고 자기들끼리 눈짓을 했다. 먼저 인사를 걸어오는 사람이 있는가 하면 못마땅한 듯 외면하는 사람도 있었다.

"여기서 뭐 하는 거예요?"

거실 구석 자리로 들어가며 제비가 소곤거렸다.

"축제 준비를 하는 거야. 매년 음력 2월에 물꾸럭 맞이 축제를 하거든. 육지로 올라온 문어를 융숭히 대접하고 바다로 돌려보낼 사자를 뽑는 거야."

"사자요? 어흥?"

"그거겠니? 심부름꾼 말이야."

석영은 마을 사람들에게 고개 숙이며 연신 싱글거렸다. 바닷가에서 마주친 해녀 할망들이 석영의 손을 잡고 흔들어주었다.

"사람들이 우릴 싫어하는 것 같아요."

몇몇 사람의 눈치를 보고 제비가 속닥거렸다.

"이웃들을 다 좋아할 수야 있니? 괜찮아. 여기 오라고 허락받은 순간 우린 마을 구성원으로 인정받은 거야. 이날이 오길 얼마나 기다렸는지 모른다."

가슴을 펴고 석영이 큰 숨을 들이켰다.

"사장님도 처음이에요? 1년이나 걸렸네요?"

"1년이면 짧은 거지."

"그런데…… 빵집 아저씨는 안 보여요."

눈을 크게 뜨고, 제비가 회관 내부를 두리번거렸다.

"당연하지. 이 마을에 온 지 6개월밖에 안 됐거든."

석영이 속닥였다.

"전 유나네보다 훨씬 짧게 이 마을에 있었는데요?"

의아한 듯 제비가 석영을 쳐다보았다.

"넌 나의 식구라서 여기 온 거야. 가족 단위로 받아들이니까. 물론 우리가 여기 오는 걸 반대하는 사람도 있어. 과반수에 한 표차이로 참여가 결정됐대. 그 한 표가 누구 표인 줄 아니?"

제비가 고개를 가로저었다.

"목포 삼촌 표야."

석영이 말했다.

이곳저곳 두리번거린 끝에 제비는 할망을 찾아냈다. 먼 곳에서, 목포 할망은 눈 감은 채 앉아 있었다. 입술을 달싹대는 걸로 보아 무슨 기도를 하는 듯했다. 양희와 그 아들 효재가 뒤늦게 들어와 죄송하다고 인사를 했다. 실내를 두리번대던 효재가 석영을 발견하고 사람들 사이를 마구 헤쳤다. 제 엄마가 막는데도 막무가내였다. 아들을 놓친 양희가 속상한 표정을 지었다.

"시작하쿠다!"

마을 사람이 다 모인 걸 확인한 후 이장이 소리쳤다. 장정 두 명이 밖으로 나가 커다란 고무 대야를 들고 왔다. 검은 천을 씌운 상자 같은 게 그 안에 들어 있었다. 고무 대야가 거실 가운데 놓일 수 있게 사람들은 둥그렇게 자리를 냈다. 커다란 손으로 이장이 검은 천을 벗기자 투명한 수조가 나타났다. 그 속에서 꿈틀대는 대왕문어를 보고 사람들이 손뼉을 쳤다. 모두 감탄하면서 큰절을 하고 뭐라고 중얼댔다. 제비는 그런 풍경을 멍하니 보다 엉거주춤 엎드렸다. 효재가 그런 제비를 보며 킥킥 웃었다. 곱슬머리에 위로 살짝 들린 코가 무척이나 귀여웠다.

"저게 뭐예요?"

석영을 향해 제비가 속닥였다.

"바보! 물꾸럭도 몰라?"

효재가 끼어들었다. 제비는 효재를 흘깃 보고 석영을 향해 말했다.

"지금 금어기 아니에요?"

"금어기 전에 잡아둔 거라! 수족관에 넣고 먹이 주며 길렀주!"

효재가 두 팔로 석영의 목을 안고 등 위에 올라탔다.

"누가?"

"누게긴? 이장님이지. 삼촌, 이 누나 아무것도 몰라부난!"

양희가 먼 데서 아들을 보고 눈을 흘겼다. 검지를 입에 대고 신호를 보내자 효재가 두 눈을 꾹 감았다.

"알을 밴 문어의 선택을 받아야만 된대. 그래서 금어기 전에 잡아 돌보는 거야. 이장님이 금어기 이후로 날짜를 바꾸려 했는데 마을 회의에서 번번이 부결됐어."

제비의 귀에 석영이 속닥였다.

"혼저 합시다양!"

누군가가 재촉했다. 이장이 수조에 두 손을 넣고 문어를 잡아 뺐다. 너무 큰 문어인 데다 빨판이 수조에 붙어 있어 장정 두 명이 힘을 보탰다.

"암놈이 맞는지 확인호라!"

해녀 할망 중 누군가가 소리쳤다.

"한 달 넘게 키웠신디 것도 모르고 키웠실까!"

이장이 대꾸했으나 소용없었다.

"경해도 또 합써!"

상군 해녀 중 누군가가 소리쳤다. 답답하다는 듯 이장이 문어를 들어 사람들 앞에 보여주었다.

"자! 보라! 다들 봅써! 다리 여덟 개 전부 빨판 아니꽈? 수컷은 다리 하나가 밋밋하니 끝부분에 빨판이 어서!"

사람들이 몰려들어 고개를 끄덕였다. 이장이 문어를 다시 수조에 넣고 검은 천을 덮어씌웠다. 그런 다음 수조를 뱅뱅 돌렸다.

"뭐 하는 거예요?"

제비가 물었다.

"공평하게 하려는 거야. 두고 보면 알아."

석영이 말했다. 주변에 앉은 사람들이 제비를 향해 눈을 흘겼다. 조용히 하라는 뜻이었다.

대범한 마술사처럼 이장이 검은 천을 잡아 벗겼다. 사람들은 허리를 꼿꼿이 하고 두 손을 모아 가슴에 댔다. 문어는 신경질이 난 듯 꿈틀대며 수조 밖으로 기어 나왔다. 그러더니 마을 사람들의 다리를 타고 넘으며 이동하기 시작했다.

"히에엑, 저게 뭐야?"

제비는 석영의 뒤로 몸을 숨겼다. 마을 사람들은 두 손을 가슴에 모으고 가만히 앉아 있었다. 그러다 문어의 다리가 자기를 스치기만 해도 고개를 숙이며 "조끄뜨레 옵써(가까이 오세요)." "몸 냥헙써(마음대로 하세요)." "복 하영 줍써(복 많이 주세요)." 하고 중얼거렸다.

"문어가 선택한 해녀는 한 해 동안 무탈하게 된대. 좋은 전복 많이 따고."

석영이 말했다.

"문어가 선택한 소나는 좋은 좀녀 만나 똘 아들 많이 놓는다 하고."

효재가 끼어들었다.

마을 사람들은 문어가 누군가의 무릎을 타고 넘을 때마다 반색하거나 아쉬워했다. 문어의 선택을 방해하는 어떤 행위도 금지되었으므로 섣불리 움직이는 사람은 아무도 없었다. 제비는 문어의 움직임을 보며 가만히 있었다. 문어가 가까이 오더니 제비 옆에 있는 해녀의 다리를 타고 어깨로 올라갔다. 경력이 풍부한 중군 해녀였다. 올해는 그 해녀가 점지되는가 보다 하고 몇몇 사람이 한숨 쉬었다. 그러나 대왕문어는 해녀의 등을 타고 아래로 내려왔다. 그러더니 제비의 발등에 무성한 빨판을 척 얹어 놨다. 비명을 지르면서 제비는 발끝을 털어냈다.

"가만 이시라!"

"부정 탄다게!"

마을 사람들이 호통하는 탓에 제비는 얼어붙었다. 연갈색 문어가 여덟 개의 축축한 다리로 제비를 타고 올랐다. 허벅지를 감고 돌아 엉덩이와 등으로 오르더니 커다란 빨판을 제비의 목에 댔다. 참지 못하고 비명을 지르며 제비는 두 손으로 문어를 떼려 했다. 그러자 마을 사람들이 달려와 제비의 몸을 잡았다.

"사, 사장님! 도와줘요!"

제비가 소리쳤지만 석영은 기쁜 얼굴로 웃고 있었다. 그는 주머니에서 소니 RX0를 꺼내 제비를 찍어댔다.

"누나 호끔 참으라! 호끔!"

효재가 깡충 뛰었다.

커다란 문어가 제비의 뺨을 타고 머리 위로 올라갔다. 그러고는 어느 순간 만족한 듯 꿈쩍도 하지 않았다.

"무사?"

"어떵 된 거?"

마을 사람들이 수런거렸다.

"육지 제집이 선택된 거가?"

"무스 거!"

"무스 거긴? 저 보라!"

제비 머리 위에서 문어가 먹물을 팍 쏘았다. 제비는 소스라쳐 오줌을 쌀 뻔했다. 미지근한 먹물이 제비의 두 뺨을 타고 흘렀다.

"저, 이, 이것 좀 떼주세요……."

온몸을 떨며 제비가 울먹였다. 곧 기절할 듯 목소리에 힘이 없었다.

"하는 수 어서."

마을 이장이 손짓하자 장정 둘이 제비의 머리에서 문어 다리를 하나씩 뗐다. 그러나 문어는 끝까지 저항하며 제비의 머리에 있으려 했다. 문어가 떨어지자마자 제비는 바닥에 주저앉았다. 석영이 다가와 손수건으로 제비의 머리를 닦아주었다.

"다시 해야 하는 거 아니라?"

누군가가 투덜댔다.

"부정 탈 소리!"

이장이 발끈했다.

"어쩔 수 없주. 선택돼시난."

"게메. 어쩔 수 어서."

해녀 할망들이 말했다.

"경허난 마을 주민만 불러사주."

상군 해녀가 투덜댔다.

"아 이게 물꾸럭신 뜻이민 어떵헐꺼? 경했다가 아무도 선택 안되민 흉어되는 거 모르난?"

"설마 아무도 선택을 안 해시까!"

"그런 해가 있었주. 흉어 들고 좀녀 병들고."

"알았수다, 흉한 소리 그만합써."

마을 사람들이 입씨름 끝에 제비를 돌아보았다. 회관이 순식간에 고요해졌다. 잔뜩 겁먹은 얼굴로 제비가 사람들을 올려다봤다.

"이제 너는 신성한 사자라."

이장이 말했다. 근엄한 목소리였다.

"기여. 우리가 만들어논 물꾸럭 갖고 바당 가 띄워야 하주."

상군 해녀가 말했다.

"바다요? 전 수영을 못 하는데."

제비는 놀라 두 손을 흔들었다. 마을 사람들이 한심하다는 듯 서로서로 눈짓을 했다.

"띄우기만 호라! 얕은 바당만 지나민 우리 상군들이 멀리 모실 꺼라."

그런 다음 마을 사람들은 또 서로 눈치를 봤다.

"누게가 할 거꽈?"

이장이 침묵을 깨고 좌중을 돌아봤다.

"뭐를?"

해녀 할망 중 누군가가 말했다.

"방금 못 들어수꽈? 저 육지 제집 물질을 가르쳐야 할 거 아니라게?"

이장이 말했다. 마을 사람들은 저마다 난색을 표하며 손사래 쳤다. 다들 너무 바쁘다는 거였다. 날카로운 눈으로 사람들을 보다 이장이 손뼉을 쳤다.

"양희가 호라."

"나가 무사?"

벌떡 일어나 양희가 반발했다.

"조용히 호라! 육지 제집이 말도 못 알아들을 껀디 할망들이 할꺼가, 상군 어멍들이 할 꺼가? 너가 젊으난 말도 통하고 좋주."

이장이 엄하게 쥐어박았다. 두 손으로 낯을 가리고 양희가 발을 굴렀다. 효재가 달려가 그런 엄마를 안아주었다. 이 사태를 어쩌면 좋을지 석영은 망설였다. 수영이라면 자신이 가르쳐줄 수 있었다. 하지만 제비가 마을 사람과 그것도 양희와 어울리게 된다면 나쁠 것은 없었다. 아니, 그건 분명히 좋은 일이었다.

파도 속의 물고기들

대왕물꾸럭 신의 가호가 있었는지, 하쿠다 사진관에 예약이 잇따랐다. 인스타그램 DM을 통해 들어온 예약이었다. 마을회관에서 문어에게 선택받은 제비 사진이 폭발적 관심을 받았다. 유명 잡지 편집자가 '좋아요'를 누르면서 하쿠다 사진관 계정에 많은 사람이 들락거렸다.

석영과 제비는 이틀에 한 번 꼴로 예약을 받아 가족과 친구 단위 여행 스냅을 찍었다. 촬영 기획과 현장 체험이 익숙해진 만큼 모든 게 순조로웠다. 한 가지 문제가 있다면 제비의 건강에 이상 신호가 생긴 거였다. 먹물 세례를 받은 후, 제비는 후각과 미각을 잃어버렸다. 얼굴 피부의 감각도 사라져, 세수를 하거나 화장을 할 때 답답하기 짝이 없었다. 석영이 제비를 데리고 병원에 갔다.

"문어 먹물에는 독성이 있어요. 그러나 감각은 곧 회복될 겁니다."

의사는 몇 개의 알약을 처방해 줬다. 그걸 다 먹고도 낫지 않으면 병원에 또 오라고 했다. 사진관에 돌아간 석영은 이장에게 전화를 했다. 제비가 무사히 마을로 돌아왔음을 보고하는 전화였다.

"맹심허라이. 이제 너는 제주 섬을 떠나서는 안 될 크라."

문어의 선택을 받던 날, 이장은 엄숙하게 말했다. 내년 봄 축제를 마치기 전 사자가 제주를 뜨면 액운이 마을을 덮친다는 거였다.

예약 촬영이 없는 날이면 제비는 바다로 가서 수영 강습을 받았다. 양희가 물질을 하기 전 잠깐 동안 진행되는 강습이었다. 제비를 대하는 양희의 태도는 차갑기 그지없었다. 그도 그럴 게, 수영 강습을 해준다 해서 양희가 이득 보는 건 없었다. 강습을 명령했을 뿐, 마을 자치회에선 어떤 대가도 주지 않았다. 신성한 사자를 위해 봉사하는 건 마을 구성원이라면 마땅히 임해야 할 의무라는 거였다. 서슴없이 적의를 드러내는 양희가 어려워, 제비는 싹싹하게 몸을 낮췄다.

"언니라고 해도 되죠? 근데 성이 뭐예요? 아, 저는 제비예요. 연제비."

해녀 탈의실에서 빌린 고무옷을 다리에 끼며 제비는 낑낑거렸다. 어린이용으로 나온 노란색 목튜브를 간신히 목에 감았다. 주

154

변에서는 여러 명의 해녀가 환복을 하며 토박이 사투리로 대화를 하고 있었다.

"나는 고씨야."

"성이 고……. 고양이예요?"

무거운 납 벨트를 차다가 말고 양희가 쏘아보았다.

"희야. 고, 양, 희!"

"괜찮아요, 언니. 수제비니 족제비니 심지어는 우체통까지, 저는 별별 놀림을 다 받았어요."

"지금 무슨 말을 하는 거야? 네가 괜찮다고 나도 괜찮아? 수다 그만 떨고 물에 들어가!"

한심하다는 듯 양희가 혼잣말을 중얼거렸다.

"이러고 있을 시간이면 전복을 따도 몇 개를 따는데……."

환복을 마친 해녀들이 탈의실 문을 열고 줄줄이 바다로 갔다. 파도가 출렁이는 해안에 앉아 그들은 쑥으로 수경을 닦았다. 양희도 슬며시 그리로 갔다. 노란색 오리발을 신은 제비가 쫄랑쫄랑 뒤를 따랐다.

"안 그래도 궁금했는데요, 해녀 일 하면 얼마나 벌어요?"

"뭐?"

늙은 해녀들의 눈치를 보며 양희가 기겁했다. 일행의 귀에 말이 들릴까 제비를 옆으로 확 밀었다. 그 바람에 제비의 발이 물속에 풍덩 빠졌다. 진저리를 치면서 제비가 돌아 나왔다. 파도가 닿지 않는 현무암 위에 재빨리 올라섰다.

"아이 키우며 살 만큼 벌 수 있어요? 근데 언니가 일하러 나오면 효재는 누가 봐요?"

"징그럽게 말 많네. 물에 들어가!"

양희가 달려와 제비의 등을 밀었다.

"그것만 말하면 들어갈게요!"

양희의 팔을 잡고 힘겨루기를 하다 제비가 몸을 빼냈다. 어이없다는 듯 양희가 한숨 쉬었다.

"우리 엄마가 봐주셔. 됐지?"

"연봉은요?"

"이천."

"헤에? 그걸로 어떻게 애를 키워요?"

호들갑을 떨며 제비는 오리발로 뒤뚱거렸다.

"그래서 부업을 해."

자그만 고무 모자를 양희가 뒤집어썼다.

"어떤 거요?"

"그걸 왜 너한테 말해야 하지? 대답했으니 약속을 지켜!"

제비가 눈치를 보며 온몸을 배배 꼬았다.

"저…… 사실은요, 물이 무섭거든요. 어릴 때 수영장에서 죽을 뻔한 적이 있어서……."

기가 막혀 양희가 입을 벌렸다.

"저기요, 언니. 신성한 사자가 수영 못 하면 어떻게 돼요? 그러니까 물에 못 들어가면요."

양희는 살기등등 제비를 보다 입 끝으로 웃었다.

"물꾸럭이 선택한 사람은 복을 받아. 하지만 임무를 수행 못 하면? 무서운 해를 입는다."

"무서운 일? 교통사고 같은 거요?"

제비가 물었다.

"넌 그게 세상에서 제일 무섭니?"

양희가 돌아서서 바다를 봤다. 해녀들의 테왁이 코발트빛 바다에 귤처럼 떠 있었다.

"네가 가장 무서워하는 게 있을 거 아냐. 그 일이 일어난다."

양희는 얕은 바다에 앉아 치약으로 수경을 닦았다. 제비의 얼굴이 파랗게 질려 있었다.

"그런 게…… 있나 보구나? 그럼 넌 할 수 있어."

수경으로 바닷물을 퍼 양희는 다리를 적셨다. 어깨와 머리에도 끼얹었다.

"양희 언니도 그런 게 있어요?"

"흥. 내가 너한테 그런 걸 말할 것 같아?"

양희는 테왁 달린 그물을 어깨에 졌다.

"말하지 않아도 알아요. 효재에 관한 일이죠?"

물에 들어서던 양희가 사나운 낯으로 돌아 나왔다. 두 손을 흔들며 제비가 뒷걸음질 쳤다.

"닥쳐. 물에나 들어가!"

제비의 팔을 잡아 양희가 바다로 잡아당겼다. 비명을 지르며 제비는 팔을 빼냈다.

"언니, 저 혹시! 서핑 해본 적 있어요?"

목튜브를 꼭 쥐고 제비가 벌벌 떨었다.

"너. 진짜 구제불능이구나?"

양희는 고개 저었다. 그리고 혼자 바다로 갔다. 양희의 테왁이 멀리 사라지는 걸 제비는 지켜보았다. 하쿠다 사진관 옥상에서, 망원렌즈를 만지작대며 석영도 그들을 봤다. 뷰파인더를 눈에서 떼고 그는 자그맣게 한숨 쉬었다.

바닷물에 발목을 넣고 철벅대다가 제비는 사진관으로 갔다. 카운터에 기대 습관처럼 인스타그램을 확인하는데, 또 다른 촬영 의뢰가 들어와 있었다. 계단을 뛰어올라 제비는 옥상으로 갔다. 석영은 그곳에서 야외 파티 준비를 하고 있었다. 원목 탁자와 작은 의자 몇 개가 있고, 색색의 조명이 담장에 걸려 있었다.

"사장님! 혹시 프리다이빙 해보셨어요? 수중촬영을 원하는 손님이 있어요!"

제비가 소리쳤다.

조명을 켜고 석영이 제비를 봤다. 벨이 달려와 제비의 샌들을 슬쩍 핥았다.

"할 줄 알아. 언젠가 사진관 열려고 배워뒀지."

태양 아래 반짝이는 조명들을 제비는 봤다. 별로 예쁜 것 같지 않았다.

"근데…… 다이빙할 줄 안다고 해서 수중촬영도 할 수 있나요? 사진기를 들고, 어렵지 않은지…….”

벨을 안고, 제비는 LED 조명을 어루만졌다.

"걱정 마.” 석영이 머리를 쓸어 넘겼다. "스테판 거츠는 유조선 사고로 기름 범벅 된 바닷속을 촬영한 적이 있거든. 그때 사진을 보고 기법을 연구해 뒀지.”

"우아 대단. 철두철미!”

제비가 엄지를 치켜세웠다.

2층으로 내려가 석영은 자기 방으로 갔다. 고프로 카메라와 방수 하우징을 챙기고, 침대 밑 상자에서 다이빙 장비를 꺼내 살폈다.

"촬영하시는 동안…… 저는 뭘 할까요?” 석영의 방문 너머로 제비가 고개를 쑥 내밀었다. "아시다시피 전 수영도 못 하고……. 그런 상황에선 할 수 있는 게 없잖아요.”

"그러네. 그럼 파티 요리를 준비할래?”

석영이 물었다.

"요리는 잘 못하는데.”

제비가 슬며시 입술을 깨물었다.

"처음부터 잘하는 사람이 어딨어? 내가 알려줄게. 재료 손질만 해둬도 훨씬 편할걸. 수중촬영은 아무래도 힘이 들거든.”

제비가 천천히 고개를 끄덕였다.

"촬영 장소는 어디예요?”

"여기야. 우리 동네."

석영은 다이브 나이프를 꺼내 펼쳤다. 그리고 가볍게 휘둘렀다.

"이 동네에서도 다이빙할 수 있어요? 여기 사진관 언덕에서 떨어지나요?"

"그럴 리가." 칼을 든 채 석영이 돌아봤다. "여기서 떨어졌단 죽어. 밑이 온통 현무암인데. 목포 삼촌 말이, 예전에 여기서 목숨 끊은 사람들이 있대. 경매로 나온 펜션 값이 싼 데는 그런 이유도 있었다더라. 어쨌건, 프리다이빙은 높은 데서 떨어지는 게 아냐. 스쿠버다이빙 알지? 산소통 메고 깊은 바다에 들어가는 거. 프리다이빙은 얕은 바다에서 산소통 없이 하는 거야. 해녀들이 물질하는 곳에선 다 할 수 있지. 실은 그게 좀 문제지만."

석영이 나이프를 접어 가방에 넣었다.

"왜요?"

"아냐, 아무것도. 뭐, 별일 없겠지."

석영은 고리를 잡고 지퍼를 죽 올렸다.

그로부터 나흘 뒤. 하쿠다 사진관에 도착한 고객들을 보고 제비는 얼어붙었다. 화려한 스포츠카를 몰고 사진관에 들이닥친 여섯 명의 남녀는 제비와 같은 20대였다. 앞치마를 두르고 석영과 함께 손님들을 맞다가 제비는 어떤 얼굴을 봤다. 너무 놀라서 다리에 힘이 풀렸다.

"여, 연제비? 어떻게 여기⋯⋯!"

남자 손님 하나가 민망한 낯으로 일행의 눈치를 봤다.

"아는 분이니?"

넘어지려는 제비를 잡고 석영이 슬쩍 물었다.

"아뇨. 아니, 예전에⋯⋯."

도리질을 치면서 제비는 말을 흐렸다.

석영은 해안선이 완만한 사구 일대에서 프리다이빙 체험을 하기로 했다. 한 사람당 삼만 원씩 해녀회에 지불하면 프리다이빙을 해도 좋다는 해녀회장의 허가를 받은 뒤였다. 단, 손님들이 해산물 채취를 하지 않도록 주의하라는 특별한 당부를 들었다.

제비는 앞치마를 두른 채 카운터에서 메모를 했다. 석영은 자기가 없는 사이 무엇을 하면 좋을지 차근히 알려주었다. 냉동 문어와 뿔소라는 해동해 둘 것. 문어는 솥에 찐 뒤 몸통과 다리를 구분하는 정도로 썰고, 뿔소라 껍데기는 브러시로 닦기. 낚시로 잡은 한치를 씻어 내장을 손질하고, 흰다리새우는 깨끗이 씻기.

선반을 열어 햇반과 컵라면의 수량을 확인하고, 제비는 볼펜 클립을 앞치마에 꽂았다. 그동안 석영이 이 일을 다 했다는 게 존경스러우면서도 불안했다. 이 많은 재료를 주어진 시간 안에 손질할 자신이 없었다. 머릿속이 산만했다.

여자 둘에 남자 넷. 제비는 또래 손님들이 가벼운 차림으로 갤러리에서 웃는 걸 봤다. 그들은 밝은 낯으로 사진 구경을 하고 있었다. 여자 하나는 머리가 허리까지 길고 다른 하나는 쇼트커트였다. 남자 하나는 롱 드롭 귀찌를 했고 또 다른 남자는 팔등에 숫자 문신이 있었다. 세 번째 남자는 다소 뚱뚱했고, 네 번째 남자는 키가 컸다. 언뜻 두 커플 사이에 남자 둘이 낀 것 같지만, 사실 커플은 하나였다. 문신한 남자가 쇼트커트와 사귀는 사이였다.

"이것 봐. 뭐가 엄청 많아!"

정미의 사랑니 사진 앞에서 쇼트커트가 소리쳤다. 일행의 시선이 그리로 홱 쏠렸다.

"와! 이게 뭐야? 전부 한 사람 거야?"

"그런가 봐."

"설마, 합성이겠지. 안 그래요 사장님?"

뚱뚱한 남자의 벙찐 표정을 보고 석영은 웃고 말았다. 그는 SUV에 싣기 위해 사진기와 산소통 등 촬영 장비를 어깨에 메고 있었다.

"합성 아니에요. 그분의 사랑니는 네 개 다 똑바로 났답니다. 그래서 치아가 서른두 개나 돼요."

여섯 명의 청춘이 입을 다문 채 저마다 혀끝으로 사랑니를 더듬었다.

"여기 오길 잘했다. 완전 힙하네."

키 큰 남자가 사진들을 보고 말했다.

"거봐, 내 말 맞지? 여기 예약하잘 때 못 미더워들 하더니."

손뼉을 치며 쇼트커트가 일행을 흘겨보았다. 심플한 목걸이며 팔찌에 명품 로고가 돋보였다.

"못 미더워한 건 아니고……. 그나저나 이거, 그쪽이에요?"

키 큰 남자가 카운터를 돌아봤다. 그는 제비의 머리를 휘감고 앉은 대왕문어를 손으로 가리켰다.

"예, 뭐."

냉동 문어를 찜솥에 넣고 제비가 고갯짓했다.

"대단해!"

"무섭지 않았어요?"

손님들이 우르르 몰려와 질문 세례를 퍼부었다.

"아 뭐, 합성이겠지."

사진 앞에 서서 쇼트커트가 피식 웃었다.

"합성 아니에요. 진짜 문어예요. 이 마을 앞바다에서 잡은 대왕문어."

짐을 싣고 돌아와 석영이 끼어들었다.

"정말? 어땠어요, 그 촉감?"

긴 머리 여자가 눈을 빛냈다. 열 손가락을 문어 다리 모양으로 머리통에 붙인 채였다.

"축축했어요. 징그럽고. 그땐 무서워 아무 생각도 안 났어요."

제비가 고백했다.

"이따 프리다이빙 때 이 포즈 어때?"

갤러리 한가운데서 쇼트커트가 말했다. 하얀 원피스 형태의 웨트슈트 차림으로 발레 하듯 팔을 뻗었다. 한쪽 다리로 중심을 잡

163

고 그녀는 나머지 다리를 높이 들었다.

"오, 괜찮은데."

일행의 관심이 쇼트커트에게 돌아갔다. 저마다 휴대폰 카메라를 꺼내 쇼트커트의 포즈를 찍어서 보여주었다.

"진짜 오길 잘했어!"

싱긋 웃으며 쇼트커트가 소리쳤다.

"맞아. 한여름 공부같이 괴로운 게 없지." 긴 머리 여자가 손가락으로 머리를 빗어 묶었다. "내 인생에 대입 재수는 있어도 공시 재수는 없다고 다짐했는데, 벌써 삼수째야! 합격한다는 보장도 없이 학교는 휴학 중이고……. 마음 같아선 이런 데 살며 다이버숍이나 하면 좋겠다. 너는 좋겠어, 이제 고생 다 끝났잖아?"

"에이 뭘. 사회생활 지옥문이 활짝 열렸는데."

쇼트커트가 생긋 웃었다.

"야! 난 그 지옥이라도 들어가면 좋겠다. 공시생 생활은 지옥보다 못해."

긴 머리 여자가 툴툴거렸다.

"야, 너는 여기까지 와서 시험 얘기냐? 구질구질하게."

키 큰 남자가 쏘아붙였다.

"자꾸 생각나는 걸 어떡하냐? 너랑 민아는 취직했으니까 아무렇지도 않겠지!"

"그렇게 힘들면 너도 취직해! 공시 그만두고." 키 큰 남자가 또다시 윽박질렀다. "니들 나 중소기업 취직했다고 은근 뒤에서 비

웃는 거 알아. 근데 중소기업이라도 들어갈 수 있을 때 정신 차리는 게 좋을 거다. 30대 금방이야."

키 큰 남자의 말에 갤러리가 고요해졌다.

"비웃긴 누가 비웃었다 그래?"

어색하게 웃으며 쇼트커트가 키 큰 남자의 팔뚝을 톡 건드렸다.

"니들도 눈 낮춰. 중소엔 일자리 많아."

쇼트커트의 허리를 슬쩍 만지며 키 큰 남자가 물러섰다. 문신한 남자가 그 미묘한 접촉을 재빨리 눈치챘다.

"야, 됐다. 좆소 가느니 공시생 1년 더 하고 말지!"

문신한 남자의 말에 일행이 폭소를 터뜨렸다. 웃음을 숨기는 체하며 키 큰 남자의 벌게진 얼굴을 짓궂게 힐끔거렸다.

"야, 제발! 노는 동안은 편하게 놀자!"

뚱뚱한 남자가 소리쳤다.

"그래! 돌아가 공부할 때 추억하면서 숨통 트이게!"

또 다른 남자가 귀찌를 만지작거렸다. 그 틈을 타서 문신한 남자는 카운터 쪽으로 슬며시 갔다. 석영은 그 움직임이 신경 쓰였지만 일단 두고 보기로 했다. 그는 제비에게 소곤대며 뭔가를 묻고 있었다.

"이 동네 산다는 말 들었어. 너 혼자야?"

처음에 제비는 대꾸를 하지 않았다. 하지만 남자가 주변을 맴돌며 끈질기게 들러붙자 마침내 고개를 치켜들었다.

"왜? 내가 혼자여선 안 될 이유라도 있어?"

소리치듯이 제비도 소곤거렸다. 꽁꽁 언 뿔소라를 냉동실에서 꺼내 스텐 볼에 쾅 내려놨다.

"그게 아니라. 왜 그렇게 예민해?"

문신한 남자가 검지로 입을 가렸다. 짙은 눈썹과 매부리코는 예전 그대로였다. 잡티 없이 뽀얀 피부도 마찬가지. 제비는 후각이 마비된 게 다행이라 여겼다. 늘 그에게 나던 향수 냄새를 맡지 않아도 돼서. 그 향기를 맡을 때마다 마음이 아팠었다. 물끄러미, 제비는 남자의 팔등을 봤다. 10312. 숫자가 새겨져 있었다. 그들이 사귈 땐 없던 거였다. '10월 31일? 2는 뭐지?' 제비는 자기도 모르게 머리를 굴렸다.

"이런 데서 일하면 참 좋겠어요. 부럽다."

쇼트커트가 다가와 남자의 문신을 만지작거렸다. 제비는 주방용 솔을 잡고 뿔소라 껍데기를 박박 닦았다.

"부럽긴! 너야말로 공시에 합격했잖아."

문신한 남자가 정색을 했다.

"아이 뭘. 흔한 관세직인데."

여자는 긴 손가락으로 원목 카운터를 만지작거렸다. 공들여 꾸민 네일 아트 큐빅이 반짝 빛났다. 제비는 찬물을 뒤집어쓴 손등이 붉어지는 걸 못 본 체했다. 하지만 가슴이 뜨거워지는 것까지 모른 체할 수는 없었다. 구남친이 자기 말을 가로챈 게 제비는 마음 아팠다. 여자의 질문은 제비를 향한 거였고, 그에 대해 제비는 자기 생각을 말할 수 있었다. 여자가 일할 곳이 얼마나 좋은 데인지 몰라도, 하쿠다 사진관 역시 그 못지않은 직장이라고 제비는 생각했다. 하지만 구남친에 의해, 제비는 여자보다 못한 데서 일하는 사람이 되고 말았다. 왜 어떤 사람은 누군가의 비위를 맞추려 다른 사람을 짓밟는 것인지 알 수 없었다. 제비는 그런 일을 많이 당했다. 이제 더는 당하지 않겠다고 다짐하며 깨끗이 씻은 뿔소라를 냉장실에 넣었다.

"무리하지 말고, 하는 데까지 해."

석영이 제비를 다독였다. 손님들이 우르르 사진관을 나가 스포츠카와 SUV에 나누어 탔다. 벨과 제비만이 하쿠다 사진관에 덩그러니 남았다.

아름다운 해안사구에서 일행은 준비운동을 했다. 저마다 멋진 물안경을 쓰고 납 벨트를 찬 채였다. 쇼트커트는 흰 원피스 형태의 웨트슈트를, 긴 머리 여자는 민트색의 웨트슈트를 입었다. 뚱뚱한 남자는 검은색 웨트슈트를 위아래로 입었고, 다른 세 남자는 상의를 모두 벗었다. 생기 넘치는 근육이 태양 아래 불끈거렸다. 석영은 어깨에 붉은 띠가 있는 검은 슈트를 입었다. 그는 한 손에 사진기를 들고 산소통을 멘 채 일행을 마주 보았다. 가슴에는 수심계가, 종아리에는 다이브 나이프가 묶여 있었다.

"여러분 모두 프리다이빙 선수라고 들었습니다."

석영의 말에 일행은 자랑스러운 표정을 지어 보였다.

"선수는 과장이고요, 다들 3레벨이에요. 프리다이빙 동아리 출신이니까."

긴 머리 여자가 말했다.

"2분 30초간 숨을 참을 수 있고, 수직으로 30미터까지 들어갈 수 있어요."

키 큰 남자가 덧붙였다.

"난 아냐. 난 2레벨입니다. 수직으로 20미터까지 하강할 수 있고 한 번에 90초까지 참을 수 있어요."

문신한 남자가 말했다. 물안경 아래가 발갛게 상기됐다.

석영은 가볍게 고개를 끄덕였다.

"자유롭게 다이빙을 즐기세요. 오며 가며 자연스럽게 단체 숏을 찍겠습니다. 이후 잠깐 쉬었다 개별 다이빙 순서를 정하세요. 차례로 촬영하지요."

"좋아요."

일행이 고개를 끄덕였다.

석영은 엄한 말투로 주의를 줬다.

"다시 말씀드리지만, 해산물을 채취하시면 안 됩니다. 그러다 발각되면 벌금을 최고 천만 원까지 낼 수 있어요."

"작가님. 우리가 프로는 아니지만 그래도 레벨 있는 아마추언데, 그런 기본을 모르겠어요?"

귀찌를 한 남자가 야무지게 말했다.

"그렇죠. 믿습니다."

석영이 활짝 웃었다.

여섯 명의 청춘은 물속으로 들어가 오리발을 신었다. 90센티미터에 달하는 다이버용 오리발이었다. 일행은 여섯 종류 물고기처럼 제각기 방식으로 헤엄을 쳤다. 그들은 원래 인어인데, 잠시 육지에 나와 취직 준비를 한 것처럼 보였다. 익숙하고 자유로운 몸짓을 보고 석영은 작은 감동을 느꼈다. 그는 잠깐 사진 찍는 것을 잊었다. 이제 서른넷. 석영은 자기가 아직 젊다는 걸 알았다. 하지만 그들만큼 젊진 않았다.

'다시 그 시절로 가고 싶어?'

스스로를 향해 석영은 물어보았다. 기억 속 그의 청춘은 썩은 필름처럼 얼룩져 있었다. 아무리 젊음이 부러워도, 그 시절을 다시 겪을 자신은 없었다. 사진관을 열겠다는 목표 하나로 10년을 달려왔다. 그 흔한 연애 한번 못 해보고, 닥치는 대로 일하며 돈을 모았다. 지금 아름답게 보이는 저들 역시 그런 시간을 견디고 있을 터였다.

호흡을 가다듬고 석영은 잠수했다. 바다가 깊어지면서 투명한 물이 점점 어두운 진청색으로 변했다. 가파른 현무암 언덕에 알록달록한 연산호 군락이 펼쳐져 있었다. 윤기 나는 미역이 보드랍게 흔들렸고, 어디선가 은빛 멸치 떼가 소나기처럼 쏟아졌다. 석영은 엄지와 검지를 둥글게 말아 일행을 향해 보였다. 좋으냐는 뜻이었다. 일행이 모두 똑같은 신호를 보내왔다. 석영은 손을 평평히 하고 좌우로 흔들었다. 이 수심에 머물자는 뜻이었다. 일행이 오케이 신호를 보내고 자유롭게 파도를 탔다. 방수 하우징에 연결된 조명을 켜고 석영은 카메라 핸들을 잡았다. 셔터 트리거에 손을 올리고 그는 촬영을 시작했다.

"진짜 재밌었어!"

"여기 바다 정말 예쁘다."

"맞아. 쓰레기도 하나 없고."

쉬는 시간. 일행이 사구 언덕에 올라 저마다 소리쳤다. 유나브레드에서 사온 샌드위치와 코코넛주스를 먹으며 그들은 잠시 쉬었다. 이제는 개인 촬영을 할 차례였다. 여자들은 체력 안배를 위해 순서를 뒤로 미뤘고, 키 큰 남자, 문신한 남자, 뚱뚱한 남자, 귀찌 한 남자 순으로 촬영을 하기로 했다. 석영의 체력도 중요한 만큼 일인당 두 가지 콘셉트만 찍기로 했다.

첫 번째로 키 큰 남자가 물속에 들어갔다. 덕다이브 방식으로 입수해 90센티미터에 달하는 오리발을 신고 팔다리를 흔드는 게 그야말로 인어였다. 남자는 깊은 바다로 내려가 오리발을 벗고 모래 위를 걸었다. 석영은 그 모습을 사진기에 담았다. 수면으로 올라가, 키 큰 남자는 호흡을 고르고 돌아왔다. 그는 오리발을 벗어 공중에 던지더니 그 위로 껑충 뛰어 서핑 포즈를 취했다.

'재미있는 애네.'

석영은 그런 생각을 하며 두 번째 콘셉트 촬영을 했다.

문신한 남자는 힘겹게 잠수해 산호 군락 주위를 아슬아슬 헤엄쳤다. 서투르게 움직이다 종아리가 긁혀 피가 흘렀다. 석영은 상승 신호를 보냈으나 문신한 남자는 거칠게 고개 저었다. 몸을 뒤집어 그는 상처 입은 곳으로 되돌아갔다. 집요한 눈으로, 그는 자신에게 상처를 낸 산호 줄기를 한동안 노려보았다. 뚱뚱한 남자는 뜻밖으로 유연했다. 45도, 180도로 몸을 비틀고 헤엄치는가 하면 360도로 회전하면서 전진할 줄 알았다. 배가 불룩한 복어처럼 육지보다 바다에서 훨씬 더 편한 듯했다. 귀찌 한 남자도 야무지게 헤엄쳤다. 그는 멋진 포즈를 취하기보다 아름다운 풍경을 유유자적 구경했다. 흐느적대는 말미잘 틈에서 귀여운 흰동가리가 꼬리를 흔들었다. 청년이 손을 내밀어도 놀라지 않고 가만히 있었다. 석영은 귀여운 두 친구의 조우를 사진기에 실컷 담았다.

긴 머리 여자는 민트색 웨트슈트를 입고 바다에 뛰어들었다. 긴 머리가 파도에 퍼져 지느러미처럼 물결쳤다. 입술 사이로 터져 나온 공기 방울이 공부의 답답함을 토해낸 듯 솟구쳤다. 무수한 공기 방울이 그녀 몸을 감싸는 상쾌한 장면을 석영은 놓치지 않았다. 파랑돔들이 떼 지어 나와 여자의 눈앞을 스쳐 갔다. 호기심을 느낀 여자가 방향을 틀어 무리를 따라갔다. 석영은 그 파랑의 행렬을 사진기로 쫓아갔다.

'다이버 숍을 열고 싶다고 했지.'

석영은 생각했다. 어떤 꿈을 갖고 있으면서 다른 목표에 매진하는…… 그런 매일을 여자는 살고 있었다. 하지만 지금은 아니었다. 그의 고객은 물꾸럭마을의 바닷속에 있고, 파랑돔들과 함께 있었다. 그 찰나를 포착하는 게 그의 일이었다. 이 순간이 잊히지 않고 영원히 기억되게끔 돕는 것. 석영은 뷰파인더 가운데 여자의 몸짓을 담았다.

마지막 촬영을 위해 수면 위로 올랐다가 석영은 꽤나 놀랐다. 하얀색 웨트슈트 대신 귤색 시폰 드레스를 입고 쇼트커트가 서 있었다. 머리에는 백장미 화관을 올린 채였다.

"물의 요정처럼 찍어주세요."

민아는 말하고 드레스 차림으로 바다에 들어갔다. 치마가 계속 다리에 엉겨 석영이 곁에서 도와야 했다. 엄지를 아래로 내리며 그녀는 깊이 잠수했다. 석영은 그녀가 이끄는 대로 갔지만 손바닥을 위아래로 움직이며 천천히 가라는 뜻을 전했다.

작고 노란 촉수를 흔드는 거품돌산호 군락 위에서 민아는 하강을 멈추었다. 흰 나무줄기에 매화꽃이 핀 듯한 가시수지맨드라미가 여기저기에 우거져 있었다. 오리발을 벗어 던지고 민아는 맨발로 그 위를 헤엄쳤다. 드레스가 민아의 얼굴을 가리지 않도록 도우면서 석영은 정신없이 촬영을 했다. 산소통의 호흡만으로는 숨이 찰 지경이었다. 도도하게 포즈를 취하던 민아가 수면 위로 올라가 숨을 쉬고 내려왔다. 이번에는 10미터 넘게 웃자란 모자반 군락으로 열심히 헤엄쳐 갔다. 무슨 의도로 그러는 건지, 민아는 잔뜩 신이 나 모자반을 몸에 감았다. 그때, 민아의 드레스 뒤로 하얀 유령 같은 게 눈에 띄었다. 석영은 손바닥을 좌우로 흔들어 뭔가 잘못됐다는 신호를 보냈다. 어리둥절해하던 민아가 고개를 돌려 뒤를 보았다. 해파리, 흡사 초등학생만큼 커다란 해파리가 모자반 주위를 떠돌고 있었다. 민아는 움찔했다. 그러나 피하긴커녕 양손으로 사각형을 만들어 촬영 신호를 계속 보냈다. 천천히 민아는 해파리를 향해 돌아섰다. 그리고 열 손가락을 힘껏 뻗었다. 해파리를 향해 명령하는 포즈를 취하고 싶은 듯했다. 순간, 조류에 밀린 해파리가 민아를 향해 흘러왔다. 그냥 두면 촉수를 뻗어 공격할 게 틀림없었다. 다리에 찬 나이프를 꺼내, 석영이 해파리를 향해 던졌다. 칼 맞은 해파리가 발악을 하다 썰물에 떠밀려갔다.

촬영을 마치고 해안사구로 올라왔을 때는 석영의 체력도 바닥이 났다. 이제 슬슬 사진관으로 돌아가 잠시 쉬려는데 뭔가 허전한 느낌이 들었다.

"한 분이 보이지 않네요. 문신한 남자분이."

석영이 일행을 돌아보았다. 해녀 탈의실에서 환복을 마친 남자들이 해안사구에 누워 있었다.

"무료하다고 들어갔어요. 바다에."

"그러고 보니까 안 보이네."

"얼마나 됐지?"

"90초 이상 숨 못 참잖아?"

환복을 마친 남자들과 지친 여자들을 대신해 석영이 다시 잠수를 했다. 그러나 처음 수중촬영을 했던 곳에선 사내의 모습이 보이지 않았다. 고객이 무슨 사고를 당한 것은 아닌지 석영의 속이 타들어갔다. 그때 눈앞에 누군가가 나타났다. 검은 옷을 입은 해녀였다. 수경 속 눈을 보고 그가 양희라는 걸 석영은 알아챘다. 엄지를 세우고 양희가 위로 올라가자는 신호를 보냈다. 석영이 뭍에 오르자 해안사구 한쪽에 해녀들이 모여 있었다. 문신한 남자가 그 속에 누워 있었다. 눈을 감은 채.

"숨은 쉰다."

해녀회장이 말했다.

"저 사람, 문어 잡고 있었어요. 바위틈에 손을 넣고, 모자반에 발이 엉켜 허우적대는 걸 회장님이 구했어요."

고무 모자를 벗고 양희가 말했다. 꽤나 차가운 말투였다.

"문어를요?"

놀란 석영이 사구 언덕을 살펴보았다. 그러나 문어의 모습은 보이지 않았다.

"우리가 바당으로 보냈주."

해녀회장이 말했다. 그는 매서운 눈으로 석영을 쏘아봤다.

"내가 고추룩 골아신디, 물꾸럭을 잡으민 어떵하나?"

(내가 그토록 얘길 했는데, 문어를 잡으면 어떡해?)

"죄, 죄송합니다. 제가 잘 살폈어야 했는데."

석영이 고개 숙였다.

"사람이 죽을 뻔했는데 그까짓 문어가 문제예요?"

흠뻑 젖은 드레스를 두 손으로 짜며 민아가 다가왔다. 나머지 일행도 너무하다는 눈으로 해녀들을 보고 있었다.

"그까짓 거? 그까짓 거를 왜 잡았나! 우리 마을 수호신이고 해녀들 목숨 줄이라!"

"금어기에 물꾸럭을 손댔으난 어떵헐 꺼!"

분노한 해녀들이 거칠게 성화를 했다.

"구멍에서, 가만히 있던데……!"

난처한 상황을 모면하려는 듯, 문신한 남자가 돌아누웠다. 콜록콜록 기침을 하며.

"알을 잔뜩 품어시난 동굴에 가만있주! 물꾸럭이 새끼 두고 도망치는 거 봔?"

해녀회장이 소리쳤다.

"그 아줌마들 땜에 기분 잡쳤어!"

잔뜩 짜증을 내며 쇼트커트가 사진관 문을 열어젖혔다. 투덜대며 들어서는 나머지 일행도 표정이 편치 않았다.

"아줌마들 때문이라니, 말은 바로 해야지. 대체 왜 거기서 문어를 잡아?"

긴 머리 여자가 문신한 남자를 홱 돌아봤다. 그녀는 젖은 머리를 손으로 쥐어짰다.

"하여간에 티를 내요, 티를."

키 큰 남자가 푹신한 소파에 앉아 문신한 남자를 쏘아보았다.

"티라니. 무슨 티?"

정색을 하며 문신한 남자가 대꾸했다. 그는 커다란 핀 백을 어깨에 메고 있었다.

"너. 전문대 다니다 편입해 동아리 늦게 가입한 티 내는 거지,

175

이게. 아니냐?"

"뭐?"

문신한 남자가 험궂게 인상을 썼다. 키 큰 남자는 코웃음 치며 상대의 표정을 흉내 냈다.

"현지에서 해산물 채취 안 하는 거, 기본 중의 기본이잖아. 어휴. 너 같은 새끼가 무슨 공무원을 한다고. 사소한 규칙도 안 지키는 게."

"뭐라고? 이 새끼 선 넘네?"

문신한 남자가 핀 백을 던지며 소파에 앉은 남자를 향해 달려들었다.

"지랄. 애초에 선 넘은 게 누군데?"

키 큰 남자가 일어나 상대를 떠밀었다. 나머지 일행이 얼른 다가와 싸움을 뜯어말렸다.

"아, 쪽팔려!"

쇼트커트가 소리쳤다. 놀라서 그들을 보는 석영과 제비를 발견하고 손으로 낯을 가렸다.

"다 지난 일이야. 잊어버리자."

귀찌 한 남자가 문신한 남자의 어깨를 쳤다.

"그래. 여기서 디너파티 한다고 하지 않았어? 뭐 맛있는 거 나올지 기대된다."

뚱뚱한 남자가 키 큰 남자의 등을 반대쪽으로 밀었다.

"별일 없었니? 파티 준비는 어떻게 됐어?"

석영이 카운터로 다가가 진행 상황을 물어보았다.

"재료 손질 다 마쳤어요. 옥상에 바비큐 세팅도 해놨고요. 야자나무 숯에다 불만 붙이면 돼요."

제비가 메모지를 보고 말했다. 할 일 목록이 빨간펜으로 전부 지워져 있었다.

"다 했을 줄은 몰랐는데. 잘했네. 정말 잘했다."

석영이 꼼꼼한 눈으로 손질된 재료를 들여다봤다.

"어렵지 않았어?"

"괜찮았어요. 후각을 잃어버려서. 그냥 식재료 모형을 만지는 기분이었어요." 제비가 어깨를 으쓱였다. "그런데…… 무슨 일 있었어요?"

"말도 마. 난리도 아니었어."

석영이 제비에게 그간의 일을 간단히 설명했다. 구남친이 문어를 잡다 죽을 뻔했다니 제비는 꽤나 놀랐다.

고개를 흔들며, 석영은 헝클어진 머리를 매만졌다. 그는 갤러리에 어색하게 있는 손님들을 향해서 갔다.

"계단을 따라 옥상으로 가시면 바비큐가 준비돼 있습니다. 다양한 해산물과 삼겹살을 올려드릴게요. 자유롭게 구워 드시면 됩니다. 아이스박스에 맥주가 있고, 후식으로 컵라면이 준비돼 있어요. 여러분이 파티를 즐기는 사이 저는 촬영한 사진을 고르고 편집할 겁니다. 끝나는 대로 올라가 스크린에 띄워드릴게요."

"네. 천천히 하세요."

쇼트커트가 상냥하게 눈웃음쳤다. 칼을 던져 해파리를 잡아준 후, 석영을 보는 눈빛이 달라져 있었다.

바비큐 숯에 불을 피우고 석영은 작업실로 갔다. 제비는 싱싱한 해산물과 삼겹살을 양푼과 접시에 담아 옥상으로 갔다. 벨이 꼬리를 흔들며 뒤따라왔다. 해가 쨍한 낮에는 보잘것없었는데, 저녁 담벼락에 걸린 조명은 무척이나 곱고 예뻤다. 손님들이 제비에게서 음식을 받아 불판에 올리자 치익 소리가 났다. 무척 맛있는 냄새가 날 거라고 제비는 짐작했다.

"이것들 손질하느라 애쓰셨는데, 같이 먹어요."

귀찌 한 남자가 말했다.

"그래요, 좀 드세요."

뚱뚱한 남자가 맥주를 따서 벌컥벌컥 마셨다.

"아니에요. 저는 파티 사진을 찍어야 해서……."

소니 RX0를 주머니에서 꺼내 제비는 싱긋 웃었다. 말은 그렇게 했지만 실은 무리에 섞여 재밌게 놀고 싶었다.

"그렇구나."

"아쉽네요."

스피커에 휴대폰을 연결해 EDM을 틀고 일행은 파도처럼 음악을 탔다. 그들은 몸을 흔들며 소라와 문어를 먹고 맥주를 홀짝거렸다. 석영이 달아둔 사이키 조명이 옥상 빨랫줄에서 우스꽝스레 흔들렸다. 제비는 사진기를 눈에 대고 그들의 모습을 많이 찍었다. 제비의 구남친은 혼자 담벼락에 기대 맥주를 마셨다. 일행 중 그의 모습에 관심 있는 사람은 아무도 없는 듯했다.

"아이, 썅! 저리 안 가?"

갑자기 들린 고함에 놀라 제비는 사진기를 눈에서 뗐다. 문신한 남자가 무언가를 향해 발길질하고 있었다.

"음식 있는 데 이런 똥개를 뒀어, 개념 없이!"

제비의 눈에서 불똥이 튀었다. 벨이 낑낑대며 꼬리를 말고 제비의 발치로 도망쳐 왔다.

"저희 강아지 털 짧아요! 손님보다 깨끗하고요!"

온 마을이 떠나가라 제비는 소리쳤다.

옥상은 순식간에 고요해지고 EDM 음악만 눈치 없이 울려 퍼졌다.

"제비야, 너 왜 그래? 죄송합니다."

얼음 버킷을 들고 옥상으로 온 석영이 고객을 향해 사과했다. 놀란 일행이 당황한 낯으로 수런거렸다.

"야! 너 따라와."

문신한 남자가 제비를 향해 손가락질하고 계단을 내려갔다.

"뭐야. 둘이 아는 사이?"

긴 머리 여자가 쇼트커트를 향해 물었다. 어깨를 으쓱할 뿐 쇼트커트는 말이 없었다. 소니 RX0를 석영에게 넘기고 제비가 계단을 내려갔다.

문신한 남자는 언덕을 내려가 어두운 해변을 비칠거렸다. 그는 사진관 바로 밑 벼랑 앞에 섰다. 검은 파도가 거칠게 일어 남자를 덮칠 듯했다. 절벽을 치는 파도 소리가 천둥처럼 울렸다.

"야. 너 아직 나 원망하냐?"

구남친이 물었다.

할 말이 너무 많아서 제비는 말을 못 했다. 그러나 구남친은 제비의 침묵을 다른 뜻으로 받아들인 듯했다.

"너도 알겠지만…… 나 말이야, 어렵게 편입했다. 전문대 회계학과에서 종합대 회계학과로. 편입 시험 자체도 어려웠지만, 저 애들이랑 어울리는 건 더 힘들었어. 이제 공시만 붙으면 편입 딱지 떼고 비슷하게 살 텐데, 나 말야…… 작년에 딱 한 문제 차이로 떨어졌거든."

구남친은 몸을 돌려 제비를 봤다. 그는 팔뚝의 문신을 보여주었다.

"이것 봐. 틀린 문제의 답이야."

제비의 심장이 내려앉았다. 그것은 제비와 아무 상관도 없는 숫자였던 것이다.

"나 말이야, 아까 바닷속에 왜 다시 들어갔는지 알아? 뭐라도 잡으려고. 그래서 바비큐 파티에서 구워 먹으려고 그랬어. 맨손으로 바다에서 문어를 잡는 대단한 놈으로 기억되고 싶었지. 근데 그만 해초에 발이 엉겨서…… 젠장! 문어는…… 이상할 정도로 몸부림을 치지 않더라. 해초에서 발을 빼려 버둥대면서 나는 그 작은 동굴을 봤어. 거기에 무수한 알들이, 밤꽃의 꽃차례 같은 하얀 알들이 흔들리며 붙어 있더라. 숨이 막혀, 나는 막 발버둥 쳤지. 그러다 그 알들을 내리쳤나 봐. 순간, 작은 것들이 수포처럼 터져 나왔어. 조류를 따라 막 흘러갔지. 그 모든 게 꿈결처럼 가물거릴 때 누가 내 발에서 해초를 끊어줬어. 제비야, 그때 내가 깨달은 게 뭔지 알아?"

"……."

"공시 같은 건 아무것도 아니라는 거야. 편입생이니 아니니 하는 것도 별것 아니라는 거지. 중요한 건 내가 죽을 뻔했다는 거고 지금 살아 있다는 거야. 단지 그것만이 중요해. 알아? 그러니까 너도 과거는 잊어. 우린 지금 살아 있고, 그걸로 괜찮은 거야. 뭐든 다시 시작해 볼 수 있는 거라고."

"살아 있으니까…… 괜찮다고? 어떻게 그런 말을 해? 뻔뻔하게!"

제비가 힐난했다.

"뻔뻔하다고? 그러는 넌? 너도 지금 혼자 아냐? 왜 그렇게 잘난 듯 화를 내는데?"

"……!"

"막말로, 4년 전 그때 당황한 건 나야. 네 얘기 듣고 얼마나 놀랐는지 알아? 까놓고, 사과를 해도 네가 나한테 해야지!"

"내가? 너한테?"

기가 막혀 제비는 남자를 봤다.

"넌 정말 아무것도 잘못한 게 없다고 생각하는구나?"

구남친이 황당한 듯 입을 벌렸다. 성큼성큼 걸어, 그가 제비의 코앞에 왔다.

"그래. 내가 널 임신시켰다 쳐. 근데, 그러면 너는 책임이 없냐? 내가 너를 임신시킨 책임만 있고, 네가 피임을 안 한 책임은 없어? 막말로, 위험한 날이라 말도 안 했잖아! 너만 아니었음 난 이 더러운 죄책감 없이……!"

"그게 무슨 말이야?"

순간 들린 소리에 두 사람은 돌아봤다. 절벽에서 언덕으로 연결되는 해안에 쇼트커트가 서 있었다.

"민아야, 그게 아니라!"

제비를 밀치고 구남친이 뛰어갔다.

"아니긴 뭐가 아닌데? 더러워!"

험한 현무암 해변을 비칠대며 쇼트커트가 빠져나갔다. 조심하라고 연신 외치며 제비의 구남친도 뒤따라갔다. 성난 민아의 말소리가 제비의 귀에 들렸다.

"우리 헤어져! 솔직히 그 말 하려고 여행 온 거야. 좋은 추억 남기고 헤어지자. 이별 여행이라 생각해!"

사람들이 없는 틈을 타 제비는 도망쳤다. 얼빠진 낯으로 민박집에 도착했을 때 목포 할망은 저녁을 먹고 치우는 참이었다.

"무사 벌써 완? 촬영 이서 늦어진덴 햄쩌?"

무심한 듯 다정한 목소리에 참았던 눈물이 죽 쏟아졌다. 방으로 들어가 허둥지둥 짐을 꾸렸다. 출입문 앞에 붙여둔 약속어음이 제비의 두 발을 멈춰 세웠다. '근무 1주년 기념일에 제공'이라 적힌 종이를 떼고 제비는 문을 나섰다. 어리둥절 쳐다보는 목포 할망을 뒤로하고 정신없이 달렸다.

숨이 차 멈춰 선 곳은 마을의 초입이었다. 성게 가시처럼 삐죽한 머리칼을 세운 물꾸럭 석상이 엄한 눈으로 제비를 보고 있었다. 처음 마을에 도착한 날을 제비는 생각했다. 바닷물에 흠뻑 젖은 데다 휴대폰까지 망가져 속수무책 도착한 곳. '놀당 갑써! 대왕물꾸럭마을!'이라 적힌 현수막이 어둠 속에 흔들렸다. 물꾸럭 석상에 손을 넣고 소원을 빌었던 게 또렷이 기억났다.

손등으로 눈물을 닦고 제비는 휴대폰을 꺼내 전화를 걸었다. 발신음이 시작됨과 동시에 상대방이 전화를 받았다.

"제비 씨! 오랜만이야. 잘 지내?" 기다렸다는 듯, 여자가 말을 이었다. "끊지 마. 끊지 마, 제비 씨. 아기 잘 살아. 좋은 집에 갔어. 제비 씨가 쓴 편지, 잘 보여줬고……."

거기까지 듣고 제비는 휴대폰을 떨어뜨렸다. 무릎을 꿇은 채 이마를 땅에 대고 엉엉 울었다. 숨이 가쁘고 심장이 아파왔다. 고맙다는 말을 하려 했는데, 그 말을 열 번, 백 번쯤 하려 했는데 울음이 터져 그렇게 하지 못했다.

퉁퉁 부은 눈을 손등으로 비비며 제비가 민박집에 도착했을 때, 좁은 마당은 사람들로 가득 차 있었다. 석영 옆에서 종종대던 목포 할망이 뛰어나와 제비를 덥석 안았다. 이장님이 피우던 담배를 바닥에 던지고 무섭게 달려 나왔다.

"너 떠나민 우리 마을 해 입는다 고랐는디!"

"돌아왔시니 됐쪄."

목포 할망이 말했다.

"기여. 됐수다. 다들 돌앙갑써."

해녀회장이 한숨을 푹 쉬었다. 양희를 비롯한 마을 사람들이 고갯짓하며 수런거렸다.

"죄송합니다."

모두를 향해 제비는 허리를 깊이 숙였다.

사람들이 흩어진 뒤에, 목포 할망은 보리차를 끓여 제비와 석영에게 따라주었다.

"손님들은 어떡하고 왔어요?"

석영을 향해 제비가 물어보았다.

"갔어, 다들. 비용은 30% 환불해 줬고. 사진은 메일로 보내준다 했지."

"죄송해요. 제 월급에서 제하세요."

투박한 컵을 만지며 제비가 고개 숙였다.

"그럴게. 돌아와서 고맙다. 정말 고마워."

석영이 커다란 손으로 제비의 이마를 문질렀다. 흙먼지가 우수수 두 뺨에 떨어졌다. 제비는 그만 웃음을 터뜨렸다. 이마 위에는 아직 석영의 온기가 남아 있었다. 특유의 비누 냄새가 코끝에 감돌았다. 모든 게 제자리로 돌아온 것이었다.

벼랑 위의 남자

다음 날 새벽. 제비는 일찍 일어나 목포 할망과 함께 텃밭에 물을 주었다. 할망을 대신해 마당을 쓸고, 물때에 맞춰 바다로 갔다. 양희에게 수영 강습을 받기 위해서였다. 그러나 해녀들이 작업을 시작한 지 30분이 넘도록 제비는 입수를 하지 못했다. 파란 입술을 덜덜 떨며 해변에 발을 담그고 뻣뻣이 서 있었다.

"물이 너를 죽이려면, 여기가 잠겨야지."

양희가 검지 끝으로 제비의 코를 눌렀다.

고개를 마구 흔들고 제비는 물러섰다.

"여기까지는 적셔도 상관없잖아."

손날을 뻗어 양희가 제비의 가슴을 톡 건드렸다. 그래도 제비는 꿈쩍을 하지 못했다.

"이리 와. 잡아줄게."

제비의 팔을 잡고 양희가 힘껏 끌었다. 그러나 세게 몸부림치며 제비는 도망쳤다. 도망치고 사과하고, 다시 도망치고 사과하기를 몇 번이나 반복했다.

"물도 무섭고 사람도 못 믿어? 그럼 왜 돌아왔어? 쭉 도망치지."

허리춤에 꽂아둔 고무 모자를 양희는 홱 뽑았다. 두 손으로 늘려 머리에 덮어썼다.

"갈 데가…… 없었어요."

제비는 고개 숙였다. 투명한 물이 하얀 발등을 적시고 있었다.

"네가 가장 무서워하는 일이 있다며. 생각해 봐. 잠수하지 못하면 그 일이 일어난다."

물가에서 양희가 스트레칭을 시작했다. 벌벌 떨면서 제비가 조금씩 바다로 갔다. 물이 무릎까지 찼을 때 도망쳤다가 두 눈을 꾹 감고 또다시 갔다. 그리고 도망쳤다. 수없이 반복한 뒤에 허벅지, 엉덩이, 마침내 가슴까지 물에 담갔다.

"그래. 공포는 공포로 이기는 거야." 테왁을 지고 양희는 바다로 갔다. 오리처럼 머리를 박고 한 바퀴 돌아 호흡을 탁 틔웠다.

"앞으로 한 걸음, 뒤로 한 걸음. 백 번 하고 끝나면 집으로 가."

귤 같은 테왁을 끌고 양희는 멀리 나갔다.

실눈을 뜨고 제비는 고개를 치켜들었다. 뜨거운 햇발에 얼굴이 타는 듯했다. 수평선 멀리 고깃배가 떠 있었다.

"한 걸음 앞으로, 한 걸음 뒤로."

제비는 중얼거렸다. 몸을 움직일수록 두려움이 밀려났다. '공포는 공포로 이긴다'는 양희의 말이 귓가에 맴돌았다.

물에 잠겨 죽는 것보다 무서운 일. 제비는 오직 그 일을 생각했다. 잠수를 배워 물꾸럭 사자의 임무를 수행하면 그 일은 예방되리라. 순간, 제비의 가슴에 희망이 솟아났다. 그것은 얼음 위에 피어난 불씨처럼 제비의 마음을 녹이고 있었다. 한 걸음 앞으로, 한 걸음 더. 욕심을 내어 제비는 갔다. 자기도 모르게 웃음이 터져 나왔다. 순간, 벌린 입 속에 짠물이 찼다.

'바, 발이 안 닿아!'

당황한 나머지 제비는 버둥거렸다. 파도가 귀를 적시며 안으로 들어왔다.

'주, 죽는다, 이제!'

시퍼런 바다를 제비는 연신 삼켰다. 살려달라 외치고 싶은데 혓바닥이 뻣뻣해졌다. 심장이 쿵쿵 뛰고, 숨 쉴 때마다 폐부가 조여들었다. 귤 모양 테왁이 멀리 보였다. 선명하고 아름다운 수면 위 풍경과 어슴푸레한 바닷속 풍경이 번갈아 눈에 들었다. 무서워, 제비는 눈을 감았다. 몇 해 전. 그날도 여름이었다. 자는 아기를 깨워 분유를 잔뜩 먹였다. 제일 예쁜 옷을 입혀 택시를 탔고 보육원에 갔다. 몇 번이나 상담했던 원장이 슬픈 눈으로 싱긋 웃었다. 몇 가지 서류를 작성하고, 제비는 소파에 누워 잠든 아기를 바라보았다. '인사해요. 아기하고 마지막으로.' 원장이 말했다. 제비는 슬며시 몸을 숙여 아기를 보듬었다. 잠결에 옹알이를 하며 아기는 습관처럼 제비의 목을 안았다. 고운 아기의 다정한 포옹. 그것은 제비가 꿈에서도 못 잊는 것 중 하나였다.

"잘 살아요."

보육원 원장이 아기를 끌어안았다. 낯선 체취를 맡고 아기가 깨어 울었다. 물끄러미 서서 아기를 지켜보다가 제비는 도망쳤다. 두 손으로 귀를 막고 보육원을 뛰쳐나갔다. 비명을 지르면서 제비는 눈을 떴다. 두 팔을 허우적대며 크게 숨을 쉰다는 게 짠물만 코로 마셨다. 정신을 잃기 전, 제비가 마지막으로 본 건 높다란 파도였다. 어린이용 목튜브는 힘없이 뜯어졌고, 파도가 밀려와 제비의 머리를 쳤다. 소용돌이에 빨려든 철새처럼 제비는 함부로 휘말려갔다.

"숨 쉬어! 제비야 제발!"

정신을 차렸을 때, 가슴이 빠개지는 듯한 통증을 느꼈다. 누군가가 흉곽을 누르고 있었다. 빠르게, 반복적으로, 심장을 부술 듯이.

"컥. 커헉."

짠물을 토하며 제비는 몸을 뒤챘다. 하얗게 질린 석영의 얼굴이 눈에 보였다. 그는 우악스러운 손길로 제비를 흔들었다. 그 뒤에 효재가 서 있었다. 큰 눈이 벌어졌고, 곱슬머리가 바람에 흩날렸다. 아이는 초조한 듯 손톱을 물어뜯었다. 제비는 입과 코에서 시큼한 맛을 느끼고 침을 뱉었다. 바닷물뿐 아니라 위액까지 구

토한 모양이었다. 효재의 외할머니가 손자의 입에서 손가락을 떼
주었다.

"무신 일이라?"

일찌감치 물질을 마친 상군 해녀들이 뭍으로 올라왔다. 해녀들
을 등지고 앉아 석영은 침묵했다. 그는 제비의 팔다리를 억세게
주물렀다.

"무슨 일이에요? 왜 여기 누워 있어?"

무거운 그물을 내려놓으며 양희가 고무 모자를 힘껏 벗었다.

"그걸, 지금 저한테 묻는 겁니까?"

도끼눈을 뜨고 석영이 홱 돌아봤다. 효재가 깜짝 놀라 손톱을
다시 물었다. 우격다짐으로 제비를 일으켜 석영은 들쳐 업었다.

"삼촌…… 무사 육짓말 하맨?"

(삼촌…… 왜 표준말 해?)

효재가 중얼댔다. 손톱 씹는 속도가 점점 더 빨라졌다.

"저 삼촌은 본디 육지 소나라 육짓말 혼다."

(저 삼촌은 원래 육지 남자라 표준말 하는 거야.)

양희가 달려가 아들의 입에서 손가락을 떼주었다.

석영은 자꾸만 쓰러지는 제비를 오토바이에 태우려 했다.

"아이고게, 삼촌. 무사 경 급호꽈? 이러다 다칠 크라. 신성한 사
자인디."

해산물을 받으러 온 수협 직원이 얼른 달려와 제비의 등을 받
쳤다.

"양희 너는 좀좀호라(조용히 해라)!"

효재 뒤에 있던 늙은 여자가 양희의 등을 때렸다.

"어멍은 괜히!"

양희가 분한 듯 발을 굴렀다.

해녀들에게 양해를 구해, 수협 직원이 제비를 트럭에 태웠다. 그리고 목포 할망의 민박집까지 데려다주었다.

"어떻게…… 알고 왔어요? 바다에."

고무옷을 벗고 제비는 가까스로 요 위에 몸을 뉘었다.

"망원렌즈로 봤어. 옥상에서."

석영이 얇은 이불을 펼쳐 제비의 몸을 덮어주었다.

"고용주가 몰카 도촬…… 뉴스에 나요."

"웃음이 나니? 살 만한가 보네."

제비는 이불을 쥐고 슬며시 냄새를 맡아보았다. 목포 할망이 쓰는 싸구려 세제에 민박집 특유의 냄새가 섞여 제비의 마음을 편하게 했다.

"사장님 화났어요? 나 때문에?"

"그래."

석영이 돌아앉았다.

"왜요?"

"뭐?"

"왜 나 때문에 화났냐고요. 나 좋아해요?"

그때, 목포 할망이 문을 열고 들어왔다. 뜨끈한 꿀물이 대접에 담겨 있었다.

"좋아하지. 좋아하고말고."

석영이 제비의 머리를 쓰다듬었다. 그는 자리에서 일어났다.

"삼촌. 부탁 좀 하쿠다예."

"저들지 말고 강 일 보라."

(걱정 말고 가서 일 봐.)

목포 할망이 숟가락으로 꿀물을 떠 제비의 입에 넣었다. 일어나 앉아 그 정도는 마실 수 있다고 제비는 생각했다. 하지만 그대로 누워 있었다. 그런 식의 보살핌을 받는 건 태어나 처음이었다.

어느 결에 잠이 들었나. 눈을 떠보니 방 안이 캄캄했다. 누군가의 말소리를 듣고 제비는 정신이 났다.

"목포 삼촌 계시꽈?"

"이 시간에 누게라?"

할망이 문을 여는 기척이 느껴졌다. 두 사람은 잠깐 말이 없었다.

"양희, 와시냐. 무신 일이라?"

제비는 목포 할망이 겁을 먹었다고 느꼈다. 아니면 어디가 아프던지.

"제비라 하는 아이 보러와 마씸."

양희가 말했다. 채무 독촉을 온 사람처럼 냉랭한 말투였다.

제비는 이불을 밀치고 일어나 문을 열었다.

"죄송해요, 저 때문에."

"그럴 거 없어. 사과하러 왔다."

양희는 방으로 들어와 귀퉁이에 자리 잡았다. 마치 그곳이 방에서 가장 깨끗한 부분이라는 듯 다리를 포개 접었다.

"고맙습니다."

제비는 말하고 스스로에게 의문을 느꼈다. 사과하는 사람을 향해 감사를 표하는 건 적절한 태도인가? 왜, 나는 누군가로부터 사과받는 것만으로도 고마움을 느끼는가.

"그런데 왜……."

제비가 슬며시 눈치를 봤다.

"어째서 사과할 마음을 먹었느냐고? 그야. 너는…… 신성한 사자잖아."

차분한 눈길로 양희가 제비의 방을 훑어보았다.

"그런데 평소에 책은 안 읽니? 이 방엔 책이 한 권도 없네."

"아아, 어쩌다 보니까. 아직 책을 못 샀어요."

제비가 허둥거렸다. 얼굴이 달아올랐다.

"그래? 읽고 싶은 책은 있고?"

"그런 거야…… 많죠. 사진도 공부해야 하고. 요리라든가 메이크업 같은 것도……."

"그런 건 유튜브로 배울 수 있잖아. 요새 누가 공부하려고 책을 읽니? 느끼려고 읽지."

"느껴요? 뭘요?"

제비가 되물었다. 양희는 입을 닫았다. 말할 가치도 없다는 듯이. 그는 심드렁한 눈으로 제비를 힐끗 보았다.

"몹시 혼났어. 성스러운 사자의 평안을 해쳤다고. 엄마한테도, 해녀회장님한테도, 이장님한테까지."

"죄송해요."

제비는 입술을 꽉 깨물었다.

"넌 아주 복 받은 애야. 물질은 누구나 스스로 깨쳐야 하는 것인데."

양희가 쏘아댔다.

"엄마한테 배우는 거 아닌가요?"

제비는 슬쩍 고개를 갸울였다.

"뭘?"

"물질 말이에요."

"그런 경우도 있지." 양희가 코웃음 쳤다. "하지만 해녀 엄마를 둔 모든 딸이 물질을 할 수 있는 건 아냐. 모든 해녀는 스스로 숨 참는 법을 익혀야 한다. 사후 세계처럼 어둡고 찬 바다로 매일 들어갈 용기를 내야만 하고."

조용히 일어나 양희는 창문 앞으로 갔다. 슬며시 커튼을 열어 마당을 보고 원래 자리로 돌아왔다.

"해녀가 되려면 시집오는 게 최고지."

양희가 말했다.

영문을 몰라 제비는 두 눈을 깜빡거렸다.

"해녀가 되려면, 제주 남자한테 시집오는 게 제일 좋은 방법이라는 거야."

양희가 넌지시 말을 건넸다. 무슨 비밀을 알려주듯이.

"제주 토박이인 해녀의 딸보다, 제주 사내의 외지인 아내가 더자격이 있다. 만약 그 마을 해녀회에 티오가 딱 한 명 남아 있다면."

"해녀의 수에 제한이 있어요?"

제비가 물었다.

"당연하지. 백 명 천 명 바다에 들어가면 그 속이 어떻게 되겠니? 전복도 문어도 새끼 치고 살 시간이 필요해. 생태계를 해치지않을 정도로 해녀의 수는 제한된다."

"그렇구나."

제비는 고개를 끄덕였다.

양희가 창으로 슬며시 눈을 흘겼다.

"이 집 할머닌 그렇게 시집와 해녀가 됐지. 육지 출신이라 텃세는 좀 당했다는데, 그것도 잠깐이야. 우리 외할머니가 도와줬으니. 우리 외할머니는 상군 해녀였어. 물질도 가르쳐줬지."

"아."

"외할머니가 바다에서 돌아가셨을 때, 저 할머니가 같이 있었어." 양희가 창가를 힐긋 보았다. "저 할머니랑 조업 갔다 그렇게됐지. 누구 잘못으로 어떻게 돌아가셨는지는 몰라. 저 할머니가조개마냥 입을 딱 닫았거든. 우리 엄만 외롭게 컸어. 열 살 나이에

194

엄마를 잃었지. 물공포증이 생겨서 물질도 못 해."

양희가 제비의 눈을 똑바로 봤다. 양희의 눈에서는 어떤 악의도 느껴지지 않았다. 그저 물공포증을 가진 사람을 답답해하는 단호한 태도만 느껴졌다.

"난 그 일을 애석하게 여긴 적 없어. 이혼하고 오기 전까지."

흘러내린 머리카락을 양희가 귀 뒤에 단정히 꽂았다.

"육지에서는 혼자 애 키우면서 돈 버는 게 쉽지 않았어. 여기 오면 그래도 엄마가 효재 봐주고, 해녀는 일종의 프리랜서니까."

등을 굽히고 양희가 두 팔을 쭈욱 뻗었다.

"물질 배우는 거, 정말 힘들었어. 죽기 살기로 나도 한 거야. 누구도 나한테 물질을 가르쳐주지 않았다고. 근데 난 왜 너한테 그걸 가르쳐야 해?"

"어떻게……." 제비가 침을 삼켰다. "어떻게 물질을 배웠어요?"

양희는 잠깐 말이 없었다.

"악으로 배웠지. 깡으로 참고. 문어를 생각했어."

"문어요?"

"그래. 여기 물꾸럭마을에 살면 어릴 때부터 귀에 못이 박히게 들어. 문어의 속성에 대해. 그거 아니? 문어 수컷은 짝짓기를 하면 죽어버려. 암컷 혼자 알을 키우지. 동굴이나 바위 밑에 터를 잡고, 새끼들이 다 자라 부화할 때까지 계속 다리를 움직여. 끊임없이 파도를 일으켜 신선한 공기를 공급하는 거지. 새끼들이 부화하려면 최소 다섯 달은 걸리는데, 그동안 암컷은 아무것도 안 먹어. 오직 알만 지킨다. 새끼들이 알을 찢고 나오면 그때 비로소 죽지. 마을 삼촌들은 입버릇처럼 말했어. '어멍 잃은 알들은 썩어불매.' 내가 물질해야만 우리 효재가 썩지 않아. 그래서 나도 숨을 참았지. 다른 해녀 엄마들처럼."

"나는…… 그래서 수영을 못 하나 봐요. 좋은 엄마가 아니라서."

제비가 소곤댔다.

귀를 의심하듯, 양희가 고개를 틀었다.

"사실은…… 아이가 있었어요."

제비가 작게 말했다.

"안 돼. 그런 거 털어놓지 마."

고개를 젖히며 양희가 질색을 했다.

"들어주세요! 죽을 것 같아요. 누군가에게 말하지 않으면. 제발……."

"싫어. 내가 왜?"

"미안하다면서요. 사과하러 왔다면서요."

제비의 눈에서 눈물이 떨어졌다.

일어나려다 말고 양희는 머뭇댔다. 엉덩이를 뒤로 빼고 방 모퉁이에 등을 기댔다. 그는 말이 없었다. 그저 제비를 지켜보았다.

"내가 먼저 좋아한 거 아니에요. 걔가 먼저 좋다고 해서." 급히 먹은 음식을 토하듯 제비가 울컥거렸다. "걘 갓 제대한 복학생이었고, 내겐 꼭 어른 같았어요. 연애를 했고 아기가 생겼는데……

처음엔 기뻤어요. 둘이서 키우면 되겠지. 그 애가 열심히 일하고 우릴 사랑해 주면 못 할 게 없겠지. 근데…… 그 애는 그렇게 생각을 안 했어요. '난 너랑 결혼할 생각 없어.' 그렇게 말했죠. 처음부터 그런 건 생각도 안 했대요. '나, 4년제 편입할 거야.' 그렇게 말했어요. 그러면서 내 배를 봤죠. 뭔가 아주 끔찍한 걸 보듯이."

제비는 낡은 이불로 젖은 얼굴을 쓱 닦았다.

"혼자 애를 낳았어요. 겁이 나서 병원도 못 가고…… 끙끙 앓다 죽을 것 같아 구급차를 불렀어요. 그때 나는 할머니랑 같이 살았는데…… 할머닌 그냥 보고만 있었어요. 평생 아기를 넷이나 낳았는데…… 도와주지 않았어요. 아기를 키우는 내내 계속 그러데요. 아기가 웃어도, 아기가 울어도, 할머니는 아는 체하지 않았어요. 내가 울어도, 비명을 질러도, 들은 체하지 않았어요."

독기 어린 눈으로 제비가 양희를 봤다.

"잠을 못 자는 게 그렇게 힘든 줄 몰랐어요. 젖을 물리면 그렇게 아픈 줄 몰랐어요. 집에서 아기를 일주일 길러보고…… 날 버린 엄마를 용서했어요. 죽을 때까지 미워할 줄만 알았는데, 엄마가 날 낳아준 것만으로도, 날 3년 넘게 키워준 것만으로도 감사한 생각이 들었어요. 언니, 난 그저 평범하게 대학 시절을 즐기고 싶었어요. 할 수만 있다면 아기를 다시 난자로 만들어 배 속에 넣고 싶었어요. 그 애는 벌써 다른 여자를 사귀어 아무 일 없었단 듯 인스타그램에 사진을 올렸고요…… 왜, 왜 나만!"

제비는 엉엉 울었다.

"나는…… 그 남자 때문에 아일 버린 게 아니에요. 아기를 사랑할 수 없어서 버렸어요. 이런 게 사랑인가 아닌가, 미심쩍은 마음으로 자꾸 대하게 돼서. 불안한 눈으로 자꾸만 울게 돼서……. 사랑받지 못하고 자라, 사랑받지 못하는 아기를 키우는 건 너무너무 끔찍했어요!"

"나한테 위로를 구하려 했다면……."

양희가 슬며시 침묵을 깼다.

"아니에요! 아니에요!"

제비가 이불에 얼굴을 묻었다.

"아기는…… 지금 어디 있어? 누가 키워?"

양희가 물었다.

제비는 숨을 헐떡이면서 드문드문 말했다.

"입양됐대요. 좋은 집에."

"그래? 근데 뭐가 두려워?"

"그 애가 잘못될까 봐요." 제비가 이불을 말아 안았다. "혹시 그 부모가 나쁜 사람들일까 봐 자꾸 겁나요."

"하지만 넌 그 애를 버렸잖아. 그 사람들은 그 애를 받아줬고." 양희가 어깨를 으쓱였다. "비이성적인 고민이라 생각 안 하니?"

"그래요. 그렇지만. 무슨 생각으로…… 아이를 입양했는진 모르잖아요."

붉게 충혈된 제비의 눈에서 눈물이 떨어졌다.

"그래서?"

"잠수를 하면…… 성스러운 사자로서 임무를 수행하면, 아기가 잘 살 것 같아요. 입양한 부모가 계속해서 좋은 사람들로 있어줄 것 같아요."

"그건, 비이성적인 생각이다." 양희가 어깨를 으쓱였다. "네가 잠수를 하건 안 하건 그 사람들은 고유한 성격이 있어."

제비가 울며 고개를 끄덕였다.

"하지만 네가 수영을 배우는 건, 그 애를 위해서 바람직한 일일 거야."

"어째서요?"

제비가 고개를 들었다.

"언젠가 그 애가 물에 빠질 수도 있잖아. 우연히 네가 그 곁에 있을 수 있지."

"정말…… 그런 일이 있을까요?"

"인생은 모르는 거니까." 양희가 손톱으로 목덜미를 긁었다. "언젠가 물에 빠진 어떤 여자를 구했는데, 그게 개 엄마일 수도 있지."

제비가 꿀꺽 침을 삼켰다.

"언니, 물꾸럭 신을 믿어요?"

눈살을 찌푸리고 양희가 쓰게 웃었다.

"네 뜻으로 신앙을 가져. 다른 사람 뜻을 묻지 말고."

깜빡했다는 듯 양희가 시계를 봤다. 그는 손으로 머리를 매만졌다.

"만일 물꾸럭 신이 있어 사람에게 길흉을 가져온다면, 그리고 네가 잠수에 실패해 액운을 당한다면, 그때 너는 후회할 거야. '아 물에 들어갔어야 했는데. 무슨 일이 있어도 해냈어야 했는데.' 그런 다음 울겠지. 지금처럼 서럽게. 하지만 네가 잠수에 성공한다면, 언젠가 네게 액운이 닥쳐도 후회하진 않을 거야. 그러니까 수영을 배워. 살아보니 그렇더라. 뭔가를 위해 무슨 일을 하다 보면, 계속 하다 보면, 그게 언젠가 너를 구하는 거야."

자리에서 일어나 양희가 옷매무새를 꼼꼼히 매만졌다.

"모레 다시 바다에 나와. 책임을 다해 가르칠게."

휘청휘청 일어나 제비는 문밖까지 배웅을 했다. 고개를 숙이고 오래오래 인사했다.

석영은 오후 내내 사진관을 쓸고 닦았다. 그러나 아무리 힘들게 몸을 움직여도 복잡한 분노는 가라앉지 않았다. 오래전 겪은 일이 오늘 일처럼 생생했다. 어머니, 아버지, 그 많은 슬픔과 고통……. 그것은 아무리 세월이 지나도 사라지지 않고 석영을 괴롭혔다.

늦은 밤. 석영은 벨과 함께 마을을 산책하기로 마음먹었다. 목포 할망 집에도 들러 제비의 상태를 살펴볼 참이었다. 산만하게 도리질하는 벨을 안고 가슴에 줄을 채웠다. 석영은 캐비닛에서 바람막이를 꺼내 입었다. 제주의 낮은 9월에도 한여름처럼 더웠지만 밤공기는 달랐다. 가을이 오고 있었다.

사진관 문을 닫고 석영이 마당을 걸으려는데 벨이 짖었다. 몸부림을 치면서 자꾸만 돌담 뒤 벼랑으로 향하려 했다. 석영이 줄을 끌며 언덕길로 가자 해도 마냥 고집을 피웠다. 돌담과 벼랑 사이. 위험한 상황을 방지하려 쳐둔 펜스 밑으로 벨이 쑥 들어갔다. 순간, 석영의 손안에서 가슴 줄이 사라졌다. 행여나 벨이 벼랑으로 떨어질까 봐 석영은 겁이 났다. 펜스를 넘어 재빨리 벨을 안았다. 그리고 멈칫했다. 사진관 갤러리 창가에, 그러니까 깎아지른 듯한 절벽 위에 누군가가 서 있었다. 노년의 남자였다.

파도가 거센 탓일까, 깊은 생각에 빠져서일까. 벨이 그토록 낑낑댔지만 남자는 미동을 하지 않았다. 지금 저 남자를 불러야 하는지 말아야 하는지 석영은 고민했다. 섣불리 불렀다 자극이 되면 뛰어내릴지도 몰랐다. 그렇다고 위험한 곳에 그렇게 버려둬선 안 될 터였다. 이곳은 그의 직장이자 삶의 터전이었고, 제비와 벨의 생계가 달린 소중한 장소였다. 불미스러운 사고가 있어서는 안 됐다.

"여기서 소변보시면 안 됩니다!"

거세게 소리치고 석영은 숨을 삼켰다. 겨우 생각한 핑곗거리가 이 정도라니 어처구니가 없었다.

"어?" 남자가 돌아봤다. "소변이라니. 나 그런 사람 아니야."

남자가 변명했다. 깨진 옹기처럼 목소리가 투박했다.

"그저 경치가 좋아서 봤어. 묘하게 사람 발길을 끄는 곳이네."

말투며 몸짓이 어쩌나 친근한지, 반말을 하는데도 거슬리지 않왔다.

"옥상에서 보면 더 좋습니다."

석영이 다가섰다.

"그래요?"

뒤로 물러나, 남자가 사진관 건물을 올려다봤다.

'한 걸음만 물러서면 추락이야.'

석영의 등에서 식은땀이 흘렀다.

"저녁 안 드셨으면 같이하시죠. 오늘 예약이 취소돼 저녁거리
가 넉넉해요."

석영은 얼른 남자의 팔을 잡았다.

"식사를? 사진관에서? 듣고 보니 출출한 것도 같고."

남자가 손으로 자신의 배를 쓸었다.

"고놈 참 영특하게도 생겼다."

머리를 쓰다듬자 벨은 좋아서 킹킹거렸다. 사람의 손길을 유난
히 좋아하는 강아지였다.

조심스럽게 벼랑을 빠져나오며 석영은 남자의 말을 생각했다.
'묘하게 사람 발길을 끄는 곳'이라니. 남자야말로 묘하게 사람 마
음을 끄는 데가 있었다. 그가 무사히 나올 수 있게, 석영은 펜스를
잡아 빼냈다. 살기랄까 총기랄까 하는 것으로 남자의 눈은 번뜩
였다. 슬며시 잡은 팔에서 근력이 느껴졌다. 석영은 자꾸만 남자
를 곁눈질했다.

"와, 이게 다 뭐야?"

인화해 탁자 위에 둔 프리다이빙 사진들을 보고 남자의 눈이 커졌다. 검붉은 입을 벌리며 웃고 있었다. 뒷짐 진 채 허리를 굽히고, 그는 오래도록 사진을 봤다.

"참 좋을 때다. 난 이런 걸 한 번도 못 해봤소."

남자가 말했다. 조명 아래서 본 그는 붉은색 하와이안셔츠를 입고 있었다. 70대 초반 같았는데 툭 튀어나온 광대며 넓은 턱에서 강골의 기질이 느껴졌다. 석영이 잡았던 팔은 그을어 있었고, 갈라진 근육 위로 핏줄이 솟아 있었다.

"이런 걸 못 해본 사람들은 많아요."

석영이 말했다. 딴에는 위로한다고 뱉은 말인데 상대는 말이 없었다. 주름진 입을 다물고 남자는 예리한 눈으로 석영을 봤다.

"아, 기분 상하셨다면 죄송합니다."

"아뇨. 아니야. 나는 그냥 청년이 내 마음을 어떻게 아나 해서……."

"예?"

"아니오. 아무것도 아니야."

석영은 아이스박스에 해산물을 챙기고 남자를 옥상으로 안내했다. 각진 턱을 들고 계단을 오르며 남자는 이따금 "음." 하고 소리를 냈다. 그는 계단 벽에 붙은 사진들과 2층 스튜디오의 구조를 흘깃거렸다. 눈이 커서일까. 자그마한 움직임도 커다랗게 느껴졌다.

숯의 불씨를 다시 살리고, 석영은 바비큐 그릴에 뿔소라와 흰

다리새우를 올려놓았다. 따끈하게 데운 햇반을 열고 컵라면에
뜨거운 물을 부었다. 고추냉이를 간장에 개어 깨끗한 종지에 냈
다. 달궈진 뿔소라 껍데기 안에서 지글지글 거품이 끓었다. 석영
은 노릇하게 익은 새우를 남자의 접시에 담았다. 밤바람이 찼지
만 숯의 온기가 그것을 상쇄했다. 노천의 풍파가 익숙한 듯 남자
의 태도는 당당했다. 하와이안셔츠의 깃을 세운 채 남자는 허리
를 꼿꼿이 했다.

"이야. 숯 향 참 근사하다. 이렇게 융숭한 대접을 받아도 되나?"

"야자나무로 만든 숯입니다. 저 혼자 먹었을 텐데, 같이 드시면
좋죠."

젓가락을 들고 남자가 허허 웃었다.

"고마운 일이야. 오래 살다 보니 이런 날도 오누먼."

면장갑을 끼고 뜨거운 뿔소라를 잡아 남자는 살을 빼냈다. 젓가
락을 찔러 빼려다 뜻대로 되지 않자 바닥에 툭 떨궈 놨다. 그러더
니 또 다른 뿔소라를 집어 바닥의 것을 내리쳐 부쉈다. 살에 붙은
껍데기는 장갑으로 털고 입에 넣어 우물거렸다. 햇반은 네 숟가
락 만에, 컵라면은 세 젓가락 만에 해치우는 남자를 보고 석영은
입을 벌렸다. 벨은 좌절된 산책의 한을 풀듯 쉼 없이 뛰어다녔다.

"여기서 바다를 보니 황홀하기 그지없구먼."

배불리 먹은 남자가 일어나 뒷짐을 졌다. 방파제 등대에서 뻗
은 빛이 어둠을 뚫고 수평선 끝에 닿았다. 밤일을 나온 고깃배들
이 먼 데서 반짝거렸다.

"가만. 앉아서도 볼 수가 있네? 이 창은 사장이 냈소?"

남자가 슬그머니 담벼락 아래 쪼그려 앉았다. 담 중간중간이 동그랗게 뚫려 있었다. 바다 그림이 담긴 자그마한 액자들처럼. 벨이 남자의 발치에서 왈왈 짖었다. 마주 보고 짖으며 남자가 벨을 쓰다듬었다.

"네. 제가 뚫었어요."

남자를 따라서 뿔소라로 뿔소라를 부수려다가 석영은 멈칫했다.

"솜씨가 일품인데."

남자가 손으로 구멍을 매만졌다.

"건축에 대해 아세요?"

"기초적인 것만 알지. 그야 아주 상식적인 것만. 수사에 있어 필요한 정도."

"수사요?"

"응. 나는 형사 밥을 오래 먹었어."

남자가 말하고 쯧쯧거렸다. 이 사이에 낀 것을 혀로 빼는 모양이었다. 벨이 석영의 발치로 도망쳐 왔다.

"아. 경찰이시구나."

벨의 등을 쓰다듬고, 석영은 꼬챙이로 숯 더미를 쑤석거렸다. 그는 주머니에서 육포 조각을 꺼내 벨에게 조금 주었다. 등을 돌린 채 남자가 어깨를 으쓱거렸다.

"이었지. 은퇴를 했으니까. 실은 더 일찍 그만뒀어야 했는데……."

뚫린 창으로 남자가 손을 넣었다 뺐다.

옥상 정리를 마치고 두 사람은 갤러리로 내려갔다. 석영이 식
기를 씻는 동안 남자는 갤러리에서 사진들을 구경했다. 여러 개
의 사진 중 그가 가장 오래 본 것은 아직 액자에 걸리지 않은 프
리다이빙 사진들이었다.

"세상에는 놀랍도록 다양한 삶의 형태가 있어." 뒷짐을 진 채
남자가 말했다. "형사 일을 하면서, 나는 세상 별별 것을 봤지. 온
갖 더러운 것 치사한 것 끔찍한 것을 봤어. 그런 게 세상이라 오
래 믿었지. 하지만 오늘…… 이것들을 보니 그 생각이 틀린 것 같
아. 아무리 훌륭한 사람도 두들기면 먼지 나는 게 정한 이치라 여
겼는데……."

남자가 말을 멈췄다. 그는 두 손을 펼쳐 마주 보게 하고 작은 틈
을 만들었다.

"요기. 내가 요기에 들어 있었나 봐."

흰동가리와 마주 보고 웃는 청년의 사진을 남자는 들어 올렸
다. 그는 눈살을 찌푸리고 사진을 봤다.

"참. 세상은 요지경이야. 이렇게 빛이 나는 찰나가 다 있네."

'흉악한 범죄만 대하다 늙어버린 사람이구나.' 석영은 동정
했다.

"혹시 괜찮으시면…… 사진 찍어드릴까요?"

석영이 물었다.

"나를? 늙은이를?"

남자가 놀라 허둥거렸다.

"근사하게 찍어드릴게요."

설거지를 대충 마치고 석영은 앞치마를 훌훌 벗었다.

"글쎄, 어떨까. 지금은 제복도 훈장도 없고."

헛헛한 손길로 남자는 하와이안셔츠를 어루만졌다. 그러면서도 눈으로는 전시된 사진을 좇는 것이, 촬영에 마음이 기운 모양이었다. 그는 조금씩 갤러리를 거닐었다.

"실은…… 나도 독사진을 찍고 싶었소. 세상에 마지막으로 남길 그런 것 말이야."

'영정 사진을 말하는가 보다.' 석영은 짐작했다.

"잠시 기다리세요. 2층에서 촬영 준비를 하겠습니다."

"그래요? 그럼 나도 구경해야지. 나는 원체 남들 일 보는 거를 좋아해. 형사질이 천성이거든."

석영은 붉은 셔츠와 어울리는 검은색 배경지를 벽 위로 늘어뜨렸다. 사진기와 조명을 세팅하는 동안, 남자가 그의 모습을 샅샅이 훑어보았다. 그러더니 주머니에서 작은 수첩을 꺼내 뭔가를 끼적거렸다.

"뭘 쓰십니까?"

석영이 물었다.

뜻밖의 질문에 당황한 듯 남자는 머뭇거렸다.

"아, 이거. 직업병이오. 그냥 사장 하는 걸 끼적거렸지."

"조명 스위치는 어디에 있는지, 삼각대는 어떤 순서로 설치하는지, 그런 거요?"

"아니." 남자가 볼펜 클립을 셔츠 주머니에 끼웠다. "사장이 오른손잡이이고, 왼손 등에 흉이 있고, 약간 근시기가 있다는 거."

지친 벨이 석영의 방 앞으로 가 방문을 박박 긁었다.

"잠시만요. 졸린 모양이에요."

석영은 얼른 달려가 방문을 열어주었다. 벨이 안으로 쏙 들어가 침대 밑에 웅크렸다.

"어떤 표정을 지어야 할지 모르겠는데."

잿빛 머리를 쓸어 넘기며 남자가 중얼거렸다.

"그 표정 그대로 좋습니다. 억지로 꾸며낼 것 없어요."

석영은 말했다. 그는 뷰파인더를 보며 셔터에 손을 올렸다.

"하지만 그래도…… 좀 웃어야 하지 않을까?"

남자가 어색하게 얼굴을 일그러뜨렸다.

"그럼 그냥 웃지 마시고, 우스운 일을 생각해 보세요."

"우스운 일이라. 그런 건 없는데." 남자가 멍하니 허공을 봤다. "조서를 쓰는 동안 마주 앉아 똥 싼 놈이 있긴 한데, 그런 일을 생각하며 마지막 사진을 찍기는 싫어."

'마지막 사진?'

석영의 등에 소름이 훅 끼쳤다.

촬영이 끝날 때까지 남자는 말이 없었다. 바다가 보이는 창가에 남자를 앉히고, 석영은 오메기술을 따라주었다.

"제주 전통주입니다. 차좁쌀로 만든 오메기떡을 발효시켜 만든 청주죠. 드시면 마음이 편해질 겁니다."

"아니 이런 게 있으면 아까 안주 좋을 때 내줬어야지."

남자가 눈알을 뒤룩거렸다.

"그러게요. 잊어버렸어요."

석영이 머리를 긁적거렸다.

백여 장의 사진 중에서 열 장 정도의 사진을 석영은 골라냈다. 인자한 듯 엷은 미소와 그걸 무색하게 하는 주름. 넓은 이마와 대비되는 뻣뻣한 눈썹. 얼룩진 피부와 형형한 안광. 석영은 그 얼굴이 어딘가 익숙했다. 언젠가 본 얼굴인데 어디서 봤는지 기억이 나질 않았다. 갤러리 스크린을 내리고 프로젝터로 사진을 띄우자 남자의 눈이 크게 떠졌다. 기대에 찼던 표정이 조금씩 어두워졌다.

"마음에 안 드세요?"

"글쎄……. 그렇게 말할 건 아냐. 이건 틀림없는 내 얼굴이거든. 하지만 뭔가…… 달라. 이건 가짜야."

거침없는 평가에 석영의 가슴이 철렁했다.

"기분 상할 것 없소. 사장의 솜씨가 가짜라는 게 아니야. 내 얼굴이 그렇다는 거지."

"제가 보기엔 아무렇지 않은데요."

남자 곁에 나란히 앉아 석영은 사진을 봤다.

"사장도 잔을 가져오지. 같이 마시게."

남자의 제안에 석영은 일어섰다. 둘은 나란히 앉아 오메기술을 마시며 사진을 봤다.

"이렇게 확대된 얼굴을 보기는 처음이야. 이거 마치, 인생의 지도를 확대해 둔 것 같네. 오늘 아침에 말이야. 호텔 화장실에서 나는 내 얼굴을 봤어. 이건 그 얼굴이 아니야. 본디 난 저렇게 생기질 않았다고. 저 눈 보게. 너무 살벌해. 꼭 동물 같지 않아?"

남자가 물었다.

"그럼 왜 이렇게 찍혔을까요?"

"그야 모르지." 골똘히 사진을 보다 남자가 픽 웃었다. "이거 꼭 그놈들 같구먼."

"그놈들요?"

"그래. 그 범죄자 놈들. 하나같이 저들이 한 짓 아니라고 하거든." 남자가 낄낄거렸다. "그때 내 심정을 사장이 알겠군. 황당하지? 이렇게 선명한 증거가 있는데 말야."

"하지만 하나의 증거만으로 어떻게 혐의를 확정하겠습니까."

석영이 씩 웃었다. 제법 그럴듯한 얘길 했다는 생각이 들었다.

"근데 이런 건 확정 증거라고 하거든." 남자가 말했다. "아무리 몸부림을 쳐도, 비싼 변호사를 사도, 빠져나갈 수 없는 증거라 이거야."

"그러면 어떻게 하나요?"

"자수를 해야지. 하지만 그놈들은 스스로 말하질 않아. 그러니 이제 자네가 나를 설득해야지."

"제가요?"

"그럼. '눈이 어떻고 코가 어때서 이건 네 얼굴이다, 그렇지 않으냐?' 하고 몰아세워야 한다는 말이야."

"끙." 하고 석영은 앓는 소리를 냈다. 그는 휴대폰을 꺼내 시계를 봤다. 자정이 가까워오고 있었다. 괜스레 가슴이 두근거렸다.

"혹시 숙소 예약을 해두셨나요?"

"아냐. 난 그저 떠돌고 있소. 이제 나가 찾아봐야지."

남자가 말했다. 그는 빈 잔에 오메기술을 가득 따랐다.

"사실 아주 화려한 여행을 하고 있었어. 오늘이 여행 사흘째야. 첫날은 아주 좋은 호텔에서 밥을 먹었지. 그 호텔에서 잤고. 둘째 날도 그랬어. 해변에서 제일 큰 식당에 들어가 가장 비싼 정식을 시켰다오. 두께가 4센티미터는 되는 갈치구이에 활전복에 싱싱한 성게알을 혼자 먹었지. 그러고는 방을 바꿨어. 가장 비싼 방으로 달라고 했지. 그 뭐냐, 스위트 홈 말이야. 아니, 스위트룸. 편백나무로 짠 욕조가 있는 방이었어. 무슨 소금인가를 풀어가지고 몸을 지졌지. 나 혼자 말요. 나 혼자……."

단숨에 술을 마시고 남자가 또 한 잔 따르려 했다.

"천천히 드세요. 13도입니다."

석영이 술병을 얼른 잡았다. 이대로 나가면, 남자가 오늘 잡을 숙소는 멀지 않은 곳일 듯했다. 석영은 남자의 잔에 오메기술을 조금 따랐다.

"괜찮으시면 여기서 주무세요."

"아니. 그렇게까지 신세를 지고 싶지는 않소."

남자가 반쯤 찬 잔을 물끄러미 들여다봤다.

"아닙니다. 여기서 주무시고 나중에 다시 오세요. 가족과 함께."

석영은 말하고 아차 싶었다. 이 남자에게는 가족이 없을 수도 있는 것이다.

"가족이라." 남자가 설핏 웃었다. "그러고 보니 가족사진을 찍은 지도 참 오래됐어."

석영은 속으로 가슴을 쓸어내렸다. 그는 2층으로 남자를 데려가 앤틱 콘셉트 스튜디오에 들이려 했다. 그러나 남자는 귤밭 콘셉트의 스튜디오에 들어가 황홀한 듯 서 있었다.

"이런 일은 있을 수가 없는데."

남자가 말했다.

"네? 뭐가요?"

"이 귤나무 말이오. 꽃과 열매가 동시에 달려 있잖아."

투박한 손으로 남자가 조화를 어루만졌다.

"아, 그렇죠. 사진을 찍기 위해 장식한 거예요. 그냥 예쁘게 꾸며둔 거죠."

남자가 고개를 끄덕거렸다.

"자고로 꽃이란 피면은 지는 거야. 그래야 그 자리에 열매가 맺지. 꽃도 있으면서 열매도 있다는 건 무지한 욕심이야."

"그런가요."

딱히 그를 탓한 것도 아닐 텐데 석영의 낯이 뜨끈해졌다.

"응. 하지만 세상에는 그런 일도 있다오." 남자가 석영을 봤다. "이따금 그런 일이 있어. 어떤 사람들의 인생에는, 꽃이 핀 채로 열매도 열리는 거야."

"축복받은 삶이네요."

"그럴까?"

대답 대신 석영은 웃고 말았다. 당황해서 쏟아지는 이상한 웃음이었다. 깨끗한 러그와 이불을 남자에게 주고 석영은 되돌아 나왔다. 깨끗이 씻고 침대에 누웠는데 조금도 졸리지 않았다. 죽음의 그림자가 하루 종일 석영을 따라다닌 기분이었다. 하루가 무척 길었다. 돈을 벌고 가정을 꾸리려 사진관을 열었는데, 산 넘어 산이었다. 양희와의 관계는 진전될 줄 몰랐고, 제비는 죽을 뻔했고, 손님들은 가버렸다. 그들은 나쁜 후기를 인터넷에 남길 수도 있었다. 머리가 복잡했다.

"저기."

갑자기 들린 노크 소리에 석영은 소스라쳤다.

"예!"

얼른 일어나 문을 열었다.

"뭐 필요하신 거라도?"

석영의 파자마를 입은 채 남자는 서 있었다. 움푹 팬 눈을 깔고 그는 아래를 보고 있었다. 투박한 손에 뭔가를 쥐고 있었다.

"이거."

남자가 작은 봉투를 앞으로 내밀었다. 얼결에 손을 뻗어 석영은 그것을 받았다. 수십 년 전에나 사진관에서 썼을 법한 자그만 봉투였다. 때 묻고 곰팡내 나는 종이 안에서 작은 비닐 조각이 나왔다. 전문가의 식견으로, 석영은 그것을 단번에 알아봤다.

"필름이네요."

남자가 크게 고개를 끄덕였다.

"아직…… 현상이 될까?"

필름을 들고 석영은 1층 작업실로 갔다. 문을 닫고 커튼을 쳐 암실을 만들었다. 붉은 암등을 켜고 필름을 비춰보니 앞뒤가 거칠게 잘려 있었다. 누군가의 지문이 찍혀 있고 퀴퀴한 냄새가 났다. 엉성한 나무 몇 그루가 눈에 띄었다. 그리고 한 사람. 누군가가 있었다. 원피스를 입은 여자가.

석영은 서랍에서 클리너 패드를 꺼내 PEC-12 용액을 담뿍 적셨다. 그는 심혈을 기울여 필름을 닦아냈다. 도박 같은 짓이었다. 패드를 쥔 손에 힘이 조금만 잘못 들어가도 필름이 녹아 망가질 수 있었다. 곰팡이가 핀 데다 먼지가 앉고 스크래치가 많은 필름이었다. 하지만 다행히도 그런 일은 일어나지 않았다. 푸른색 곰팡이도, 필름 절반을 덮은 지문도 깨끗이 사라졌다.

석영은 익숙한 손놀림으로 PQ 용액과 스톱 배스, 하이팜 픽서를 꺼내 플라스틱 트레이에 희석시켰다. 확대기에 필름을 끼우고 인화 용지를 꺼냈다. 문밖에서는 아무 소리도 들리지 않았다. 석영은 고개를 들어 천장을 봤다. 남자가 어쩌고 있을지 궁금했다. 잠을 자고 있을까. 아니면 우두커니 앉아 기다리고 있을까. 어쩌면 슬그머니 달아나 버린 것은 아닐까.

온 신경을 집중해 석영은 사진을 인화했다. 서서히 종이에 올라온 이미지를 보고 그는 핀셋을 꽉 쥐었다. 야산이었다. 키 작은 나무들이 있었고 한 아이, 한 여자아이가 구덩이에 누워 있었다. 입을 다물고 석영은 신음을 삼켰다. 그는 힘겹게 일어났다. 갤러리에는 아무도 없었다. 귤나무 세트도 비어 있었다. 얇은 이불은 깔끔하게 개켜져 있었다. 불길한 마음을 누르고 석영은 계단을 올라 옥상으로 갔다. 거기도 비어 있었다. 석영이 뚫어둔 담벼락 창 속에 남자의 등이 보였다. 처음 봤을 때처럼, 남자는 벼랑 위에 서 있었다. 날듯이 뛰어 석영은 남자 쪽으로 갔다. 펜스를 훌쩍 뛰어넘었다.

"됐습니다!"

남자가 돌아봤다.

"필름이요! 현상됐어요."

석영은 숨을 헐떡거렸다. 남자의 다리가 휘청거렸다. 반사적으로 손을 뻗어 석영은 남자의 팔을 잡았다. 무릎을 꿇으며 남자가 앞으로 넘어졌다. 그의 발에 차인 돌멩이 몇 개가 낭떠러지로 떨어졌다.

"되는구나. 그것이. 아직도."

남자가 웃었다. 등대에서 쏟아진 빛이 그 미소를 기괴하게 뭉

그러뜨렸다.

"정말 됐군. 진짜로 됐어."

갤러리 창가에 앉아 남자는 사진을 봤다. 팔을 쭉 뻗고 머리는 뒤로 빼 눈살을 찌푸렸다.

"자네 솜씨가 좋네. 오래된 사진인데 마치 엊그제 찍은 것 같아."

석영은 마른침을 애써 삼켰다.

"이게…… 누구인가요?"

남자는 말이 없었다. 그는 사진을 탁자 위에 올려놨다.

"아까…… 술 마시다 남은 것 있나?"

"오메기술은 없고, 고소리술은 있어요."

석영이 일어나 간단한 술상을 봤다.

"아까 마신 오메기술을 증류해 내린 소주입니다. 독주예요. 40도짜리."

"거 좋군."

남자가 술잔을 집어 들었다.

석영은 남자의 잔에 투명한 술을 따랐다. 자기도 모르게 손이 떨렸다.

"자네도 받지."

남자가 술병을 빼앗아 갔다. 바다가 보이는 창가에 마주 앉아 그들은 향긋한 술을 마셨다. 열이 올랐는지 남자가 셔츠를 들썩거렸다. 석영은 스위치를 눌러 창문을 열어주었다. 써늘한 바람이 석영의 어깨를 움츠러들게 만들었다.

"누구인가요, 사진 속……."

"아주 옛날에…… 내가 죽인 사람." 남자가 빈 잔을 탁 내려놨다. "이것은 일종의 동전 던지기였어. 인화가 안 되면 잊으려 했지."

가슴에서 뜨거운 것이 솟아 석영은 기침을 했다. 목구멍이 홧홧했다.

"오랜 세월 형사 일을 하며 내가 구한 사람이 많아." 남자가 빈 잔에 술을 따랐다. "지저분한 도둑놈들 잡은 건 셀 수도 없고, 온 가족을 태워 죽인 방화범, 온 마을 사람 돈 들고 튄 사기범, 툭하면 칼침 놓는 깡패들도 내 손으로 여럿 잡았네. 수년간 누명을 쓰고 시달리다 내 덕에 한시름 놓은 사람도 있어. 그렇게 구한 사람들의 안도감, 그 감사함, 그런 건 값을 매길 수 없는 거야. 비록 나라에 고용돼 녹 받고 한 일이지만 선행은 선행이지. 그런 일들로 그 한 번의 악행이 상쇄돼…… 이제 그만 잊어도 좋다, 그 일은 샘샘으로 퉁쳐도 좋다, 어떤 신이 허락해 줄지도 몰라…… 생각했다네."

남자는 또 한 잔 술을 마셨다.

"천천히 드세요. 아까 말씀드렸지만 40도짜리……."

"난 사람을 죽였어." 남자가 석영의 손을 쳐 냈다. 툭 튀어나온 두 눈에 핏발이 섰다. "내 손으로 죽인 것은 아니지만, 내 손으로 죽인 게 아니라고 할 수도 없지."

석영은 긴장한 채 뒷말을 기다렸다.

"그 애는…… 아홉 살이었어. 내 관할지에서 죽었지. 30년 전에. 박준구. 그 살인마. 그 흉악한 놈 손에…….."

석영의 입에서 신음이 새어 나왔다.

"학교 가는 애를 낚아채 목을 졸랐어. 야산에다 묻었지. 미친 놈. 그렇게 부지런하다니까."

투박한 손을 뻗어 남자가 사진을 뒤집어 놨다.

"그런데요? 모든 게 밝혀졌는데 뭐가 문제죠?"

남자가 고개를 홱홱 저었다.

"그 일은…… 일어나선 안 됐어. 적어도 그때, 내 관할에선. 더 이상."

석영은 고개를 갸웃했다. 남자의 말을 이해할 수 없었다. 젓가락을 뻗어 남자가 구운 문어를 집어 들었다. 그는 한동안 질겅거렸다.

"당시 내 관할에서 세 명이 죽었네. 전부 여자였어. 사건이 터질 때마다 분노한 가족들이 경찰서를 찾아와 테러하다시피 했지. 우리 서장은 그것 때문에 스트레스를 받았어. 우리 서 직원 모두 그랬네. 잠잠할 만하면 그러니까 뉴스에도 오르고 지역 가치도 하락했어. 지역민들의 민원이 빗발쳤네. 정말이지 그 애는 죽어서는 안 됐다고. 그래서…… 나는 그 애를 살려줬네."

"그게 무슨 말씀이죠?"

회한에 찬 눈으로 남자가 창밖을 봤다. 고깃배들이 수평선 위에서 조금씩 흔들렸다.

"나는…… 그 애를 실종자로 만들었어. 그 애 아버지가 눈에 선해. 몇 번이나 경찰서로 와 애원을 했지. 찾아달라고. 어린 것을 찾아달라고. 난 약속했어. 꼭 찾겠다고. 어딘가에 살아 있을 거라고. 그 아비 표정이 가끔 떠올라. 끔찍한 낯으로 죽을 듯 왔다 희망 품고 돌아갔지. 그러기를 반복했어. 한동안. 정말 오랫동안."

두 사람은 말이 없었다.

"자네, 나를 신고할 텐가?"

남자가 물었다.

"제가요?"

석영은 깜짝 놀랐다. 그는 그런 생각을 해본 적이 없었다. 단지 인화를 했을 뿐이었다. 순간 대학 시절 읽었던 추리소설이 떠올랐다. 사진 한 장을 단서로 살인 사건을 해결하는 내용이었다. 일곱 명의 사람이 한 장의 사진을 보고 저마다 다른 단서를 발견하는 이야기. 촬영 기법과 인화 방법이 트릭의 역할을 하고 있어 재미있게 읽은 기억이 있다. 하지만 그건 소설이 아닌가. 현실에서 그런 일을 당하게 될 줄은 상상도 한 적 없었다. 석영은 슬며시 탁자로 손을 뻗었다. 그는 사진을 집어 들었다.

"아이가…… 너무 깨끗하네요."

석영이 말했다.

남자는 말이 없었다.

"여기서 죽은 게 아닌가 봐요. 이 구덩이에서."

"그렇지. 거기서 죽은 게 아니고말고."

또 한 잔 독한 술을 남자가 따라 마셨다.

"삽이 두 개 있네요." 석영이 사진을 보며 말했다. "대체 이 사진은 누가 찍은 거죠?"

"내가."

"형사님이 구덩이를 판 건가요?"

"그래."

"왜요? 게다가 삽이 두 갠데, 하나는 누구 거죠?"

"응. 그건 그 동네 청년 거야. 죽은 애를 발견하고 나한테 제보했지."

"그 사람이 가만히 있었나요? 암매장을 하자는데?"

말하고 나서 석영은 깜짝 놀랐다. 고개를 숙이고 남자가 어깨를 으쓱였다. 웃는 것 같았다.

"그럼. 그땐 사람들이 그랬어. 무슨 일을 당해도 가만히 있곤 했지. 벌써 40년 전 일이야. 가만히 있을 수밖에 없는 사람들이 수도 없이 많았네. 전쟁 끝나고 30년밖에 안 됐을 때야. 그런 때……"

"지금은, 그 사람 어디 있어요? 지금이라도 사실을 밝히면……"

"죽었어." 남자가 술잔을 집어 들었다. 그는 빈 잔을 물끄러미 보았다. "그거 아나? 옛날에는 사람들이 참 잘 죽었다네. 작은 병

220

에 걸려도 약 한번 못 써보고 큰 병으로 키워 죽었지."

석영의 머릿속이 뜨거워졌다. 죽은 아이와 제보자, 한 명의 형사. 전쟁. 작은 병과 큰 병. 그런 것들이 뒤엉켜 곤죽이 되고 있었다.

"이게 동전 던지기였다면…… 반대 면은 무엇인가요?"

"뭐?"

"인화가 안 되면 잊으려 했다면서요. 반대로, 사진이 인화되면 어떻게 하려고 하셨어요?"

남자가 빈 잔에 술을 따랐다.

"죽으려고 했지. 이 사진을 방송국에 보내고. 저기 벼랑 위가 참 좋더군."

"방송국요? 왜 경찰서가 아니고……."

"글쎄, 왜 그럴까?"

남자는 입가에 흐른 술을 손등으로 닦았다. 석영은 문득 선문답이 지겨워졌다.

"그럼, 이제 사진을 방송국에 보내시나요?"

"아니."

남자가 말했다. 목소리가 갈라졌다. 그는 술병을 들다가 빈 것을 확인하고 부르르 몸을 떨었다. 돌발적으로 팔을 뻗어 빈 병을 바닥에 냅다 던졌다. 투명한 술병이 산산이 부서졌다.

"내겐 자식들이 있어. 모두 다 경찰이 됐지. 제 아비를 존경했기 때문이야!"

남자가 석영을 봤다. 툭 불거진 두 눈에 핏발이 서 있었다.

"근데 내가 이 일을 까발리면, 자식들이 어떻게 될까? 전부 옷을 벗겠지. 명예롭지 못한 삶을 살 거야! 얼굴도 제대로 들지 못할걸?"

속이 타는 듯 붉은 셔츠를 쥐고 흔들다 남자는 일어섰다. 그는 성큼성큼 걸어 갤러리로 갔다. 액자에 걸린 사진들을 노려보았다. 오토바이를 타고 달리는 라이더들, 웨딩드레스를 입은 여자, 검은 배경 속 붉은 혀와 튼튼한 치아들을.

"그 애를 실종자로 만들고, 자네. 내가 뭘 했는지 아나?"

남자가 석영을 돌아보았다.

"……"

"퇴근길에 통닭 한 마리를 샀다네. 지금이야 다들 치킨이라 하지. 그땐 다들 통닭이라 했어. 양념 반 후라이드 반. 그걸 사서 집에 갔네. '아빠!' 하며 아들딸이 품에 안기데. 당시에 여섯 살 네 살이었지. 난 개들에게 그걸 먹였어. 내가 그런 걸 사 가면 아내가 무척 좋아했다네. 월급을 허투루 쓴다고 잔소리를 하면서도 얼굴은 좋아 웃고 있었어. 난 말이야, 닭 다리를 쥐고 뜯는 우리 딸 눈을 보았네. 그 애는 아주 행복해 보였어."

남자가 싱긋 웃었다. 인자한 미소와 공존하는 냉혹한 눈빛. 어디서 본 얼굴인지 석영은 그제야 떠올랐다. 그에게 기시감을 준 그 얼굴은 국제적으로 널리 알려진 스테판 거츠의 사진 속 주인공이었다. 1982년. 한 도시를 봉쇄하고 학살을 모의하던 중 의자에 앉아 휴식을 취하던 독재자의 모습. 어린 딸의 머리를 쓰다듬 던 다정한 얼굴.「학살자의 초상」으로 알려진 그 사진의 원제는 「아버지의 초상」이었다.

"자네. 오늘 일을 발설하겠지?"

치아들로 빽빽한 정미의 입 안 사진을 쏘아보다가 남자가 돌아 섰다. 사진을 향해 떨어진 조명이 남자의 이마를 맞고 콧등으로 미끄러졌다.

"네? 아뇨. 저는……."

다급히, 석영은 팔걸이를 그러쥐었다.

"아니. 자네는 말할 거야. 날이 밝으면. 안 그래?" 석영을 향해 서 남자가 다가왔다. "퇴역 형사가 끔찍한 사건을 은폐했다고 여 기저기 떠벌리겠지. 이 후미진 동네에서 뉴스 인터뷰를 하고 유 명세를 타면 엄청난 돈을 벌 거야!"

의자에 붙박여 석영은 남자를 봤다. 전직 형사였다고는 해도 70대 노인. 마음만 먹으면 충분히 제압할 수 있을 듯했다. 누가 뭐래도 자신은 30대가 아닌가. 무거운 해머를 휘둘러가며 이 집 도 전부 고쳤다. 그러나 석영의 몸은 움직여지지 않았다. 마치 어 린애로 돌아간 기분이었다. 몹시 화가 난 아버지를 올려다보던 그 옛날이 떠올랐다.

"말해선 안 돼!" 남자가 두 팔을 쳐들었다. "평생 동안 난 성공 한 아버지였어. 영원히 애들에게 그렇게 남을 거야! 누구나 자기 애들을 세상으로부터 지켜야 하는 거라고!"

"맞아요. 그렇습니다."

석영은 말했다. 겁에 질린 아이처럼 자그마한 목소리였다.

"그래?"

남자가 두 손을 주춤 거두어들였다.

"그럼요."

"자네는 나를 이해하는군."

맞은편 의자로 와서 남자가 다시 앉았다. 그는 초조한 듯 두 손을 비비다 일어났다. 불 켜진 냉장고에서 소주를 꺼내 뚜껑을 땄다.

"제 아버지는…… 젊을 때 세상을 뜨셨어요."

석영이 말했다.

"저런, 어쩌다?"

남자는 자신의 빈 잔에 술을 따랐다. 그리고 석영의 잔도 채워 주었다. 투명한 술이 조금 넘쳤다.

"저 때문에요."

"자네 때문에?"

술병을 든 채 남자는 서 있었다. 커다란 눈에 동정의 빛이 어렸다. 석영은 술을 마셨다.

"저도…… 사람을 죽였습니다. 제 손으로 죽인 것은 아니지만, 저 때문에 죽은 게 아니라고 할 수도 없죠."

"무슨 얘긴가? 자세히 말해."

남자가 술병을 내려놓았다. 그는 석영의 앞에 마주 앉았다.

224

"열 살 때였는데, 서울에서 제주도로 이사를 왔어요. 무슨 이유에서인지는 모릅니다. 부모님이 도시 생활에 지쳐 있었다는 것밖에. 그분들은 이따금 신혼여행 이야기를 했어요. 제주도에서 즐거웠던 추억을 늘어놓았죠. 그래서인 것 같아요. 어느 날 우린 이사를 했죠. 제주도에서 부모님은 새 직장을 구했어요. 공장에서 일하던 분들인데 농장 일이며 밭일 같은 걸 찾아서 했죠. 제주에서의 삶이 생활이 된 만큼, 신혼여행 기분을 내며 살 수는 없었어요. 힘든 생활이 이어졌죠. 그러다 동생이 태어났어요. 여동생이. 어머니는 태몽으로 새 꿈을 꾸었다 했죠. 바다를 헤엄치는 제비 꿈을 꾸었댔어요. 아기 이름을 제비라고 지었죠."

석영이 또 한 잔 술을 마셨다.

"맞벌이로 바쁜 부모님을 대신해 동생을 돌봤어요. 아기를 업고 바닷가에 나가 고동 같은 걸 땄죠. 어머니는 우리가 따 온 것들을 보고 기뻐했어요. 간장에 버무리거나 된장을 넣고 국을 끓였죠. 우리 엉덩이를 두드려주며 이마에 입을 맞추고."

"어머니들은 그렇지. 나도 어릴 때 남의 텃밭에서 호박 같은 걸 곧잘 훔쳤네. 남의 물건에 손대면 안 된다고 혼을 내면서도 어머니는 밑반찬을 만들어놨어. 새우젓에 버무린 호박무침이 아주 맛있었지."

추억에 젖어 남자가 웃었다. 살벌한 눈빛은 오간 데 없었다. 석영이 말을 이었다.

"동생이 세 살쯤 됐을 때예요. 어느 날 바닷가에 갔는데, 알다시피 아기들은 다루기가 어렵죠. 그날따라 고동이 잡히지 않아 속이 타는데, 자꾸만 우는 거예요. 달래다 지쳐 바닷가에 두고는 고동을 땄죠. 양푼에 가득 따 동생이 있는 데로 갔는데…… 텅 비어 있었어요."

"저런!"

"사흘 뒤에, 동생은 나타났죠. 물에 잔뜩 불어서."

석영이 또 한 잔 술을 마셨다.

"부모님이 상심했겠구먼."

"네. 아버지는 매일같이 술을 드시다 동생을 따라갔어요. 바닷속으로 걸어서 갔죠."

팔을 뻗어, 남자가 석영을 다독거렸다.

"아버지가 잘못했네. 자네를 지켜주지 않았어. 딱하게도."

"여동생을 더 사랑했으니까요."

남자는 천천히 고개를 끄덕였다.

"모두 똑같이 사랑한다고 부모들은 말하지만, 조금 더 사랑하는 자식이 있게 마련이지. 나도 그렇네."

손으로 눈을 가리고 석영이 고개 숙였다. 뜨거운 눈물이 팔뚝을 타고 흘렀다.

"하지만 자네 그걸 알아야 해." 남자가 말했다. "덜 사랑하는 자식이라도, 다른 사람들을 사랑하는 것과는 비교할 수 없이 사랑한다네. 부모의 마음이란 그런 거야."

"안 그런 아버지도 있어요!"

석영은 화를 냈다.

"그렇지. 하지만 난 그런 놈들 얘길 하는 게 아냐. 제대로 된 사람들 얘기를 하는 거지."

남자가 단호히 고개를 끄덕였다.

그날의 술자리가 어떻게 끝났는지 석영은 기억나지 않았다. 끔찍한 두통에 시달리며 정신을 차렸을 때는 이미 아침이었다. 제비가 코를 쥔 채 그의 어깨를 흔들었다.

"사장님, 무슨 술을 이렇게 드셨어요? 누가 왔었어요?"

"아, 손님이."

석영은 말하고 인상을 썼다. 구토가 날 것 같았다.

"이건 또 뭐예요?"

탁자 위에서 제비가 봉투를 집어 들었다. 하쿠다 사진관 로고가 박힌 봉투였다. 작은 필름 조각과 만 원짜리 몇 장 그리고 석영의 다이어리 한 페이지가 뜯긴 채 들어 있었다. 신경질적인 필체로 몇 문장 적혀 있었다.

메뉴판에 촬영 비용이 적혀 있더군. 돈 두고 가네. 주소지는 사진 속 아이 아버지 거야. 아직 거기 살지. 딸이 돌아오길 기다리거든. 이 필름을 자네에게 맡기네. 그 아버지에게 보내든 안 보내든, 자네의 선택에 달려 있어. 이건 일종의 동전 던지기야. 모든 진상이 만천하에 드러나면 자식들에게 과오를 말하겠네. 하지만 그러

지 않으면 나는 존경받는 아버지로 남고 싶어. 자네가 동전을 던
져주게.

석영은 한숨을 내쉬었다. 눈앞이 어지러웠다.

도도한 지질학자

10월 말로 접어들면서 대왕물꾸럭마을에도 억새꽃이 피어났다. 사진관 휴무일인 수요일. 제비는 가슴에 문어 문양이 있는 웨트슈트를 입고 하얀 억새를 어루만지며 바다로 갔다. 보온력을 높이기 위해 내복을 단단히 받쳐 입었다. 잠수에 실패할 경우 겪게 될 '무서운 일'을 상상하며 열심히 훈련을 했다. 일주일에 두세 번 양희가 잠수를 지도해 줬고, 해녀들이 물질을 쉬는 날에는 석영이 도와주었다. 집으로 가면 목포 할망이 차려준 음식이 한 상 있었고, 든든히 먹으면 단잠을 잤다.

오리발을 신고 바다에 들어가 완전 잠수에 성공하던 날, 지도 강사인 양희는 바다를 향해 숨비소리를 크게 내었다. 그토록 밝게 웃는 양희 얼굴을 처음 본 터라 제비는 얼떨떨했다. 거칠게 호흡하며 주위를 보니 먼 데서 물질하던 해녀들이 수면 위로 하나둘 머리를 내밀었다. 그들은 저마다 다른 숨비소리를 내며 제비를 향해 손을 저었다. 가을 찬 바다에서 제비의 몸이 더워졌다. 그만 코끝이 찡해져 제비는 얼굴을 윤슬에 묻었다. 사진으로 남기진 못했지만, 그날 그 장면은 제비의 삶에 영원히 기억될 터였다.

마을 사람들의 그러한 성원에 대해 제비와 석영은 고마움을 느꼈다. 휴일 훈련을 끝내면 그들은 물질을 마친 해녀들의 짐을 나눠 들었다. 성게나 미역 등 채취한 해산물 손질을 돕기도 했다. 이슬비가 내리는 11월 첫 수요일. 제비는 해안가에 앉아 해녀들과 함께 성게 손질을 했다. 빛바랜 천막 아래서, 제비가 칼로 성게를 쪼개면 양희가 티스푼으로 내장을 떠 그릇에 담았다. 외할머니와 함께 엄마를 마중 온 효재는 해녀 탈의실에서 석영과 놀고 있었다. 그들은 사진기를 들고 작업 중인 해녀들을 찍으며 히히 웃었다.

"우리 사장님 왜 싫어해요?"

양희의 귀에 제비가 속닥거렸다.

"뭐?"

한 손에는 성게를 다른 손엔 티스푼을 쥐고 양희가 얼른 눈치를 봤다. 해녀들은 천연스러운 사투리로 자기들끼리 대화를 하고 있었다.

"들었잖아요. 왜 싫어해요? 저런 남자가 또 어디 있다고."

"그 남자는 여기 뿌리내리려 날 찍은 거야. 좋아해서가 아니라."

빠른 손놀림으로 양희가 성게의 누런 내장을 쑥쑥 파냈다.

"그걸 어떻게 알아요?"

"척 보면 알아. 괸당 되려고 하는 거지."

양희가 코웃음 쳤다.

'괸당 되려면 괸당하고 혼인하는 게 제일이라.' 했던 석영의 이야기, 아니 목포 할망의 이야기를 제비는 기억했다. 어쩌면 정말 그런 것일지도 몰랐다.

"그래도 효재랑 노는 건 그냥 두네요?"

제비가 말했다. 양희는 해녀 탈의실을 힐끔 보았다. 석영의 등에 올라타 효재가 한껏 응석을 부렸다.

"이 마을에는 젊은 남자가 드물어. 특히 효재와 재밌게 놀아주는 남자는. 그러니까 어쩔 수 없는 거지."

한숨을 쉬고 양희가 제비의 팔을 툭 쳤다.

"애. 빨리 좀 못 하니? 우리만 뒤처지잖아."

"앗."

제비는 얼른 정신을 차렸다. 가시를 꼼지락대며 바다로 가는 성게를 잡아 칼로 쿡 찔렀다.

작업을 마친 양희가 극구 사양하는데도 석영은 고집을 피워 SUV에 양희네 식구를 전부 태웠다. 이슬비가 오는데 어르신과 아이를 걸릴 수는 없단 거였다. 효재가 조수석에 타고 싶다고 조르는 바람에 제비는 양희와 함께 뒷자리에 탔다. 얼마 전부터 촬영 예약이 몰려 석영은 SUV를 장기로 임대한 터였다.

차로 5분 걸려 도착한 양희의 집은 회색 지붕을 얹은 돌집이었다. 현대식으로 수리를 마쳐 단아하고 깔끔한 인상을 줬다. 손님을 그냥 보내면 안 된다고 효재의 외할머니가 화를 내다시피 해 석영과 제비는 집 안에 들어갔다. 작지만 깨끗한 거실에 오래된 마루가 깔려 있고, 마당을 향해 난 창에는 들꽃 무늬 커튼이 묶여 있었다. 거실 양쪽 벽에 놓인 책장에는 한 뼘의 빈틈도 없이 책들이 꽂혀 있었다. 귤피차를 마시며 제비는 조금 부끄러웠다. 민박집에 찾아와 책이 없음을 의아해하던 양희의 눈빛이 떠올랐기 때문이었다.

'요새 누가 공부하려고 책을 읽니? 느끼려고 읽지.'

양희의 목소리가 귓가에 생생했다. 이렇게 많은 책을 읽으며 양희가 무엇을 느꼈을지 제비는 궁금했다. 그리고 아직도 그토록 뭔가를 느끼고 싶은지, 무엇을 느끼고 싶은지 궁금했다.

"책이 참 많구나."

효재의 머리를 쓰다듬으며 석영이 거실을 둘러보았다. 차를 내오기만 했을 뿐 양희는 자기 방으로 들어가고 없었다. 효재는 계속해서 석영의 사진기를 만지작거렸다. 그것은 필름 사진기였다. 제비는 석영을 봤다. 그는 좀처럼 그 얘기를 하려고 들지 않았다. 무슨 일이 있어도 내일은 꼭 다짐을 받아야겠다고 제비는 생각했다.

"응. 우리 어멍, 영어 번역 일 호난."

효재가 말했다. 자랑스러운 목소리였다.

"번역?"

석영과 제비가 동시에 되물었다. 해녀의 수입만으론 부족해 부업을 한다던 양희의 말을 제비는 떠올렸다. 어쩌면 그것이 본업이고 해녀 일이 부업인지도 모른다는 생각이 들었다.

다음 날 아침. 하늘은 깨끗이 개어 있었다. 바람이 강하게 불어 동그란 렌즈구름이 층층이 밀려들었다. 목요일 오전엔 늘 그렇듯 제비와 석영은 사진관 청소를 했다. 갤러리 창과 출입문을 열자 맞바람이 쳐 상쾌했다. 평소와 달리 그들은 말이 없었다. 시시한 장난도 치지 않았다. 벨이 두 귀를 쫑긋하고 머리를 갸웃했다. 탁자 닦은 행주를 끓는 물에 소독하고 제비는 앞치마를 벗었다. 빳빳이 다려둔 새 앞치마를 수납장에서 꺼내 입었다. 석영은 물걸레를 빨아 꼭 짜고 야자나무 뒤에 널었다.

"그 필름, 보내야 해요!"

가게로 들어온 석영을 향해 제비가 소리쳤다.

"나도 그렇게 생각하지만……."

화장실로 가 석영은 손을 씻었다. 그는 앞치마를 벗고 카운터 안으로 들어왔다. 셔츠 위에서 스테판 거츠가 환하게 웃고 있었다. 제비가 수납장을 열고 앞치마를 꺼내주었다.

"왜 망설이는지 이해가 안 돼요. 사장님이 실종된 아이 아빠라고 생각해 보세요!"

233

"하지만…… 그 사람 자식들은 어떻게 되겠어."

석영은 새 앞치마를 펼쳐 공중에 털고 허리에 둘렀다.

"지금까지 행복하게 살았잖아요?"

제비가 씩씩댔다.

"그게 잘못이야? 행복한 사람들은 인생의 어떤 순간에 재난을 당해 그 대가를 치러야 하는 거냐고. 그건 아니잖아."

"재난을 일으킨 건 그 아버지예요. 사장님이 아니라!"

답답한 나머지 제비는 고개를 가로저었다. 벨이 초조한 듯 혓바닥으로 코를 핥았다.

"꼭 그렇게 말할 순 없지." 석영이 벨을 안았다. "게다가 그 노인, 지금 사는 게 사는 거겠니? 행여 내가 필름을 보내진 않았을까 두려워하며 하루하루 괴로워할걸. 재판을 받거나 감옥에 갇히는 것보다 지금 더 커다란 고통을 느낄 거야."

"그건 사장님 짐작이죠. 좋아요. 동전 던지기로 해요!"

제비가 주머니에서 동전을 꺼내 들었다. 갓 찍어낸 듯 빛나는 백 원이었다.

"뭐?"

"그 사람이 편지에 썼잖아요. 이건 일종의 동전 던지기라고. 그러니까 동전을 던져요. 앞면이 나오면 보내고, 뒷면이 나오면 보내지 않는 거예요. 됐죠?"

석영은 말이 없었다. 갤러리에서 출입문을 향해 제비가 동전을 냅다 던졌다. 공놀이로 착각했는지, 벨이 몸부림쳐 바닥으로 내

234

려갔다. 행여나 동전을 삼킬까 봐 석영이 벨을 얼른 안았다. 동전은 에폭시로 코팅한 사진관 바닥을 맹렬히 굴러갔다. 그렇게 오래 굴러갈 줄 몰랐던 터라 두 사람은 재빨리 동전을 따라갔다. 빛나는 백 원은 출입문을 지나 마당에 박아둔 현무암에 튕겨 솟았다. 그러더니 한순간 하수구로 폭 빠졌다. 제비와 석영은 서둘러 구멍을 들여다봤다. 물 흐르는 소리만 날 뿐, 아무것도 보이지 않았다.

"아아."

두 사람은 동시에 어깨를 늘어뜨렸다.

진동이 울려 석영은 주머니에서 휴대폰을 꺼냈다.

"형진이 형. 무슨 일이에요?"

음량 설정을 크게 해두어 제비의 귀에도 유나 아빠의 말이 들렸다.

"손님이 갈 거야, 금방. 사구에서 사진 찍던 분인데, 우리 가게에서 문어빵 팔아줬어. 이틀이나 장사해 줬지. 그 손님이 중요한 말을 했는데……."

"여보. 그 말 하려는 거 아니잖아."

가까이에서 유나 엄마의 목소리가 들렸다. "아, 우, 어." 옹알이하는 유나의 소리도 자그맣게 들려왔다.

"아, 그렇지. 그게 중요한 게 아니고 사진기가……."

"사진기요?"

석영이 눈살을 찌푸렸다.

"응. 그게 되는지 모르겠어. 일단 가보라고 했는데."

"뭐가 된다는 거예요? 그거라니."

통화를 하는 사이 검은색 경차가 언덕을 올라왔다. 휴대폰을 귀에 댄 채 석영은 고개 숙였다. 두 손으로 앞치마를 펴고 제비도 출입문 앞에 똑바로 섰다.

"아, 지금 오셨어요."

"까만 스파크? 그럼 맞아. 잘해봐."

유나 아빠가 전화를 뚝 끊었다.

차에서 내린 손님은 행색이 특이했다. 바닷가에 놀러 온 사람이라기보다 산 타는 사람 같았다. 챙 넓은 모자에 선글라스를 꼈고 체크무늬 셔츠를 입었다. 아웃도어 팬츠에 등산화 차림이었다. 작은 산을 넘은 듯 몸짓이 지쳐 보였다. 조수석에 기대 손님은 뭔가를 집어 들었다. 그것은 제비와 석영에게 아주 익숙한 물건이었다.

"사진기 수리돼요?"

물건을 들어 보이며 손님이 물었다. 몸체가 부서져 내부가 얼핏 보였다. 제조사와 기종을 석영은 한눈에 알아챘다.

"거울이 깨졌네요. 이렇게까지 손상된 건 제 능력 밖입니다. 전문 수리점에 가셔야 해요. 아예…… 새로 사는 게 나을 수도 있겠네요."

고개를 숙이고 손님이 작은 소리로 욕을 했다. 석영과 제비는 놀라서 눈을 맞췄다.

"그럼. 좀 빌릴 수 있어요? 수리받고 어쩌고 할 시간이 없어서요."

손님이 선글라스를 벗어 들었다. 20대 후반의 젊은 여자였다.

"사진기를 빌려달라고요?"

제비가 되물었다.

"대여는 안 합니다. 찍어드릴 순 있지만."

석영이 말했다.

한 손을 배에 얹더니 손님이 하하 웃었다. 무심히 쏘아보며 입으로만 소리를 내는, 전형적인 비웃음이었다.

"아니. 절대로 못 해."

손님이 말했다.

"못 하다니. 뭘요?"

석영이 되물었다.

거만하게 턱을 들고 손님이 석영을 봤다.

"당신이, 찍을 수 없다고요. 내 사진. 아무나 찍을 수 있는 사진이 아니에요."

"우리 사장님 '아무나' 아니에요! 뛰어난 사진작가라고요!"

제비가 소리쳤다. 석영이 말릴 새도 없이 손님의 팔을 끌고 가게로 갔다. 팔을 빼려 버둥대면서 손님이 끌려갔다. 상체를 낮추고 벨이 꼬리를 막 흔들었다.

"보세요!"

눈을 부릅뜨고 제비가 카운터 뒤편을 손으로 가리켰다. 석영의 사진대전 상장과 수상 작품이 액자에 담겨 있었다. 들이치는 햇볕을 받아 표면이 반짝거렸다. 민망한 나머지 석영은 돌아섰다. 그는 손으로 낯을 가리고 갤러리로 도망쳤다. 벨이 다가와 그 앞에 드러누웠다. 배를 뒤집고 버둥거렸다.

"뭐야. 이름이…… Quartz?"

팔뚝을 어루만지며 손님이 액자를 봤다. 실눈을 뜨고 입술을 달싹대면서 꼼꼼히 내용을 읽고 있었다.

"알겠어요. 공인된 분이구나?" 손님이 고개를 끄덕였다. "연구하는 사람으로서, 나는 공인된 분들 존중해요."

씩씩하게 걸어서 손님이 갤러리로 갔다. 그는 석영의 앞에 서서 오른손을 쓱 내밀었다.

"제주대에서 박사과정 밟는 최송화라고 해요. 채송화가 아니고 최, 송화. 제주 해안 퇴적물을 연구하죠."

벨의 배를 어루만지다 석영이 일어났다. 그는 앞치마에 손을 닦고 손님의 눈치를 봤다. 손님이 그 손을 맞잡고 흔들었다.

"내가 찍는 건 사람이 아니에요. 돌이지."

석영은 말이 없었다.

"사장님이 아무리 훌륭한 작가라도, 내가 뭘 찍으려는지 알 순 없죠. 여기 사진관 아래 절벽, 주상절리인 건 아시죠? 근데 거기서 내가 관심 갖고 찍으려는 게 돌의 어떤 부분인지, 어떤 각도로 찍어야 하는지, 사장님이 알 수는 없지 않겠어요? 내 말은 그런 뜻이에요. 이건 학술 사진이니까."

"학술 사진도 사진이죠. 우리 사장님 못 찍는 사진 없어요!"

야무진 말투로 제비가 끼어들었다.

'그, 만, 해.'

제비를 향해 석영이 소리 없이 벙긋거렸다. 웃는 듯 마는 듯 묘한 눈으로 손님이 제비를 봤다. 경멸하는 것도 비웃는 것도 아니고 그저 무엇을 관찰하는 듯한 시선이었다. 석영이 다가가 제비의 손을 잡았다. 마당으로 데려가 야자수 앞에 세웠다. 창문 너머로 보니 손님은 갤러리에서 사진들을 보고 있었다.

"제비야, 너 왜 그래?"

석영이 소곤거렸다.

"사장님이야말로 왜 그러세요?" 제비는 검지 끝으로 석영의 셔츠를 가리켰다. "이 사람이 찍은 걸 참고하면 되잖아요."

석영은 셔츠를 내려다봤다. 스테판 거츠가 입을 벌린 채 웃고 있었다. 석영은 힘없이 어깨를 늘어뜨렸다.

"없어."

"뭐가요?"

"스테판 거츠는 학술 사진 같은 거 찍은 적 없다고."

"아 진짜?"

제비가 손으로 입을 가렸다. 눈알을 굴리며 뭔가를 생각하더니 갑자기 히죽 웃었다.

"그럼 사장님 이제 배워야겠네요."

"뭘?"

"저분도 손님이잖아요? 놓칠 순 없죠." 샐쭉한 표정을 지으며 제비는 엄지와 검지를 살살 비볐다. "저 손님한테 가르쳐달라 하세요. 비용은 깎아준다 하고. 어차피 오늘 예약도 없잖아요?"

"뭘 가르쳐달라는 거야. 촬영 기법을?"

"그래요. 사장님 말하기 힘들면 제가 할게요."

돌아선 제비를 석영이 얼른 잡았다. 제비가 석영을 힐끗 보았다.

"2층은 은행 것. 아니에요? 이자 내야죠."

두 사람이 속삭이며 실랑이하는 사이 벨이 손님 주변을 알짱거렸다. 혀 차는 소리를 내며 손님이 저를 귀여워하자 앞발을 들어 신발에 얹고 꼬리를 막 흔들었다.

"얘 이름이 뭐예요?"

강아지 머리를 쓰다듬으며 손님이 물어보았다.

"벨이에요."

제비가 대꾸했다.

"벨? 종소리? 초인종?"

"아뇨. 제주방언으로 별을 벨이라고 합니다."

석영이 말했다.

'뭐야, 그런 거였어?'

제비는 심술이 났다. 벨의 중요한 비밀을 처음 본 손님에게 빼앗긴 기분이었다. 하지만 석영은 그런 대화로 긴장이 풀렸는지 손님을 향해 조금씩 갔다.

"저…… 손님. 하쿠다 사진관에서는 장비 대여를 안 합니다. 경영 원칙이에요."

"그렇군요. 할 수 없죠."

손님이 일어났다. 그대로 가게를 나갈 태세였다. 멋쩍게 웃으며 석영이 그 앞을 얼른 막았다.

"할인해 드릴게요, 촬영비. 저…… 그 학술 사진이라는 거 찍는 법을 가르쳐주시면."

"그렇게까지……. 작가분이……."

뜻밖의 제안에 손님은 당황한 눈치였다. 그는 상장과 석영의 얼굴을 번갈아 봤다.

"작가도 먹고살아야 하니까요."

민망한 듯 석영은 목덜미를 쓱쓱 만졌다.

"많이는 못 드려요. 전 대학원생이고…… 아시는지 모르겠지만 형편이 넉넉지 않은 부류에 속하거든요."

제비가 재빨리 메뉴판을 집어 손님에게 주었다.

"야외 스냅 비용. 50% 할인. 어때요?"

"30%요."

제비가 얼른 나섰다.

각진 턱을 들고 손님이 제비를 내려다봤다.

"40."

"35요."

한숨을 쉬며, 손님이 시계를 슬쩍 보았다.

"좋아요. 대신 짐은 모두 들어주셔야 해요."

손짓을 하며 손님이 앞서 나갔다. 따라오라는 신호였다.

까만색 스파크 트렁크에는 이삿짐센터에서나 볼 법한 플라스틱 트레이가 놓여 있었다. 망치며 정 같은 공구와 각종 단말기 그리고 헬멧이 그 안에 들어 있었다. 지질학자는 그 모든 걸 백팩에 담아 석영의 품에 덜렁 안겼다.

"제 논문 주제는 제주도 대문리 사구와 주상절리의 형성 과정이에요. 저쪽 사구는 다 찍었는데. 젠장, 사진기를 미끄러뜨리는 바람에. 지금부터 요 아래 주상절리를 찍어야 해요. 우선 조감도를 찍어야 하니까 방파제로 갑시다."

석영은 손님의 가방을 받아 SUV에 조심스레 실었다. 그리고 사진관으로 들어가 장비를 챙겨 나왔다. 수중촬영을 하는 것도 아닌데 고프로 카메라에 방수 하우징을 씌워놓았다. 하얀색 SUV가 언덕길을 기분 좋게 굴러갔다. 제비는 슬그머니 차창을 내렸다. 건조한 가을바람이 나른하게 불어왔다. 동네 풍경을 보는 체하며 제비는 석영을 슬쩍 보았다. 프리다이빙 촬영 이후, 제비는 석영에 대한 연정을 고이 접었다. 구남친과의 과거 때문에 그런 것도 있지만 그게 전부는 아니었다. 그들 사이에서 뭔가가 일어났다. 어떤 화학작용이. 그것은 깊은 밤 다녀간 손님과 관계가 있을지 모른다고 제비는 생각했다. 과학적인 근거 같은 건 없었다. 그것은 여자의 직감이니까. 갤러리 벽에 걸린 노인의 독사진을 보고 있으면 그런 확신이 들었다. 그 노인이 사진관 안에서 뭔가를 일으켰다고.

방파제에 도착하자 지질학자는 차에서 내려 기지개를 켰다. 하쿠다 사진관과 그 아래 절벽이 바다 건너 보였다. 그 관점에서 사진관을 보기는 처음이어서 제비는 마음이 싱숭생숭했다. 뭔가 신비한 일이 벌어질 것 같았다.

"저기를 전부 찍어야 해요."

등산복 차림의 학자가 검지를 뻗어 왼쪽에서 오른쪽까지 길게 그었다. 사진관 밑 낭떠러지, 마을 사람들이 '꽃샘기정'이라 일컫는 200미터 길이의 해안 일대를 전부 찍어야 했다. 길쭉한 절벽 풍광이 흡사 케이크의 단면 같았다. 허브 가루가 솔솔 뿌려진 블루치즈케이크의 단면.

"꽃샘기정에서 현무암질 용암류가 발견됐다는 보고가 있었어요. 최근 논문에."

지질학자가 말했다.

"현무…… 용암요?"

석영과 제비는 의아한 눈으로 손님의 꼭뒤를 봤다.

"현무암질 용암류. 지금은 현무암이 된, 원래 용암이었던 것의 흔적이요." 지질학자가 말했다. 그는 팔을 뻗어 크게 휘둘렀다. "여러 컷 찍어 파노라마로 만들어야 해요. 그런 다음 다시 저쪽으로 가 근접 사진을 찍고 용암류 시료를 채취할 거예요. 야외 지질 조사라고 하는 건데, 걸어가며 관찰하다 화산암을 좀 떼내는 거죠. 연구실로 가 박편을 만들고 분석할 거예요. 논문을 써야 하니까.”

“박편이요?”

석영이 물었다.

“돌을 유리판에 붙이고 0.03밀리미터 정도로 갈아낸 거예요. 현미경으로 볼 수 있게.”

지질학자가 답했다.

“논문이라고요? 그럼 우리 사장님 이름도 들어가요? ‘포토 바이’ 해서?”

제비가 끼어들었다.

“내 이름이 거기 왜 들어가.”

석영의 얼굴이 발갛게 달아올랐다.

“써드리죠. 촬영 비용도 할인해 주셨으니까.”

지질학자가 말했다.

손님의 지시에 따라 석영은 파노라마를 찍었다. 뷰파인더를 통해 보아도 근사한 풍경이었다. 지질학자가 다가와 찍은 사진을 모니터링했다. 두 눈이 크게 떠졌다.

“뭐야 뭐야. 논문 사진이 이럴 일이야? 구도랑 빛 표현 뭔데?”

지질학자가 사진과 석영을 번갈아 봤다. 귀와 목덜미까지 석영의 살갗이 불긋해졌다.

“근데…… 이걸 왜 찍으시는 거예요? 이게 그 용암류인가 하는 건가요?”

석영이 물었다.

"맞아요." 지질학자가 버튼을 눌러 사진을 확대했다. "이 멋진 흐름 좀 봐요. 이 일대가 전부 용암류예요. 아래쪽에 불그스름한 가로층. 이건 용암이 흘러간 흔적이죠. 위쪽은 용암이 튀어 푹푹 파였고 오랜 시간 바람에 깎여 빗살무늬로 상처 났어요. 상상해 봐요! 저쪽에서 이쪽으로 뜨거운 용암이 흘러간 거예요!"

지질학자가 휙 돌아서 해안 일대를 가리켰다.

"우리 동네에 용암이 흘렀다니 기분이 이상해요." 제비가 말했다. "제주가 화산섬인 건 알았지만 그래도⋯⋯."

"이 마을은 대략 53만 년 전에 생겼어요." 지질학자가 말했다. "화산에서 흘러나온 용암이 굳어서 지반을 형성한 거죠."

"우아! 우리가 그때 없었길 천만다행이다!"

제비가 하하 웃었다.

"그렇죠. 하지만 그런 일은 다시 일어날 수 있어요. 지금도, 얼마든지."

지질학자의 단호한 말투에 두 사람은 놀랐다.

"제주 일대는 언제든 다시 폭발할 수 있어요. 한라산은 활화산이니까. 천 년 동안 쉬긴 했지만, 지구 입장에서 그건 하품을 하는 정도로 짧은 시간이죠. 지구의 관점에서 우리는 하루살이랑 비슷해요. 그런데도 논문을 쓴다는 둥 퇴짜를 놓는다는 둥 아등바등 살아가죠."

세 사람은 나란히 방파제를 걸어 SUV에 올랐다. 벼랑 아래로 돌아갈 시간이었다. 석영이 운전대를 잡았고 뒷좌석에 앉은 지질학자가 등받이를 젖혔다. 그는 창밖을 보고 있었다. 평평한 지반에 형성된 바닷가 마을이 소박하게 흘러갔다. 당근밭을 침범해 자란 억새를 웬 노인이 낫으로 베고 있었다.

"용암 분출을 무서운 재앙으로만 볼 건 아니에요." 지질학자가 말했다. "어쨌건 용암이 흘러 이 마을이 생긴 거니까. 용암 분출이 없었다면 오늘 이 마을도 없고, 우리도 서로 만날 일이 없었죠."

벼랑 아래 차를 세우고 세 사람은 걸었다. 석영과 제비는 짐 가방을 짊어져 걸음이 무거웠고, 지질학자는 가볍게 휘휘 걸었다. 주상절리가 가까워오자 그는 노인처럼 허리를 구부렸다. 그리고 답답할 만큼 느린 속도로 미적거렸다. 석영과 제비의 눈에 비슷해 보이는 돌들을 지질학자는 보고 또 봤다.

"여기 좀 찍어야겠어요."

지질학자가 허리를 폈다.

"뭘 찾은 거죠?"

하품을 참으며 제비가 물었다. 사진기를 눈에 대고 석영은 지질학자의 손끝을 봤다.

"이게 안 보여요? 해수면 부근에 괴상의 사질층이 있는데."

"괴상…… 층?"

지질학자의 손이 가리킨 곳을 석영은 봤다. 뷰파인더를 눈에 대고 움직이다 바닷물에 발이 빠졌다. 움찔할 만도 한데 꿈쩍도 않는 석영을 보고 제비는 감탄했다. 수중촬영이 아닌데도 사진기에 방수 하우징을 씌운 이유를 그제야 알 것 같았다.

"아무 무늬 없는 모래 퇴적층이요. 여기." 지질학자가 말했다. 물을 조심하면서 그는 석영의 곁으로 갔다. "그리고 여기 자황색 니질층, 그러니까 자줏빛 도는 노란색 진흙층 있죠? 자세히 보세요. 더 가까이. 이 진흙층 내에 직경 2밀리미터 이내의 화산재가 불규칙적으로 섞여 있어요. 어머 뭐야? 이거 화석 아냐?"

"화석요?"

소니 RX0로 두 사람을 찍다 말고 제비가 가까이 갔다.

"근데…… 지금 나를 찍는 거예요? 왜?"

지질학자가 돌아보았다. 실눈을 뜨고 있었다.

"사진을 배우고 있거든요. 견습생이라. 양해 부탁드려요."

석영이 머리 숙였다.

"학생이야?"

지질학자는 화석으로 눈을 돌렸다.

"길쭉한 게 여러 줄 있네……. 이게 뭘까? 바다뱀인가?"

길고 올록볼록한 암석을 지질학자가 어루만졌다. 굵기가 얼추 사람 팔뚝만 했다. 제비도 가까이에서 그것을 봤다. 처음에는 알쏭달쏭 골치가 아팠는데 어느 순간 머릿속이 깨끗해졌다.

"알아요! 나 이게 뭔지!"

제비가 소리쳤다. 두 사람이 돌아보았다. 미심쩍은 눈치였다.

"물꾸럭이에요. 문어!"

"문어?"

지질학자가 화석에 두 눈을 댔다. 석영은 렌즈를 가까이 댔다가 떼고 초점을 다시 맞췄다.

"네. 선이 길쭉하면서 끝이 가늘고 간간이 동그란 무늬가 있죠? 이거 빨판이에요. 엄청 큰 물꾸럭이라고요. 대왕물꾸럭!"

"와, 듣고 보니 그런 것 같아. 이거 찍어요 사장님!" 지질학자가 손뼉을 쳤다. 그는 휴대폰을 꺼내 매우 빠른 속도로 타자를 쳤다. 관련 논문을 검색해 보는 모양이었다. "문어 화석이라니. 완전 희귀한 거예요! 와, 대박."

'내가 엄청난 발견을 했나?'

제비의 심장이 두근거렸다. 자신이 지질학적 발견, 아니 생물학적 발견을 해낸 거라면 학자들을 만나고, 나아가 뉴스 인터뷰를 할 수도 있었다. 그러면 하쿠다 사진관을 배경으로 촬영을 해야겠다고 제비는 생각했다. 손님이 많이 들 테니.

석영은 사진기를 든 채 고개를 갸웃했다.

"문어라니. 그렇게 연약한 것이 뜨거운 용암에 흔적을 남길 수 있나?"

"중생대 쥐라기에 유명한 암모나이트도 문어 같은 연체동물이에요. 아주 빠른 시간에 침전물이 쌓이면 불가능한 일은 아니죠."

지질학자가 말했다.

"사질이니 니질이니, 신기하네요. 저는 이게 다 그냥 현무암인 줄 알았어요."

제비가 쭈뼛거렸다.

"우리 모두 그냥 사람이 아니잖아요? 돌들도 마찬가지죠. 여기 보세요. 이 벽에 덩어리가 생겼죠? 가로로 쏠려나가는 위쪽 층과 쏠려가지 않으려는 아래쪽 층이 부딪혀 이런 갈등이 생긴 거예요. 여기 반짝거리는 것 보여요? 현미경으로 보면 이게 휘석임을 분명히 알 수 있죠. 마그네슘, 철, 티타늄 등 원소가 섞인 광물을 휘석이라고 해요. 즉, 이건 그냥 현무암이 아니라 '반상감람석휘석현무암'일 가능성이 높다는 거죠. 그냥 현무암이 아니고."

어리벙벙한 표정으로 제비는 서 있었다. 석영도 물끄러미 지질학자를 봤다.

"자, 여기로 올라와요!"

능숙한 솜씨로 지질학자가 암석을 기어올랐다. 사진기를 가방에 넣고 짐을 챙겨 석영과 제비도 따라서 갔다. 전에는 그저 돌벼랑인 줄 알았는데, 나무들이 줄줄이 늘어선 구역이 있었다.

"이런 데 토양층이 있다니 신기하죠? 화산활동 휴지기 동안 형성된 거예요. 즉, 이 벼랑은 단번에 형성된 암석층이 아니란 거죠."

지질학자의 말을 들으며 제비는 다른 생각을 했다.

'대체 나는 어떤 사람일까? 여자이면서 20대. 실패한 엄마이면서 사진관 보조. 나도 그냥 사람이 아니라 〈여자20대엄마보조사람〉 뭐 그렇게 불려야 할까?'

돌을 보면 그게 뭔지 한 번에 알아맞히는 지질학자의 능력이 제비는 부러웠다. 사람도 그렇게 보고 알 수 있다면 어떨까 궁금했다. 자기도 모르게 제비는 도리질했다.

"어머, 여기 응회암 사이에 조면암이 있네? 이 덩어리 좀 찍어주세요."

지질학자가 바닥에 쪼그려 앉았다. 석영이 다가가 렌즈를 들이댔다.

"잠깐만요. 이것 좀 놓고."

주머니에서 작은 자를 꺼내 지질학자가 돌 옆에 뒀다. 15센티미터짜리 쇠자였다.

"크기를 알아야 하는군요?"

"그럼요. 이건 과학 논문이니까. 뭐든 정확해야 해요." 지질학자가 말했다. "가만, 이건 채취 좀 해야겠어."

망치와 정을 가지고 조면암을 쪼는 지질학자의 모습을 제비는 사진 찍었다. 자기 일에 열중한 모습이 멋지게 느껴졌다.

"학자들끼리 둘러앉아 논문 이야기 하면 근사할 것 같아요." 제비가 속삭였다. "있잖아요, 아무리 어려운 용어를 써도 서로 다 알아듣죠?"

"아뇨." 조면암을 쪼개며 지질학자가 한숨 쉬었다. "논문 발표는 컴퓨터하고 대화하는 거랑 똑같아요. 융통성 없는 기계가 어떤 의문도 제시할 수 없게 정확한 자료와 수치를 제공해야 하죠. 그리고 용어는, 반드시 그 컴퓨터가 이해할 수 있는 언어만을 써야 해요. 안 그러면 오류가 나서 컴퓨터가 망가지거든. 막 폭발하기도 하고."

누리끼리한 광목 주머니에 조면암을 넣고 지질학자가 낄낄거
렸다. 제비는 그런 학자의 얼굴을 얼른 찍었다. 석영이 제비의 팔
을 툭 쳤기 때문이었다.

고개를 숙이고 석영은 자기가 찍은 사진을 모니터링했다. 검은
점이 알알이 박힌 돌의 표면은 단조롭기 그지없었다. 여태껏 그
는 사람들을 촬영했다. 대체로 웃음 짓는, 어떤 표정을 가진 사람
들을. 그러나 조면암에는 표정이 없었다. 그는 바다나 숲 같은 풍
경을 촬영한 적 있지만 그것도 이토록 단조롭지는 않았다. 어떤
분위기랄까 정취랄까 하는 것이 있었으니까. 스테판 거츠의 얼굴
이 슬며시 떠올랐다. 지금 석영은 어느 때보다 진지하게 촬영을
하고 있었다. 하지만 스스로 의미를 알고 사진을 찍는 건 아니었
다. 지질학자가 봐주지 않으면 의미를 찾을 수 없고 누구도 관심
갖지 않을 뭔가를, 그는 찍었다. 문득 그는 자신에게 일을 맡긴 사
람이 궁금해졌다. 이 학자는 무엇 때문에 돌을 연구하는지, 어째
서 이런 것에 관심을 갖게 됐는지 궁금했다. 사구와 주상절리의
형성 과정을 알아서 누구에게 어떤 기쁨을 줄 수 있을까? 아니면
그것이 누구나 알아야 마땅한 고발의 대상이라도 되는 것일까?

"심심하지 않아요? 왜 이런 걸 좋아해요?"

망설이다가 석영은 입을 뗐다. 지질학자는 바지를 손으로 털며
자리에서 일어났다.

"이런 거?"

석영은 사진기 액정 모니터를 상대에게 보여주었다.

"보세요. 배경도 없고 표정도 없잖아요. 근데 어째서……."

"여기 왜 배경이 없어요? 여기 왜 표정이 없어?"

지질학자가 발끈했다. 망치와 정을 들고 다가서는 모습이 사뭇 위협적이었다. 당황한 석영이 제비를 돌아봤다. 그러나 '사장님 진짜 둔하다.' 하는 표정을 짓고 제비도 석영을 보고 있었다. 두 사람은 같은 편이라도 되는 양 나란히 서 있었다.

"어떤……?"

석영이 말을 흐렸다.

"배경은 시대죠. 53만 년 전 여기서 마그마가 분출했다고 알려 줬잖아요."

지질학자가 말했다. 제비도 곁에서 고개를 끄덕였다.

"표정이 없다니. 얘 뻣뻣하게 서서 쪼개진 거 안 보여요?"

손을 뻗어, 지질학자가 주상절리를 더듬었다.

"눈이 그래서 어째? 아까 그 상은 땅따먹기로 땄나?"

"아이, 그렇게까지 말할 건 없잖아요."

제비가 팔꿈치로 지질학자를 쿡 찔렀다.

"그러네. 미안해요." 지질학자가 말했다. "하지만 여기 표정이 없다니. 진짜 그건 아니지. 안 그래요?"

제비가 고개를 끄덕였다. 좁은 길을 앞서거니 뒤서거니 하며 두 여자가 걸어갔다. 가만히 서서 석영은 머리를 긁적였다. 사진 을 찍는다는 것은 대상을 끝없이 이해해야 하는 일임을 그는 잊고 있었다. 사진관을 열고 바쁘게 일하는 사이 가장 중요한 것을 잊은 것이다. 더 많은 고객을 만나야겠다고 그는 생각했다. 그래서 그들의 이야기를 들어야겠다고. 멍하니 섰다가 석영은 사진기를 들어 올렸다. 그는 두 여자의 뒷모습을 찰칵 찍었다.

코발트빛 바다에 하늘하늘 노을이 질 때, 야외 지질 조사는 끝이 났다. 채취한 암석을 담은 주머니를 일일이 확인한 뒤에 지질학자가 가방을 멨다.

"이리 주세요."

석영이 손을 내밀었으나 지질학자는 손사래 쳤다.

"이건 제가 메요. 중요한 시료니까."

순간, 지질학자의 배에서 꼬르륵 소리가 났다. 무척 크게 소리가 나서 세 사람은 움찔했다. 웃음을 참지 못하고 제비가 고개 돌렸다. 쿡쿡 소리가 새어 나왔다.

"저녁 드시고 가세요."

석영이 나긋하게 말했다.

"그럴 돈까지는 없어요. 촬영비를 내면 이번 달 생활비가 빠듯할 거라."

지질학자가 손으로 배낭끈을 문질렀다.

"저희 먹을 건데 숟가락만 놓는 거예요. 들고 가세요."

석영이 말하고 앞서 걸었다.

"드시고 가요."

제비가 생긋 웃으며 지질학자의 팔짱을 꼈다. 머뭇대다가 지질학자가 고개를 끄덕였다. 세 사람 모두 가방을 지고 있었다.

"원래는 디너파티를 하는 게 옵션이에요."

제비가 쫑알거렸다.

"디너파티?"

"네. '포토 뷰 파티'라고 그날 찍은 사진 수백 장을 손님들께 보여드려요. 맛있는 음식도 내드리고. 그럼 손님들이 사진 보며 대화를 하고, 우린 그 파티를 또 사진으로 찍어 서비스로 드리는 거죠."

"대단한데? 나도 꼭 해보고 싶어."

지질학자가 말했다.

"'포토 뷰 파티'는 오늘도 할 수 있어요."

석영이 돌아보았다.

"하지만 그럴 돈이……."

"괜찮아요. 학술 촬영 기법을 가르쳐주셨잖아요. 그 대가라고 생각하세요. 제가 뭘 어떻게 찍었는지 자세히 보고 싶기도 하고요."

세 사람은 간단히 씻고 다 함께 저녁 준비를 했다. 챙 모자를 벗고 세수를 한 지질학자가 눌린 머리에 머리띠를 했다. 수정 원석이 프린트된 하얀색 머리띠였다. 제비는 해녀들을 돕고 얻은 성게를 조심조심 씻고, 지질학자는 비빔밥에 넣을 야채를 잘게 잘랐다.

석영은 컴퓨터 앞에 앉아 습관처럼 사진을 고르려다가 멈칫했다. 그럴 필요가 없다는 것을 그는 깨달았다. 자기에게는 사진을 선별할 권한도 그럴 안목도 없는 거였다. 그것은 지질학자가 연구실에서 할 일이었다. 지난 휴일, 바닷가에서 효재와 놀다 잡은 보말을 석영은 비벼 닦았다. 한라봉 같은 태양이 바다에 잠기는 것도 모르고, 세 사람은 정신없이 식사를 했다. 성게비빔밥도 맛있었지만 보말 넣은 된장국이 일품이었다. 수저를 놓은 뒤에야 지질학자는 창밖을 봤다. 그득한 배를 손으로 문지르면서 편하게 등을 기댔다.

"우아…… 참 좋겠다. 이런 데서 논문 파티 하면."

"논문 파티요?"

제비의 눈이 번쩍 뜨였다.

"응. 박사논문은 쓰는 것도 어렵고 통과되기도 어려우니까, 학위 마치면 모여서 파티 하거든. 하지만 난 어울리는 사람이 별로 없어서……."

"왜요?"

먹은 그릇을 치우며, 제비가 물었다. 지질학자가 일어나 식기 정리를 도와주었다.

"육지에서 왔거든. 여기 학생들은 대부분 제주 토박이야. 텃세랄까……. 그런 게 좀 있다 생각해. 웃긴 얘기는 자기들끼리 사투리로만 하고……. 아마 언젠가 떠날 사람이라 생각하나 봐, 나를."

지질학자가 언제부터인가 반말을 하고 있단 걸 제비는 알아챘다. 그걸 지적해야 좋을지 고민했지만 기분이 나쁘지 않아 가만있었다.

"그럼 여기에 계속 살 생각인가요?"

행주를 접어 석영이 탁자를 쓱쓱 닦았다.

"모르겠어요. 취직하면요. 하지만 그건 마찬가지 아니냐고요. 그 학생들도."

"이번 당번은 사장님이에요."

제비는 싱크대에 식기를 놓고 물로 적셨다.

"벌써 그렇게 됐나?"

행주를 쥐고 석영이 한숨 쉬었다. 어림없다는 표정을 지으며 제비가 돌아섰다. 개수대로 간 석영이 설거지하는 사이, 제비는 가게를 환기시키려 창문을 열었다. 맞은편 출입문도 밀어서 활짝 여는데 벨이 신나서 뛰쳐나갔다. 야자나무며 수국이며 여기저기 코를 박고 정신없이 쿵쿵대다가 갑자기 돌아서 왈왈 짖었다. 가파른 언덕길로 누군가가 오고 있었다. 늦은 시간 웬 손님인가 싶어 제비는 앞치마를 빳빳이 폈다. 스테인드글라스같이 화려한 셔츠를 입고, 초로의 사내가 모습을 드러냈다.

"어머, 어머."

제비는 어쩔 줄 모르고 허둥거렸다.

"웨잇. 저스트 미닛. 플리즈!"

후다닥 뛰어 제비는 주방으로 갔다. 그리고 콩콩 뛰었다.

"사, 사, 사, 사장님! 그 사람 왔어요!"

"그 사람? 누구?"

회색 고무장갑을 낀 채 석영이 돌아봤다. 제비가 손을 떨며 석영의 셔츠를 가리켰다.

"그, 그 사람요! 셔츠 속 남자!"

"무슨 소리를 하는 거야……."

석영은 연신 그릇을 헹궈냈다. 마당에 섰던 손님이 가게로 쑥 들어왔다.

"헬로?"

바지 주머니에서 허둥지둥 사진기를 꺼내 제비는 셔터를 얼른 눌렀다. 얼빠진 석영의 눈, 벌어진 입, 속절없이 흐르는 수돗물이 소니 RX0에 선명하게 찍혔다. 게슴츠레 눈을 뜨고 석영은 상체를 뒤로 젖혔다. 그는 두 팔을 들어 느리게 허우적댔다. 어디 먼 차원으로 빨려가는 사람 같았다.

'평생 놀림감 확보!'

제비가 씨익 웃었다.

"휴가를 왔대. 내전이 끝나서."

스테판 거츠의 말을 지질학자가 통역해 줬다. 석영은 영어에 능해, 통역은 오롯이 제비를 위한 거였다.

'근데 이 손님 내가 영어 못하는 걸 어떻게 알았지? 내가 좀 무

257

식한 인상인가?'

제비는 속상했지만 잠자코 있었다. 영어 실력이 형편없는 건 사실이니까. 스테판 거츠의 말은 토씨 하나도 놓치고 싶지 않았다.

"어, 어떻게 여길."

습기 찬 장갑에서 손을 빼려 석영은 낑낑거렸다. 뜻대로 되지 않자 장갑을 뒤집어 확 잦혀놨다.

"발길 닿는 대로."

스테판 거츠가 어깨를 으쓱였다.

"저, 저녁 드셨어요?"

"그럼. 지금은 한잔할 곳을 찾고 있네. 파도를 따라 걷다 해가 졌어. 바다를 보는 건 정말 오랜만이라."

스테판 거츠가 창밖의 노을을 보며 두 팔을 들어 올렸다.

"그럼 여기서 드세요. 같이 마셔요."

손으로 술 마시는 제스처를 하며 제비가 싹싹하게 눈짓을 했다. 뜻밖의 제안에 석영은 깜짝 놀랐다. 깨끗이 치운 창가 자리로 제비가 거츠를 안내했다.

"뷰티풀. 원더풀!"

창밖을 보며 거츠가 소리쳤다. 그는 웃으며 의자에 편히 앉았다.

"언제까지 그런 표정을 짓고 있을 거예요?"

석영의 옆구리를 제비가 쿡 찔렀다.

"저 사람, 대단한 사람이야?"

제비의 귀에 지질학자가 소곤거렸다.

"엄청 유명한 사진가래요. 종군작가요. 우리 사장님 우상이에요."

제비가 답했다. 잘 알겠다는 듯 지질학자가 고개를 끄덕였다.

"당신이 이 사람 우상이래요."

스테판 거츠 맞은편에 앉아 지질학자가 떠들었다. 석영은 기겁하며 달려가 지질학자의 입을 막았다. 그 순간에는 제비도 당황해 멀거니 서 있었다.

"오?"

스테판 거츠가 눈을 돌려 석영을 봤다. 그의 시선이 석영의 눈, 코, 입을 따라 흘러 자기 얼굴이 프린트된 셔츠에 가서 멈췄다. 사진관 갤러리가 떠나갈 듯 큰 소리로 거츠가 왁왁 웃었다.

"날 아는 사람이 있을 줄은 몰랐네. 이 평화로운 나라에."

석영의 눈동자가 막 흔들렸다. 제비는 석영이 떨고 있음을 알아차렸다. 모두가 알아차렸다. 자리에서 일어나, 스테판 거츠가 가게를 둘러보았다.

"여기 전시관이오? 카페인 줄 알고 왔는데."

천천히 두리번대며 거츠가 갤러리 구경을 했다. 긴장해 쓰러질 것 같은 석영을 제비가 의자에 앉혀두었다. 지질학자와 제비와 석영은 창가에 오종종 앉아 거츠의 움직임을 눈으로 좇았다. 화려한 아프리카 문양의 셔츠 탓인지 조금만 움직여도 의도가 눈에 띄었다. 때로는 고개 숙이고 때로는 팔짱을 낀 채 거츠는 사진을 봤다. 활기 넘치는 여자들의 라이딩 사진을 지나 정미의 사랑니 사진 앞에서 그는 멈춰 섰다. 그러더니 뜨겁고 속된 어조로 뭐라고 속닥였다. 너무도 작은 소리라 세 사람은 그 말을 듣지 못했다. 거츠는 해녀 복장의 예비부부를 보고 히쭉 웃었다. 대왕문어의 선택을 받은 제비 사진을 보고는 충격을 받은 듯 고개를 뒤로 젖혔다.

"이즈 디스 리얼?"

"진짜냐고 묻는데?"

지질학자가 말했다.

"예, 나도 들었어요. 진짜고 말고. 잇츠 리얼. 베리 리얼. 스페셜리 리얼!"

제비가 깜찍하게 호들갑을 떨었다.

"이즈 디스 유?"

두 눈을 크게 뜨고 거츠가 제비를 손으로 가리켰다. 이마에 굵직한 주름이 졌다.

"예스. 잇츠 미!"

제비는 고개를 끄덕였다. 벌떡 일어나 손으로 얼굴을 가렸다. 몸을 보고 알아채라는 뜻이었다.

"'훌륭해. 내일 우크라이나로 떠날 건데, 행운의 부적으로 사 가야겠어.'라는데?" 지질학자가 말했다. "얼마내."

석영은 놀라서 입을 딱 벌렸다.

"잇츠 프리."

"원 헌드레드 달러."

석영과 제비가 동시에 소리쳤다. 거츠가 껄껄 웃었다.

"원 헌드레드 달러?"

헐렁한 배낭을 뒤져 거츠가 돈을 꺼냈다. 석영이 일어나 만류했지만 소용없었다. 거츠는 정색을 하고 말했다.

"행운의 부적을 공짜로 받으면 안 돼. 부정 탄다고. 지갑에 넣을 수 있게, 작은 사이즈로 뽑아 줘."

그제야 석영은 물러섰다. 작업실로 간 석영이 사진을 출력하는 사이 거츠는 계속 갤러리를 구경했다. 해파리 옆에서 찍은 민아의 사진, 맨발로 바다를 걷는 청년의 사진이 그의 관심을 받았다. 그는 노형사의 독사진 앞에 멈춰 섰다. 수염이 빽빽한 턱을 어루만지며 그는 자그맣게 앓는 소리를 냈다. 과하게 굽실대면서 석영이 사진을 가지고 왔다. 거츠는 작은 사진을 받아 지갑에 넣었다. 그리고 석영을 마주 보았다. 선언을 하듯 그는 말했다.

"유 아 마이 썬."

아무 말도 못하고, 석영은 얼어붙었다.

잔뜩 긴장한 채 제비와 지질학자는 그 둘을 지켜보았다.

"노?"

스테판 거츠가 되물었다. 그는 슬며시 웃고 있었다.

"예스. 예스 아이 엠."

석영이 대답했다. 그는 고개를 들어 거츠를 똑바로 바라보았다.

"아이 뉴 잇. 아이 뉴 잇!"

거츠가 소리쳤다. 제비를 보고 웃으며, 지질학자가 그의 말을 통역해 주었다.

"오늘 아주 기쁜 날이래. 결혼도 하지 않고 아들을 얻었다고. 성모마리아의 기분을 알 것만 같대."

힘껏 팔을 벌려 거츠가 석영을 끌어안았다. 전기충격이라도 받은 것처럼 석영은 움찔거렸다.

야외 지질 조사 때 찍은 사진을 보기 위해서 네 사람은 나란히 의자를 놓고 앉았다. 석영과 거츠가 가운데 앉고 제비는 석영 곁에, 지질학자는 거츠의 곁에 앉았다. 제비는 귤껍질을 커피콩과 섞어 볶은 제주리쉬 커피를 내려 테이블 위에 놓았다.

"저분…… 한잔하러 왔다 하지 않았어요?"

제비가 손으로 소주잔 비우는 시늉을 했다.

"그는 술을 마시지 않아. 늘 냉정을 유지해야 하거든."

리모컨을 쥐고 석영이 단추를 꾹 눌렀다. 촬영한 사진이 한 장 한 장 스크린에 비쳤다. 긴장한 나머지 석영은 입을 닫았다. 커피를 한 모금 머금고 거츠는 가글하듯 우물거렸다. 진지한 눈으로 그는 사진을 봤다. 지질학자도 사뭇 심각하게 사진을 보고 있었다.

"근사한데? 정말 최고야."

꽃샘기정의 파노라마사진을 보고 거츠가 감탄했다. 지질학자가 그 벼랑의 형성 과정을 유창한 영어로 설명했다. 지질학 용어가 많아 제비는 알아듣기 힘들었다. 눈으로 직접 봤을 땐 케이크의 단면 같던 벼랑이, 사진으로 보자 누운 악어의 주둥이 같았다. 제비는 그런 생각을 거츠에게 전하고 싶었다. 하지만 선뜻 입이 열리지 않았다. 지질학자의 설명을 들으며 거츠가 연신 고갯짓했다. 해수면 부근에 위치한 모래층과 진흙층 사진을 보고, 그는 히쭉 웃었다.

"마치 어린아이가 찍은 것 같아!"

나쁜 평가를 받은 학생처럼 석영의 낯이 질렸다. 제비도 적잖게 당황을 했다.

"네. 하지만 괜찮아요. 오늘 처음 배운 것치곤."

지질학자가 영어로 말했다.

"당신이 가르쳤소?"

"네. 그는 전문가지만 한 번도 찍은 적 없댔어요. 학술 사진을."

"나도 그래."

거츠가 고개를 끄덕였다.

"아주 좋은 학생이었어요. 하나를 말하면 둘을 알아들었죠."

"정말 행복해. 이렇게 안전한 나라에 여행을 와서 혼자 밤길을 걷고, 또 이렇게 예쁜 돌 사진을 보다니."

거츠가 석영의 어깨에 팔을 둘렀다.

"당신이 여행하며 찍은 사진은 없나요?"

지질학자가 물었다.

스테판 거츠는 단호히 고개 저었다.

"없어. 여행할 땐 일하지 않아. 놀 때는 완전히 놀기만 하지."

"하지만 여행 사진이잖아요."

지질학자가 여행을 강조하면서 양손으로 따옴표를 만들었다.

"그래도 사진이잖아. 당신도 놀면서 석판화 같은 걸 하진 않을걸."

"안 하죠."

눈알을 굴리며 지질학자가 입술을 삐죽였다.

네 사람은 말이 없었다. 문어 화석과 조면암 사진이 스크린 위에 비쳤다. 스테판 거츠가 커피 잔을 들고 또 한 번 맛을 보았다.

"실례가 안 된다면 묻고 싶은데……. 돌 같은 걸 연구하는 이유가 뭐야?"

거츠의 질문에 지질학자는 움찔했다. 머뭇대다가 그는 말했다.

"존경하는…… 선생님이 있었어요. 대학 신입생 시절, 전공이 딱히 없었죠. 자유전공이어서 여유가 있었어요. 여러 가지 수업을 듣던 중 굉장히 멋진 선생님을 만났죠. 말투가 우아하고 인내심이 많고, 모르는 게 없었어요. 그분은 지질학자였죠. 그게 다예요."

"그게 다라고?"

"네."

"그럼 선생이 하지 말라면 그만둘 거야?"

"그럴 수도 있죠. 하지만 교수님은 그렇게 말하지 않았어요. 그분은 최근 은퇴했는데…… 학생들이 모여 작은 파티를 열었죠. 술을 많이 마셨어요. 속상한 마음에 투정을 부렸죠. '교수님 땜에 지질학을 하게 됐어요. 제가 학위를 마치기 전 은퇴하시니 앞으로 전 어쩌야 하나요?' 운운. 추태를 부렸죠. 좋은 분위기가 순식간에 싸해졌어요. 선생님은 다정한 손길로 내 어깨를 토닥였죠. '기쁘구나. 나 때문에 지질학자가 됐다니. 하지만 말이야, 그건 네 착각일 거야.' 난 어이가 없었어요. 무슨 말인지 알 수 없었죠. 선생님은 친절하게 설명을 해줬어요. '나 때문이라고 생각하지만, 네가 이끌린 뭔가가 있어. 스스로 그걸 찾아야 한다.'"

"그래, 혼자 해보니까 어때? 그 이유를 알겠어?"

스테판 거츠가 커피를 홀짝거렸다. 잔이 비어가는 걸 보고 제비는 커피를 다시 내렸다. 지질학자는 팔을 뻗어 깍지를 꼈다.

"조금요. 난 뜨거운 걸 좋아하나 봐요. 모든 걸 휩쓸어 가는 용암 같은 것. 주상절리는 그 흔적이죠. 그래서 연구하는 게 아닐까……."

스테판 거츠가 고개를 끄덕였다.

"흥미로운 얘기군. 하지만 깊이 생각해야 해. 네가 휩쓸려 사라지길 바라는 게 무엇인지 말이야. 왜 너는 스스로 그 힘이 될 수 없고, 지나간 힘의 흔적을 추종하며 들여다보는 걸까? 말해봐. 네가 그리워하는 건 대체 누구야? 아니면, 너를 학대한 누군가가 있어?"

"무, 무슨 소리! 아니에요. 그런 거!"

지질학자가 발끈했다. 얼굴이 새빨개졌다.

스테판 거츠는 고개를 흔들었다. 그는 근심 어린 눈으로 사진을 봤다.

"그러지 마. 생각해야 해. 너처럼 똑똑한 애들일수록 더 깊이 생각해야지. 자기 결핍을 메꾸려는 똑똑이들처럼 무서운 인간도 없어. 이걸 기억해. 네 구멍을 메꾸려고 남을 이용해서는 안 된다. 그리고 너 자신을 소진해서도 안 돼. 내 말은, 무의미하게 소진해서는 안 된다는 거야."

"커피 리필입니다."

제비가 탁자에 새 잔을 내려놓았다.

"땡큐."

스테판 거츠가 활짝 웃었다. 흘러나오는 암석 사진을 골똘히 보며 네 사람은 각기 다른 생각에 빠져 있었다. 지질학자가 침묵을 깼다.

"그쪽은 뭐 때문에 사진을 시작했어요?"

뜻밖의 질문에 석영의 몸이 굳었다. 호기심 어린 눈으로 거츠가 석영을 봤다.

"어, 어머니…… 때문에요."

석영이 간신히 입을 뗐다.

"어렸을 때. 우리 집은 형편이 넉넉지 않았어요. 이따금 남의 집에서 사진기를 빌려 우리 남매를 찍어주셨죠. 사진을 인화해 앨범에 꽂으면서, 어머니는 언제나 한탄했어요. '더 자주 사진을 찍어줬어야 했는데.'"

차게 식은 커피 잔을 석영은 만지작거렸다.

"그러다가…… 여동생이 죽었어요. 어느 날 갑자기. 세 살밖에
안 됐는데."

거츠와 지질학자는 안타까운 눈으로 석영을 동정했다. 제비는
그런 사실을 몰랐기 때문에 속으로 크게 놀랐다.

"장례를 치르고 어머니가 말했죠. '더 많은 사진을 찍었어야
해.' 그리고 울었어요. '처음 걸었을 때 기억나? 그때 엄청 자랑
스러운 표정 지었잖아. 놓치고 말았어. 그걸 사진으로 찍었어야
하는데……. 딸기를 주면 언제나 손으로 으깨 먹었지. 그 작은
손이 빨갛게 물들던 것 기억나니? 그런 걸 사진으로 찍었어야
해…….' 그때 난 결심했어요. 사진작가가 되겠다고. 수많은 사
진을 찍어 사람들이 기억되게 하고, 남은 사람을 기쁘게 하겠다
고."

닫힌 창문이 웅웅 떨렸다. 폭풍이 오려는지 바람이 세게 불었
다. 갤러리 내부의 공기가 무겁게 가라앉았다.

"하지만 모든 순간을 사진으로 남길 순 없어." 스테판 거츠가
말했다. "아기의 모든 순간이 비디오로 남았다 해도 자네 어머닌
슬펐을 거야. 자식의 죽음이란 그런 거니까."

잠깐 동안 거츠는 침묵했다. 손으로 수염을 쓰다듬고 그는 조
심스레 덧붙였다.

"생각해 보니 이상하군. 자네 어머니는 잊지 않았어. 모든 것을

기억하잖아? 그런데 왜…… 그토록 아쉬움을 표했을까?"

순간, 석영의 마음속에서 뭔가가 무너졌다. 뜨겁게 굳은 것이 내려앉고 보드라운 먼지가 훅 올라왔다. 뒤늦게, 그는 알았다. 어머니는…… 두려웠던 것이다. 그녀는 석영이 잊지 않길 바랐다. 누구를? 자신의 딸을. 그녀는 아기가 알려지고 또 기억되길 바랐다. 자기 아닌 사람들에게. 최소한 자신의 아들에게라도……. 기지개를 켜면서 거츠는 하품을 했다.

"피곤하시죠? 호텔로 바래다드릴게요."

석영이 얼른 말했다.

"글쎄. 여기서 잘 순 없을까? 물론 자네가 괜찮다면 말이야. 졸려서 기절할 것 같아."

"괜찮고말고요!"

석영과 거츠는 2층으로 갔다. 석영은 스튜디오가 아닌 자기 방을 내주었다.

"평소라면 이러지 않았을 거야." 거츠는 손등으로 눈물을 닦았다. 하품을 하느라 흘러내린 눈물이었다. "하지만 난 내일 떠나야 하고, 어쩌면 죽을 때까지 내 아들을 다시 볼 수 없을걸. 그러니까 하루쯤 여기서 자는 것도 괜찮을 거야."

간단히 씻고 거츠는 침대에 몸을 뉘었다. 빨아둔 이불을 꺼내 석영은 거츠의 몸을 덮어주었다. 그는 커튼을 쳐 엷은 달빛을 차단했다. 졸음에 겨운 우상을 위해 석영은 자리를 비우려 했다.

"그러지 말고 잠시 곁에 있어. 잠들기 전까지 이야기를 나누고 싶군."

석영은 침대 아래 앉아 거츠를 올려다봤다. 늙은 우상이 메마른 손을 석영의 어깨에 댔다.

"참. 그리고 보니 제 이름 모르시죠? 석영입니다. 이석영."

말을 하면서 석영은 속이 탔다. 평생 영어를 쓴 사람이 기억하기는 어려운 이름이었다. 자기도 모르게 그는 이야기를 덧붙였다. 이름에 관한 에피소드가 도움이 될 것 같았다.

"어머니는…… 동짓날에 저를 낳았어요. 동지란 동양 사람들이 경험을 통해 정해둔 여러 시기 중 하나죠. 음력으로 밤이 가장 긴 날을 뜻합니다. 제 이름은 그런 뜻이에요. 한자로, 밤이 길다는……"

석영의 몸에서 거츠의 손이 미끄러졌다. 잠이 든 것이었다. 살금살금 걸어 나와 석영은 1층으로 갔다. 지질학자는 이미 떠나고 없었다. 사진이 든 USB를 가지고 갔다고 했다.

"복사해 뒀어요. 걱정 마세요."

제비는 하품을 하고 때꾼한 눈을 썩썩 비볐다. 석영은 시계를 봤다. 밤이 깊어, 이제는 제비도 집으로 가야만 했다.

"오늘은 바래다주지 못할 것 같아. 대신 벨을 데리고 갈래?"

"그럴게요."

석영은 벨의 가슴에 산책 끈을 묶어주었다. 밤 산책이라니, 벨은 신이 나 제비를 따라 나갔다. 달려가려는 벨을 말리는 제비의 목소리가 꽤 오래 귀에 들렸다.

다음 날 아침. 아버지와 아들은 갤러리 창가에 앉아 식사를 했다. 전날 밤 거셌던 파도는 잠잠해지고 구름 속에서 조각난 해가 비쳤다. 유나브레드에 특별히 부탁해 구운 빵을 받아다 석영은 쓱쓱 잘랐다. 그는 공들여 만든 성게알조림을 그 위에 듬뿍 얹었다. 신음을 흘리고 고개를 끄덕이면서 거츠는 그것을 먹어치웠다. SUV를 타고 석영이 그를 공항까지 데려다줬다. 거츠는 유럽으로 간다고 했다. 인편을 통해 우크라이나로 진입할 계획이 세워져 있었다. 탑승수속을 밟기 위해 체크인 카운터까지 갔다가 거츠는 돌아 나왔다.

"괜찮다면, 내가 새 이름을 주어도 될까? 아버지로서 말이야."

긴장한 낯으로 석영은 고개를 끄덕거렸다.

"Quartz."

거츠가 말했다.

말없이, 석영은 두 눈을 깜빡거렸다.

"어제. 네가 사진을 인화하느라 자리를 비웠을 때 그 지질학자가 말했어. 네 이름이 석영인데, 그것은 영어로 Quartz를 뜻한다고. 석영은 말이야, 불순물이 많으면 차돌이 되고 불순물이 적으면 수정이 된다는군. 그러나 모두가 Quartz야. 단단하고 소중한 지구의 구성물이지. 가장 흔한 광물 중 하나라는 거야. 그러니 알건 모르건, 우리 모두가 그 위에서 사는 거지."

넓적한 손으로 거츠가 석영의 등을 토닥거렸다. 탑승수속을 밟으려고 멀어지는 우상을 보며 석영의 심장이 쿵쿵 뛰었다. 어떤 조바심이 그를 확 옭아맸다. 아주 중요한 인생의 시기가 지금 눈앞에 닥친 듯했다.

"멈춰요! 제발요! 나도 같이 떠나요!"

석영이 외쳤다. 뜨거운 눈물이 흘러내렸다.

돌아서 손을 흔들다 말고 거츠는 고개 저었다. 그는 석영을 향해 가까이 왔다. 이제는 출발 시간이 정말로 가까워졌다.

"전쟁터에서 말이야…… 사람들은 싸워야 해. 힘이 약한 나라에서는 군인이 아니라도 그래야 하지. 그런 곳에서, 전사들은 소중한 가족을 집에 남겨둬. 혹은 안전한 나라로 대피시키지. 지금, 내 마음이 그래. 평생…… 나는 가정을 꾸리질 못했어. 그래서 내겐 자식이 없었지. 하지만 말이야, 사람은 꼭 유전자로만 번식하는 건 아니라는군. 그 무슨 도킨스라는 생물학자 말이 그래. 유전자는 정자나 난자를 통해 전달되지만, 밈이라는 건 뇌에서 뇌로 전달된다는 거야. 이봐, 쿼츠. 내 말 알겠어? 그러니까 난 네가 여기에, 이 평화로운 나라에 있었으면 해. 그게 내가 네게 바라는 전부야."

마지막으로 거츠는 석영을 끌어안았다. 두툼한 손바닥으로 그는 석영의 뺨을 가볍게 쳤다.

사진관으로 돌아와, 석영은 오랜만에 다이어리를 폈다. 아버지가 실패한 섬에서 아버지가 실패한 일을 해내는 것이 그의 오랜

꿈이었다. 아버지가 가정을 잃은 섬에서 튼튼한 가정을 만들어 뿌리내리는 것. 그래서 석영은 매일같이 일기를 썼다. 언젠가 아버지가 되면 무엇을 할지 상상해 썼던 것이다. 마지막으로 일기를 쓴 건 은퇴 형사가 다녀간 날이었다. 종이를 새롭게 넘겨 석영은 거츠가 떠나간 날짜를 썼다. 바다가 보이는 창가에 앉아, 그는 계속 썼다.

어떤 남자는 아이의 탄생과 동시에 아버지가 된다. 그러나 어떤 사람은 아이의 성숙 이후에 아버지가 될 수 있다. 또는 그렇게 여겨질 수 있다. 효재에게…… 성급한 방식으로 아버지가 되기보다, 언젠가 '그 사람이 내 아버지였구나.' 깨닫는 날이 오면 좋겠다.

보이지 않는 사진

12월 동짓날. 새벽부터 돌풍이 불더니 우박이 쏟아졌다. 대왕물꾸럭마을 해녀들은 물질을 포기하고 집집마다 문단속을 철저히 했다. 그들은 부지런히 아침을 먹고 밀린 일을 처리했다. 우편취급국에 가 말린 해초를 택배로 부치거나 냉장고를 청소하거나, 잠수병 치료비를 보험사에 청구하거나 하는 식이었다. 구멍 난 고무옷을 접착제로 수선하고, 망가진 그물을 고치면서 하루가 바쁘게 지나갔다. 밤이 되자 그들은 식구들을 불러 모았다. 바구니 한가득 탐스러운 귤을 담았다. 학교에서 또 회사에서 무슨 일이 있었는지 듣고 사소한 불만과 슬픔을 나눠 없애는 것도 해녀들이 해야 할 일 중 하나였다.

우박이 퍼붓고 눈 내리는 겨울에도 대왕물꾸럭마을 해녀들은 물질을 했다. 제주의 해녀들이 다 그렇듯이. 제비의 훈련도 계속되었다.

"추워서 죽을 것 같아요! 저 이제 잠수할 줄 아는데, 봄에 다시 연습하면 안 돼요?"

보라색 입술을 덜덜 떨며 제비가 소리쳤다. 턱과 뺨에 부딪는 물결 낱낱이 차가운 칼날 같았다.

"우리 마을에서 얼어 죽은 해녀는 없어."

양희가 코웃음 쳤다. 그는 고무옷 위에 패딩을 입고 해변에 서 있었다. 파도가 닿지 않는 현무암 위에.

"해녀들은 그런 유전자가 있는 거 아니에요?"

제비가 부르르 몸을 떨었다.

"그럴지도 모르지. 예전엔 고무옷도 없었으니까. 면으로 만든 반바지에 민소매 상의를 입었대. 식구들 생계를 책임져야 하니까 환경을 이겨 진화한 거야. 맞아. 어디선가 읽은 적 있어. 제주 해녀가 에스키모보다 추위 적응력이 뛰어나대."

"설마요! 아무리 그래도 제주도보다 알래스카가 춥죠!"

"모르는 소리." 양희가 쏘아붙였다. "에스키모들은 물질을 안 해. 우리 외할머닌 딸 낳고 사흘 만에 바다로 갔대. 우리 엄마 생신이 딱 이맘땐데."

순간, 제비의 머릿속에서 옛일이 떠올랐다. 4년 전 여름. 그 진통은 정말로 대단했다. 뭐랄까, 그것은. 끔찍한 치통이 온몸을 점령한 느낌이랄까? 배뿐 아니라 사지가 다 아리고 심지어는 뇌까지 아픈 느낌? 아니 그것도 정확한 표현은 아니고…… 통증이라는 소금에 절여진 배추가 된 느낌? 그래, 그것이 비교적 사실에 가까운 표현이었다. 아기를 낳고 아래가 찢어져 제비는 보름 동안 제대로 걷질 못했다. 그런데 아기 낳고 사흘 만에 겨울 바다서 물질을 하다니! 제비는 몸서리쳤다. 훅 숨을 마시고 머리를 물에 넣었다. 정면으로 파도를 거슬러 평영으로 전진했다. 개구리처럼 힘차게 사지를 접었다 폈다.

"웬일이야. 군소리 없이?"

양희가 팔짱을 꼈다.

'강한 사람이 되고 싶어서요.' 제비는 말하고 싶었다. 당신 외할머니처럼 강인한 사람이 되고 싶다고. 4년 전 임신한 것을 알았을 때, 제비는 무서웠다. 하지만 한편으로는 자신 있었다. 엄마아빠보다 훨씬 더 잘할 자신. 차갑기 그지없는 할머니와 달리 따뜻한 어른이 되리란 자신.

사랑하는 남자와 포근한 가정을 꾸리는 건 어릴 적부터 제비의 꿈이었다. 그러한 꿈이 있어 대학 전공도 유아교육으로 정한 거였다. 하지만 남자 친구는 차갑게 그를 버렸다. 제비는 완전히 혼자가 됐다. 아기를 돌보고 키우는 일에 있어 모든 이론은 무용하단 걸 그제야 깨달았다. 엄마란 체력도 정신력도 전사처럼 강해야 했다. 어린 나이에 전쟁터로 끌려간 병사처럼, 제비는 실패했다. 그는 단지 살아남았다.

시퍼렇고 차가운 물속에서 제비는 한 여자를 상상했다. 온몸이 통통 부은 채, 아직 불룩한 배를 흔들며 물질을 하는 여자. 상군 해녀였다는 그녀는 어쩌다 물숨을 먹은 걸까? 어쩌면 목포 할망이 그 비밀을 알지 몰랐다.

"왜 우리 사장님을 싫어해요?"

훈련을 마치고 제비는 뭍에 올랐다. 타월로 물기를 닦고 패딩을 얼른 걸쳤다.

"전에도 말했잖아. 그 사람 날 이용하려는 거야."

양희는 패딩을 벗어 제비에게 맡겼다. 두 팔을 뻗고 스트레칭을 시작했다.

"그걸 어떻게 알아요?" 제비가 물었다. "이용하고 싶은 건지 사랑하고 싶은 건지, 데이트 한번 없이 어떻게 아냐고요."

"넌 사람을 수단으로 보면서 사랑도 할 수 있다고 믿니?"

양희가 목을 젖히고 좌우로 슬슬 돌렸다. '수단?' 제비는 고개를 갸웃했다. 어려운 말이었다.

"언니, 근데 왜 나한테는 사투리를 안 써요?"

"넌 왜 나한테 사투리를 듣고 싶은데?"

바다에 두 발을 담그고 양희가 돌아봤다. 그는 수경에 물을 담아 다리와 팔을 적셨다.

"솔직하게. 음…… 속내를 말해주는 것 같잖아요."

어이없다는 듯 양희가 혀를 찼다.

"사투리로 사기 치는 사람도 있어."

"그건…… 그렇죠." 고개를 끄덕이다가 제비는 휘저었다. "근데요! 우리 사장님 그런 사람 아니에요!"

"네가 어떻게 알아?"

"일기를 써요, 우리 사장님." 제비가 말했다. "아버지가 되면 무엇을 할지 매일 생각해 기록한다고요. 그런 걸 쓰는 남자가 세상에 또 있을까요?"

양희는 테왁 그물을 어깨에 졌다. 반동을 이용해 그는 그물을 멀리 던졌다.

"진심은 표준어로도 통해. 외지 사람 서투른 사투리, 나 아주 싫어."

몸을 낮추고 양희가 바다에 뛰어들었다. 물살을 가로질러, 양희의 머리가 바다에 들어갔다. 얼른 돌아서 제비는 뛰어갔다. 해녀 탈의실에서 뜨거운 물로 씻을 생각밖에, 더 무슨 생각이 들지 않았다.

웨트슈트가 벗겨지지 않아 제비는 한 발로 뛰며 욕을 했다. 문득 지질학자의 얼굴이 떠올랐다. 부서진 사진기를 고칠 수 없다 했을 때, 지질학자도 꼭 그렇게 욕설을 했던 것이다. 픽픽 웃음이 쏟아졌다. 고무 대야에 뜨거운 물을 받고 제비는 그 속에 쪼그려 앉았다.

'그 사람은 어째서 지질학자가 됐을까? 거츠의 추측처럼 정말 어떤 학대를 당했을까? 아니면 그저 교수를 존경해서?'

제비는 손으로 뜨끈한 물을 떠 어깨에 끼얹었다. 어쩌면 거츠의 말이 맞는지도 몰랐다. 석영이 어머니의 결핍을 메우려고 사진가가 된 것처럼 지질학자의 사정도 비슷한 것이 아닐까. 카리스마 넘치던 거츠의 목소리가 귓가를 스쳐갔다.

'네 구멍을 메꾸려고 남을 이용해서는 안 된다. 그리고 너 자신을 소진해서도 안 돼.'

'내게도 그런 구멍이 있지.' 제비는 생각했다. 온몸이 나른해지면서 졸음이 몰려왔다. 검붉은 대야에 기대, 제비는 연신 고개를 꾸벅였다. 머릿속에서 희미하게 꿈이 펼쳐지려 하고 있었다. 흐릿한 영상 속에서 제비는 어린이집의 문을 열었다. 그가 전에 일했던 곳이었다. 출근할 때마다 늘 느꼈던 답답함 대신 다른 감정이 제비를 사로잡았다. 그것은…… 죄책감이었다.

오토바이 소리가 웽웽 들려 제비는 깨어났다. 물은 벌써 식어 있었다. 탈의실 내부 공기도 썰렁해졌다. 서둘러 옷을 입고 제비는 연신 재채기를 했다. 감기가 올지 모르니 자기 전에 약을 먹어야겠다고 생각했다. 패딩을 입고 탈의실 문을 열자 효재의 목소리가 바다에 쩡쩡 울렸다.

"삼춘! 나 이거 호꼼 더 타젠!"

(삼촌! 나 이거 조금 더 탈래!)

"할망 걱정할켜. 호꼼 타고 돌아간다 골아신디."

(할머니 걱정하신다. 조금 타고 돌아간다 말씀드렸는데.)

석영이 말했다.

"벌써 왔어요?"

제비가 문을 열고 밖으로 갔다. 석영의 하얀 오토바이에 새하얀 사이드카가 붙어 있었다. 석영은 운전석에, 효재는 사이드카에 앉아 제비를 봤다. 헬멧 쓴 효재의 눈이 반짝거렸다. 추위 탓에 두 뺨이 사과처럼 빨갰다.

"응. 시승 체험 겸 해안도로를 달리고 왔지."

석영이 말했다.

오토바이에 연결해 사람을 태울 수 있는 사이드카는 지난여름 라이딩 촬영 후 생각한 물건이었다. 그간은 바빠 구입을 미뤘다가 최근에서야 주문을 했다. 가을 내내 연습해 제비는 2종소형 면허를 땄다. 석영을 사이드카에 태우고 해안도로를 달렸다. 촬영 실험은 성공적이었다.

"확실히 안정적이네. 그땐 진짜 죽는 줄 알았어."

사이드카에서 구겨진 몸을 꺼내며 석영이 실실 웃었다.

"오늘은 여기서 퇴근해. 내일은 두 시간 일찍 출근해야 하니까."

다짐을 두듯 석영은 고개를 끄덕였다. 효재를 태우고 그는 다시 오토바이 시동을 걸었다. 두 팔을 뻗고 효재가 신나서 소리 질렀다. 오토바이가 멀리 사라지는 걸 보며 제비는 웃었다. 아이 때문에 웃다니, 그것은 정말로 오래간만의 일이었다.

금요일 새벽. 알람을 듣고 제비는 눈을 떴다. 새해 연휴를 이용해 2박 3일 일정으로 가족 촬영이 예약돼 있었다. 하쿠다 사진관에 취직해 수많은 사람을 만났지만, 가족 단위 손님은 아직도 편치 않았다. 사랑하는 사람을 만나 귀여운 아이를 낳고 행복하게 사는 사람들을 보면 제비는 마음이 불편했다. 그래도 일어나 몸을 씻었다. 석영이 기다리고 있을 테니까. 더 이상 도망치지 않을 거라고, 믿고 있을 테니까.

여행의 모든 순간을 사진으로 남기고 싶단 요청에 따라, 석영과 제비는 공항에 갔다. '환영합니다! 이혜용 가족 ♥'이라 적은 푯말을 들고 두 사람은 로비에 섰다. 입국장에 쏟아진 한 무리의 사람들 뒤로 세 사람이 걸어 나왔다. 촬영 의뢰 이메일에서 본 것과 같은 차림이어서 한눈에 알아봤다. 똑같이 검은 점퍼로 패밀리 룩을 입고 아빠, 엄마, 아이가 나타났다. 일곱 살이라던 꼬마는 선글라스를 끼고 있었다. 빨간색 하트 두 개가 연결된 깜찍한 것이었다.

"네가 혜용이구나? 만나서 반가워!"

입국 장면을 촬영한 후, 석영이 다가가 악수를 청했다. 원체 아이를 좋아하는 데다 효재와 어울리는 사이 꼬마 응대에 도가 텄다. 혜용은 수줍게 웃으며 아빠 뒤로 몸을 숨겼다. 기분이 좋은지 엉덩이를 실룩거렸다. 웃을 때 보니 윗니 두 개가 빠지고 없었다. 개구쟁이 같았다.

제비가 고객들을 안내해 SUV에 태우는 사이, 석영은 커다란 캐리어 두 개를 트렁크에 실었다. 그는 운전석에 앉아 내비게이션 목적지를 귤 농장으로 잡았다. 고객들은 오늘 귤을 따고 승마

280

체험을 할 예정이었다. 내일은 한라산에 올라 새해맞이를 하기로 되어 있었다. 아이의 부모는 무척이나 수다스러웠다.

"야자수가 겨울에도 푸르다. 역시 제주도는 따뜻해."

"어머, 여기서도 한라산이 보이네? 꼭대기에 눈이 쌓였어."

"우아! 제주에도 강이 있다."

"한심한 소리. 당연히 강이 있지!"

대화를 주고받다가, 아이 아빠가 아내를 향해 통박을 줬다.

"당연하지 않아." 야무지게 혜용이 끼어들었다. 손가락으로 선글라스를 슬쩍 올렸다. "제주도는 화산섬이라 빗물이 지하로 빠져. 하천은 평소에 말라 있고 비 올 때만 물이 흐른대. 아마 며칠 전에 비가 왔나 봐."

"맞아. 어제 소나기가 왔어."

석영이 룸미러를 보며 얼른 말했다. 아이 아빠가 반색을 했다.

"우리 딸은 척척박사야! 모르는 게 없어!"

화목한 가족을 보며 석영은 흐뭇했다. 사진관을 열고 운영해 온 보람을 느꼈달까? 그는 슬쩍 제비의 얼굴을 봤다. 입으로는 웃고 있으나 눈빛이 쓸쓸했다. 가족 단위 촬영을 할 때마다 제비가 그런 표정을 짓는 걸 석영은 알고 있었다. 무슨 말을 하면 도움이 될지 고민했지만 적절한 말을 찾지 못했다. 찰칵―지잉. 뒷좌석에서 소리가 났다. 아이 엄마가 폴라로이드로 사진을 찍고 있었다. 제비가 돌아보았다. 차창 밖으로 한라산이 작게 보였다.

"엄마, 너무 많이 찍지 마."

혜용이 말했다.

"응."

사진기를 놓고, 아이 엄마가 딸의 머리를 쓰다듬었다.

스냅 촬영을 의뢰해 놓고 왜 따로 사진을 찍는 것인지 제비는 궁금했다. 아이 엄마가 무릎에 둔 사진에서 이미지가 올라왔다. 솜씨가 여간 아녔다. 까다로운 손님을 만난 건 아닌지 제비는 걱정이 됐다.

귤 농장으로 향하는 진입로에는 동백나무가 촘촘히 서 있었다. 비단으로 만든 붉은 종처럼 꽃들이 주렁주렁 피어 달렸다.

"아, 곱다!"

아이 엄마가 소리쳤다. 그는 폴라로이드로 사진을 연신 찍었다.

"꼭 크리스마스트리 같다. 장식물을 잔뜩 달아둔 것 같아."

아이 아빠가 말했다. 혜용은 두 손을 엄마의 등에 얹고 창밖을 봤다.

석영은 농장 입구에 차를 세웠다. 기다렸다는 듯 차 문을 열고 혜용과 아빠가 뛰쳐나갔다.

"우아, 샛노란 귤들! 상자에 가득 담겼네. 막 굴러간다, 용아! 우리 얼른 저거 줍자!"

아이 아빠가 소리쳤다. 두 사람은 손을 잡고 뛰어갔다. 바구니에 든 귤을 상자로 옮기다 말고, 귤 농장 주인이 허리를 폈다. 그는 웃으며 부녀를 반겨주었다.

"주차장에 들렀다 가겠습니다."

아직 뒷좌석에 앉은 여자를 석영은 돌아보았다.

"네."

아이 엄마가 빙긋 웃었다. 입술을 다문 채 뭔가를 망설이고 있었다.

석영과 제비는 의아해 눈을 맞췄다.

"저기요." 아이 엄마가 말했다. "우리 아이는 앞을 못 봐요."

석영과 제비는 고개를 돌려 창밖을 봤다. 혜용이 제 아빠 주변을 돌며 깡충거렸다. 그들은 농장 주인의 안내를 듣고 있었다. 앞을 못 보다니. 그런 아이로는 보이지 않았다.

"무안구증이라고…… 들어보셨어요?"

구김살 없는 낯으로 아이 엄마가 물었다.

석영과 제비는 고개를 흔들었다.

"눈이, 있어야 할 자리에 없는 거예요. 우리 혜용인 그렇게 태어났어요. 병원에서는 그냥 '그럴 수 있다'고 해요. 유전자 결함이나 염색체 이상 때문에 그런 일이 벌어진다고."

"……"

"그러니까 이따 아이가 선글라스를 벗으면…… 눈이 없을 거예요." 담담한 말투로 아이 엄마가 말했다. 벌써 수백 번이나 설명을 해본 듯 태도가 차분했다. "원래는 의안을 꼈는데 염증이 자꾸 생겨서……. 저, 이렇게 길게 설명하는 건요…… 놀라지 말라고요."

"알겠습니다."

석영이 고개를 끄덕였다. 제비도 그렇게 했다. 무슨 죄를 지은 것도 아닌데 꼭 그런 것처럼 마음이 무거웠다.

"미리 말 못 해 미안해요." 아이 엄마가 말했다. "평범하게 대해주었으면 해서……. 마음의 준비를 하면 좋았을 거라 생각할 테지만, 저희 입장에선…… 그럼 좀 특별해지더라고요. 지금까지 느낌으로 해주시면 돼요. 아주 좋았어요."

혜용 엄마가 활짝 웃었다.

석영과 제비도 얼결에 따라 웃었다.

"5분 정도, 주차장에서 쉬다 오세요. 그리고 아까처럼 대해주시면 돼요."

차에서 내려, 혜용 엄마가 가족을 향해 뛰어갔다.

"나 표정 이상하니?"

조수석을 향해 석영이 물었다.

"조금요. 딱딱해요."

제비가 대꾸했다.

"어쩌지. 너도 그런데."

석영이 한숨 쉬었다. 그는 시계를 봤다. 주어진 5분이 얼마나 소중한 배려의 시간인지 두 사람은 느끼고 있었다.

"움직이자. 그게 좋겠어."

차에서 내려 석영은 트렁크를 열었다. 가방에서 사진기를 꺼내

어깨에 두르고 제비에게 반사판을 쥐여주었다. 그것을 잡고 제비
는 멍하니 있었다.

"아무래도 안 되겠어요."

조수석 서랍을 열어 제비는 사탕 상자를 꺼냈다. 졸음을 견디
려 사둔 새콤한 사탕이었다. 이로 부수어 두 알 세 알씩, 두 사람
은 먹어치웠다. 너무 시고 달아 얼굴이 일그러졌다. 눈을 찡긋대
고 입을 막 오물대면서 석영과 제비는 서로를 봤다. 저절로 웃음
이 터져 나왔다.

농장 주인에게 체험 비용을 지불하고, 혜용 가족은 전지가위와
바구니를 하나씩 건네받았다.

"하영 담앙 옵써!"

(가득 담아 오세요!)

농장 주인이 허허 웃었다.

깊은 숲같이 귤나무가 풍성한 농장 안으로 가족은 들어갔다.
혜용의 선글라스가 낮은 가지에 부딪혀 자꾸만 틀어졌다.

"아이, 나 벗을래."

선글라스를 접고 혜용이 주머니에 집어넣었다. 뷰파인더를 눈
에 대고 걷다 석영은 멈칫했다. 들고 있던 제비의 반사판도 슥 내
려갔다. 드러난 혜용의 눈은 이상하리만치 짧았다. 그리고 가느
다랬다. 반면 속눈썹은 인형의 것처럼 짙고 길었다. 눈의 길이가
짧아 상대적으로 그렇게 보인다는 걸 석영은 알아챘다.

"용아, 여기 귤!"

아빠가 혜용의 손목을 잡아끌었다.

"가지 만져봐. 여기야. 자를 수 있겠어?"

"그럼. 당연하지!"

혜용은 왼손으로 가지를 더듬고 가위로 툭툭 가지를 쳤다. 그러고는 아주 신중하게 가위질을 했다. 아빠는 떨어진 귤을 받아 혜용의 손에 얹어주었다. 돌아서, 혜용이 제비를 봤다. 아니, 제비를 향해 섰다.

"언니, 놀랐어?"

"하하. 조금."

어색하게, 제비는 웃어버렸다. 그리고 막 후회했다.

"그럴 만도 하지." 혜용이 고개를 끄덕였다. "그래도 말이야. 계속 놀라고만 있진 않을 거야. 그치?"

"어? 어. 그렇고말고."

제비의 얼굴이 화끈해졌다.

허공을 더듬으며 혜용이 걸어왔다. 손끝이 제비의 배에 닿자 "아. 실례." 하고 한 걸음 물러섰다.

"만져봐. 엄청 웃긴 감촉이야. 집에서 먹던 거랑 다르다고."

혜용이 귤을 쑥 내밀었다.

제비는 그것을 받아 들었다. 미지근한 귤이었다.

"있잖아? 까서 먹어도 된대."

반사판을 바닥에 놓고 제비는 서둘러 귤을 깠다.

"아, 달콤한 냄새!"

혜용이 미소 지었다.

"좀 줄까?"

과육을 뜯어 제비가 앞으로 내밀었다.

혜용이 고개를 막 흔들었다.

"아니. 언니 먹어. 난 직접 까먹을 거야. 사람들 손엔 세균이 많거든."

새침하게 돌아선 혜용을 보고 제비는 슬며시 입술을 삐죽였다. 혜용의 엄마 아빠가 그런 제비를 보고 웃었다. 석영도 웃고 있었다. 일하는 중이니까, 제비는 그것을 한입에 먹어치웠다.

"난 귤이 좋아." 혜용이 말했다. "오돌토돌한 껍질 속에 보드라운 게 있어. 엄청 시고 달아."

가족은 합심해 귤을 땄다. 웃고 떠들며 신기해하는 그들의 모습을 석영이 잔뜩 찍었다. 바구니 세 개가 금세 찼다. 봉긋 솟은 바구니에서 노란 귤이 떨어졌다.

점심 식사를 하기 위해 그들은 식당으로 갔다. 갈치구이 정식으로 유명한 곳이었다. 혜용의 가족은 예약한 방으로 안내를 받아 갔다.

"저희는 저기서 먹겠습니다."

석영은 손을 뻗어 테이블을 가리켰다. 그렇게 하라는 듯 혜용의 부모가 고개를 끄덕였다. 선글라스를 낀 혜용이 얼굴을 치켜들었다.

"왜? 왜 우리랑 같이 안 먹어?"

"응?"

당황한 나머지 석영과 제비가 쭈뼛거렸다.

"왜 그래? 내가 싫어서 그래?"

"그런 거 아냐. 손님들이 편하게 식사할 수 있도록, 우린 늘 이렇게 먹어."

제비가 설명했다.

두 뺨을 잔뜩 부풀려 혜용은 도리질을 쳤다.

"아냐! 내가 싫어서 그래. 내 눈이 싫어서!"

하트 모양 선글라스 밑으로 투명한 물이 흘렀다.

"용아, 그런 거 아냐. 이러면 못써."

아이 엄마가 훈육을 했다. 식당 직원과 손님들이 오가며 흘깃거렸다.

"미안해요. 우리 혜용이 어리광이 심해." 아이 아빠가 진땀을 뺐다. "태어나 이날까지 다들 예뻐만 했거든요. 학교 들어가기 전에 사람들 만나면 좀 자랄까 싶어 여행 온 건데……."

"괜찮으심 같이 드세요."

혜용의 엄마가 씩씩하게 말했다.

서로 눈치를 보다 석영과 제비는 고개를 끄덕였다.

아빠와 함께 화장실로 가 두 손을 깨끗이 씻고 혜용은 돌아왔다. 쌩쌩한 표정이었다. 자그만 코를 킁킁대면서 상 위의 음식에

288

정신을 빼앗겼다.

"용아, 왼쪽에 밥 있고 오른쪽에 미역국 있어. 성게를 넣은 거야."

아이 엄마가 말했다.

"그 위 왼쪽으로부터 계란탕 있고, 구운 김이랑 두부조림 있어. 빨개서 좀 매울 것 같네."

아이 아빠가 말했다. 그는 수저를 양손에 쥐고 갈치에서 가시를 발라냈다.

혜용은 고개를 끄덕였다. 오른손엔 젓가락 왼손엔 숟가락을 쥐고 야무지게 밥을 먹었다. 아빠가 가시를 발라 혜용의 숟가락 위에 얹었다.

"엄청 도톰해! 입 안에 꽉 차!"

오물거리며 혜용이 떠들었다. 먹으면서 말하지 말라고 아이 엄마가 주의를 줬다. 석영과 제비는 묵묵히 밥을 먹었다. 마치 일을 하듯 그들은 먹어치웠다. 아이 엄마는 먹는 둥 마는 둥 하고 가방을 뒤적거렸다. 차에서 찍은 사진과 검은 볼펜이 두 손에 들려 나왔다. 난데없이, 그는 펜촉으로 사진을 찔러댔다. 제비와 석영은 뜻밖의 광경을 흘깃거렸다. 자세히 보니 검은색 물건은 펜이 아니라 바늘이었다. 플라스틱 펜대에 2센티미터쯤 되는 바늘이 달려 있었다.

"엄마, 사진 다 됐어?"

밥그릇을 비우고 혜용이 물어보았다.

"응. 우선 한 장. 뭔지 말해줘?"

혜용의 엄마가 자신의 어깨를 주무르다 손을 털었다. 사진에 구멍을 내느라 힘이 든 모양이었다.

"아니! 절대로 아니!"

도리질하며 혜용이 소리쳤다.

네 명의 어른은 동시에 웃으며 아이를 봤다.

잔뜩 기대에 찬 얼굴로 혜용이 사진을 받아 들었다. 발그레한 두 뺨을 실룩이면서 열 개의 손가락으로 사진을 더듬었다. 마음이 저릿해 석영은 숨을 참았다.

"아아, 한라산!"

혜용이 소리쳤다.

"딩동댕! 차에서 본 풍경이야."

아이 엄마가 활짝 웃었다. 제비와 석영도 덩달아 손뼉을 쳤다.

"와! 이렇게 눈이 쌓였어? 정말 멋지네……. 우리 낼 한라산 가는 거지?"

산꼭대기 부분을 혜용이 더듬었다.

"그럼! 꼭 가고말고."

아이 아빠가 말했다.

승마 체험을 하러 이동하는 사이 혜용 가족은 말다툼을 했다. 혼자 말에 타려는 혜용과 위험해서 안 된다는 부모의 입장이 뜨겁게 엇갈렸다.

"하지만 두 사람이 한 말에 타다니! 잔인하지 않아?"

혜용이 반론을 했다.

"튼튼한 말을 탈 거야. 아주 커다란 말을."

엄마가 재반론했다.

혜용은 잔뜩 토라져 승마장 가는 내내 침묵시위를 했다. 하지만 체험장에 도착해 반전이 일어났다.

"두 사람이 한 말에 타는 건 무척 위험한 행동입니다."

승마장 직원이 말했다. 카우보이모자를 쓰고 호루라기 목걸이를 한 게 꼭 무슨 심판 같았다.

"영화에선 그렇게 하던데요?"

혜용 엄마가 말했다.

"그러니까 영화죠."

승마장 직원이 건조하게 대꾸했다. 그는 혜용의 머리에 안전모를 씌워주었다.

좋아서 동동거리며 혜용은 헤헤 웃었다. 마장을 나온 말이 걸어오는 소리, 히힝 우는 소리에 두 귀를 쫑긋 세우고 손뼉을 쳤다. 직원의 손을 잡고 혜용은 계단을 올라갔다. 말을 쉽게 탈 수 있게끔 높이를 맞춘 계단이었다. 카우보이모자를 쓴 직원이 혜용의 겨드랑이에 손을 넣고 번쩍 들었다. 말에 올라 중심을 잡으면서 혜용은 허리를 폈다. 입은 꼭 다물었다. 너무 기뻐 환호를 하게 될까 봐 그런 거였다. 말이 놀라니까 소리를 지르면 안 된다고, 직원이 경고했었다. 그가 고삐를 슬쩍 당기자 작은 말이 발굽을 움직였다. 우아하게 앉아 황홀감에 젖은 혜용의 표정을 석영은 촬영했다. 그 모습을 대견해하는 부모의 표정도 함께.

말에서 내려, 혜용은 조련사를 따라 마구간으로 갔다. 먹이 주는 체험을 해보기 위해서였다. 당근 조각이 꽂힌 꼬챙이를 잡고 혜용은 조금 떨었다. 귀여운 망아지가 슬그머니 다가와 당근을 쏙 빼 먹었다. 손안에서 느껴진 진동을 곱씹으면서 혜용은 감격했다. 자기도 모르게 손을 뻗어, 말의 얼굴을 쓰다듬었다. 망아지는 무딘 성정을 가졌는지 피하지 않고 가만있었다.

"부드러워."

혜용이 속삭였다. 용기를 얻었는지 조금 더 손을 뻗었다. 콧잔등을 더듬던 손이 망아지 눈을 스쳤다. 움찔한 말이 히힝 울었다.

"미안. 미안해!"

혜용이 소리쳤다. 두 손을 허우적대며 망아지를 달래는데 놀란 말은 계속 울며 버둥거렸다. 고개를 연신 저었다.

체험을 마치고, 석영은 가족을 호텔에 데려다줬다. 한라산을 오르려면 일찍 잠을 자야 하니까. 그들은 아침 7시에 호텔 앞에서 만나기로 했다. 차에서 내려, 혜용은 아빠의 등에 업혔다. 종일 피곤했는지 축 늘어졌다.

아스팔트 도로를 달려 대왕물꾸럭마을로 향하는 동안 석영과 제비는 말을 아꼈다. 오늘 만난 손님들에 대해서 그들은 이야기하지 않았다. 다만 그들은 가족의 얼굴을 생각했다. 이제는 곁에 없는 사람들을……. 조금 더 최선을 다해야 했다고, 다할 최선이 남아 있었던 건 아니냐고, 그들은 스스로를 책했다.

깊은 밤. 석영은 파자마 위에 망토처럼 담요를 둘렀다. 그는 문단속을 하려고 침실을 나와 1층으로 갔다. 멀리 등대에서 쏜 빛이 갤러리 창을 훑고 갔다. 검은 바다에 눈이 날리고 있었다. 함박눈이었다. 출입문을 점검하며 석영은 걱정했다. 이런 기세로 아침까지 눈이 온다면 한라산 입산이 금지될 수 있었다. 그런 상황이 닥치면 대안으로 제시할 일정을 그는 생각해야 했다.

아침이 되자 함박눈은 포슬눈으로 변해 있었다. 한라산국립공원 홈페이지에는 입산 통제 공지가 올라오지 않았다. 때마침 출근한 제비와 촬영 장비를 챙겨 석영은 호텔로 갔다. 아이젠을 비롯한 등반 장비와 간식으로 먹을 컵라면도 트렁크에 챙겨 넣었다. 주차장에 차를 세우고 로비로 가는 내내 그는 노란색 점자블록을 의식했다. 전에는 한 번도 그런 적이 없었다. 점자블록이 길게 뻗어 끝나는 곳에 검은색 소파가 놓여 있었다. 혜용 가족이 앉아 있었다.

"한라산 가고 싶다며!"

아이 아빠가 다그쳤다.

"이젠 싫어! 눈이 오잖아!"

혜용이 악을 썼다.

뜻밖의 상황에 놀라 석영은 우뚝 섰다. 그들의 등장을 알아채고 아이 엄마가 일어났다.

"눈을 무서워해요. 쌓인 눈은 괜찮은데…… 내리는 눈을."

아이 아빠도 일어섰다. 그는 시선을 피하며 돌아섰다.

"들리는 게 중요해 그럽니다."

혜용 엄마가 설핏 웃었다.

"함박눈이 오면, 우리도 그렇잖아요. 앞이 잘 안 보이죠. 혜용이도 그래요. 눈이 내리면 소리들이 송이송이 부딪히거든요. 차 소리도 말소리도 평소처럼 들리질 않죠. 용이 입장에선 답답한 거예요. 길도 미끄럽고."

"그래도 그렇지!" 아이 아빠가 딸을 보면서 기어코 한마디 했다. "매번 그렇게 포기할 거야? 씩씩하게 굴어야지!"

혜용의 표정이 샐쭉해졌다. 콧김을 씩씩 뿜더니 야무지게 팔짱을 꼈다.

"아빠가 뭘 알아? 두 개나 눈이 있는데!"

여행객들이 드나드는 호텔 로비에서 일행은 침묵했다. 등산복 차림의 남녀가 승강기에서 내려 우르르 쏟아졌다. 중년 남녀들은 큰 소리로 웃으며 서로를 놀리고 있었다. 출입문을 나서기 전, 일행 중 한 명이 안내 데스크의 직원을 보고 물었다.

"저기요. 눈이 계속 올까요? 우리 한라산 가려 하는데."

직원은 긴장한 낯으로 자리에서 일어났다. 20대 초반으로 보이는 남자가 출입문 밖을 보며 고개를 끄덕였다.

"기상청에서는 밤 9시까지 눈이 온다고 예보를 했습니다."

"제주에 함박눈이라니, 상상도 못 했어."

일행 중 누군가가 말했다.

"드문 일이지요." 호텔 직원이 맞장구를 쳤다. "제주에 이렇게 눈이 오기는 처녀적 이후 처음이라고, 저희 어머니도 새벽녘에 말씀을 하셨습니다."

물끄러미 그들을 보고 있다가 석영은 소파로 가서 혜용의 곁에 앉았다.

"그러면…… 뭘 하고 싶어?"

"그래. 네가 정해."

아이 엄마가 맞은편 자리에 얼른 앉았다.

"아빠는? 아빠 어딨어?"

혜용이 손으로 허공을 더듬었다. 속이 상해, 아이 아빠는 돌아서 있었다.

"아빠! 거기 있어? 대답해!"

혜용이 소리쳤다. 아이 엄마가 남편을 향해 사납게 눈을 굴렸다. 마지못해 그는 아이 곁으로 왔다. 나풀대는 딸의 손을 포개 쥐었다.

"아빠 여기 있어." 그가 말했다. "얘기해. 우리 딸, 뭐 하고 싶은지."

"응. 나 클레이 만들고 싶어. 아빠랑!"

혜용이 일어나 깡충 뛰었다. 환하게 웃고 있었다.

기가 막힌 듯, 아이 아빠가 숨을 삼켰다.

"클레이를 왜 해! 여기까지 와서!"

쩌렁쩌렁 큰 소리가 로비를 때렸다. 놀란 혜용이 움찔했다. 속상해 발을 구르며 아빠는 고개 숙였다.

"많이 했잖아. 클레이. 집에서도!"

"아빠아…… 클레이이. 지금 하고 싶어어……."

아빠를 안고 혜용이 칭얼거렸다.

"아무래도 안 되겠네요." 아이 엄마가 겸연쩍은 듯 고개를 수그렸다. "죄송하지만, 두어 시간 후쯤 다시 연락……."

"예. 괜찮습니다."

석영이 말했다. 제비도 곁에서 고개를 끄덕였다.

노란 점자블록을 따라 혜용 가족은 승강기 앞으로 갔다. 아빠 팔에 매달려 혜용이 헤헤 웃었다.

석영과 제비는 호텔 밖으로 나가 서귀포 시내를 조금 걸었다. 찬바람을 쐬자 답답한 기분이 조금씩 사라졌다. 물꾸럭마을까지 다녀오는 게 애매할 정도의 시간이 남아 있었다. 그들은 근처 카페에서 빈 시간을 보내기로 했다. 얼마나 걸었을까? 관광객의 흔적이 옅어진 곳에서 카페를 발견했다.

문을 열고 들어서자 싸늘한 기운이 그들을 휘감았다. 돌담도 돌하르방도 귤나무도 없는 곳에서 제비는 이상한 향수를 느꼈다. 문 하나를 열자마자 서울에 도착한 기분이었다. 천장과 바닥은 콘크리트가 노출된 채 아무런 마감도 되어 있지 않았다. 사방

벽에는 벽돌이 그대로 드러나 있고 시멘트도 제대로 바르지 않은 상태였다. 커다란 창밖엔 이렇다 할 풍경도 없이 옆 건물 벽만 보였다. 느릿한 재즈가 흘러나와 공간의 틈을 메우고 있었다.

"뭐 먹을래?"

석영이 메뉴판을 보고 물었다. 제비는 고민하다 박하커피를 골랐다. 석영은 그것과 함께 에스프레소를 주문했다. 두 사람은 구석 자리로 가서 앉았다. 고양이 한 마리가 그들을 경계하며 주위를 어슬렁거렸다. 사진관에 두고 온 벨을 제비는 생각했다. 지금 뭘 하고 있을지, 밥은 먹었을지 걱정이 됐다. 이장님 댁에 맡기고 올걸 그랬다는 후회가 밀려들었다. 순간, 갑자기 아기 생각이 났다. 내 아기. 태명으로만 불렀을 뿐 이름을 붙여주지 못한 아기는 지금 어디서 누구와 있을까? 웃고 있을까, 울고 있을까. 구박을 받거나 방치돼 있는 건 아닐까……. 아니겠지. 아닐 거야. 잠투정을 부리며 울던 얼굴이 눈에 선했다. 벨을 걱정한 뒤에야 아기의 안부를 걱정했다는 사실이 제비는 부끄러웠다.

"아이를 키운다는 건 참 어려운 일이구나."

결제한 카드를 지갑에 넣으면서 석영이 말했다. 그는 자리에 앉아 한숨을 푹 쉬었다.

"그렇죠."

제비가 고개를 끄덕거렸다.

"그래, 너는 알 거야. 어린이집에서 일했으니까. 아마 나중에 좋은 엄마가 될걸."

"그만뒀는데요, 뭘."

어깨를 웅크리고 제비는 검지 끝으로 탁자를 문질렀다. 진동
벨이 울리자 석영이 일어나 커피를 가져왔다.

"그나저나 요즘 어때? 수영 연습. 많이 힘들지?"

"괜찮아요."

머그 컵을 들고 제비는 커피를 조금 마셨다. 쌉싸래한 맛이 화
하게 흩어지는 미감이 특이했다. 석영은 자그만 잔을 들고 커피
를 조금 삼켰다. 미간에 주름이 졌다.

"있잖아요……."

제비가 석영의 눈치를 봤다.

"응?"

"궁금한 게 있는데요."

석영은 고개를 끄덕였다. 주위에 사람이 없는 걸 확인한 뒤에
제비가 속닥거렸다.

"뭐가 부족한 것 같아요? 저한테. 사장님이 볼 때 말예요."

"외모가? 아님 내면이?"

"내면이요!" 기가 막히다는 듯 제비가 코웃음 쳤다. "거츠 작가
님이 그랬잖아요. 결핍이 사람을 만든다고."

커피를 음미하며 석영은 고개를 갸웃했다.

"그랬나? 내가 기억하는 건 좀 다른데. 결핍을 메꾸려 남을 이
용하지는 말아라, 그렇게 말하지 않았니?"

"그게 그 말이죠." 제비가 눈을 굴렸다. "어쨌든 사람은 결핍을

메꾸려 애쓰게 된단 거니까. 그러다가 뭔가 되거나 안 되거나, 그러는 거 아니에요?"

"그런가?"

석영이 자그만 잔을 몽땅 비웠다.

괜한 말을 꺼냈다고, 제비는 후회했다.

'너랑 저 사람은 고용주와 노동자 관계야. 뭘 더 바라나?'

스스로에게 통박을 주고 제비는 휴대폰을 꺼냈다. 포털 사이트 연예면을 보니 여자 연예인이 지인을 때려 소송에 휘말렸다는 기사가 떠 있었다. 제비는 얼른 그것을 클릭했다.

"내가 보기에 너는…… 야무져. 기지 넘치고." 석영이 말했다. "부족한 점은, 잘 모르겠어."

벙싯대는 입매를 다물며 제비는 두 눈을 내리깔았다. 휴대폰을 가방에 도로 넣었다.

"아 참. 나 이거 인화했는데."

지갑을 꺼내 석영은 뒤적거렸다. 명함판 사진 한 장이 손가락에 들려 나왔다. 그것은 제비의 사진이었다. 하쿠다 사진관 카운터 안에 멍하니 서 있는 사진. 눈도 입도 헤 벌어져 어리숙해 보였다.

"선물이야."

석영이 말했다.

황당한 나머지 제비는 웃고 말았다.

"이런 건 선물이 아니에요. 이렇게 못난 사진은!"

"네 눈엔 그러니? 귀엽기만 한데."

사진을 흘깃 보고 석영은 웃었다. 제비가 가만히 눈을 흘겼다.

"이런 게 귀엽다니. 혹시 나 좋아해요?"

"좋아하지." 석영은 마른 코를 훌쩍거렸다. "널 만나고 많은 게 달라졌다. 혼자서는…… 이렇게 못 했어."

입술을 삐죽이며 제비가 사진을 만지작거렸다. 사진 찍을 때의 정경이 그대로 떠올랐다. 하쿠다 사진관에 취직하고 얼마 되지 않은 때였다. 석영은 손님 없는 가게에서 카메라 테스트를 한다며 여기저기를 찍고 있었다. 유나 아빠가 처음으로 문어빵을 만들어 왔고, 석영은 혹평을 했다. 그렇게까지 할 필요 있냐고 제비가 지적했을 때, 사진은 그때 찍혔다. 팔짱을 끼고 석영이 상체를 앞으로 기울였다.

"너한테 뭐가 부족한지, 그거는 네가 알지. 누구나 그렇잖아. 다른 사람한테 물어볼 필요 없어. 너는…… 지금 살아 있지? 그건 참 대단한 일이야. 나는 네가…… 숨 쉬는 것도 장하다."

얼떨떨한 심정으로 제비는 석영을 봤다. 손발이 오글거리는데도 기분이 나쁘지 않았다. 석영도 비슷한 기분인지 휴대폰을 꺼내 들여다봤다. 때마침 전화가 걸려 왔다.

"어디 계세요? 이제는 나가볼까 하는데."

혜용 엄마의 목소리였다.

"나 신기한 거 먹고 싶어. 여기에만 있는 음식!"

혜용이 들떠서 소리쳤다.

SUV를 타고 석영은 대왕물꾸럭마을로 차를 몰았다. 유나브레드의 문어빵을 혜용에게 맛보여 주기 위해서였다. 형진의 가게는 해안사구 근처에 있었다. 지붕 낮은 옛집을 사들여 인테리어를 했다. 자그만 별채에서 가족과 살림을 하고 본채에서 장사를 했다. 제빵 공간과 카운터를 빼면 탁자 두 개만으로도 꽉 차는 크기였다. 지난겨울 형진은 가족과 함께 물꾸럭마을로 왔다. 사람들로부터 석영의 이야기를 듣고 찾아와 조언을 구했다. 공사를 돕고 빵을 나눠 먹으며 형진네 식구와 가까워졌다. 그러는 사이 유나도 태어났다.

"어서 오세요!"

혜용 가족이 들어서자 형진은 반갑게 소리쳤다. 그는 하얀 유니폼을 입고 갓 구운 케이크를 진열하고 있었다. 고소하고 달콤한 공기가 풍선처럼 부풀어 일행의 몸을 감쌌다. 혜용은 까치발을 들고 향기를 음미했다. 형진이 탁자 두 개를 붙여 자리를 만들어줬다. 가게가 예쁘다고 칭찬을 하며 혜용 부모가 두리번댔다. 그들은 보이는 것을 그대로 아이에게 설명했다. 아름다운 바다가 정면으로 보이는 곳에 가족은 나란히 앉았다.

"이게 뭐예요? 못 보던 건데."

제비가 진열대 가까이 갔다.

"지금, 케이크 이야기를 하고 있어."

혜용 엄마가 자그맣게 설명했다. 제비는 자기의 일상적 표현이 누군가에게 장애가 된다는 것을 뒤늦게 알고 놀랐다.

"신제품이야. 박사 손님이 힌트를 줘 만들었지."

씩씩하고 당당하게 형진이 말했다. 그는 자랑스러운 낯으로 케이크를 보고 있었다.

"박사 손님? 아, 제주대에서 돌 연구하는 분 말이죠?"

"응. 그 돌 박사님. 아주 중요한 말을 해줬어. 사진기가 박살 나던 날 말야." 흥분한 형진이 손님들을 향해 섰다. 그는 수다를 떨기 시작했다. "아이스커피를 달라고 해서 냉큼 줬어요. 그리고 이 사장네 사진관을 소개해 줬죠. 사진 박사가 있으니 가보라고요. 오븐에서 알람이 울려 따끈한 문어빵을 진열대에 났더랬습니다. 흘끔흘끔 보데요. '이게 뭐예요?' 묻기에 '지역 특산품입니다.' 했죠. 피식 웃데요. 그러더니 이러는 겁니다. '나 같으면 크레이프를 만들 텐데.'"

"크레이프? 그게 뭐죠?"

제비가 물었다.

"나 알아요!" 혜용이 끼어들었다. "얇은 팬케이크를 여러 겹 쌓아 만든 케이크예요."

"그렇지! 너 아주 똘똘하구나?"

혜용을 보고 형진이 활짝 웃었다. 덩달아 웃으며 혜용이 선글라스를 벗어 접었다. 형진의 미소가 삐끗했다. 친한 사람들이나 알아챌 만큼 아주 잠깐. 형진은 말을 이었다.

"그 손님이 그러더라고요. '여기 주상절리가 그거 단면이랑 비

숫하잖아요? 물론 옆으로 세웠을 때 말이지만.' 그러고는 턱을 이래 치켜들면서 싸늘하게 말하데요. '지역 특산물을 만들고 싶다면 그런 걸 만들어야지.'"

석영은 소리 내 웃었다. 지질학자의 도도한 표정이 눈에 선했다.

"영감이 파바박! 떠오르데요. 막 메모를 하고 있는데 그 손님이 그러는 겁니다. '제주도지질공원 홈페이지 들어가 보세요. 제주 지형 닮은 빵들을 벌써 누가 팔고 있어요.' 화산 무슨 층······ 정확히 기억 안 나네. 암튼 그걸 닮은 소보로빵이랑 성산일출봉 닮은 머핀 같은 걸 팔고 있다며 참고를 하란 거예요. 그래, 손님 가자마자 노트북을 켰죠. 웬 횡재냐 싶더라고요. 스케치하고 메모해 여러 가지를 만들었어요. 그중 두 개를 건졌습니다. 어때요?"

형진이 진열장에서 케이크 두 개를 가리켰다.

"하나는 티그레를 응용해 만든 사구케이큽니다. 원래 티그레는 도넛 가운데 초콜릿을 채운 거예요. 이건 스펀지케이크를 쌓아서 구멍을 내고 초콜릿을 채운 케이큽니다. 사구의 멋진 흐름을 표현하려 모카크림을 얹어 나이프로 다듬었죠. 빵칼의 날로 무늬를 냈고요. 대왕물꾸럭마을 상징인 문어도 초콜릿 장식으로 만들어 올렸습니다. 다른 하나는 주상절리케이큽니다. 문어 먹물로 색을 낸 팬케이크를 두툼하게 구워 흑임자크림을 발라 쌓았죠. 그다음 세로로 착 뉘었어요. 주상절리 단면을 표현하려고 오랜만에 예술 좀 했습니다. 여기 보세요. 사진을 확대해 똑같이 만들었어요. 포크로 찍고 긁어 아주 세밀하게 표현을 했죠. 한 시간

걸렸습니다. 그리고 이 위에는……."

"우아! 사진관!"

제비가 소리쳤다.

"맞아. 화이트초콜릿으로 만든 장식물이야." 형진이 말했다. "자세히 보면 하쿠다 사진관이라고 글씨도 적혀 있어."

석영과 제비는 동그랗게 눈을 떴다. 자그만 초콜릿 장식에 정말로 글씨가 적혀 있었다. 석영이 환히 웃었다.

"그래, 어때요? 잘 팔려요?"

"오늘 처음 낸 거야. 좀 사 줘라. 사 주십쇼!" 형진이 넉살 좋게 웃었다. 그러고는 농담이라는 듯 재빨리 손사래 쳤다. "힘들어 죽겠어. 문어빵 택배로 겨우 버티는데, 따지고 보면 그것도 사진관 손님들 덕분이지. 여름에 다녀간 라이더분들 있잖아? 그분들 자녀랑 신혼부부 손님들이 인스타그램에 사진을 올려줬어. 예쁘고 맛있는 빵이라고 소개해 주고. 하지만 아직 역부족이야. 조금 더 알려져야 해."

형진은 허리를 펴고 창밖의 바다를 봤다. 아름다운 해안사구와 꽃샘기정이 멀리 보였다. 진지한 낯으로 그는 말했다.

"여기가 유명해지면 좋을 텐데. 제주의 다른 관광지들처럼 말야."

혜용 가족은 팥소가 든 문어빵과 주상절리케이크, 따뜻한 우유 세 잔을 주문했다. 해안사구는 혜용이 걷고 만지며 느낄 수 있지만 높다란 주상절리는 체감이 어려웠다. 혜용의 부모는 케이크를 통해서라도 그것을 알게끔 하고 싶었다. 두 손을 깨끗이 씻고 혜용은 주상절리케이크를 더듬었다. 냉각 수축된 암석 기둥을 뜯어내듯 팬케이크를 손으로 뜯어 먹었다. 나무를 표현하려 뿌려둔 녹차 가루가 여린 손끝에 들러붙었다.

"맛있어요. 근데 난 이게 더 좋아."

팥소가 든 문어빵을 혜용은 움켜쥐었다. 동그란 문어 몸통에 초콜릿 양각으로 눈, 코, 입이 그려졌고, 네 개의 통통한 다리가 그 밑에 달려 있었다. 어른들이 웃는 사이 가게 문이 슬쩍 열렸다. 효재의 손에 끌려온 양희가 일행을 보고 놀랐다. 돌아서려는 양희를 효재가 힘껏 당겼다.

"요즘 애가, 저거에 꽂혀 있어서."

어색한 양희의 시선이 진열대를 향했다.

"문어빵 주세요. 문어소, 팥소, 고기소 하나씩요."

"아이고, 감사합니다!"

반색을 하며 형진이 작업실로 들어갔다. 손님들을 외면하며 양희가 아들의 손을 잡았다. 재빨리 돌아섰다.

"효재 추운데 어디 가요, 언니." 제비가 일어나 효재를 잡아 세웠다. 돌아선 아이의 뺨에 부드럽게 손등을 댔다. "세상에! 얼음장처럼 차네. 여기 와 앉아."

"아냐, 우리 괜찮아."

양희가 효재의 팔을 냉큼 잡았다.

"그러지 말고 안에 있어요. 눈도 오고 바람도 세잖아." 제비가 혜용 가족을 향해 눈짓을 했다. "그러고 보니 효재 일곱 살이지? 혜용이랑 동갑이다. 친구 하면 되겠네."

"동갑이라고 다 친구 해요?" 혜용이 대들었다. "언니는 동갑이랑 다 친구야?"

"그건…… 아니지."

민망해, 제비가 실실 웃었다.

"그럼 못써."

당황한 혜용 엄마가 엄하게 주의를 줬다.

"겐디 어멍. 쟈이는 눈이 왜 저래?"

(그런데 엄마. 쟤는 눈이 왜 저래?)

엄마를 향해 효재가 고개를 치켜들었다. 작은 가게 안에서 모두의 귀에 말이 들렸다.

"고만히 이시라!"

(가만히 있어라!)

양희의 얼굴이 빨갛게 달아올랐다. 혜용이 일어나 두 팔을 허리춤에 얹었다.

"무안구증이라 그래. 태어날 때부터 눈이 없었지. 왜냐고? 유전자 결함 때문이야. 어쩌면 염색체 이상. 이제 됐니?"

무안했는지 효재가 엄마 뒤로 몸을 숨겼다.

"흥. 이런데 친구가 될 수 있겠어?"

혜용이 입술을 삐죽거렸다.

"펜두룽 호지 말고 고르라."

(시치미 떼지 말고 말해라.)

양희가 아들의 덜미를 잡아 앞으로 당겼다. 끌려 나오지 않으려 버티다가 효재가 튕겨 나왔다. 석영의 뒤에 얼른 숨었다. 양희의 눈에서 불꽃이 튀었다.

"그냥 물어본 거우다! 궁금해서 경헌 건디……."

미안한 눈으로 효재가 혜용을 봤다. 허리를 꼿꼿이 하고 혜용이 문어빵을 먹고 있었다. 갑자기 몸을 돌려, 석영이 효재의 겨드랑이를 간질였다. 팔을 몸에 꼭 붙이고 효재가 깔깔 웃었다. 석영의 품에 안겨 어리광을 부려댔다.

"삼촌. 나 그거 타고 싶언."

"너! 경허지 말라 호난!"

문가에 선 양희가 매섭게 소리쳤다.

"그거? 그게 뭔데?"

혜용이 효재 쪽으로 몸을 돌렸다.

"으응. 사이드카야."

효재가 말했다.

"사이드카?"

"그래. 오토바이 옆에 붙여서 타는 거야. 엄청 신나. 바람이 막 달려들고. 꼭 새가 된 것 같아. 너도 타면 좋아할걸?"

혜용이 휴지에 손을 닦고 엄마의 손을 잡았다.

"엄마! 나도 그거 탈래!"

307

유나브레드를 나와 두 가족은 사진관으로 갔다. 양희는 효재만 보내려 시도했지만 그러지 못했다. 낯선 사람들 속에 불편했는지 효재가 자꾸 칭얼거렸다.

"귀여운 아들을 두셨네요."

SUV에 타기 전 혜용 엄마가 말했다.

"아뇨. 그쪽이야말로."

양희가 얼른 말했다.

열린 차체를 능숙하게 더듬어 혜용이 차에 올랐다.

"아이가 아주 씩씩해 보여요."

"그러게요. 오늘 아침엔 안 그랬는데."

혜용의 아빠가 차에 올라 딸의 어깨를 끌어안았다.

"내가 언제? 난 항상 씩씩해!"

혜용이 소리쳤다.

주차를 마친 석영이 사진관 문을 열려는데, 벨이 짖으며 문을 긁었다. 이제는 제법 체중이 늘어 나무 문이 앞뒤로 흔들렸다.

"아, 혹시 강아지 괜찮으세요?"

혜용의 부모를 향해 제비가 물어보았다.

"상관없어요. 좋아합니다. 공동주택에 살고 있어 키울 순 없지만."

아이 아빠가 말했다. 엄마의 손을 잡고 혜용은 고개를 갸웃했다. 문이 열리자마자 튀어나온 벨이 석영의 다리에 달려들었다. 장난스럽게 입질을 했다.

"세인트버나드! 인명구조견!"

혜용이 소리쳤다.

"헤엑! 어떻게 알았지?"

효재가 놀라 입을 벌렸다.

"짖는 소리 들으면 알아. 약간 혼란스럽긴 했지만!"

어깨를 높이고 혜용이 잔뜩 뻐겼다.

"혼란스러울 만해. 얘 엄마는 제주견이거든. 아빠가 세인트버나드야." 제비가 끼어들었다. "근데 어쩜 그렇게 잘 알아? 보지도 않고."

"우리 용이, 모르는 게 없어요." 아빠가 자랑스레 딸의 어깨를 토닥거렸다. "백과사전 듣는 게 취미예요. 한 번 들으면 절대 안 잊죠. 실은 영재 판정을 받고 홈스쿨링을 하고 있어요."

"아이, 이 사람 별소릴 다 해."

주위 눈치를 보며 아이 엄마가 퉁박을 쳤다. 효재는 존경스러운 눈으로 혜용을 바라보았다.

'저 눈빛을 볼 수 있다면 둘은 금세 친구가 될 텐데.'

제비는 생각했다.

야자나무가 늘어선 정원에서 석영은 사이드카의 덮개를 벗겼다. 그는 사이드카를 오토바이에 연결하고 효재를 먼저 태웠다. 혜용의 부모는 주위를 돌며 그것을 꼼꼼히 봤다. 안전한지 살피는 거였다. 헬멧을 들고 양희가 효재의 머리에 씌워주었다. 혜용은 바른 자세로 서서 소리를 들었다. 시동 켜지는 소리가 났고, 신이 나 호들갑 떠는 효재의 목소리가 들렸다. 혜용은 입술을 꽉 다물었다. 웃는 표정을 들키고 싶지 않았다. 오토바이가 출발했다. 엔진 소리가 멀어졌다.

"여보, 어때. 저 정도는 타도 될 것 같지 않아?"

아빠의 말을 듣고 혜용은 신이 나 콩콩 뛰었다. 효재가 드라이브를 하는 동안 혜용의 부모는 아이의 손을 잡고 갤러리를 구경했다. 그들은 액자 앞에서 사진을 하나씩 묘사해 줬다. 양희는 창가에 앉아 제비가 준 커피를 홀짝거렸다. 그는 휴대폰을 꺼내 뭔가를 읽었다. 제비가 슬쩍 보니 화면이 온통 영어였다. 주방으로 가서 제비는 디너파티에 사용할 재료들을 점검했다. 얼마나 지났을까?

"호끔 더 타고 싶은데……."

볼멘소리를 하며 효재가 사진관 문을 밀었다.

"엄마 나야! 내 차례!"

번개처럼 빨리 혜용이 몸을 틀었다. 프리다이빙 하는 청년과 흰동가리는 그 즉시 외면당했다.

마당으로 나가, 혜용 아빠가 딸의 몸을 들어 올렸다. 그는 사이드카의 좌석에 아이를 내려놓았다.

"그렇게 좀 보지 마! 온몸이 끈적끈적해."

거미줄을 물리치듯 혜용이 두 팔을 휘저었다.

깜짝 놀라 일행은 서로 눈치를 봤다. 모두가 혜용을 보고 있었던 것이다.

"너라서 보는 게 아냐. 아까 효재가 탈 때도 그랬어. 어른들은 항상 애들을 걱정하니까."

혜용 엄마가 말했다. 양희에게 헬멧을 받아 그녀는 딸의 머리에 씌웠다. 아빠가 다가와 안전벨트를 꼼꼼히 맸다. 제비는 그 모든 태도를 사진으로 찍었다.

"이거 그거 같다! 롤링엑스트레인!"

오토바이가 내리막에 접어들자 혜용이 소리쳤다. 울퉁불퉁한 시멘트 길을 지나 사이드카가 해안도로에 올라섰다. 석영은 속도를 조금 높였다. 혜용의 짧은 머리가 바람에 마구 날렸다. 사이드미러를 통해 석영은 아이의 표정을 봤다. 입을 벌린 채 가만있다가 혜용은 손을 들었다. 두 손을 앞으로 뻗어 손가락을 흔들며 바람을 어루만졌다. 전면에 붙인 카메라에 그 예쁜 표정이 고스란히 찍혔다.

"기분이 어때?"

바람 속을 달리며 석영은 소리쳤다.

아주 빠르게 혜용이 머리를 흔들었다.

"안 돼요! 말로 못 해!"

파도 소리를 들으며 그들은 한참 달렸다. 문득, 아이가 감기에 걸리진 않을까 걱정이 되어 석영은 길을 틀었다. 온 길을 돌아서 오토바이가 시멘트 길에 접어든 순간 혜용이 훌쩍거렸다. 사진관에서 기다리던 혜용의 부모가 우는 딸을 보고 놀랐다.

"왜 그래. 무서웠니?"

혜용 엄마가 물었다.

말없이, 아이는 콧물을 훌쩍거렸다.

"진짜 좋지? 짱 좋지?"

효재가 옆에서 막 까불었다.

웃으면서 혜용이 고개를 끄덕였다.

"어때. 꼭 새가 된 것 같지?"

혜용은 고개를 가로저었다.

"계란이 된 것 같던데. 첨엔 신이 났는데 갈수록 무서웠어. 앞이 보이면, 하나도 무섭지 않을 텐데……."

아빠의 도움을 받아 혜용이 사이드카에서 몸을 빼냈다.

"하지만…… 무서우려고 타는 거잖아?"

효재가 고개를 갸울였다.

콧물을 훌쩍이다가 혜용은 딸꾹질을 했다. 그러더니 막 무슨 생각이 났는지 아빠의 손을 잡았다.

"있지! 나 한라산 갈래!"

혜용 아빠의 얼굴이 확 밝아졌다. 하지만 미소는 곧바로 지워졌다. 그는 휴대폰으로 시간을 확인했다.

"늦었어. 지금 출발하면 백록담 못 가."

"꼭 백록담까지 가야 돼?"

혜용이 되물었다.

"그건…… 아니지."

"그럼 가도 되지?" 효재를 향해 혜용이 고개 돌렸다. "야, 너도 갈래?"

"응! 엄마, 가도 돼?"

효재가 양희를 봤다. 양희는 엄한 눈으로 고개를 흔들었다.

"거기 위험해. 애들이 막 오를 산이 아니다."

그녀가 표준어로 말하고 있다는 것을 제비는 알아챘다. 그것은 아들을 향해서 하는 말이 아니었다.

"저, 혹시…… 한라산 가보셨나요?"

혜용의 부모를 향해 양희가 물었다.

어리둥절한 눈으로 혜용의 부모는 고개를 가로저었다.

"그럼, 평소 등산은 좀 하시는 편인가요?"

머리를 긁적이며 혜용 아빠가 고개 저었다.

"결혼 전에는 자주 갔어요. 산행 데이트를 종종 했었는데……."

혜용 엄마가 덧붙였다.

'이런 분들 데리고 백록담에 가려 했다니.' 하는 눈으로 양희가 석영을 봤다. 잔뜩 변명하고픈 눈치였지만 석영은 입을 닫았다. 그런 석영의 허리를 효재가 끌어안았다.

"그럼 월라봉 정도 가시죠."

양희가 말했다. 그것은 제안이 아니었다. 명령이었다.

"월라봉? 아줌마, 그거 무슨 뜻이에요?"

혜용이 고개를 돌렸다.

"'달 월'에 '늘어설 라.' 그러니까 달이 떠오르는 봉우리라는 뜻이야. 해발 200미터인 작은 산이지."

양희가 설명했다.

"아아, 뜻이 참 예뻐. 아빠 우리 거기 가!"

혜용이 두 손을 모아 쥐었다.

SUV를 타고 일행은 월라봉 기슭에 도착했다. 눈 덮인 봉우리
가 수북한 밥그릇 같았다. 주차를 하고 들어선 길은 비좁고 야트
막했다. 수풀에 쌓인 눈 더미가 햇살을 받아 녹고 있었다.

"어마, 눈이 그쳤네!"

혜용 엄마가 기뻐서 손뼉을 쳤다.

"먼저 갈 테니 따라오세요."

효재를 앞세우고 양희가 걸어 나갔다. 석영이 사진기를 들고
그 뒤에 섰다.

"여기서는 찍지 마세요. 너무 위험해."

혜용 엄마가 손사래 쳤다.

"그래요. 미끄러지기라도 하면 저희가 다칩니다."

혜용의 아빠도 정색을 하고 말렸다.

"괜찮아요. 한라산 등반을 위해 준비해 뒀거든요." 석영이 가방
에서 셀카봉을 꺼냈다. 사진기가 놓이는 자리 근처에 거울이 붙
어 있었다. "앞을 보고 걸으면서도 촬영이 가능해요. 제비하고 연
습해 봤죠."

"맞아요. 걱정 마세요."

제비가 싱긋 웃었다.

그렇게 해서 맨 앞에 효재와 양희, 그 뒤에 석영, 그를 따라 혜용과 부모가 차례로 산을 올랐다. 제비가 끝에서 뒤를 지켰다. 만약의 사태에 대비해 구급약품과 생수 등을 챙긴 가방도 짊어졌다. 서로를 걱정하고 도우면서 걷는 일행을 제비는 자꾸 보았다. 혹시나 누군가가 미끄러지면 자신이 잡아주고, 혹시 누가 다치면 자신이 응급키트를 꺼내 치료해 주어야 했다. 오랜만에 느낀 그 책임감이 제비는 싫지 않았다. 어린이집에서 일할 때는 그렇지 않았는데. 행복한 가족과의 여행도 걱정만큼 나쁘지 않았다.

'감당할 만한 책임이라서 그런 걸까?'

제비는 생각했다. 그는 3년 전 헤어진 아기를 떠올렸다. 예전에, 그는 커다란 책임을 짊어졌다. 그것은 너무 무겁고 뾰족하고 시끄러우며 뜨거운 책임이었다. 결국, 제비는 포기했다. 돌이킬 수 없는 죄를 지었다고 오랫동안 생각했다. 하지만 산을 오르면서 제비는 조금 다른 생각을 했다.

'나는 아주 건강한 아기를 낳았어.'

거친 숨을 고르며 제비는 혜용을 봤다. 엄마 아빠 사이에 끼어 걷다가 혜용이 비틀거렸다. 제비는 자기가 나쁜 생각을 하고 있다는 걸 알았다. 하지만 일단 떠오른 생각을 지워낼 순 없었다. 혜용이네와 양희네 사이에 거리가 벌어졌다. 야트막한 산이니까 쉬울 거라는 건 섣부른 오해였다. 삐죽하고 날카로운 돌길이 계속해 이어졌다. 석영은 셀카봉을 접어 백팩에 넣었다. 사진기를 목에 걸고, 그는 돌아서 언덕을 내려갔다. 혜용의 근처에 멈춰 섰다.

"업어줄까?"

석영의 손이 자기 손에 닿자 혜용은 뿌리쳤다. 얼마나 매섭게 뿌리쳤는지 보는 사람이 무안할 정도였다.

"싫어!"

혜용이 도리질했다. 거친 숨을 몰아쉬며.

"미안해요. 우리 용이는 손이 예민해서."

혜용 아빠가 변명했다.

"촉감으로 세상을 보거든요." 혜용 엄마가 덧붙였다. "눈을 찔려 놀랐다고, 그렇게 생각해 주세요."

"예. 괜찮습니다. 아무렇지도 않아요."

석영이 물러섰다.

"조금 더 가면 넓은 길이 나와요! 타이어 매트도 깔려 있고, 나무 계단도 있어요!"

높은 곳에서 양희가 소리쳤다.

"한라산에 안 가길 잘했어. 여기도 이렇게 힘이 드니."

아이 아빠가 머리를 흔들었다. 이마의 땀을 닦았다.

"아냐, 난 안 힘들어!"

혜용이 소리쳤다. 입을 꾹 닫고 경사로를 올라갔다. 혜용 아빠가 서둘러 딸 앞에 섰다.

"어멍, 쟈이 도와줄까?"

효재가 점퍼를 벗어 허리춤에 묶었다.

'제법 대견한 말을 하네?'

양희는 웃으며 아들의 머리를 쓰다듬었다.

"응. 겐디 도와도 되는지 먼저 물어보라. 책에서 읽었신디 그래야 된다 호난."

"기여(그래)."

엄마의 손을 놓고 효재가 내려갔다. 혜용은 아빠 뒤에서 열심히 걷고 있었다.

"놀멍놀멍 가겐(천천히 올라가자). 여기 산 되게 예쁘다."

혜용의 곁에 알짱대며 효재가 떠들었다. 오솔길을 벗어나 눈 내린 산을 다람쥐처럼 오르내렸다. 소리가 나는 쪽으로 혜용이 고개 돌렸다.

"그래? 뭐가 보이는데? 어떻게 예뻐?"

"음……. 길 양쪽에 소나무가 있어. 하얀 눈이 쌓여서 가지 끝에 붙었다? 솔잎들이 칫솔 같아. 그 사이로 조그만 다람쥐가 뛰어가는 걸 봤지! 엄청 빨랐어."

혜용의 입 끝이 슬며시 올라갔다.

"이상하네. 제주도엔 다람쥐가 없다던데."

"누가 그래? 방금 내가 봤는데."

"웹에서 읽었어."

효재는 어깨를 으쓱였다.

"어쨌든 나는 다람쥐를 봤어. 토실토실하고 엄청 예쁜 줄무늬가 있었다고. 꼬리가 이렇게 길고."

"하지만…… 다람쥐는 겨울잠을 자잖아? 백과사전에서 들었어."

"어떤 다람쥐들은 그렇겠지. 하지만 내가 본 것도 다람쥐야. 거짓말이 아니라고."

"……."

"있잖아, 나랑 같이 갈래? 나 여기 와방 잘 알아."

효재의 말을 듣고 혜용은 천천히 고개를 끄덕였다.

"내 손 잡을래?"

"아니. 네가 내 팔 잡아."

혜용이 씩씩하게 오른팔을 내줬다. 그 팔을 잡고 효재가 앞서 걸었다. 때마침 오솔길이 끝나고 두 사람이 걸을 만큼 넓은 길이 나왔다. 양희가 언덕을 내려와 아들 뒤에 섰다. 혜용의 부모가 그를 보고 눈인사를 건넸다. 양희도 마주 보고 인사를 했다. 헥헥거리며 제비가 산을 올랐다. 그는 일행을 지나쳐 석영이 있는 맨 앞으로 갔다. 무거운 가방을 벗어 석영의 품에 맡겼다.

"이제 사장님이 뒤로 가세요. 이 짐도 다 지시고요."

석영의 가방을 뺏어 제비가 짊어졌다. 그것이 훨씬 더 무겁다는 걸 알자마자 후회가 됐지만 돌이킬 수는 없었다.

"아냐, 나는……."

멀리서 오는 양희 모습을 석영은 흘깃 보았다.

"아니긴 뭐가 아녜요? 가라고요."

제비는 사장의 등을 떠밀었다. 어쩔 줄 모르고 석영은 서 있었

다. 그러는 동안 일행이 하나둘 그의 곁을 스쳤다. 맨 마지막으로
양희가 올라왔다.

"가세요. 제가 맨 뒤에 걸을게요."

"아닙니다. 제가 맨 뒤에 있어야죠."

석영이 허둥거렸다.

"불편해서 그래요. 뒷모습⋯⋯."

두 눈을 깔고 양희가 돌아섰다. 넓은 바다와 마을이 자그맣게
보였다.

"예, 그럼."

석영은 돌아섰다. 혜용 가족의 뒷모습을 사진기로 찍으며 그는
걸었다. 이따금 멈추어 양희를 돌아보았다.

"집중하셔야죠."

냉랭한 말투로 양희가 지적했다.

"예." 하고 돌아섰다가 석영은 또다시 뒤를 보았다.

"할 말 있어요? 있음 하세요."

"아뇨. 걱정돼서요."

석영은 얼버무렸다.

"저, 이 동네 토박이예요. 월라봉쯤 눈 감고도 오른다고요. 대
체 뭘 걱정한다는 거죠?"

"그냥요. 눈이 왔으니까."

양희가 석영을 툭 치고 갔다.

"화난 줄 알았는데요, 나한테."

"왜요?"

석영이 다가붙었다. 양희가 자기와 대화를 하고 있다는 사실 하나로 그의 심장은 터질 듯했다.

"요전에…… 죽을 뻔했잖아요, 제비. 나 때문에."

"그때는…… 그랬죠." 석영이 작게 말했다. "하지만 사람은…… 누구나 실수를 해요. 제비는 무사하고요."

앞서 걷는 양희의 앞을 석영은 막아섰다. 그들의 말이 들리지 않을 만큼 먼 데서 일행은 걷고 있었다. 월라봉 정상이 멀지 않았다.

"나는…… 좋아해요. 양희 씨."

싸늘한 눈으로 양희가 그를 보았다.

"왜요?"

"그냥요. 처음 봤을 때부터 좋았어요."

"그런 말, 나 싫어해요. 세상에 그냥은 없어. 그건 자기 심리를 모르는 사람이나 선택하는 무성의한 단어예요."

석영을 밀치고 양희가 앞으로 갔다. 아니 가려고 했다. 커다란 손을 뻗어 석영이 양희의 손을 잡았다. 그 힘에 의해 양희의 몸이 홱 돌아섰다. 서로의 숨소리를 들으며 그들은 서 있었다. 석영이 입을 뗐다.

"난요. 양희 씨 고동색 눈이 좋아요. 양희 씨 미소가 좋고. 양희 씨 카랑한 목소리가 좋아요. 물질하는 모습은 정말 멋진데……."

"그만해요!"

손을 뿌리치고 양희가 앞서갔다. 석영이 따라갔다.

"저는…… 사진 찍는 사람입니다. 말재주는 없어요. 사진기로는 양희 씨 멋진 모습 얼마든 찍겠지만, 클로즈업하고 조명도 써서 멋지게 찍겠지만…… 말재주는 없어요. 부족한 사람이라 미안합니다. 하지만 그래도 양희 씨가 좋아요. 그게 내 솔직한 심리입니다. 아니, 심정요……."

고개를 들어 양희는 정상을 봤다. 효재가 콩콩 뛰면서 엄마를 향해 손을 저었다. 양희도 힘차게 팔을 뻗어 아들을 향해 저었다. 까치발을 높이 들고.

석영과 양희가 정상에 올랐을 때, 혜용 가족과 효재는 사진을 찍고 있었다. 이제는 제법 능숙한 태도로 제비가 사람들을 세워 구도를 맞추었다. 너른 바다와 하늘이 포개지는 배경을 제비는 선택했다. 사진을 모니터링하고 석영은 활짝 웃었다.

"너 좀 하는데?"

"기본이죠."

콧방귀를 뀌며 제비가 우쭐거렸다.

"삼촌! 나도 찍어보젠!"

사진기를 향해 효재가 달려들었다.

"그래, 해봐. 삼촌이 전에 알려줬지? 혜용이 독사진 찍어주면 되겠다."

"나를 찍는다고? 나만?"

혜용의 얼굴이 빨갛게 됐다. 엄마 아빠는 안전한 위치에 아이를 세우고 웃으며 물러섰다. 팔짱을 끼고 효재가 천천히 주위를 둘러봤다. 어디를 배경으로 사진을 찍을지 생각하는 눈치였다.

"산방산이 보이는 게 좋겠어."

효재가 두 손으로 혜용의 어깨를 잡았다. 효재가 이끄는 대로 혜용은 몸을 돌렸다.

"산방산? 나 알아. 그거 종상화산이야."

혜용이 말했다.

"종상화산?"

효재가 고개를 갸웃했다. 제비와 석영은 가을에 다녀간 지질학자를 떠올렸다. 지금 함께 있다면 재미있을 것 같았다.

"응. 종을 뒤집어놓은 것처럼 생긴 화산이라는 뜻이야."

혜용이 말했다.

"별로 종 같진 않은데……."

한쪽 눈을 찡그리면서 효재가 뷰파인더를 들여다봤다.

"그래? 그럼 뭐 같아?"

혜용이 물었다.

"음…… 거북이? 기어가는 거북이 등딱지 같아. 모자 같기도 하고."

"모자?"

"응. 햇볕을 가릴 때 쓰는 챙 모자 말야."

"종 같지는 않다는 거지?"

혜용이 다시 물었다. 목소리가 좀 침울해진 것을 아무도 눈치 못 챘다.

"응. 종은 더 길쭉해야지. 산방산은 아래도 퍼져 있잖아? 저렇게 생긴 종이 어딨어."

효재가 말하고 셔터를 눌렀다. 석영이 다가가 사진을 보고 잘 찍었다며 칭찬을 했다.

"나도…… 싶어."

혜용이 말했다.

"뭐라고?"

혜용 엄마가 물었다. 그는 아이를 향해 두 귀를 기울였다.

"나도…… 사진 찍고 싶다고."

순간, 모두가 혜용을 봤다. 혜용의 부모는 이제까지 한 번도 아이에게 사진기를 준 적 없었다. 행여 아이가 상처받을까 걱정을 했던 것이다. 그들은 언제나 인화한 사진을 만지게 했다. 그것으로 충분하다고 여겼다. 반면 석영과 제비는 다른 고민을 했다. 그들은 혜용과 같은 아이에게 어떤 식으로 사진을 가르쳐줄 수 있는지 생각했다. 머릿속이 하얘졌다.

"하지만…… 네가 어떻게?"

효재가 물었다. 놀란 양희가 손으로 아들의 입을 막았다.

"어멍, 무사? 쟈이 어떵 사진 찍……."

"고만히 이시라!"

양희가 다그쳤다. 혜용의 부모를 향해 그녀는 여러 번 고개 숙었다. 혜용에게도 사과를 해야 하는데, 입이 쉬이 열리지 않았다. 주먹 쥔 손을 떨면서 혜용이 울고 있었다.

"넌! 너는 볼 수 있을 거 같애? 언제나 항상?" 어깨를 들먹이며 혜용이 소리쳤다. "무안구증은! 후천적으로도 생겨! 너처럼 멀쩡한 애들도 당장 여기서 넘어질 수 있어! 돌멩이나 나뭇가지에 눈을 찔릴 수 있어! 친구랑 장난치다 연필에 눈을 찔릴 수 있어!"

바락바락 소리치는 기세에 눌려 효재도 와앙 울음을 터뜨렸다. 아이는 돌아서 엄마를 끌어안았다.

"어멍. 난 그냥 궁금해서 물어봔……."

"기여. 안다."

양희가 아들을 토닥거렸다. 그러나 혜용은 더 크게 씩씩대며 두 팔을 휘둘렀다.

"궁금하면! 넌 뭐든 물어봐? 아까 빵집에서도 한 번 봐줬어!"

"아이참……."

혜용의 부모가 양쪽에서 아이를 다독거렸다. 그러나 혜용은 쉽사리 진정되지 않았다. 효재가 선 쪽을 향해 혜용은 소리쳤다.

"궁금한 거 나도 물어볼게! 그럼 넌 왜 아빠랑 같이 안 왔어? 너네 아빠 지금 대체 어딨어?"

월라봉 정상에 정적이 찾아왔다. 산 어딘가에서 뭔가가 무너졌다. 바람이 웅웅 불었다. 고개를 숙이고 양희가 아들을 끌어안았다. 입을 다물고 효재는 흐느꼈다. 울음소리를 내지 않으려 기를 쓰면서. 심상찮은 분위기 속에 혜용의 부모가 상황을 눈치챘다.

일반적 상황이면 우리 아빠가 어디에 있다고 아이가 당장 반박을 할 터였다. 무슨 사정이 있는지 몰라도 아이의 아빠는 부재했다.

"이혜용! 너 호텔 가서 봐."

무서운 말투로 혜용 아빠가 말했다.

"받은 대로 상처 주면 멋진 사람 아니라고 엄마가 말했지!"

"괜찮아! 나 멋진 사람 안 해!"

혜용이 씩씩댔다.

"이혜용 너 진짜……. 죄송합니다. 정말 죄송해요." 혜용 아빠가 양희를 향해 말했다. "효재야, 미안하다. 아저씨가 용이 따끔하게 혼낼게."

그 말을 듣고 서러움이 북받쳤는지 효재가 목청 높여 울었다. 혜용 아빠는 난감해 어쩔 줄 모르는 눈으로 석영을 봤다. 조심스럽게 이 모든 상황을 제비가 사진 찍었다. 나무 뒤에 숨어 촬영하는 제비를 보고 석영은 꽤나 놀랐다. 사진기를 쓱 내리며 제비가 입술을 벙긋거렸다.

'이런 거 다 찍으라면서요.'

그런 얘기를 하는 것 같았다.

"궁금하다고 뭐든 다 말로 하민 안 된다. 속으로만 생각해야 될 때도 이서."

양희가 정신을 가다듬고 아들을 토닥였다. 효재가 슬며시 고개를 끄덕였다. 아들을 향해 양희가 다시 말했다.

"친구한테…… 할 말 엇나?"

눈물을 닦고 효재가 혜용을 흘깃거렸다. 엄마 품에 얼굴 묻었다가 고개를 치켜들었다.

"미안해."

혜용도 흐르는 눈물을 손등으로 훔쳤다.

"알았어."

"그게 다야?"

혜용의 옆구리를 엄마가 쿡 찔렀다. 어깨를 흔들다가 혜용은 운동화로 바닥을 찼다.

"나도. 미안해."

석영은 그제야 안도의 숨을 쉬었다. 그는 혜용의 부모를 향해 고개를 주억거렸다.

"사진 찍는 거…… 내가 알려줄까? 석영 삼촌한테 배웠는데."

효재가 말했다.

"좋아."

혜용이 대꾸했다.

급작스러운 다툼과 화해에 얼빠진 어른들은 멍하니 서서 아이들을 지켜보았다. 석영이 설치한 삼각대 근처로 효재가 혜용을 데려갔다. 얼른 다가가, 석영이 삼각대 높이를 조절해 줬다.

"자, 여기 눈을 대. 그러면 풍경이 보여."

효재가 말했다.

혜용은 고개를 가로저었다.

"안 보이는데?"

"아."

당황한 효재가 엄마를 봤다. 모른다는 뜻으로 양희는 어깨를 으쓱였다. 어떻게 할까 고민하다 효재가 손뼉을 쳤다. 그리고 혜용의 뒤에 섰다. 두 손으로 혜용의 손을 잡고 어깨높이로 들었다. 놀랍게도, 혜용이 가만있었다. 눈과 같은 손을 다른 사람이 잡고 있는데도. 제비는 떡하니 입을 벌렸다. 다른 사람 손엔 세균이 많다고 새침을 떨던 혜용 아닌가.

"여기부터 여기까지 보인다. 사진기 뷰파인더로."

효재가 말했다.

"그게 얼마큼인데?"

혜용이 다시 물었다.

효재는 머리를 긁적거렸다.

"음…… 우리 마을 끝부터 끝까지야. 아마 천 걸음, 아니 만 걸음 정도 될걸? 그리고 바다가 있어."

"그렇겐 잘 모르겠어." 혜용이 투덜댔다. "천 걸음이랑 만 걸음은 차이가 커. 난 내 한 걸음을 재본 적 있는데, 정확히 46센티미터야. 천 걸음이면 460미터 만 걸음이면 4.6킬로미터지. 정확하게 말해줘."

효재가 또다시 엄마를 돌아봤다. 휴대폰을 꺼내 양희가 뭔가 보고 있었다. 밝게 웃으며 양희가 화면을 아들에게 보여주었다.

"아, 2킬로미터야. 엄마가 거리를 지도로 측정해줬어."

효재가 기쁘게 소리쳤다.

혜용은 입술을 달싹거렸다. 눈꺼풀이 바르르 떨렸다.

"4,348걸음이야. 반올림해서." 혜용이 웃었다. "너희 집도 보이니?"

"응. 여기서 왼쪽에 있어. 회색 지붕 집이야."

"그럼 찍을게."

"좋아."

혜용의 손가락을 잡고 효재가 셔터 위에 올려주었다.

"여기를 꾹 누르면 돼. 그럼 찰칵하고 사진이 찍혀."

"지금 하늘에 낮달 보여?"

혜용이 물었다.

효재는 고개를 들어 하늘을 봤다.

"응. 반달 떠 있어. 사탕 같아. 입에 넣고 잔뜩 빨아먹은 우유 사탕."

혜용이 씩 웃었다.

"그럼 달도 보이게 해줘. 사진 속에 말야. 여기는 월라봉이니까."

혜용이 비켜섰다. 뷰파인더를 보고 효재가 삼각대 위치와 각도를 조금 옮겼다.

"이제 누르면 돼."

효재가 혜용을 사진기 앞에 세웠다. 혜용이 셔터를 찰칵 눌렀다. 가슴이 두근댔다. 태어나서 처음으로, 혜용은 자기가 원하는 만큼만 감각되도록 세상을 조정했다. 비록 친구의 도움을 받았지만 그런 건 상관없었다. 아니, 그래서 더욱 좋았다. 혜용의 부모는 서로의 손을 더듬어 잡았다. 그 모습을 제비가 뒤에서 찍고 있었다.

"이제 또 뭘 찍고 싶어?"

효재가 물었다.

"너. 친구의 얼굴을 간직하고 싶어. 너는 내 처음 친구야."

효재의 얼굴이 달아올랐다. 양희가 웃으며 아들을 보고 있었다.

"너는 친구가 많지?"

혜용이 물었다.

"응. 전에는 그랬어. 서울에 살 때." 효재가 고개를 푹 숙였다. "근데…… 지금은 없어. 석영 삼촌만 내 친구야."

양희의 낯에서 미소가 사라졌다.

"있잖아. 널 만져도 돼? 사진을 찍기 전에 말이야." 혜용이 물었다. "마을은 어떻게 생겼는지 모르고 찍었어. 너는 알고서 찍고 싶다."

"아, 잠깐."

수풀을 향해 효재는 달려갔다. 차가운 눈을 쥐고 두 뺨을 문질렀다. 옷소매로 물기를 닦고 혜용의 앞에 섰다.

"이제 됐어. 만져봐."

조심스럽게 손을 뻗어 혜용이 효재의 얼굴을 더듬었다. 머리카락부터 이마, 콧대와 두 뺨, 그리고 입술과 턱을 어루만졌다. 앙증맞은 두 귀와 가느다란 목까지 빼놓지 않고. 그 바람에 효재의 낯이 뜨뜻이 달아올랐다.

"있잖아." 혜용이 주저했다. "눈도 돼? 만져도?"

"응? 아, 그래."

효재가 눈을 감았다.

아주 조심스럽게 혜용이 효재의 이마에 손을 얹었다. 그리고 눈썹과 눈두덩을 어루만졌다. 그 안에서 효재의 안구가 부드럽게 움직였다.

"따뜻하네. 갖고 싶다⋯⋯."

혜용이 속삭였다. 등 뒤에서 누군가가 훌쩍이는 소리가 났다. 혜용은 돌아섰다.

"아빠, 울어?"

"아냐. 추워 그래. 콧물 막 난다."

혜용 아빠가 씩씩하게 말했다.

"그럼 이리 와. 이거 써."

자신의 목도리를 풀어 혜용이 내밀었다. 주저하는 남편의 등을 아내가 떠밀었다. 딸 앞에 쪼그리고 아버지는 앉았다. 혜용이 그의 위치를 확인했다. 목덜미를 더듬고 자기 목도리를 칭칭 감았다. 야무지게 매듭지으며 혜용이 슬쩍 아빠의 뺨을 만졌다.

"거짓말하네, 또."

혜용이 중얼댔다.

"미안."

아빠가 말했다.

두 손으로, 혜용이 아빠의 눈물을 닦아 없앴다.

대왕물꾸럭마을과 코발트빛 바다가 한눈에 보이는 월라봉 전망대에는 나무 벤치 세 개가 나란히 놓여 있었다. 석영과 제비는 손님들을 안내해 앉히고 컵라면을 나눠주었다. 그것은 제비의 아이디어였다.

"산슐랭 컵면! 기압 맛 피톤치드 맛 풍경 맛이 제대로!"

한라산 촬영 준비를 하다, 제비는 어느 블로그에서 그런 문구를 봤다. 혜용이 매운 것을 못 먹지 싶어 튀김우동 컵면을 인터넷으로 주문했다. 출출할 때 간식처럼 먹으려고 두 상자 주문했는데 다행이었다. 양희와 효재의 것까지 챙길 수 있었으니까.

뜻밖의 선물을 받은 듯 사람들은 콧노래를 흥얼대며 비닐을 벗겼다. 모두 능숙하게 뚜껑을 열고 수프를 털어 넣었다. 석영과 제비는 배낭에서 커다란 보온병을 하나씩 꺼냈다. 그들은 사람들의 용기에 뜨거운 물을 따랐다. 케이크와 빵을 간단히 먹고 아이들 속도에 맞춰 걸어온 터라 시간이 꽤나 흘렀다.

면이 익기를 기다리는 동안, 사람들은 침묵 속에서 컵라면 뚜껑을 봤다. 그 몰입의 풍경이 흡사 종교적이었다. 우아한 산방산도 코발트빛 바다도 허기진 이들의 마음을 흔들지 못했다. 문득 혜용 엄마가 소리 내 웃었다. 다른 사람들도 덩달아 하하 웃었다. 제비가 사진기를 집어 그 장면을 찰칵 찍었다. 후루룩 면을 씹고 꿀꺽꿀꺽 국물을 삼키며 모두 신나게 라면을 먹었다. 아이들의 식욕은 대단해, 자기 것을 먹은 후 엄마 것까지 뺏어 먹었다.

쓰레기를 챙겨서 일행은 천천히 월라봉을 내려갔다. 제비와 석영은 가벼워진 가방의 무게 때문에 기분이 무척 좋았다.

"올라가는 것보다, 내려가는 게 더 힘들어!"

혜용이 툴툴댔다. 가느다란 다리가 후들거렸다.

사진관에 도착한 일행은 갤러리 의자에 앉아 몸을 쉬었다. 제비가 끓인 청귤차 향이 공간을 가득 채웠다. 뻐근한 근육을 어루만지며 사람들이 쉬는 사이, 석영과 제비는 주방으로 가 요리할 준비를 했다. 부지런히 손을 놀리며 그들은 무거운 피로를 잊으려 했다.

대부분의 재료는 그저께 장을 봐 준비해 뒀다. 즉석에서 조리만 하면 되도록 손질을 마친 터였다. 제비는 시계를 봤다. 5시 30분. 컵라면을 먹긴 했지만 출출할 아이들을 위해 토르티야를 꺼냈다. 그 위에 토마토소스를 바르고 손질한 보말과 베이컨, 치즈를 듬뿍 얹었다. 피자 익는 냄새가 오븐에서 갤러리로 퍼졌다. 혜용 아빠는 휴대폰으로 뉴스를 틀었다. 무료한 차에 세상 소식이 궁금해진 모양이었다. 새해 일출을 보러 떠난 사람들 소식이 때마침 흘러나왔다. 꽉 막힌 고속도로를 뚫고 동해에 도착한 사람들이 백사장에 서 있었다. 모두가 들뜬 표정이었다. 빨갛게 떠오른 해를 맞으며 저마다 묵묵히 소원을 빌었다. 화면이 부자연스레 끊어지더니 스튜디오 앵커가 나타났다. 심각한 어투로 그는 말했다.

"속보입니다. 지난 1982년 사라진 아홉 살 소녀 김성희 양. 긴

332

세월 전국을 뒤진 가족의 정성에도 끝끝내 집으로 돌아오지 못했습니다. 그런데 오늘, 새로운 사실이 밝혀졌습니다. 사건의 실마리는 피해자 아버지에게 도착한 우편물 속에 있었습니다. 익명의 제보자가 보내온 필름에는 당시 상황이 그대로 담겼습니다. 경찰은 이를 통해 시신 유기 장소를 추정, 김 양의 시신을 찾았습니다. 조사 결과, 당시 수사관이 사건을 은폐·조작한 것으로 드러나 충격을 주고 있습니다."

"저런 썩을 놈이 있어?"

혜용 아빠가 소리쳤다. 얼굴이 거멓게 달아올랐다. 양희와 혜용 엄마도 말없이 뉴스에 두 귀를 기울였다. 주방에서 칼질을 하다 제비는 하마터면 손가락을 벨 뻔했다. 도마에 칼을 두고 제비는 주방을 빠져나갔다.

"다음은 피해자 김 양 아버지 인터뷰입니다. '그 사람들 처벌을 못 한다니 말이 됩니까? 공소시효가 끝났다니! 그 사람들! 내 말은 들은 척도 안 했어! 가출할 애가 아니라고 했는데. 아홉 살짜리가 무슨 가출을 합니까!' 다음은 경찰청장의 입장입니다. '깊은 유감을 표합니다. 진실을 밝힐 수 있게 최선의 조치를 다해…….'"

탁자에 놓인 휴대폰 화면에 늙은 남자가 나타났다. 머리가 허옇고 비쩍 마른 사내가 길바닥에서 울고 있었다. 화면이 바뀌더니 또 다른 사내가 나타났다. 역시 늙은 사내였지만 콤비 정장을 입고 걷는 걸음이 무척이나 활기찼다. 바쁘게 걷는 남자 얼굴은 모자이크 처리가 되어 있었다. 제비는 고개를 돌려 갤러리의 독사진을 봤다. 카메라를 향해 노형사는 손을 들었다. 말없이 촬영을 만류하면서 그는 떠났다. 뉴스 화면이 요란하게 흔들렸다.

"뻔뻔한 인간 같으니!"

혜용 아빠가 성을 냈다. 혜용 엄마는 남편을 향해 혀를 차고 뉴스를 껐다.

"왜 그렇게 흥분해?"

침착하게 말하는 아내를 향해 혜용 아빠가 성화를 부렸다.

"몰라서 물어? 대체 애들을 어떻게 키우겠어? 누구를 믿으라고 할 수 있겠냐고! 내가 아버지라면, 저 형사 놈 절대 용서 못해! 못 하고말고! 아이씨, 방송국 놈들. 새해 벽두부터 이런 소식을 전하고 난리야?"

착잡한 표정의 손님들을 두고 제비는 주방으로 갔다.

"그 애는 40년 만에 집에 간 거야. 새해 첫날, 그런 소식을 전하는 게 맞지 않겠어?"

혜용 엄마의 목소리가 들렸다. 석영은 냉장고에서 포기김치를 꺼내 능숙하게 썰었다.

"어떻게 된 거예요? 필름 보냈어요?"

제비가 소곤거렸다.

334

"보내라면서."

석영이 말했다. 새빨간 김칫국이 흘러 나무 도마 아래로 떨어졌다.

"안 보낸다고 했잖아요?"

"그렇게는 말 안 했어. 그때는 그냥…… 확신이 안 섰어."

프라이팬에 김치를 넣고 석영이 인덕션을 켰다. 그는 식용유를 두르고 설탕을 솔솔 뿌렸다.

"거츠를 보내고 생각했어. 그는 지금 어디로 가는 걸까. 왜 가는 걸까."

석영이 김치를 달달 볶았다. 시큼한 김치 냄새가 피자 향기를 금세 덮었다. 제비는 가만히 뒷말을 기다렸다.

"어떤 이들은 부당한 일을 당하고도 증거 한 장을 남기지 못해. 거츠는…… 그런 증거를 만들어주러 간 거야. 그런 사람이니까."

"맞아요. 잘하셨어요." 제비가 고개를 끄덕였다. "나쁜 사람은 벌을 받아야죠!"

김치를 볶던 석영의 손이 잠시 멎었다.

"그 사람도…… 그렇게 생각했어."

"거츠요?"

제비는 오븐에서 피자를 꺼내 접시 위에 올렸다.

"아니. 그 노형사 말야. 어떤 잘못은, 결정적인 잘못은, 아주 많은 선행으로도 용서받을 수 없다 여겼지. 그런데……." 석영이 제비를 흘끔 보았다. "너도 같은 생각인 것 같네."

피자가 든 접시를 들고 제비는 멍하니 서 있었다. 볶은 김치를 널따란 접시에 옮겨 담고 석영이 통깨를 솔솔 뿌렸다. 기다림에 지친 효재와 혜용이 슬그머니 다가와 제비의 눈치를 보며 피자를 떼어 먹었다. 입가에 소스를 잔뜩 묻히고 숨죽여 키들거렸다.

상차림이 끝나자 모두가 탁자에 둘러앉았다. 혜용 가족은 창가가 마주 보이는 곳에 나란히, 양희와 효재는 창가 앞에, 제비는 모퉁이에 자리를 잡았다. 석영은 대접에 밥과 국을 담아 작업실로 갔다. 허겁지겁 먹으며 포토 뷰 파티를 준비할 생각이었다.

호박잎에 성게알을 넣고 끓인 국과 뜨끈한 밥이 탁자 위에 인원수대로 놓였다. 참기름을 발라 구운 옥돔 두 마리가 접시 위에서 지글댔다. 그것은 석영이 옥상에서 바비큐 장비로 맛깔나게 구운 거였다. 땅콩두부를 얹은 김치와 보말부침개도 먹음직스럽게 놓였다. 통깨를 넣은 간장과 멜젓이 부침개 소스로 따라왔다. 아이들을 위한 김과 계란프라이도 넉넉히 준비됐다.

"우아, 맛있는 냄새!"

좌우로 몸을 흔들며 혜용이 소리쳤다.

"아, 이거 한잔 있음 딱인데!"

손을 동그랗게 말아 혜용 아빠가 소주잔 터는 흉내를 냈다.

"그럴 줄 알고 준비했죠!"

제비가 우윳빛 병을 들어 탁자 위에 올려놨다.

"쉰다리라고 해요. 막걸리 맛이 나는데, 알코올 성분이 없는 제주 전통 음료죠. 아이들도 먹을 수 있어요."

"어머, 그런 게 있어요?"

혜용 엄마가 반색을 하며 빈 잔을 만지작거렸다.

"아이, 그래도 알코올이 좀 섞여야……."

혜용 아빠가 투덜대다가 어깨를 움찔했다. 혜용 엄마가 허벅지를 꼬집은 모양이었다.

"흠흠. 다 같이 건배합시다." 혜용 아빠가 말했다. "제가 선창할게요. '혜용이와 효재의 우정을 위하여!' 하면 여러분도 '위하여!' 해주십시오. 자 그럼, '혜용이와 효재의 우정을 위하여!'"

"위하여!"

모두가 소리쳤다. 아이들은 기대에 찬 얼굴로 쉰다리를 꿀꺽 마셨다. '키야!' 하고 어른 흉내를 내고는 서투른 젓가락질로 부침개를 쿡쿡 찔렀다.

식사를 마치고, 제비가 애벌로 설거지를 하는 동안 석영이 갤러리에서 사진 상영을 시작했다. 세로로 붙어 있던 탁자를 가로로 배치하고, 혜용이네와 양희네를 나란히 앉혔다. 싱글생글 웃으며 모두가 스크린을 보고 있었다. 석영은 깜찍한 느낌의 팝 음악을 배경으로 깔았다. 제주공항 전경이 커다랗게 나왔다. 입국장에 들어서는 세 가족의 모습이 그 뒤로 이어졌다. 아웃포커스로 표현된 다른 관광객 사이, 검은 패딩을 입은 혜용 가족만 선명하게 빛났다. 빨간색 하트 모양 선글라스를 쓴 혜용이 도도하게 웃고 있었다. 갤러리에 앉은 사람들이 그 모습을 보고 손뼉을 치며 웃었다. 덩달아 웃으면서 혜용은 무슨 일인지 궁금해했다. 귓가에 대고 혜용 엄마가 사진 설명을 해주었다. 주방 일을 대충 마치고, 제비가 소니 RX0를 챙겨 들었다. 즐거워하는 사람들의 표정을 놓치지 않고 찍었다.

스크린 위로 사진이 이어졌다. SUV 안에서 딸을 안고 이야기하는 혜용 아빠의 옆모습, 폴라로이드 사진을 찍는 엄마의 튼 손. 귤 농장에서 전지가위를 들고 가지를 자르는 혜용의 찡그린 콧등……. 그런 사진을 보는 동안, 양희의 미소가 조금씩 줄어들었다. 효재를 무릎에 앉히고 사진을 보는 그녀의 눈에 부러움이 묻어났다. 사진은 계속 이어졌다. 유나브레드에서 주상절리케이크를 손으로 뜯어 먹는 혜용, 대재앙을 맞은 듯 황폐해진 케이크. 문어빵을 쥔 앙증맞은 손……. 빵집 앞에서 함께 찍은 단체 사진이 그 뒤로 이어졌다. 일행의 끝에서 형진이 손을 흔들었다. 그 곁에서 효재의 얼굴을 발견하고 양희는 활짝 웃었다.

사진관에서 벨을 어루만지는 효재와 혜용의 모습이 뒤이어 나타났다. 사이드카에 앉은 혜용에게 헬멧을 씌워주고 안전벨트를 채워주는 부모의 모습이 다정해 보였다. 입을 크게 벌리고 손을 흔드는 혜용의 모습이 익살스러웠다. 그것은 사이드카 전면에 붙여둔 어안랜즈 카메라에 찍힌 거였다. 가운데가 볼록한 사진 속에서 눈보다 코가 더 강조됐다. 귀엽고 우스꽝스러운 얼굴을 보고 모두가 함께 웃었다.

거울 붙인 셀카봉으로 찍은 사진은 구도가 별로 좋지 않았다. 하지만 생동감 넘치는 장면들이 이어져 그런 단점이 눈에 띄지 않았다. 눈 쌓인 돌길을 오르다 미끄러지는 혜용의 모습이 스크린 위에 비쳤다. 그런 딸을 잡아주다 넘어진 엄마의 모습이 그 뒤로 이어졌다. 활발하게 사진 설명을 하던 혜용 엄마가 슬며시 입을 닫았다.

"왜 그래? 말해줘! 이 사진은 뭔데?"

혜용이 채근했다.

"아, 그건……."

난처하고 원망스러운 듯 혜용의 부모가 석영을 봤다. 그러나 석영은 그들의 눈길을 모른 체했다. 사진을 설명해 주지 않으면 다음 사진을 보여주지 않을 것처럼, 벽에 기대서 팔짱을 꼈다.

"너희 엄마야."

효재가 끼어들었다.

"우리 엄마?"

혜용은 소리가 들리는 쪽으로 고개 돌렸다.

"응. 넘어진 너를 일으켜주고 계셔." 효재가 말했다. "근데 손바닥이 까졌네. 피가 나."

놀란 혜용이 엄마의 손을 덥석 잡았다. 긁힌 부위를 문질러 확인하고 시무룩 풀이 죽었다.

"엄마 괜찮아."

딸의 머리를 쓰다듬으며 혜용 엄마가 말했다.

"나는 아니야."

혜용이 대꾸했다.

"그래, 미안해."

"그게 아니야!" 혜용이 도리질했다. "미안하게 해줘야지! 내가 말이야!"

딸깍. 석영은 리모컨의 단추를 눌러 다음 사진을 재생시켰다. 월라봉에서, 소나무 위로 쌓인 눈이 녹고 있었다. 떨어지는 물방울들이 보석처럼 반짝거렸다. 그 아래서 두 아이, 효재와 혜용이 손을 잡고 걸었다. 석영과 양희의 모습이 그 뒤로 멀리 보였다.

산방산을 배경으로 선 혜용의 독사진이 스크린 위에 이어졌다.

"어? 어?" 놀란 효재가 제자리에서 콩콩 뛰었다. "내가 찍은 거!"

자랑스러운 눈으로 효재는 엄마를 돌아봤다. 대견한 듯, 양희가 효재의 어깨를 주물렀다.

"엄마, 저 사진 꾹꾹 해줘." 혜용이 말했다. "종상화산이 정말 거북이처럼 생겼는지 알아야겠어."

"그래."

혜용 엄마가 말했다.

눈살을 찌푸린 채 악을 쓰는 혜용의 얼굴이 스크린 위에 떠올랐다. 커다랗게 벌린 입 속이 무척 크고 까맸다. 효재는 엄마의 품에 안겨 울고 있었다. 사진을 보고 부끄러웠는지 효재가 고개 숙였다. 사진 속에서, 당황한 부모들이 각자의 아이를 달래고 있었다.

'왜 그냥 서 있었을까. 효재를 달래주지 않고.'

사진을 보며 석영은 생각했다. 아버지가 되면 어떤 상황에서 어떻게 할지 수없이 생각했는데, 아이가 다른 아이와 다툴 때 어떻게 할지 다이어리에 세 쪽 넘게 시나리오를 썼는데, 막상 상황이 닥치자 아무것도 하지 못했다. 그는 사진 속 자신에게 뒤통수를 맞은 듯했다.

"이런 거까지 찍었어요?"

혜용의 아빠가 볼멘소리를 했다.

"나중에 보면 추억이 될 것 같아서요."

제비가 설명했다.

"글쎄. 이런 게 어떻게 추억이 된다는 건지……."

혜용 아빠가 고개를 흔들었다.

"즐거운 사진만 있으면 감각이 무뎌져요." 석영이 끼어들었다. "이런 사진이 중간중간 있으면 아이의 웃는 얼굴이 소중해집니다. 두고 보세요. 1년, 아니 10년쯤 지나면, '이 사진 정말로 잘 찍었다' 하실걸요."

무슨 말인지 알겠다는 듯 혜용 엄마가 고개를 끄덕였다.

사진은 이어졌다. 대왕물꾸럭마을 뒤로 바다가 펼쳐져 있었다. 그 위로 하늘이 열려 있고 자그마한 반달이 떴다. 아주 엷고 투명한 달이었다. 사진을 보고, 사람들은 입을 닫았다. 그 사진에는 뭔가가 빠진 듯했는데, 또 뭔가 잔뜩 있었다. 지금 느껴진 것이 의아함인지 감탄인지 사람들은 혼란스러웠다.

"우리 마을이 아닌 것 같아."

효재가 말했다.

"왜? 잘못 찍었어?"

혜용이 효재를 향해 고개를 홱 돌렸다. 조바심이 나는지 주먹을 꼭 쥐었다.

"아냐 멋져. 동화책에 나오는 마을 같아."

효재의 말을 듣고 혜용은 웃었다. 스크린을 보며 석영이 리모컨 단추를 딸깍 눌렀다. 커다란 화면 가득 효재의 얼굴이 찼다.

"이게 뭐야. 얼굴만 커다랗게!"

뾰로통하게 효재가 소리쳤다.

혜용이 킥킥 웃었다.

"엄마. 저 사진도 부탁해!"

기분 좋게 웃으며 혜용 엄마가 딸의 머리를 쓰다듬었다. 양희는 고개를 갸웃이고 아들의 얼굴을 골똘히 봤다.

'정말로 많이 컸네. 이곳에 와서.'

그러한 생각을 했다.

포토 뷰 파티가 끝나자 효재와 혜용은 뛰어놀기 시작했다. 아이들이 참고 견디기에는 꽤나 긴 시간이었다. 다치지 않도록 하기 위해 석영은 탁자와 의자를 마당에 내놓았다. 그는 산방산 사진을 인화해 혜용 엄마에게 주고, 2층으로 가서 스튜디오에 깔린 러그를 걷어 왔다. 혜용 아빠와 엄마 그리고 양희는 보드라운 러그를 깔고 앉아 다시금 사진을 음미했다. 석영과 제비도 쉰다리와 빈 잔을 들고 그리로 가서 앉았다. 혜용 엄마는 산방산을 배경으로 찍힌 딸의 사진을 쟁반 위에 놓고 바늘로 선을 땄다.

"그 바늘, 신기하네요."

쉰다리를 홀짝거리며 양희가 관심을 보였다.

"점필이라고 하는 거예요." 혜용 엄마가 물건을 보여주었다. "점자를 쓰는 연필 같은 거죠. 이걸로 사진을 이렇게 찍어내요. 혜용이 만질 수 있게."

"대단하세요."

양희는 자기도 모르게 감탄을 했다.

"아뇨. 누구나 다 할 수 있어요. 효재 엄마라도 그럴걸요."

혜용 엄마가 싱긋 웃었다. 그녀는 점필로 사진을 찍어대며 조그맣게 말했다.

"우리 용이…… 귀한 애예요. 두 번이나 유산한 끝에 어렵게 얻었거든요."

양희가 놀라서 아이들을 힐끔 살폈다. 효재와 혜용은 텅 빈 갤러리를 깡충대며 잡기 놀이를 하고 있었다. 혜용 엄마가 계속 말했다.

"불안했어요. 조금만 피곤해도 겁을 먹었죠. 한번은 하혈을 해서 병원에 갔어요. 초음파를 보니까 아기집 근처에 피가 고였더라고요. 유산기가 있다고 의사가 말했어요. 하루를 1년같이 몇 주를 지냈는데, 혜용인 무사했어요. 자기가 만든 집을 지키고 있었죠. 떨리는 마음으로 정기검진을 갔는데, 흑백 초음파 화면에 혜용이

가 보였어요. 초음파기기가 귀찮단 듯 작은 무릎을 세우고 돌아눕대요. 하하. 그때 느낀 기분을, 그 감격을, 잊을 수가 없어요."

'내 마음 알죠?' 하는 눈으로 혜용 엄마가 양희를 봤다. 양희는 웃으며 고개를 끄덕였다.

"우리 용이가 무안구증이라는 이유로, 어떤 사람들은 묻곤 해요. 조심스럽게 물어보죠. '저기, 몰랐어? 배 속에 있을 때 말야.'"

양희와 석영 그리고 제비는 숨을 죽였다. 혜용 엄마가 점필을 놓고 일행을 돌아보았다.

"알았어요. 8개월 때 정기검진 갔더니 의사가 그러더라고요. '아기한테 눈이 없네요.'"

혜용 아빠가 한숨 쉬었다. 그런 주제로 이어지는 대화가 싫은지 그는 휴대폰을 들어 이것저것 검색했다. 혜용 엄마가 말을 이었다.

"난 평범한 사람이에요. 성자가 아니죠. 고민을 했습니다. 하지만…… 생각해 보세요. 만일 여러분이 세상에 태어났는데 사람들이 죽이려 한다면, 그것도 단지 눈이 없다는 이유로 죽이려 한다면 심정이 어떻겠어요? 난 그런 이유로 죽고 싶지 않았어요. 그렇게 죽는 건 부당하다는 생각이 들었죠. 나를 살리듯 용이를 살렸습니다. 키워보니까…… 예쁜 짓을 얼마나 하는지. 기쁜 일이 얼마나 많은지요."

양희가 고개를 힘차게 끄덕였다.

"그래도 힘드시겠어요. 사진을 매번 이렇게……."

"아, 이거요! 집에서는 재봉틀로 해요." 혜용 엄마가 웃었다. "평소엔 실을 안 넣고 하는데, 느낌에 따라서는 실을 쓸 때도 있어요. 사실…… 어려운 점이 있기는 하죠."

사람들이 궁금한 눈으로 뒷말을 기다렸다. 혜용 아빠도 슬며시 휴대폰을 놓았다.

"사진에 뭐가 너무 많을 때요." 혜용 엄마가 어깨를 들썩였다. "일일이 구멍을 뚫다 보면 다 뚫려버리니까 뭐가 뭔지 모르게 되거든요. 단순한 사진이 좋아요. 복잡한 사진이면 대상을 택해 뚫어야 하는데 그게 참 힘들어요. 내가…… 혜용이의 세상을 축소시키는 건 아닐까 싶어서요."

이야기를 들으며 제비는 우울감을 느꼈다. 잃어버린 아기의 얼굴이 머릿속에 떠올랐다. 처음 젖을 물릴 때 집중하던 눈, 앙증맞은 코, 웃을 때면 벙싯대며 벌어지던 입. 그 입 속에 자그맣게 올라오던 아랫니 두 개……. 제비는 가슴이 몹시 아렸다.

'길러내지 못했어! 눈이 보이는 아기, 아주 건강한 아기였는데!'

고개를 들어 제비는 혜용 엄마를 봤다. 눈이 없는 아기를 지켜낸 여자를. 그녀는 지금도 그 아이를 키우고 있었다. 우울감은 바로 거기서 비롯됐음을 제비는 알아챘다. 아이를 보육원에 놓고 왔을 때만큼이나 제비는 마음 아팠다. 온갖 욕을 퍼부으며 스스로를 저주했다. 문득 등 뒤에서 요란한 소리가 났다. 석영을 비롯한 어른들이 우르르 일어나 어디로 가고 있었다. 뻴 그리고 효재

345

와 뛰어놀다가 혜용이 넘어진 모양이었다.

"여기에 부딪혔어요!"

효재가 사진관 프런트를 손으로 가리켰다.

"조심해서 놀아야지!"

양희가 효재를 엄하게 나무랐다.

"조심해서 놀았는데……."

울상을 지으며 효재가 얼버무렸다.

"괜찮니? 용아, 괜찮아?"

딸을 안고 흔들며 아빠가 물어보았다. 얼굴이 파랗게 질려 있
었다.

"응 괜찮아. 졸려서 그랬어. 효재 잘못 아니에요, 아줌마."

"그럼 자야지. 호텔로 가자."

혜용 엄마가 말했다.

아빠의 품에 안겨 혜용은 버둥거렸다.

"싫어! 효재랑 놀 거야!"

"나도. 나도 더 놀고 싶어."

엄마의 옷깃을 잡고 효재가 눈치를 봤다.

"괜찮으시면……. 여기서 주무세요."

석영이 끼어들었다.

"여기서요?"

혜용 엄마가 깜짝 놀랐다.

"네. 제가 어릴 땐 이따금 학교에서 야영을 했죠. 다들 모여서 교실에 텐트를 치고 자는 거예요. 재밌었는데."

"맞아. 우리 어릴 때도 그랬어!"

혜용 아빠가 맞장구쳤다.

"그래도 어떻게…… 갈아입을 옷도 안 가져왔고."

혜용 엄마가 망설였다.

"애들이 저렇게 좋아하잖아. 하루쯤 샤워 안 하면 어때?"

석영과 제비는 2층으로 갔다. 그리고 보송한 러그와 이불을 더 가져왔다. 무릎 담요를 접어 만든 베개를 베고 놀다가 아이들은 잠이 들었다.

"기왕 이렇게 된 거, 우리 여기서 다 같이 자요."

혜용 엄마가 제안했다.

"아뇨, 전……."

양희가 고개 저었다. 효재를 사진관에서 재우는 것만 해도 부담스러운 눈치였다. 혜용 엄마가 양희의 손을 덥석 잡았다.

"생각해 보세요. 효재가 내일 아침 눈떴을 때 기분이 어떨까요? 밤새 여기서 잔 걸 알면 그 애는 신날 거예요. 특별한 데서 특별하게 잤으니까요. 하지만 자기 엄마만 곁에 없다면 기분이 안 좋겠죠. 내일 아침 양희 씨가 여기 있으면 효재는 행복할걸요? 앞으로 1년 정도는 선명히 기억될 추억이 생길 거예요."

머뭇대다가 양희는 고개를 끄덕였다. 그녀는 들고 있던 짐 가방을 내려놓았다. 석영의 얼굴이 눈에 띄게 밝아졌다. 무릎 담요를 돌돌 말아, 양희는 제비의 곁으로 갔다. 석영은 리모컨으로 모든 조명을 끄고 혜용 아빠 근처에 자리를 잡았다. 사진관 갤러리에 나란히 누워, 사람들은 눈을 비볐다. 피곤한 하루였지만 쉽사리 잠들고 싶진 않았다. 저마다의 추억을 되새기면서 그들은 창밖의 별을 보았다. 마치 대식구의 일원이 된 듯 마음 한편이 든든했다.

"참 좋은 부모님들이세요."

석영이 들떠 말했다.

"자꾸 그러지 마요. 눈이 없는 게 뭐 엄청 나쁜 거라는 듯이!"

혜용 아빠가 돌아누웠다.

"그런 뜻이 아닙니다!"

벌떡 일어나, 석영이 변명했다.

"알아요. 다 내 피해의식이겠죠."

혜용 아빠가 한숨을 쉬고 아이를 바라보았다. 자그맣게 쌕쌕대면서 혜용은 자고 있었다.

"실은…… 도망쳤었어."

혜용 아빠가 말했다. 두 귀를 기울여야 간신히 들릴 작은 소리로.

"하필 내 아이가 눈이 없다니. 참으로 황망하데요. 애 다섯 살 땐가. 한 달쯤, 가출해 술집들 돌며 방황하는데 아내가 전화를 했어요. 우리 용이가 영재 판정을 받았다고……."

숨을 죽인 채 사람들은 뒷말을 기다렸다.

"집으로 돌아갔을 때, 아내는 아무 말 안 했어요. 날 이해하고,

그러니까 용서한 거라고 그땐 믿었죠. 지금은 아닌 걸 알아요."

석영과 제비 그리고 양희는 꼿꼿이 누워 혜용 엄마의 기색을 살폈다.

"이 사람 왜 여기서 그런 얘기를!"

혜용 엄마가 쏘아붙였다.

"죄송합니다. 쉰다리 마시고 취했나 봐요."

혜용 아빠는 반대쪽으로 돌아누웠다.

불편한 침묵 끝에 혜용 엄마가 입을 열었다.

"우리를 칭찬하지만…… 따지고 보면 그렇게 대단한 일은 아녜요. 냉정히 말해서. 그래도 우리는 보이거든요. 하지만 언젠가 혜용이가 엄마가 되면……."

수십 년 뒤의 일을 상상하고 제비는 오싹해졌다. 이불을 머리 끝까지 뒤집어썼다. 혜용 엄마가 계속 말했다.

"그때…… 우리가 없으면 어떻게 될까, 자주 생각해요. 엄마가 되면, 용이는 우리하고 비교도 할 수 없이 고생하겠죠. 그래도 포기하지 않게, 강한 사람으로 키우는 게 지금 내 목표예요. 저 사람 생각은 모르지만."

혜용 아빠가 훌쩍거렸다.

"난 그냥. 우리 용이 행복하면 좋겠어. 손주 같은 거 없어도 좋아."

"우리 손주 문제가 아니야!" 강한 어투로 혜용 엄마가 속삭였다. "이건 용이 문제야. 내가 용이로 인해 행복하고 벅찼던 만큼,

349

용이도 자기 아이로 인해 그랬으면 하는 거라고. 다정한 가정을 꾸려서 잘 살았으면 하는 거야."

혜용 엄마가 울먹거렸다.

어둠 속에서 눈을 가리고 양희는 흐느꼈다. 울지 않는 사람은 석영뿐이었다. 혜용 엄마가 계속 말했다.

"그래도 돌아왔으니까…… 당신이 있으니까…… 고마워. 큰 힘이 돼. 당신이 아이를 사랑해 주는 게. 그러니까 내 말은…… 어떤 때 어떤 일을 용서할 수 없다고 해서, 다른 때 다른 일로 사랑할 수 없는 건, 그런 건 아니라는 거야."

"여보!"

감격한 나머지, 혜용 아빠가 아이들 너머로 아내를 안으려 했다. 기세에 놀란 아내가 남편의 몸을 확 떠밀었다.

"어머 주책이야! 얼른 자요!"

어둠 속에 울다가, 사람들은 웃음을 터뜨렸다. 긴장이 풀렸는지 혜용 아빠가 코를 골았다. 효재와 혜용이 쌕쌕대고 또 뒤척이는 소리를 들으며 석영은 눈을 감았다. 가슴이 먹먹했다. 되기만 하면, 아버지가 되기만 하면 잘하리라 여겼는데 오만한 착각이었다. 문득 어떤 의심이 그를 겁나게 했다. 아버지가 되면 잘할 거라는 자신감은…… 효재 때문에 생긴 것이 아닐까? 조금 당황해도, 적당히 실수해도, 상대가 효재라면 괜찮다고 생각한 것은 아닐까?

몸을 뒤채며 석영은 번민했다. 만일 자신이 혜용의 아버지라면……? 앞이 보이지 않는 아이의 아버지가 된다는 것은 어떤 종류의 세상에 던져진다는 것인지, 그는 짐작도 되지 않았다. 아버지가 되면, 되기만 하면 행복하리라 믿었는데……. 젊은 나이에 세상을 등진 아버지의 얼굴을 그는 떠올렸다. 석영이라는 아들의 아버지로, 그는 어떤 감정을 느꼈을지 궁금했다. 아들로서, 아버지를 만족시켜 주지 못한 것은 분명한 사실이리라. 그러지 않았다면, 그런 식으로 떠나는 일은 없었을 테니까. 등을 돌리고 석영은 커다란 몸을 웅크렸다.

문득 쏟아진 등대 불빛이 갤러리 사진을 쓱 훑고 갔다. 지나간 손님들의 얼굴과 미소가 석영의 눈앞을 스쳐 갔다. 잊고 있던 이야기들이 그의 귀를 간질였다. 지금 그의 곁에 아버지는 없지만, 그 모든 손님들과 석영은 함께 있는 듯했다. 앞으로도 그럴 터였다.

아이들이 신나서 노는 소리에 어른들은 잠에서 깼다. 아직은 이른 새벽이었다. 혜용과 효재는 사진관 계단을 오르내리며 숨죽여 키들거렸다. 뭐가 그렇게 재미있는지 땀까지 흘리며 놀고 있었다. 벨도 신나서 혀를 내밀고 쫓아다녔다.

자리에서 일어나 제비는 부스스한 머리를 빗어 묶었다. 양치를 하기도 전에 사진기를 들고 아이들을 찍었다. 혜용 엄마와 양희는 2층 욕실에서 차례로 씻고, 석영과 혜용 아빠는 1층의 화장실에서 양치를 했다. 그들은 다 함께 모여 식사를 준비했다.

가게 주인과 일꾼, 손님의 구분 없이 요리를 하고 상을 차렸다. 하쿠다 사진관 갤러리에서 그들은 모두 비슷한 기분을 느꼈다.

그것은 하나의 가족, 대가족의 일원이 된 듯한 일체감이었다. 냉장고에 남은 재료는 부실했지만, 그들은 알뜰살뜰 요리를 했다. 힘겨운 피난 생활을 끝낸 가족들처럼, 그들은 식탁에 둘러앉아 감사히 먹었다. 웃는 낯으로 대화를 하며 작은 일에도 낄낄거렸다. 식사를 마친 뒤 누가 제안을 하지도 않았는데 그들은 마당에 모여 섰다. 하쿠다 사진관을 배경으로 다 함께 사진을 찍었다.

석영은 SUV를 몰고 양희네 집에 먼저 들렀다. 차에서 내린 양희가 혜용 부모와 인사를 했다. 미련이 그렁그렁 맺힌 눈으로 효재가 혜용을 봤다.

"잘 가. 그리고 또 와."

"응. 너도 서울 놀러 와."

혜용이 대꾸했다.

"엄마, 가도 돼?"

동그랗게 눈을 뜨고 효재가 양희를 봤다. 무슨 답을 듣기도 전에 싱글싱글 웃고 있었다.

"기여. 생각해 보자."

양희가 말했다. 회색 지붕 집 대문을 열고, 효재 외할머니가 걸어 나왔다. 재빨리 돌아서 효재가 뛰어갔다. 생애 첫 친구가 자기에게서 멀어지는 소리를 듣고 혜용은 서운한 듯 입술을 앙다물었다.

공항으로 가는 동안, 보이는 모든 것을 혜용의 부모는 딸에게 묘사해 줬다. 조수석에 앉아 이런저런 얘기를 들으며 제비는 여러 번 고개를 끄덕였다. 사진관에서 근무한 지도 어느새 반년. 마냥 신기하던 제주 풍경도 이제는 익숙해졌다. 계절이 세 번이나 바뀐 것이다. 환상적인 풍경들이 피곤한 일상에 그친 날도 있었다. 지난날 솔로 여행은 그렇지 않았는데.

여행의 마지막 날. 제비는 해변에서 한 남자와 부딪혔다. 휴대폰을 바다에 빠뜨렸고, 도움 청할 곳을 찾다 하쿠다 사진관에 닿았다. 석영을 기다리다 유나의 백일 촬영을 도왔고, 오토바이를 탔고, 양희를 만났다. 비행기를 놓쳤다.

'만약 그때 서울로 갔다면 어떻게 됐을까?'

제비는 상상했다.

'어떻게든 살았겠지. 다른 사람들을 만나고.'

그래서 행복했을지 제비는 궁금했다. 왠지 그렇지는 않았을 것 같았다.

공항에 도착해, 혜용 가족은 각자 맡은 가방을 챙겼다. 탑승수속을 밟으러 가는 그들의 모습을 석영이 계속 찍었다. 수속을 마친 뒤에, 그들은 쭈뼛쭈뼛 작별 인사를 나눴다.

"저, 이거…… 서비스예요."

숄더백에 손을 넣고 제비가 작은 상자를 꺼냈다. 영문을 모르겠다는 듯 혜용 아빠가 상자를 받아 들었다.

"USB에 영상 좀 담았어요. 혜용이가 소리를 들을 수 있게."

시선을 떨구고 혜용 아빠는 상자를 봤다. 그는 그것을 딸에게

줬다. 혜용이 상자를 바쁘게 더듬었다.

"하쿠다 사진관?" 혜용이 고개를 치켜들었다. "언니가 점자를 알아?"

"아니."

제비가 입술을 쑥 내밀었다.

"여기 붙이려고 하셨구나?" 혜용 엄마가 웃었다. "하쿠다 사진관을 점자로 쓰면 어떻게 되냐고, 아까 묻기에 찍어 드렸지."

고개를 끄덕이며 혜용은 상자를 주머니에 넣었다. 그리고 빨간색 선글라스를 꺼내서 썼다. 혜용이 말했다.

"그런데…… 하쿠다 사진관, 무슨 뜻이야?"

"'하쿠다'는 제주도 말로 '하겠습니다' 그런 뜻이야. 그러니까 '무엇이든 멋지게 촬영하는 사진관'이란 뜻이지."

석영이 끼어들었다.

"그렇구나."

혜용이 고개를 끄덕였다. 딸의 손을 잡고, 혜용 아빠가 탑승 게이트를 향해서 갔다. 콩콩 뛰고 까불며 '하쿠다 하쿠다' 혜용이 떠들었다. 걸어가는 남편과 딸을 보며 혜용 엄마는 서 있었다. 할 말이 남아 있는 듯 제비와 석영을 봤다.

'첫날 만났을 때도 그랬어. 혜용의 눈이 안 보인다고 말했을 때도.'

긴장한 채로 제비는 기다렸다. 또 무슨 말을 하려는 걸까 겁이 났다.

354

"며칠 동안…… 고마웠어요."

혜용 엄마가 말했다.

"아닙니다. 저희야말로."

석영이 얼른 답했다.

"행여나 상처 준 건 아닌지 모르겠어요. 결혼도 안 한 사람들한
테……."

무슨 죄라도 지은 것마냥 혜용 엄마는 고개 숙였다.

"아닙니다."

"그런 말씀 마세요!"

석영과 제비가 서둘러 대꾸했다.

'대체 왜 이러는 거야?'

갑자기, 제비는 화가 났다. 단지 엄마라는 이유로 이렇게까지
해야 하는 걸까? 오버하지 말라고, 그렇게까지 할 건 없다고 받아
치려다 제비는 입을 닫았다. 어떤 생각이 갑자기 떠올랐다. 어쩌
면…… 이 여자는 하던 대로 하는 것이 아닐까? 이제까지 해온 것
처럼. 온갖 말도 안 되는 항의에 사과해 온 대로, 그냥 그렇게.

"이런 말 어떨지 모르겠지만……. 나는요, 후회 안 해요. 모든
걸요."

혜용 엄마가 웃었다. 그는 손을 뻗어 석영과 제비의 손을 하나
씩 쥐었다. 그리고 그것을 슬쩍 포갰다.

"좋은 가정 꾸리시기를 바라요. 두 분 다요."

그렇게 말하고, 혜용 엄마는 가족에게 갔다. 여행객들이 바삐

오가는 공항 로비에서, 석영과 제비는 마주 봤다. 그리고 소리 내 한참 웃었다. 주차장으로 가는 동안, 그들은 혜용 엄마가 쥐여준 손을 놓지 않았다. 그들은 놓치고 싶지 않았다. 착한 어른이 전해준 소중한 기원을.

'여러분도, 라고 했지.'

제비는 생각했다.

'나는 좋은 가정을 꾸려서 살고 있어요.'

혜용 엄마의 말은 그런 뜻이었다.

주차된 SUV에 오르며 석영과 제비는 행복했다. 행복한 사람들을 만나서 그렇게 됐다는 걸 그들은 알았다. 예전에는 미처 몰랐다. 세상 사람 모두가 불행한 줄로 알았다. 모두가 분노로 가득 차 있는 줄 알았다. 절대로 용서할 수 없는 일들이 인생에 너무 많았다. 하지만 하쿠다 사진관에서 일하며 그들은 깨달았다. 세상에는 행복한 사람들이 있고, 그렇지 않더라도 사람은 조금쯤 행복할 때가 있다. 슬픔도 원망도 그럴 땐 잊어버린다. 생각이 나지 않는다. 그리고 아이들은…… 사랑할수록 사랑스럽다. 많은 사람이 사랑하면 더욱더 소중해진다.

주차장을 빠져나와 석영은 갓길에 차를 세웠다. 창문을 내리고 그는 사진기를 들었다. 여행의 모든 순간을 사진으로 남기고 싶다는 고객의 요청에 따라, 그는 비행기를 찍었다. 여행이 모두 끝났다.

대왕물꾸럭마을의 축제

2월이 되자 대왕물꾸럭마을 들판에는 유채꽃이 피어났다. 수요일 오전, 제비는 늦잠을 자다 이상한 기척에 눈을 떴다. 가늘고 차가운 뭔가가 콧등에 툭 떨어졌다. 몸을 일으켜 보니 두툼한 이불 위에서 붉은 지네가 발버둥 치고 있었다. 엉덩이를 뒤로 빼면서 제비는 일어섰다. 거울 속 얼굴에는 아무런 이상이 없었다. 힘껏 기지개를 켜고 제비는 서랍장을 열었다. 넓적한 청 테이프를 쥐고 천장과 방구석을 샅샅이 훑어봤다. 창가 옆 모서리에 자그만 구멍이 뚫려 있었다.

"여기를 막으면 저기서 나오고, 저기를 막으면 딴 데서 나오고. 참 대단하다. 놀라운 행동력이야."

청 테이프를 찢어 제비는 구멍을 일단 막았다. 퍼티와 스크래

이펴로 메꾸는 작업은 아침을 먹고 할 생각이었다. 제비는 이불을 털어 지네를 쓰레받기에 담았다. 그리고 텃밭에 냅다 던졌다.

"염병, 지넹이 또 나와샤?"

텃밭에서 브로콜리를 따다 말고 목포 할망이 인상을 썼다. 할망은 꿈틀대는 지네를 호미로 툭툭 잘라 흙에 묻었다.

"요번 거는 좀 작아마씸."

할망의 소쿠리를 번쩍 들어 제비는 주방으로 옮겼다. 원래 상추며 부추를 심던 텃밭은 지난가을 종목이 브로콜리로 바뀌었다. 초장에 콕 찍어 먹는 브로콜리 숙회를 제비가 무척 좋아하는 탓이었다.

제비로서는 늦은 아침, 목포 할망으로서는 이른 점심을 먹고 두 여자는 집을 나섰다. 끈 달린 큰 구덕(바구니)을 두 사람은 어깨에 졌다. 그 안에는 1년 내 모아둔 우뭇가사리와 전복 껍데기가 들어 있었다. 할망은 여든 넘은 나이에도 허리를 꼿꼿이 펴고 걸었다. 걷는 속도도 결코 제비에 뒤지지 않았다. 해녀회관까지 가는 30여 분 동안, 갈림길마다 비슷한 차림의 동무를 만났다.

"목포 삼촌, 앞바르서 매역 좀 봐수꽈?"

(목포 삼촌, 앞바다에서 미역 좀 보셨어요?)

괄괄한 말투로 상군 해녀가 물었다. 광대가 크고 눈빛이 매서운 50대 여자로 파마머리에 금색 물을 들였다.

"엇다. 바당이 맨도롱호난 경헌가 싶언. 난바르는 어떵허여?"

(없다. 바다가 따뜻해 그런가 싶어. 먼바다는 어때?)

"어수다. 어떵 살코 저들어마씸."

(없어요. 어떻게 살까 걱정입니다.)

겨우내 채취 금지된 미역은 3월부터 작업이 가능했다. 그러나 2월 중순이 다 되도록 미역의 성장이 더뎌 해녀들은 속이 탔다. 파도가 크게 일면 작업을 할 수 없는지라 해녀들의 수입은 날씨에 달려 있었다. 그러나 아무리 날이 좋아도 바닷속 상황이 나쁘면 체력과 시간만 허비하게 될 뿐이었다.

"요번 축제 때는 식개태물 하영 담앙 요망지게 하쿠다예."

(이번 축제 때는 제사 음식 많이 담아 치성을 드리겠습니다.)

상군 해녀가 말했다.

해녀회관에 도착해 문을 열고 들어선 순간, 제비는 해초 냄새에 정신이 아득했다. 이십여 명 남짓한 마을 해녀 모두가 모여 있었다. 그들은 작업할 준비를 전부 끝냈다. 세 개의 방문이 열려 있었고 그 안에도 해녀들이 들어차 있었다. 그 모습이 여러 개의 동굴에 들어앉은 문어들 같았다. 목포 할망을 따라 제비도 작은 방으로 갔다. 먼저 온 해녀들이 엉덩이를 들썩여 자리를 만들어줬다.

"어떵 홀지 몬딱 알지예? 재기재기 호게 마씸!"

(어떻게 하는지 모두 아시죠? 빨리빨리 합시다!)

해녀회장의 말이 떨어지자마자 작업이 시작됐다. 방마다 한 사람이 두툼한 한지를 겹겹이 접어 주름을 만들었다. 감으로 물들인 진갈색 한지였다. 꼭대기를 묶고 아래를 펴 옆으로 넘기면, 받은 사람은 그 속에다 우뭇가사리를 욱여넣었다. 1년 내내 작업한 것 중 품질 낮은 것들만 모은 거였다. 옆 사람은 주머니를 받아 반건조 미역 줄기로 조심스레 바느질했다. 대바늘 귀에 들어갈 만큼 가늘게 찢은 미역 줄기는 제법 탄력이 있었다. 제비는 소시지 같은 주머니 위에 전복 껍데기 매다는 임무를 맡았다. 껍데기에는 두 개씩 구멍이 뚫려 있었다. 조심스럽게, 제비는 그것을 한지에 꿰었다.

거실 팀은 방에서 만든 것보다 훨씬 큰 한지 주머니를 만들고 있었다. 그들은 흡사 애드벌룬 같은 주머니에 우뭇가사리를 넣고 미역 줄기로 바느질했다. 주머니가 터지지 않으면서도 닫히게 하기 위하여 여럿이 등을 대고 공을 밀었다. 한 명이 위에서 한지를 여미면 다른 두 명이 아래쪽에서 바느질했다. 터지는 것을 방지하기 위해 교차로 바느질하여 오버로크 같은 짜임을 만들었다. 세 개의 방에서는 소시지 같은 주머니를 예닐곱 개씩 연결했다. 그렇게 두어 시간쯤 지났을 때, 해녀들은 마침내 주물을 완성했다. 그것은 작은 집채만 한 하나의 물꾸럭이었다. 꼰 미역 줄기가 배낭끈처럼 제물 앞쪽에 붙어 있었다. 축제일이 되면 제비는 그것을 어깨에 지고 바다에 들어야 하는 것이다.

'내가? 저걸 메고? 확 깔려 죽을 것 같아!'

목구멍까지 치솟은 말을 제비는 꿀꺽 삼켰다. 작업을 마친 해녀들이 거실로 나와 주물 앞에 섰다. 모두가 허리를 굽히고 손을 비비며 입술을 달싹거렸다. 가만히 서서 눈치를 보다 제비도 고개 숙였다.

같은 시간, 석영은 사진관에서 모처럼 여유를 즐겼다. 그는 오직 자신을 위해 커피를 내리고 콧노래를 흥얼대면서 갤러리의 컬렉션을 조금 바꿨다. 꽃샘기정의 파노라마 숏을 넣을 수 있게 특수 제작한 가로형 액자가 오전 택배로 도착했다. 그 곁에 놓인 조면암 단면 사진은 회색 바탕에 검은 점 찍힌 추상화처럼 멋졌다. 월라봉을 오르는 혜용 가족의 사진은 계단 벽에 걸어두었다. 화를 내는 혜용과 우는 효재의 사진도 크게 뽑아 걸었다. 액자 옆에 붙인 딱지에 '촬영: 연제비'라고 적혀 있었다. 그 이름 때문인지 아니면 귀여운 사진 때문인지 석영은 웃음이 났다. 탁자 위에 둔 휴대폰이 드르륵 몸을 떨었다. 070으로 시작하는 모르는 번호. 조금 망설이다 석영은 통화 버튼을 눌렀다.

"이석영 작가님?"

누군가가 물었다. 성마르고 건조한 말투였다.

"예. 누구시죠?"

"《OUR》 편집장 기예리입니다. 4월 호에 실을 사진을 의뢰하려고 전화했어요."

석영은 잠시 침묵했다. 그는 《OUR》라는 잡지가 자신이 생각하는 그 잡지가 맞는지, 그렇다면 그 유명 잡지에서 어떻게 자기 번호를 알았는지 생각하느라 통화 중이란 사실을 잊어버렸다.

"여보세요?"

기예리가 말했다.

"예." 석영은 답했다. 심장이 쿵쿵 뛰었다. "주제는요?"

"'와일드'예요. 제가 지금 인스타에서 사진 한 장 보고 있는데…… 느낌이 좋습니다. 커다랗고 흉측한 문어가 여자 모델 머리에 앉아 있네요."

"아, 제비…… 알겠습니다." 석영은 손으로 머리칼을 쓸어 넘겼다. "언제까지 보내드리면 되죠?"

"이달 말까지요." 기예리가 말했다. 전화기 너머 소리가 갑자기 작아졌다. "이건 너무 촌스럽지. 샤넬에선 뭐래?" 그리고 목소리가 다시 커졌다. "근데 사진이 꼭 실린다는 보장은 없어요. 결과물 보고 판단할 겁니다."

"사진만 실리나요?"

석영이 물었다. 그는 몸을 돌려 바다를 보고 섰다. 벨이 엉덩이를 흔들며 갤러리를 돌아다녔다. 고개를 숙이고 코를 킁킁대면서 무슨 냄새를 맡고 있었다.

"간단한 글도 실을 거예요. 사진이 좋으면 서면 인터뷰 질문지를 보낼게요."

알겠다고, 석영이 답하자마자 전화가 끊어졌다.

음력 2월 초하루. 양력으로는 2월 20일. 드디어 대왕물꾸럭마을의 축제날이 돌아왔다. 제비는 꼭두새벽같이 들이닥친 해녀회장님과 해녀회 간부들이 보는 가운데, 목포 할망의 민박집에서 전통 복장을 갖춰 입었다. 말이 좋아 '신성한 사자의 옷'이지 낡은 데다 얇아빠진 해녀복이었다. 누리끼리한 면직물로 만든 바디

슈트 상의는 크로스로 끈 하나 달린 탱크톱 같고, 아랫도리는 반바지였다. 무엇보다 경악스러운 건 그 옷이 옆트임이란 거였다. 옛날 해녀들이 입고 벗기 편하도록 만든 듯한데, 입고 나면 옆구리와 엉덩이 살이 그대로 드러날 터였다. 제비는 마지막으로 몸무게를 잰 게 언제였는지 생각했다. 아무래도 옆구리 살이 비어져 나올 듯했다.

"이게 다예요? 이렇게 추운데……."

제비는 용기를 내 해녀회장을 흘끔 보았다. 그러나 해녀회장은 커다란 눈을 부라리더니 '쓰읍!' 하고 무서운 소리를 냈다. 약속이라도 했는지 모두가 입을 다물고 손시늉과 눈치로만 지시를 하고 있었다. 그러고 보니 어젯밤에 목포 할망으로부터 지나가듯 '잠수 전에 고라대민 재수 어서(축제 전에 수다 떨면 재수 없어).' 하는 말을 들은 듯했다.

하는 수 없이, 제비는 입고 있던 추리닝을 벗고 전통 복장 물소중이에 한쪽 발을 끼워 넣었다. 그때, 해녀회장이 득달같이 다가와 제비의 등을 때렸다.

"아얏! 왜 때려요!"

제비가 소리쳤다.

회녀회장은 답답한 듯 손으로 가슴을 치더니 손가락으로 제비의 속옷 끈을 억세게 잡아당겼다.

"벗으라고요? 이것도? 안 돼요! 절대 안 돼!"

물소중이를 던지고 제비는 스스로를 끌어안았다. 해녀회 간부들은 답답한 표정으로 시계를 가리킨 뒤 잠수하는 시늉을 했다. 시간이 없으니 빨리 제대로 복장을 갖추란 뜻이었다. 문득 제비 방 창문이 웅웅 울었다. 바람이 몹시도 불고 있었다.

'이렇게 추운 날 속옷도 벗고 물소중이만 입으라고? 그 큰 물꾸럭 주물을 지고 잠수를 하란 말이야? 억지도 이런 억지가 없다!'

제비의 가슴에서 반발심이 일었다.

아무래도 안 되겠는지, 해녀회장이 옷장을 뒤져 제비의 롱패딩을 잡아 빼냈다. 그러고는 막 흔들었다. 그걸 걸치고 바다까지 가면 되지 않겠냐는 뜻이었다.

"바다까지는 가죠. 근데 물속에 들어가야 하잖아요. 추운데 어떻게 이것만 입고 들어가요. 속옷까지 벗고!" 목에 핏대를 세우면서 제비가 항변했다. "전 말이죠, 사춘기 이후로 브라 벗은 적 없어요. 갈아입을 때만 벗는다고요. 잘 때도 입고 자는데!"

그러나 제비가 아무리 울상을 지어도 해녀들은 막무가내였다. 해녀회장은 울긋불긋한 낯으로 두 눈을 부라리며 물소중이를 흔들어댔고, 해녀 간부들은 제비의 머리에 면직물로 만든 프릴 모자를 씌웠다. 눈, 코, 입만 내놓고 머리와 귀 그리고 목을 가리는 모자였다. 해녀 간부 하나가 야무지게 끈을 묶었다. 그런 채 속옷을 사수하려는 제비와 물소중이를 입히려는 해녀들 사이에 실랑이가 이어졌다. 추운 겨울에 땀을 흘리며 제비는 반발하고 해녀들은 씨근대면서 시간이 흘러갔다. 순간, 갑자기 방문이 열리더니 누군가가 들어왔다. 목포 할망이었다. 잘 빗은 머리에 정갈한

갈옷 차림으로 할망은 서 있었다.

"할머니! 도와주세요!"

울상을 지으며 제비가 소리쳤다.

목포 할망은 고개를 끄덕였다. 그는 제비의 몸에서 해녀들의 손을 하나씩 떼어냈다. 손짓 발짓을 하며 해녀 간부들이 목포 할망에게 으름장을 놓았다. 할망은 말없이 두 손을 모으고 섰다. 제비를 마주 보고는 허리를 구부렸다. 두 손을 모아 싹싹 빌다가 할망이 무릎 꿇고 큰절을 했다.

"할머니, 왜 이러세요!"

깜짝 놀라 제비가 목포 할망을 일으켜 세웠다.

"부끄러울 것 엇다."

제비를 보며 목포 할망이 말했다.

해녀회장과 간부들이 깜짝 놀라서 할망을 봤다. 소리 내 말하면 어쩌느냐고 팔짝 뛰면서 검지로 입을 가렸다.

"할머니, 말하지 마세요! 재수 없다는데……."

제비가 속삭였다.

목포 할망은 가만히 고개를 흔들었다. 그리고 제비의 눈을 마주 보았다.

"옛날, 먼 옛날부텀…… 해녀들은 가족을 먹여 살려사주. 제주는 소나이가 귀한 섬이라. 비바리는 비바리대로 살림 보태고, 넹바리는 넹바리대로 아기들 낳아 키우민."

(옛날, 먼 옛날부터…… 해녀들은 가족을 먹여 살려야 했어. 제주는

남자가 귀한 섬이라. 미혼자는 미혼자대로 살림 보태고, 기혼자는 기혼자대로 아기들 낳아 키우며.)

해녀회장의 손에 들린 물소중이를 목포 할망이 앗아 쥐었다.

"70 몇 년인가…… 고무옷이 그때 나완. 나 목포서 시집와 보난 몬딱 이런 것 입고 물질핸. 여 옆에 터진 건 아기 배민 배가 커지난, 배가 불러도 입고 물질하라 영 만든 거. 춘 겨울에도 만삭에도 해녀들은 물질해사주. 이 옷은 경헌 옷이라. 소나이한티 보이는 옷이 아니라, 어멍의 옷이라. 경 호난 속옷 같은 것 안 입주. 바당 나와 구덕에 재워둔 아기 젖 물려야 호난."

"알았어요, 할머니. 알았으니까…… 부정 탄다며……."

제비는 고개 숙였다. 두 손으로 물소중이를 집자 눈물이 후드득 떨어졌다. 해녀 간부들이 자리를 비운 가운데, 제비는 속옷을 벗고 물소중이를 입었다. 거울 앞에서 가만히 배를 어루만졌다. 그 속에는 더 이상 아무도 살지 않았다. 휴대폰을 집어 들고 제비는 갤러리를 열었다. 수없이 보고 또 봤던 아기 사진을 가만히 들여다봤다. 제비를 닮아 동그란 눈, 제비의 엄마를 닮아 찌그러진 귀, 그리고 아기 아빠를 닮아 볼록한 이마……. 지켜주지 못했어도 소중한 아기였다. 이름을 지으면 보내지 못할까 봐 태명으로만 부른 아기.

"밤톨아. 엄마 오늘 물에 들어간다."

사진을 보며 제비는 중얼댔다.

"여기 마을에서, 엄마는 신성한 사자야. 커다란 문어를 지고 잠수에 성공하면, 무서운 일이 안 일어난대. 있잖아…… 잘 크라고, 절대로 아프지 말라고, 엄마가 잠수할게. 미안해. 이런 것밖에 못 해줘서……."

어그부츠에 롱패딩 차림으로 제비가 해안사구에 도착했을 때, 마을 주민들은 전부 모여서 제사상을 차리고 있었다. 센 바람이 불고 파도가 높게 이는 바다에서, 정성껏 차린 제물이 날아가지 않도록 사람들은 애를 썼다. 해안에 즐비한 제사상들은 그야말로 진풍경이었다. 커다란 배며 사과, 오메기떡에 돼지고기 꼬치는 기본이고, 집집마다 개성을 드러내는 제물들이 올라왔다. 어느 집은 고소리술, 어느 집은 카스텔라를 올렸고, 또 어느 집에서는 말고기를 올렸다. 살아서 꿈틀대는 전복과 성게가 이따금 접시에서 꼬물거렸다. 그런 제사상을 앞에 두고 사람들은 정성껏 기도했다. 한 해의 무사 안녕과 풍어를 비는 거였다.

스테판 거츠의 웃는 얼굴이 커다랗게 박힌 점퍼를 입고, 석영도 전날 제비와 준비한 음식을 해안에 차려냈다. 토르티야에 베이컨과 보말을 얹은 피자와 닭백숙, 삼겹살구이와 떡조개라면, 귤껍질을 넣고 볶은 커피와 청귤차가 그것이었다. 해안에 늘어선 제사상 중 특히 눈길을 끄는 건 유나네 제물이었다. 큼직한 쟁반에 사구케이크와 주상절리케이크 그리고 문어빵이 놓여 있었다. 넓적한 케이크 받침에는 파랗고 하얀 크림으로 바다와 하늘이 그려졌고, 빵으로 만든 노란 테왁도 여기저기 떠 있었다. 초콜릿으로 만든 해녀가 해안을 기어오르고 있었다. 소원을 빌고 다른 집 제물을 구경하던 이들이 감탄하며 휴대폰으로 사진 찍었다. 그런 사람들 속에는 석영도 끼어 있었다. 형진이 기분 좋게 어깨를 으쓱였다. 이제 막 9개월 된 아기를 안고 형진의 아내 희은도 설레는 표정을 지었다. '아빠, 헤이(아빠, 케이크)' 하고 유나가 제법 깨끗한 소리를 냈다.

"요새 케이크 잘 팔려요?"

석영이 물었다.

"덕분에."

형진이 씩 웃었다. 주상절리가 보이는 곳에 탁자를 놓고 그 위에 케이크를 얹어, 마치 바다 위에 케이크가 있는 듯 찍은 석영의 사진은 인스타에서 반응이 좋았다.

"올핸 우리도 신성한 사자 뽑는 회의에 불러주면 좋겠다."

긴장한 낯으로 형진이 손을 비볐다.

"그렇게 될 거예요. 사람들이 이렇게 좋아하잖아."

사진기를 들고 석영은 형진의 제물을 찰칵 찍었다.

액정 모니터를 들여다보며 형진은 고개를 끄덕였다.

"열심히 할 거야. 성실하게, 신뢰를 주는 수밖에 없어. 외지인이 뿌리내리려면…… 그 수뿐이야."

"잘될 거예요. 유나가 있으니까."

"그래. 뵙는 어른들마다 우리 유나를 귀여워해. 웃으면서 말도 자주 걸어주시고."

웃는 유나의 얼굴을 사진에 담고, 석영은 바다를 봤다. 등 뒤에서 갑자기 천둥소리가 났다. 돌아보니 화려한 무복을 입은 제사꾼들이 커다란 북과 징 그리고 장구를 두드리며 행진을 하고 있었다. 오방색 끈으로 장식한 돗자리 위에 십수 명이 둥글게 앉아 제각기 악기를 솜씨 좋게 두드렸다. 붉은 두루마기에 갓을 쓴 사내가 우뚝 서서 대나무 가지를 기세 좋게 흔들었다. 그는 곧바로 축제의 시작을 선언했다.

"대와앙 물꾸럭 마으을으으으, 물꾸러억 맞이이이이이, 축제를 알립네다아아아."

울음처럼 흔들리며 노래처럼 이어지는 희한한 소리였다. 선언이 끝나자 마을 사람들이 주위로 몰려들었다. 타악기 연주가 신명나게 이어졌다. 마치 공연장에 온 것처럼, 사람들은 어깨를 들썩이며 두 팔을 흔들었다. 해녀 탈의실 문이 열리고 해녀들이 우르르 쏟아졌다. 그들은 모두 발목까지 오는 코트나 패딩을 입고 있었다. 종아리는 맨살이 보이는 것이 속에는 전통 해녀 복장을 차려입은 모양새였다. 무리의 중간에서 양희를, 맨 끝에서 제비를 발견하고 석영은 두 손을 막 흔들었다. 그러나 그들은 석영의 모습이 보이지 않는지 아무런 반응을 하지 않았다.

"참 좋죠?"

누군가가 귓가에 속삭이는 바람에 석영은 흠칫 놀랐다.

"아니, 박사님. 어떻게 오셨어요?"

지질학자는 새로 산 사진기를 자랑스레 흔들었다.

"유튜브 촬영하러요."

"유튜브? 무슨? 직접 하시는 거예요?"

"네. 지질학 유튜브예요. 생활 속 지질을 재미있게 풀어나가는 채널이라고 할까? 영상으로 찍고 책으로도 출간할 거예요."

"와, 멋지네요." 석영이 말했다. "어떻게 그런 생각을 하게 됐어요?"

제사꾼들의 공연을 보며 지질학자가 어깨를 으쓱였다.

"사장님 덕분이죠. 제비 씨 덕분이고. 어쩌면 내 덕분이고."

지질학자는 사진기를 들고 영상을 찍기에 좋은 구도를 살펴보았다.

"그날, 스테판 거츠를 대하는 사장님을 봤어요. 그리고 사장님을 대하는 제비 씨를 봤죠. 그 모습들이…… 꼭 나 같더라고요. 거츠 선생의 말은…… 따지고 보면 틀리지 않아요. 난 교수님이 좋아 지질학을 택했고, 그건 교수님이 내 인생에서 처음 본 어른, 제대로 된 어른이었기 때문이니까."

카메라를 들고, 지질학자는 제사 연주의 한 장면을 조금 찍었다. 그는 말을 이었다.

"그날, 나는 거츠 선생한테 말했어요. 뜨거운 것을 좋아하기 때문에 용암류 연구를 하는 거라고. 하지만 집에 가 생각하니 그건 틀린 말이데요. 내가 좋아하는 건 식어서 굳은 것들이니까. 그 뜨거움의 세례를 견딘 것들이니까. 나는 그 다양한 형태의 냉정을 살펴봐요. 나도 그렇게 형태를 남기려고요. 그러다 보면…… 또 모르죠. 언젠가 우연히 교수님을 만나 인정받는 날이 올는지."

지질학자가 픽 웃었다. 사진기를 들고 이곳저곳 기웃대는 지질학자를, 석영은 사진 찍었다. 지난주에 그는 스테판 거츠로부터 한 통의 이메일을 받았다. 활짝 웃는 우크라이나 아이들 사진 몇 장을 그는 보내주었다. 한국이 무척 그립다고 그는 메일에 썼다. '예전에 거기는 전쟁터였어. 이젠 아니지. 아주 평화로워. 안전하고. 언젠가 이 아이들도 그런 일상을 되찾게 될 거야. 나는 그렇게 믿어.'

모니터에 비친 스테판 거츠의 문장들을 석영은 손으로 더듬었다. 거츠가 차마 보내지 못한 많은 사진이 눈앞에 생생히 그려졌다.

'오늘 찍은 사진들을 그분에게 보내야겠다.'

사진기를 들고, 석영은 자신이 찍은 사진을 봤다. 광각으로 찍은 사진 속에는 하늘도 있고 바다도 있고, 마을 주민들도, 형진도, 지질학자도, 제비도 있었다. 문득, 석영은 궁금한 것이 생겨 지질학자를 쫓아갔다.

"저기요, 근데 이 축제가 무슨 상관이 있어요? 지질학이랑."

지질학자는 마을 노인에게 받은 꿀떡을 씹다 말고 손가락으로 뭔가를 가리켰다. 커다란 나무틀 아래 제사 연주가가 앉아 있었다.

"저거 알아요? 뭔지?"

"책에서 본 적은 있는데. 이름은 모르겠네요. 편…… 편, 뭐더라?"

"편경이에요. 경석으로 만든 악기죠."

"아!"

석영은 감탄해 고개를 끄덕였다.

"가만히 들어봐요." 지질학자가 말했다. "장구 소리, 북소리, 징 소리……. 아름답지만 흔히 아는 전통음악은 아니죠. 지나치게 고즈넉하잖아? 왜 그렇다고 생각해요?"

"음. 뭔가 빠진 것 같은데." 석영이 손가락으로 머리를 긁적였 다. "아, 꽹과리?"

지질학자가 웃으며 고개를 끄덕였다.

"그렇죠! 시끄러운 소리는 물꾸럭의 심기를 거스르기 때문에 쓰지 않는대요. 이장님이 알려주셨죠. 그래도 포인트는 필요하잖 아요? 편경은 경석으로 만드는데 아주 맑은 소리를 내요. 경석은 안산암의 일종인데, 화산에서 분출한 용암이 빠르게 식으며 생기 는 거죠."

때마침 편경 연주자가 망치 모양 각퇴로 돌들을 쳤다. 우아하 고 깨끗한 소리가 해안사구에 울려 퍼졌다. 마음의 더러운 것이 씻겨 나가는 기분이었다. 지질학자는 카메라를 들어 올렸다. 스 스로를 촬영하면서 그는 명랑한 말투로 떠들었다.

"편경 조율법을 아십니까? 돌을 갈아 소리를 조절하죠. 얇게 갈거나 홈을 파내서 음을 맞춥니다. 그만큼 조율이 어렵지만 기 온이나 습도로부터 자유로워, 국악기 조율의 기준이 돼요."

지나가던 마을 주민이 다가와 지질학자의 입에 금귤을 넣어줬다. 겨울이 지나는 사이, 지질학자는 대왕물꾸럭마을의 유명 인사가 되었다. 문어 화석의 발견으로 학계의 주목을 받아 뉴스에 나온 덕분이었다. 꽃샘기정 아래서, 공중파 방송국 촬영팀이 그를 찍었다. 하쿠다 사진관은 간판조차 안 보였지만 나름대로 유명세를 탔다. 그것은 아주 선명하게 찍힌 화석 사진 덕분이었다. 사진 밑 자막에 '출처: 하쿠다 사진관'이라 적혀 있었다. 짧은 인터뷰였는데도 공중파의 위력은 대단해서, 물꾸럭마을에는 관광객이 늘었다. 마을 사람 중 몇은 민박을 열려고 준비했고, 해녀들은 식당을 열어 부수입을 만들 생각에 들떠 있었다. 유나브레드의 형진도 희망이 보인다며 기뻐했다. 그렇게 해서 지질학자는 마을 주민 모두의 환영을 받는 대상이 된 거였다. 마을 사람들은 대왕물꾸럭마을이 단순 관광지가 아닌 유적지로 알려지게 된 것을 몹시 자랑스럽게 여겼다.

"신성한 사자는 준비합써!"

붉은 옷을 입은 심방(무당)이 소리쳤다. 머리에 띠를 두른 연주자가 두 개의 북을 치며 웅장한 연주를 시작했다. 색동 한복을 입은 연주자들이 장구와 소고를 두드리며 긴장감을 조성했다. 해녀들은 전날 탈의실에 옮겨둔 물꾸럭 주물을 다 함께 들어 올렸다. 코트와 패딩을 벗은 물소중이 차림으로 겨울 바다의 센 바람을 그대로 맞았다. 그들은 행진을 시작했다. 행렬의 맨 앞에는 제비가 서 있었다. 물소중이를 입은 채 미역 줄기를 꼬아 만든 끈을 어깨에 메고 한 발 한 발 걸었다. 마을 주민들이 행렬의 뒤를 조용히 따랐다. 석영도 무리에 섞여 그 모든 장면을 사진으로 찍었다.

해녀 일행이 물가에 닿자 북소리가 잦아들었다. 티 없이 맑은 편경 소리가 해안사구에 울려 퍼졌다. 해녀들은 조심스럽게 물꾸럭을 내려놨다. 어깨띠를 멘 채 제비는 꿇어앉았다. 마을 사람들이 몰려와 주물 속에 작은 제물을 집어넣기 시작했다. 성글게 바느질한 사이사이 삶은 돼지비계와 닭고기, 쪼갠 귤 같은 것이 들어찼고, 곱게 접은 종잇조각을 넣는 사람도 있었다. 주민들은 각자 제물을 넣고 합장하며 기도했다. 마침내 제비가 일어섰다. 주물의 무게를 이기지 못해, 미역 끈이 우지직 뜯기는 소리가 났다. 주민들이 놀라서 웅성거렸다. 그러나 조금 뜯겼을 뿐, 크게 망가진 것은 아녔다. 상군 해녀들이 빠른 손길로 허리에 찬 납 벨트를 풀었다. 그들은 그것을 제비의 가슴과 허리에 묶어주었다. 덕분에 등이 휘고 다리가 휘청였지만 제비는 버텨냈다.

육지에서 휴식을 마친 물꾸럭이 바다로 가는 장면을 석영은 사진 찍었다. 물꾸럭의 덩치가 너무나 커 제비의 모습이 보이지 않았다. 그것은 마치 스스로의 힘으로 바다를 향해 가는 것 같았다. 무게를 재진 못했지만 10킬로그램은 너끈히 넘을 텐데, 제비가 그것을 앞에서 지고 있는 게, 그러면서 싫은 소리를 하지 않는 게 석영은 대견했다.

조금씩 천천히, 물꾸럭이 바다에 들어갔다. 끊겼던 북소리가 다시 울렸다. 물소중이 차림으로 해녀들이 바다를 향해 노래하기 시작했다. 둔탁하고 거칠며 엇박자로 이어지는 합창이었다. 마을 사람들이 노래의 후렴을 따라 불렀다.

샛보름 하니보름 바당 속이 왁왁
(동풍 북풍 바닷속이 부옇다)
물꾸럭 물꾸우럭 대왕 물꾸우럭
(문어 문어 대왕문어)
갑서 갑서 혼저갑서게
(가세요 가세요 어서 가세요)

물꾸럭 물꾸우럭 대왕— 물꾸우럭
물꾸럭 물꾸우럭 대왕— 물꾸우럭

전복 귀 매역 구젱기
(전복 성게 미역 소라)
씨앗 하영 뿌려주곡
(씨앗 많이 뿌려주시고)
센 바당 맹지 바당
(거친 바다 명주 바다)
넹바리 비바리 숨 막힐 일 막아줍써
(기혼 해녀 처녀 해녀 숨 막히지 않게 해주세요)

펜안 펜안(편안 편안) 몬딱(모두) 펜안

펜안 펜안(편안 편안) 몬뜰락(모조리) 펜안

해녀들과 마을 사람들의 노래를 들으며, 제비는 헤엄쳤다. 헐
벗은 차림도 겨울 추위도 노래가 들리는 동안은 아무렇지 않았
다. 그러나 시간이 지나고 노랫소리가 작아지자 물꾸럭은 무거워
졌다. 제비는 어깨를 세우고 두 발에 힘을 줬다.

밀려오는 파도를 거슬러 평영으로 나가며 제비는 옛일을 생각
했다. 처음 마을에 도착한 날, 물꾸럭 석상에 손을 넣고 제비는 눈
을 감았다.

"밤톨이가 건강하게, 행복하게 자라게 해주세요."

그것이 제비의 소원이었다. 큰 숨을 마시고 제비는 머리를 물
에 넣었다. 물꾸럭 주물도 완전히 물에 잠겼다. 바닷속 지형은 무
섭고 아름다웠다. 가파르게 미끄러지는 언덕을 따라 제비는 천천
히 하강했다. 자줏빛 맨드라미 같은 산호 군락이 화려하게 펼쳐
졌다. 키 작은 미역도 조금씩 눈에 띄었다. 청색과 금색 줄무늬가
있는 청줄돔들이 파도를 타고 흘러갔다. 물꾸럭을 데려다 놓기로
해녀들과 약속한 동굴이 멀리 보였다. 그 동굴까지만 가면, 상군
해녀들이 이어서 길잡이를 하기로 되어 있었다.

겨우내 잠수 연습을 했음에도 불구하고 제비는 겁이 났다. 몸
은 차갑게 얼었고 벌써부터 숨이 찼다. 노랫소리도 북소리도 이
제는 완전히 들리지 않았다. 시퍼런 바닷속에서 누군가가 튀어나

올 것 같은 느낌에 제비는 어깨끈을 어루만졌다. 힘차게 발짓을 했다. 무게중심이 흔들리지 않게 신중히 헤엄을 쳤다. 물 먹은 한지 때문에 물꾸럭 몸통이 터져 우뭇가사리가 바다로 우르르 쏟아졌다. 그것은 꼭 죽은 사람의 머리털 같았다.

'잘못하면 안 돼. 밤톨이한테 나쁜 일이 생겨!'

짊어진 물꾸럭이 아기라도 되는 양, 제비는 두 손을 뒤로 뻗었다. 있는 힘껏 들쳐 올렸다. 숨이 차고, 어깨는 부서질 것 같고, 허리는 끊어질 것 같은 게…… 꼭 아기를 키우던 때로 돌아간 느낌이었다. 더 참지 못하고 제비는 숨을 뱉었다. 입에서 물거품이 와르르 쏟아졌다. 시원할 줄 알았는데 오히려 숨이 막혔다. 제비는 고개를 휘저었다. 손끝과 발끝이 조금씩 저려왔다. 목을 비틀어 제비는 수면을 봤다. 그곳은 무척 밝고 따뜻해 보였다.

저도 모르게, 제비는 어깨를 흔들었다. 그는 주물을 버리고 수면 위로 가려 했다. 그때, 놀라운 일이 벌어졌다. 약속한 동굴 앞에서 무언가 반짝인 것이다. 노랗고 빨갛고 하얗게 빛을 내며 뭔가가 점점이 늘어섰다. 그것들이 물꾸럭이라는 걸 제비는 알아차렸다. 신성한 사자를 물꾸럭들은 기다리고 있었다. 마을 사람들이 선물을 보내곤 하는 약속의 날을 잊지 않았다.

어금니를 꽉 물고 제비는 하강했다. 약속한 동굴이 가까워질수록 두통이 밀려왔다. 어찌어찌 동굴 앞에 섰을 때 눈앞이 흐릿했다. 늘어선 물꾸럭들이 먼지를 일으키며 바닥을 차고 올라 주물에 들러붙었다. 긴장이 풀려서인가, 제비는 바닷물을 조금 삼켰다. 온몸에 힘이 풀렸다. 누군가가, 제비의 몸에서 어깨끈을 벗겨냈다. 처음엔 두 개, 다음엔 네 개, 그다음엔 여섯 개…… 점점 더 많은 손이 다가와 제비의 몸에서 납 벨트를 떼어냈다. 무수한 손들, 온기를 가진 손들이 제비의 몸 이곳저곳을 쥐고 수면 위로 밀어 올렸다. 거세게 밀리는 파도를 열고 마침내 허공에 머리를 빼냈을 때, 수많은 손이 제비의 등을 때렸다. 커헉, 커헉. 제비는 짠물을 뱉어냈다. 거칠게, 아주 서툴게 그녀는 호흡했다. 뜨거운 눈물이 바다로 떨어졌다. 감격해 울다가 제비는 숨비소리를 길게 뱉었다. 한참 후, 먼 곳에서 메아리처럼 소리가 들려왔다. 희미하게 들려오는 그것은 뜨거운 함성이었다. 촌스러운 미신이라 여겨온 이 축제를, 대왕물꾸럭마을 사람들이 어째서 이어가는지 제비는 알 것 같았다.

'사람은 누구나 혼자 살지만, 때때로 서로를 돌보고 있어.'

제비는 깨달았다.

지친 몸으로 해안에 도착했을 때, 늙은 해녀들이 수건으로 물기를 닦아주었다. 온몸의 실핏줄이 터져 문어처럼 벌겋게 된 제비의 모습을 석영은 사진 찍었다. 어선을 모는 노인들이 제비의 입을 열고 뜨거운 술을 부었다. 늙은 해녀들은 얼룩덜룩하고 해진 가운으로 제비의 몸을 덮었다.

"'복차림'이라. 할망들이 1년 내 입은 속곳을 기워 만들었주."

목포 할망이 말했다.

물꾸럭을 배웅하고 상군 해녀들이 돌아왔을 때도 비슷한 일이 반복됐다. 마을 사람들은 너나없이 다가가 해녀들의 입에 떡이며 데운 술을 넣어주고 차디찬 몸을 주물러줬다. 물꾸럭을 어디까지 데려가 어떻게 했느냐고 제비는 물었지만 해녀들은 가르쳐주지 않았다. 서운했지만, 언젠가는 알게 될 거라고 제비는 생각했다. 언젠가, 이 마을에서 오래 살면 알게 될 거라고.

축제를 마치고 집으로 가서, 제비는 목포 할망과 저녁을 먹었다. 석영과 벨도 자리를 함께했다. 그들은 따뜻한 방에 앉아 축제 때 남은 음식을 나눠 먹었다. 집집마다 차린 제사상을 돌며 조금씩 음식을 섞어 먹는 게 마을의 오랜 풍습이었다. 목포 할망은 돼지고기 수육과 호박잎 무침을 섞어 찌개를 끓였다. 성게알이며 전복을 넣어 비빔밥을 만들고, 후식으로는 유나브레드의 사구케이크를 조금 먹었다.

"할망도 단 거 드시우꽈?"

장난기가 발동해 제비가 물어보았다. 문신을 한 듯 얼굴이 온통 불그죽죽했다.

"먹주. 지꺼지난(기분 좋아지니까)." 목포 할망이 말했다. "죽은 영감 나 처음 사준 음식 크림빵이라."

생각지 못한 연애 이야기를 듣고 제비는 신이 났다.

"데이트했어요? 어디서?"

"목포에서 만났주. 배탕 와시니(배 타고 왔으니까). 경 먼저 죽어부런 고생할 줄 알았시민 시집 안 왔주게."

목포 할망이 한숨을 길게 쉬었다. 육지 아가씨가 제주로 시집와 겪은 텃세 이야기를 한참 듣다가 제비는 문득 호기심이 일었다.

"근데요 할머니 저기…… 양희 언니 있잖아요. 그 언니 외할머니는 왜 돌아가셨어요? 상군 해녀였다던데."

석영의 눈치를 보고 목포 할망은 입술을 오물거렸다. 대답 없이 밥상을 치우기에 말씀을 안 하시려나 싶었는데, 설거지를 하면서 할망은 말을 이었다.

"물숨을 먹언. 두린아이 셋에다 물애기도 키워시난 허벌나게 속았젠. 돈이 필요하난 하늘이 와왁하고 큰누가 지랄친디 물질허여. 나도 고치 갔주게. 경 헌디 나는 하군이라 얕은 바당서 몽캐미고 있었주. 나와 보난 사람들이 죽언당 골아."

(물숨을 먹었어. 어린아이 셋에다 젖먹이도 키웠으니 무척 고생 많았지. 돈이 필요하니 하늘이 뿌옇고 큰 파도 치는데도 물질을 했어. 나도 같이 갔지. 그런데 나는 하군이라 얕은 바다에서 늦장을 부렸어. 나와 보니 사람들이 죽었다고 그러데.)

설거지를 하다 말고 목포 할망이 멍하니 허공을 봤다.

"요 말 하는 거 집이가 처음이라. 나는 이. 그이가 이. 맹애 상하는 거 싫언."

(이 말 하는 거 네가 처음이야. 나는. 그이가. 명예 다치는 게 싫어.)

긴 침묵 속에 세 사람은 앉아 있었다. 석영이 슬며시 입을 열었다.

"할아버지가 안 계신데, 왜 여기 계속 사세요? 자녀분들 계신

도시 가시지."

"무사? 요게가 나 집인디." 별소리를 다 듣겠다는 듯 목포 할망이 두 눈을 부라렸다. "영감 혼인 당시부터 나가 요게 괸당이라. 신성한 사자. 너도 이제 괸당이주."

"어머, 제가요?"

놀란 제비가 호들갑을 떨었다.

"기여. 혼번 사자는 영원한 괸당이주. 이녁은 앞으로 어떵살코 저들지 말라."

(그래. 한번 사자는 영원한 괸당이야. 너는 앞으로 어떻게 살까 걱정하지 마.)

목포 할망이 말했다.

* * *

햇살이 눈부신 4월. 하쿠다 사진관에 손님이 찾아왔다. 멀리서 들려오는 오토바이 소리를 듣고 벨이 뛰어나갔다. 가게 문을 활짝 열고 대청소를 하는 목요일 오전. 석영과 제비도 걸레질을 하다 말고 출입문을 내다봤다. 초승달 같은 꼬리를 흔들며 벨이 짖었다. 비쩍 마른 우편배달부가 킥스탠드를 차 내리고 벨을 향해서 장난스레 으르렁댔다.

도착한 물건은 잡지 《OUR》였다. 석영과 제비는 청소를 마무리하고 손을 씻었다. 바다가 보이는 창가에 나란히 앉아 그들은 표지를 얼른 넘겼다. 화려하고 복잡한 그래픽디자인 위에 목차가 적혀 있었다. '와일드: 제주의 여인'이란 소제목 옆에 쪽수가 눈에 띄었다. 누가 먼저랄 것 없이 두 사람은 잡지를 휘릭 넘겼다.

"잠깐만, 찢어지겠다."

"그러니까 사장님은 가만히 있어요."

옥신각신하며 그들은 목적한 페이지를 찾아냈다.

"우아아!"

제비가 소리쳤다.

커다란 손으로 사진을 쓸며 석영도 슬쩍 웃었다.

"어쩐지 저것보다 더 멋진 것 같아!"

제비가 손가락으로 갤러리 벽을 가리켰다. 노형사의 독사진이 떼어진 곳에 축제 사진이 걸려 있었다. 그것은 잡지에 실린 것과 같은 것으로, 물꾸럭 주물을 배웅하고 온 제비의 모습이 담겨 있었다. 모카크림처럼 근사한 해안사구에 제비는 누워 있었다. 온 몸의 혈관이 터져 붉은 잉크로 문신을 한 것 같았다. 그 덕분인가, 누리끼한 물소중이가 표백한 듯 희게 보였다. 벌어진 옆트임 사이로 제비의 가슴골과 골반이 불룩하게 엿보였다. 사진 아래 깨알 같은 글씨로 '대왕물꾸럭마을의 물꾸럭맞이축제'에 관한 설명이 적혀 있었다. 석영이 하쿠다 사진관을 열게 된 이유도 간략하게 써 있었다.

"올여름은 무척 바쁠 거야."

기대에 찬 말투로 석영이 말했다. 싱글벙글 웃으며 그는 몇 번이나 잡지를 어루만졌다.

"그럴 거예요. 하루에도 몇 번씩 인스타그램 DM 문의가 오고 있어요. 7월 일정은 다 차버려 곤란할 지경이라니까요?" 제비가 떠들썩하게 말했다. 그리고 천연스럽게 석영의 눈치를 봤다. "이런 직업은 특성상 여름휴가도 없는데, 그 뭐, 응? 보너스라던가, 격려금이라던가, 있어야 하지 않나?"

"아이고 드려얍죠. 드리고말고요."

과하게 고개를 끄덕이며 석영이 웃어댔다.

나날이 바쁜 와중에도 석영은 틈틈이 제비를 위해 기술을 가르쳤다. 사진기의 종류와 렌즈의 특성, 빛을 다루고 소품을 활용하는 법뿐 아니라 구도를 잡는 다양한 방법까지. 그중에서도 석영이 특히 신경 쓰는 건 편집의 기술이었다.

"사진. 특히 디카를 찍을 땐 상상력이 필요해. 얼마든 편집하고 보정을 할 수 있거든. 그러니까 피사체에 얽매이진 마. 어디를 어떻게 보정하고 편집할 건가 그걸 먼저 계획해. 그다음에 사진을 찍는 거야."

사진관 마당에서 벨을 모델로 촬영을 하다 제비는 고개를 갸웃했다.

"완전히 거꾸로네요. 제가 생각했던 거랑은."

"알았으면 이제 또 해봐."

석영은 손가락으로 벨을 가리켰다.

"야. 좀 가만있어라."

투덜거리며 제비는 벨을 따라다녔다.

"생각해 보면…… 사람을 만날 때도 그런 것 같아." 석영은 팔짱을 꼈다. "상대를 위해, 내가 어디까지 움직일 수 있는가 알면 관계를 맺는 데 도움이 되거든."

"뭐, 양희 언니 얘기예요?"

제비가 돌아보았다.

"어?"

바보처럼 되묻는 석영의 모습을 제비는 사진 찍었다.

"그렇게 갑자기 찍으면 어떡하니? 넌 진짜 기본이 안 됐다."

"열 달 동안 배운 게 이건데 무슨 소리예요?" 사진기 액정을 보며 제비가 낄낄거렸다. "있잖아요. 사장님은 사진 얘기만 하면 신이 나나 봐요."

석영은 어깨를 으쓱했다. 모델 노릇이 지겨웠는지 벨은 뒷다리로 목덜미를 긁어댔다. 주머니에서 육포 조각을 꺼내 석영은 벨에게 던져주었다. 벌떡 일어나 벨이 그것을 날름 삼켰다. 커다란 혓바닥으로 입가를 슬쩍 핥았다. 석영이 계속 말했다.

"농구선수들, 어떤 슈터들은 말이야, 공을 던지는 순간 주먹을 쥐어. 공이 손에서 떠나는 순간 득점을 확신하는 거지. 사진작가들도 그런 순간이 있어. 셔터에 지문을 얹는 순간 멋진 사진이 찍힐 거란 확신이 들지. 그땐 진짜 기분이 좋아. 제비야, '열화'라는 말 알아?"

"아니요."

"뜨거운 불이라는 뜻이야. 어떤 때 사진을 찍으면 내가 느끼는 감정이 그래. 심장이 열화에 젖는다고 할까? 제비는 어때?"

"뭐가요?"

뾰루퉁하니 서서 제비는 신발코로 마당을 찼다.

"느껴본 적 있어? 심장이 열화에 젖는 그 기분을 말야."

"……."

이른 저녁. 제비는 방에 누워 휴대폰을 들여다봤다. 연락처 목록에서 번호를 찾아 통화 버튼을 누르려다 말고 누르려다 말기를 한 시간쯤 반복했다. 그는 창가에 붙여둔 자그만 사진을 봤다. 그것은 잡지《OUR》에 실린 것을 자그맣게 인화한 거였다.

"까짓것, 안 된다는 말밖에 더 듣겠어?"

제비는 이부자리에서 일어나 티셔츠를 쥐고 막 흔들었다. 떨리는 손으로 통화 버튼을 슬쩍 눌렀다. 목구멍 밖으로 심장이 솟을 듯 고동을 쳤다. 신호음이 들리고 얼마 되지 않아 상대가 전화를 받았다.

"아, 제비 씨! 잘 지내요?"

반기는 소리에 제비는 조금 용기가 났다.

"네. 저는 잘 지내요. 아기는…… 잘 지내나요?"

더듬대며 제비는 휴대폰 쥔 손을 얼른 바꿨다.

"지난주에 보고 왔어요. 한 번씩 동향 확인을 해야 하거든. 요즘 안 좋은 사건이 많이 터져서……. 아, 제비 씨가 걱정할 일은 아니고."

상대가 어색하게 웃음을 터뜨렸다. 제비도 얼결에 따라 웃었다.

"안 그래도 조만간 연락을 하려 했어요. 있죠? 만나러 와도 좋대요. 공개입양 하기로 마음을 굳혔나 봐."

"고, 공개입양요?"

제비의 심장이 철렁했다. 행여나 밤톨이가 친구들로부터 놀림을 받진 않을까 걱정이 됐던 것이다. 명랑한 어투로 상대가 말을 이었다.

"친엄마에 대해, 아기가 알길 바란대요. 자기를 품어주고 낳아주고 또 살려준 사람이니까. 만나보기를 바란대."

말문이 막혀 제비는 입을 닫았다. 부끄러워서 얼굴이 타는 듯했다.

'나보다 훨씬 큰 사람들이다.'

제비는 생각했다. 그런 사람들과 함께라면 어쩌다 놀림을 받아도 이겨낼 아이로 밤톨이가 클 것 같았다.

"참. 아기 이름 생겼어요." 상대가 말했다. "사랑이에요. 천사랑."

'천…… 사랑?'

제비는 속으로 이름을 되뇌었다. 촌스럽다 생각했지만 그런대로 나쁘지 않았다.

"아. 근데 뭐 땜에 전화했어요?"

상대가 물어보았다.

"아, 저." 제비는 마른침을 삼켰다. "그…… 사진을 좀 받아볼 수 있을까 해서요. 염치없지만, 이젠 많이 컸을 것 같아서……."

"그럼요. 많이 컸고말고. 기저귀도 떼고, 이젠 막 뛰어다녀요. 못 하는 말도 없고, 밥도 잘 먹고, 얼마나 잘 웃는데요. 사랑이 엄마한테 부탁해 볼게."

뜻밖의 말에 제비는 숨이 막혔다. 생각하고 어쩌고 할 새 없이 눈물이 줄줄 흘렀다. '사랑이 엄마한테'라는 말이 가슴을 깊이 할퀴었다.

"어머, 내가 실수했나 봐. 제비 씨, 내 말은……."

"아니에요, 원장님. 사과하지 마세요."

제비가 얼른 말했다.

"그래……. 두 사람 다 밤톨이 엄마야." 보육원 원장이 말했다. 다정한 어투였다. "걱정 마요. 그리고 제비 씨 인생 잘 살아."

"감사합니다."

인사를 하고 제비는 전화를 끊었다.

'이제 진짜 엄마를 찾았구나.'

이불을 뒤집어쓰고 제비는 펑펑 울었다. 그리고 다짐했다. 앞으로 평생 선하게 살겠다고, 부끄럽지 않은 엄마가 되겠다고. 그러기 위해 무엇을 할지 제비는 고민했다. 새벽녘에야 잠이 들었다.

아침에 눈을 뜨자마자 제비는 몸을 씻었다. 방에 앉아 은행 앱을 열고 통장 잔고를 확인했고, 증권사 앱을 깔아 모은 돈의 반으로 여행사 주식을 샀다.

'나중에 돈이 필요할지 몰라. 사랑이한테 말이야.' 제비는 생각했다. '그때 내 돈을 줄 거야. 다른 누구의 돈이 아닌 바로 내 돈을.'

증권사 앱을 닫은 다음, 제비는 쇼핑 앱을 열었다. 그리고 서핑 보드에 관해 검색했다. 어떤 종류가 있는지, 가격은 얼마인지 꼼꼼히 알아봤다. 보름 뒤, 해외 직구 한 보드가 도착했다. 그것을 안고 제비는 휴일마다 바다로 갔다. 서툰 몸짓으로 서핑을 시작했다. 준비운동을 하고, 유튜브 강사를 따라 한 동작씩 실습했다. 물질을 마치고 올라온 해녀들이 그런 제비를 보고 웃었다.

"바당에 들어가야 돈이 되주, 곁에서 미끄러지기만 하민 어떵 헐꺼?"

석영은 물질을 마친 해녀들의 짐을 옮겨주고 양희와 함께 해변에 앉아 뜨끈한 보리차를 홀짝거렸다.

"목포 삼촌이 그러는데, 물질하고 나왔을 때처럼 배고픈 때가 없대요."

보말장을 넣고 손수 만든 주먹밥을 석영은 양희의 입에 넣으려 했다.

"제, 제가 먹어요."

멀리서 시시덕대는 해녀들의 눈치를 보며 양희가 도시락 통에서 주먹밥을 꺼내 먹었다. 배 속이 부대끼는 걸 막기 위해서, 해녀들은 물질하는 날 두 끼니 내리 굶기에 몹시도 배가 고팠다. 따뜻한 주먹밥이 입에서 뭉개졌다. 짭짤한 감칠맛에 두 눈이 절로 감겼다. 새벽부터 물 한 모금 못 마신 탓에, 곁들여 마신 보리차는 더할 수 없이 달았다.

"매일 이렇게 올 건가요?"

양희는 물어보았다. 잔뜩 부은 데다 수경 자국 난 얼굴을 감추려고 석영으로부터 등을 돌렸다.

"그래도 된다면요."

석영이 대답했다. 그는 보온병을 열고 양희의 빈 컵에 보리차를 다시 따랐다.

"괸당 되려고 그러는 거죠. 안 그래요?"

양희의 말을 듣고 석영은 멈칫했다. 제대로 들은 건지, 그는 자신의 귀를 의심했다.

"뭔가 단단히 착각하시는 것 같은데…… 괸당 안에도 파벌은 있어요. 괸당끼리 결혼해도 이혼을 하고요."

등을 돌린 채 양희가 쏘아붙였다.

"괸당 되려고 양희 씨에게 접근한 거, 사실입니다."

석영이 대꾸했다.

그럴 줄 알았단 듯 양희는 픽 웃었다. 젖은 머리를 손으로 빗어 넘기고 그녀는 일어섰다. 고무옷을 타고 바닷물이 흘러내렸다. 석영이 얼른 양희의 손을 잡았다. 그는 고개를 들어 여자를 봤다.

"나는…… 양희 씨만의 괸당이 되고 싶어요."

389

석영의 손을 양희는 뿌리쳤다.

"저는 말이죠. 두 번씩이나 실패하고 싶지 않아요. 고향에서까지 실패하면 더는 갈 데가 없으니까."

"실패하지 않아요."

석영이 단언했다.

양희는 고개를 흔들었다.

"그렇게 말하죠. 실패한 적 없는 사람들은."

자리에서 일어나 석영은 기지개를 켰다. 얕은 바다에서 보드를 안고 제비가 허우적댔다. 파도에 보드를 올린 뒤 기어올랐다 미끄러지는 걸 백 번은 본 것 같았다. 석영은 현무암 위에 둔 사진기를 들어 올렸다. 제비의 모습을 연사로 길게 찍었다. 그는 말했다.

"필름 카메라에 대한 디지털카메라의 혁신은, 뭐니 뭐니 해도 실패를 방지하게 해주는 거죠. 훨씬 많이 찍을 수 있고, 찍은 것을 바로 볼 수 있고, 이상한 것은 즉석에서 지울 수 있어요. 제가 사진을 배우기 시작할 때, 이 물건이 대중화되었습니다. 아마추어 입장에서 자신감이 솟더군요. 하지만…… 하지만 말이에요, 양희 씨. 이상한 겁니다. 현장에서 그렇게 많이 찍고, 다시 보고, 이상한 것을 다 지워도, 집으로 돌아와 PC에 연결해 보면 건질 게 하나 없어요."

"……"

"전부 실패했구나 생각합니다. 그리고 버려둬요. 몇 년쯤 지나 문득 생각나 다시 보죠. 그러면 뜻밖에 볼만합니다. 당시엔 절대 받아들일 수 없던 구도도 과도한 빛의 노출도 풋풋한 느낌으로 예쁘게 다가와요. 그때 비로소 이런 생각이 들죠. '아, 이때도 참 잘했구나. 지금은 절대 이렇게 못 찍겠다.'"

"난 그런 거 싫어해요. 억지로 실패를 미화하는 거."

석영이 가볍게 한숨 쉬었다.

"사진기를 내려놓으면 실패할 일은 없어요. 하지만…… 그래선 사진가라고 할 수 있을까요?"

뷰파인더에 눈을 대고, 석영이 또다시 제비를 찍었다.

"아 이제 그만 찍어요! 멋지게 탈 때 찍으라고!"

멀리서 제비가 소리쳤다. 잔뜩 지쳐 목소리가 갈라졌다. 그 소리를 듣는데, 양희는 어쩐지 웃음이 났다. 이유는 알 수 없었다. 묘하게 긴장이 풀리면서 온몸이 간지러웠다. 양희는 당황했다. 아무리 애써도 웃음이 멎지 않아 몸을 돌리고 한참 웃었다. 웃다가 웃다가, 웃어서 흘린 눈물을 닦고 양희는 돌아섰다. 두 손으로 나팔을 만들어 제비를 향해 외쳤다.

"근데! 웬! 서핑이야?"

"직감이에요!" 먼 데서 제비가 소리쳤다. "올여름엔! 손님이 올 것 같거든! 서핑 사진을 찍어달라는 손님!"

보드를 안고 해안으로 가 제비는 파도를 기다렸다. 치맛자락을 잡아당기듯 파도가 쓸려갔다. 그리고 다시 밀려왔다. 때를 놓치지 않고 제비는 달려갔다. 보드를 던지고 횡하니 올라탔다. 어깨가 흔들렸지만 떨어지지 않고 수 초간 파도를 탔다.

'꼭 그런 손님이 올걸.'

제비는 이를 악물었다. 언젠가 손님이 오면 서핑을 가르쳐주리라고 제비는 다짐했다. 헤엄치는 법, 잠수하는 법, 파도 읽는 법을 가르쳐주리라고.

고개를 들어 제비는 하늘을 봤다. 커다란 구름 사이로 샛노란 태양이 뜨거운 햇살을 퍼붓고 있었다. 어딘가에서 바람, 파도를 일으키는 바람이 불어왔다. 힘차게, 제비는 보드 위에서 발을 굴렀다. "이얏!" 소리치며 온몸을 공중에 높이 띄웠다.

작가의 말

아홉 살부터 열한 살까지 저는 제주에 살았습니다.

낯선 언어, 낯선 환경이 처음엔 두려웠어요. 그러나 아이들과 어울리면서 금세 제주어를 따라 쓰고 물놀이도 다니게 되었습니다. 현무암 늘비한 해안에서 보말을 줍고 거북손을 따며 놀던 기억이 나네요. 오후가 되면 물질을 마친 아내를 데리러 오던 아저씨들이 있었습니다. 한두 망태기 가득 담긴 해초며 소라, 전복을 경운기나 오토바이에 싣고 아내를 태워 집으로 가던 풍경…….

이웃들, 다정하고 책임감 넘치던 어른들이 기억나요. 제주의 어른들은 바다 일과 밭일 그리고 집안일로 늘 바쁘셨습니다. 그런 와중에도 아이들을 보면 귀여워하며 장난을 걸고, 간식을 챙겨주셨지요. 이따금 떠오르는 제주는 따사롭고 풍요한 햇살 속에 있습니다. 그 아래 반짝이던 파도, 수평선 위로 뭉게뭉게 피어오른 구름은 경이롭고 아름다웠어요.

『하쿠다 사진관』에는 제주를 아끼고 그리워하는 마음이 담겨 있습니다. 대왕물꾸럭마을은 실재하는 지역에 저의 상상력을 더해 창조한 공간이에요. 일상에 지친 사람들이 찾아와 인생을 돌아보고 새로운 추억 하나씩 만들어 가지요. 대왕물꾸럭마을에 독자님을 초대하는 것이, 새집을 지어 선보이는 것처럼 설레고 기쁩니다. 하쿠다 사진관 갤러리를 구경하고, 마을 길을 산책하고, 아름다운 해안사구에서 사진 찍는 독자님의 모습을 상상해 보아요. 이 책을 읽으시는 동안 모쪼록 즐거우셨기를, 만족스러우셨기를 빕니다.

『하쿠다 사진관』을 선택해 주시고 읽어주신 독자님, 진심으로 감사합니다.

앞으로의 나날이 평안하시기를. 늘 건강하시기를 바라요.

※ ※ ※

이 책이 나오기까지 도움 주신 많은 분께도 감사의 뜻을 전합니다.

두 번째 소설을 출간할 수 있게 기회를 주신 다산북스의 김선식 대표님. 정확하고 상냥한 성정으로 기획과 편집을 진행해 주신 임경섭 팀장님. 덕분에 편한 마음으로 작업을 할 수 있었습니다.

근사한 표지 그림을 그려주신 이현미 작가님. 기억 속 희미한 제주어를 다듬어주셔서 감사합니다.

한 장면씩 완성될 때마다 읽고 의견을 준 남편. 격려하고 지적해 준 것들 큰 힘이 되었어요. 그리고 우리 예쁜 딸 하이 사랑해!

소설을 쓰고, 책을 만드는 과정에서 배운 것이 있습니다. 저는 이야기를 만드는 사람이고, 책은 그것 이상의 의미를 지닌 '물질'이라는 것을요. 『하쿠다 사진관』은 각자의 자리에서 많은 분이 시간과 노력, 창의성을 보태 만든 결과물입니다. 디자이너 송윤형 님 그리고 다산북스의 모든 분께도 감사의 인사를 전합니다.

덧붙여, 소설의 일부(「도도한 지질학자」)를 집필할 때 아래의 논문을 참고했음을 밝힙니다.

: 고기원 외, 「월라봉-군산, 제주도 최고기 쌍둥이 화산체의 지질과 화산활동」, 『지질학회지』 제57권 제2호, 대한지질학회, 2021.

2022년 여름
허태연

하쿠다 사진관

초판 1쇄 발행 2022년 7월 18일
초판 9쇄 발행 2024년 6월 18일

지은이 허태연
펴낸이 김선식

부사장 김은영
콘텐츠사업2본부장 박현미
책임편집 임경섭 **책임마케터** 최혜령
콘텐츠사업6팀장 임경섭 **콘텐츠사업6팀** 정지혜, 곽수빈, 정명희
편집관리팀 조세현, 김호주, 백설희 **저작권팀** 한승빈, 이슬, 윤제희
마케팅본부장 권장규 **마케팅1팀** 최혜령, 오서영, 문서희 **채널1팀** 박태준
미디어홍보본부장 정명찬 **브랜드관리팀** 안지혜, 오수미, 김은지, 이소영
뉴미디어팀 김민정, 이지은, 홍수경, 서가을, 문윤정, 이예주
크리에이티브팀 임유나, 변승주, 김화정, 장세진, 박장미, 박주현
지식교양팀 이수인, 염아라, 석찬미, 김혜원, 백지은
재무관리팀 하미선, 윤이경, 김재경, 임혜정, 이슬기
인사총무팀 강미숙, 지석배, 김혜진, 황종원
제작관리팀 이소현, 김소영, 김진경, 최완규, 이지우, 박예찬
물류관리팀 김형기, 김선민, 주정훈, 김선진, 한유현, 전태연, 양문현, 이민운

펴낸곳 다산북스 **출판등록** 2005년 12월 23일 제313-2005-00277호
주소 경기도 파주시 회동길 490
대표전화 02-704-1724 **팩스** 02-703-2219 **이메일** dasanbooks@dasanbooks.com
홈페이지 www.dasanbooks.com **블로그** blog.naver.com/dasan_books
종이 신승INC **인쇄 및 제본** 한영문화사 **코팅 및 후가공** 평창피앤지

ISBN 979-11-306-9225-8 (03810)